HEYNE BÜCHER

Fantasy

Herausgegeben von Wolfgang Jeschke

Von Alan Dean Foster erschienen in der Reihe
HEYNE SCIENCE FICTION & FANTASY:

Die Eissegler-Trilogie:
* Die Eissegler von Tran-ky-ky · 06/3591
* Die Moulokin-Mission · 06/3777
* Die Fahrt der Slanderscree · 06/4618
* Das Tar-Aiym Krang · 06/3640
* Die denkenden Wälder · 06/3660
Alien · 06/3722
* Der Waisenstern · 06/3723
* Der Kollapsar · 06/3736
Kampf der Titanen · 06/3813
Outland · 06/3841
* Cachalot · 06/4002
* Meine galaktischen Freunde · 06/4049
* Auch keine Tränen aus Kristall · 06/4160
* Homanx Eins · 06/4220
Drei Romane in Kassette zum Sonderpreis
Das Tar-Aiym Krang
Der Waisenstern
Der Kollapsar
Der Bannsänger-Zyklus:
Bannsänger · 06/4276
Die Stunde des Tors · 06/4277
Der Tag der Dissonanz · 06/4278
Der Augenblick des Magiers · 06/4279
Die Pfade des Wanderers · 06/4508
Die Zeit der Heimkehr · 06/4509
Colligatarch · 06/4338
* Die Reise zur Stadt der Toten · 06/4308
El Magico · 06/4355
Das dunkle Land · 06/4407
Pfade des Ruhms · 06/4533
Afrikas dunkles Herz · 06/4559
* Prisma · 06/4626
* Flinx und Flora · 06/4657
In der ALLGEMEINEN REIHE:
Das Ding aus einer anderen Welt · 01/6107
Krull · 01/6286
Starman · 01/6369
Pale Rider. Der namenlose Reiter · 01/6596
Aliens · 01/6839
Spacecop L.A. 1991 · 01/7727

Die mit * gekennzeichneten Romane und Erzählungen spielen in Alan Dean Fosters Homanx-Commonwealth.

ALAN DEAN FOSTER

DER TAG DER DISSONANZ

Dritter Roman des Bannsänger-Zyklus

Fantasy

Deutsche Erstveröffentlichung

WILHELM HEYNE VERLAG
MÜNCHEN

HEYNE SCIENCE FICTION & FANTASY
Band 06/4278

Titel der amerikanischen Originalausgabe
THE DAY OF DISSONANCE
Deutsche Übersetzung von Leo P. Kreysfeld
und Ralph Tegtmeier
Das Umschlagbild schuf Klaus Holitzka
Die Karte zeichnete Erhard Ringer

4. Auflage

Redaktion: E. Senftbauer

Printed in Germany 1991
Umschlaggestaltung: Atelier Ingrid Schütz, München
Satz: Schaber, Wels
Druck und Bindung: Elsnerdruck, Berlin

ISBN 3-453-31275-9

I

»Ich sterbe«, schnaufte Clodsahamp. Der Hexer blickte nach links. »Ich sterbe, und du gaffst nur in der Gegend herum wie ein unschuldiger Jüngling, der plötzlich entdeckt, daß das unbekannte Mädchen, mit dem er sich verabredet hat, eine berühmte Kurtisane ist. Bei deiner Art von Hilfe werde ich meinen dreihundertsten Geburtstag nie erleben.«

»Bei Ihrer Einstellung ist es ein Wunder, daß Sie überhaupt so alt geworden sind.« Jon-Tom war ziemlich wütend auf seinen Mentor. »Hören Sie sich doch an: zwei Wochen ununterbrochen Gejammer und Gegreine. Wissen Sie, was Sie sind, Sie Schildkröte mit dem Gebaren eines Hexers? Sie sind ein verdammter Hypochonder.«

Clodsahamps Gesicht gestattete ihm kein echtes Stirnrunzeln, doch musterte er den hochgewachsenen jungen Menschen vorsichtig. »Was ist das? Es hört sich entfernt nach einem Schimpfwort an. Spiel nicht mit mir, Junge, sonst muß ich dich hart anfassen! Was ist es? Irgendein magisches Wort aus deiner Heimatwelt?«

»Eher ein medizinischer Begriff, keine Drohung. Er bezeichnet jemanden, der sich ständig für krank hält, obwohl er es gar nicht ist.«

»Aha, ich bilde mir also bloß ein, daß mir der Schädel platzt, wie? Willst du das sagen?« Jon-Tom widerstand dem Drang, etwas zu erwidern, und ließ sein mehr als einsachtzig großes Knochengerüst neben dem Kissenberg nieder, der dem alten Schildkröterich als Bett diente.

Er staunte nicht zum ersten Mal darüber, wie viele geräumige Zimmer die alte Eiche beherbergte. In dem einzelnen Stamm gab es mehr Alkoven und Tunnel als in einem Termitenhügel. Er mußte freilich zugeben, daß der alte Hexer trotz seiner allzu melodramatischen Seufzer und Klagen tatsächlich nicht ganz auf der Höhe zu sein schien. Sein Brustpanzer hatte den normalen gesunden Schimmer ein-

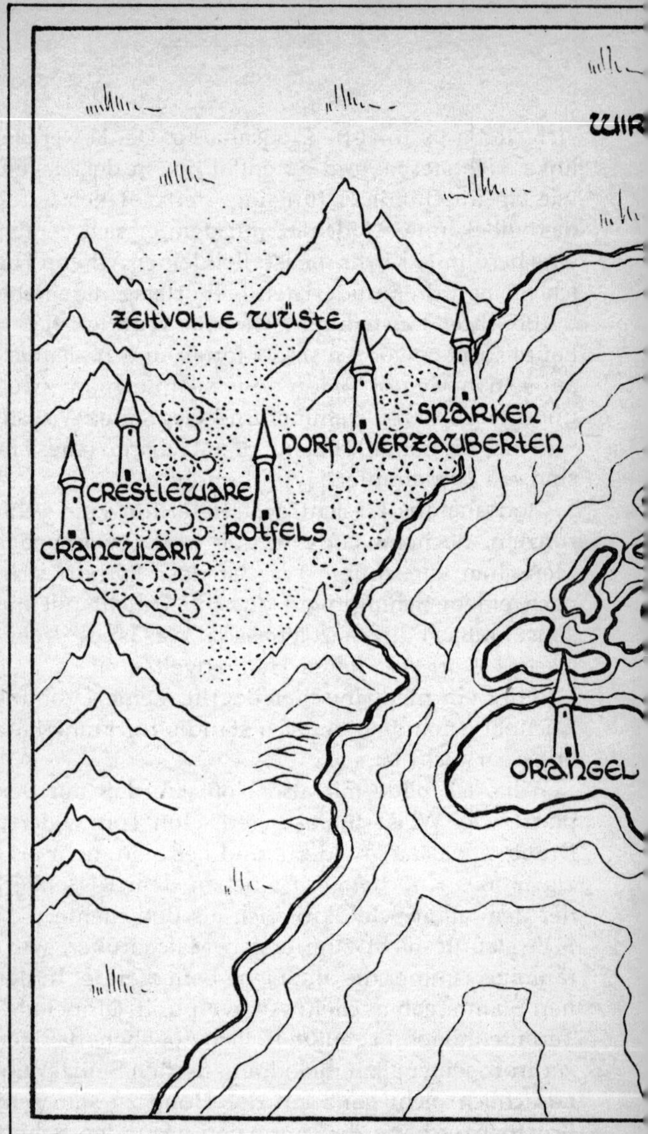

ZEITVOLLE WÜSTE
SNARKEN
DORF D. VERZAUBERTEN
CRESTIEWARE
ROTFELS
CRANCULARN
ORANGEL

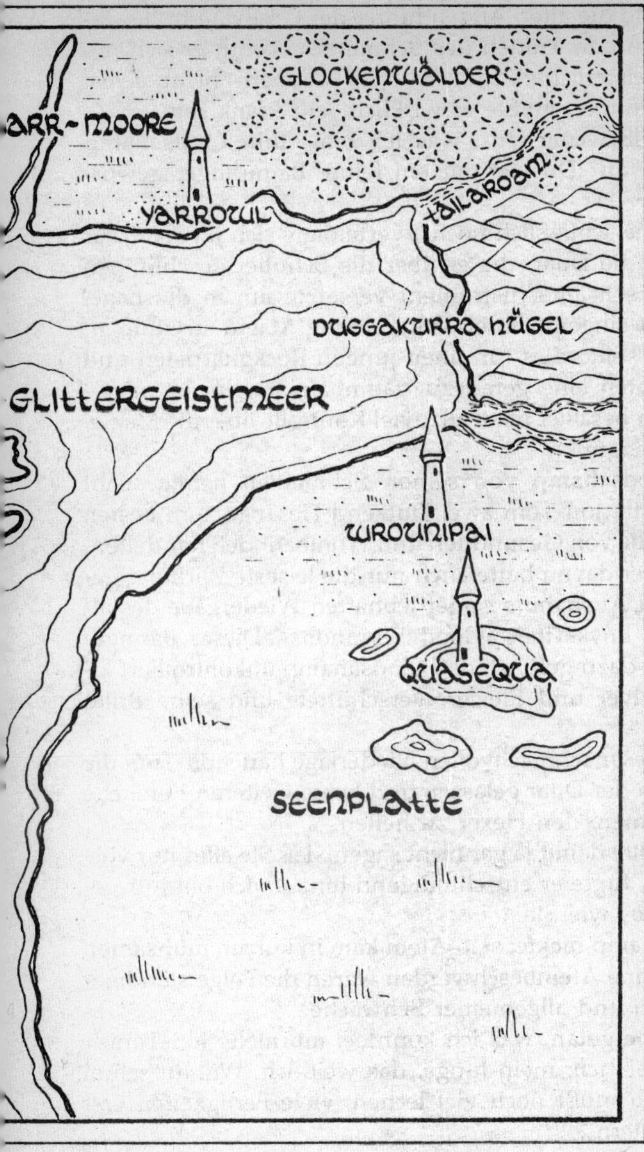

GLOCKENWÄLDER
ARR-MOORE
YARROWL
TAILAROAM
DUGGAKURRA HÜGEL
GLITTERGEISTMEER
WROUNIPAI
QUASEQUA
SEENPLATTE

gebüßt, und die alten Augen hinter der Großvaterbrille waren rot von den Tränen des Schmerzes. Wenn er sich mit seinen meisterlichen Pulvern und Zaubern nicht selbst kurieren konnte, mußte er wirklich sehr krank sein.

»Ich weiß wenigstens, was ich bin«, fuhr Clodsahamp fort, »aber du? Du bist mir ein feiner Bannsänger geworden!«

»Ich lerne schließlich noch«, verteidigte sich Jon-Tom. Er befingerte die Duar, die er über die Schulter geschlungen trug. Das seltsame Instrument versetzte ihn in die Lage, Zauber zu singen, mittels Banngesang Magie auszuüben. Eigentlich sollte dies für einen jungen Rockgitarristen und Jurastudenten eine geradezu traumhafte Erfahrung sein – doch leider besaß er nicht allzuviel Kontrolle über die Magie, die er erzeugte.

Seit Clodsahamp von seinen Schmerzen heimgesucht wurde, hatte Jon-Tom zwei Dutzend Gesänge zum besten gegeben, die von Gesundheit und Wohlbefinden handelten. Doch keiner davon hatte auch nur die leiseste Wirkung gezeitigt, mit Ausnahme seiner lebhaften Wiedergabe des alten Beach Boys-Titels ›Good Vibrations‹. Dieser Banngesang hatte dazu geführt, daß Clodsahamp unkontrolliert kicherte, Pulver und Elexiere verschüttete und seine Brille zerbrach.

Nach dieser schmachvollen Niederlage hatte Jon-Tom die Finger von der Duar gelassen und keine weiteren Versuche unternommen, den Hexer zu heilen.

»Ich wollte damit ja gar nicht sagen, daß Sie alles nur vortäuschen«, fügte er entschuldigend hinzu. »Ich bin nur genauso ratlos wie Sie.«

Clodsahamp nickte; sein Atem kam in kurzen mühsamen Zügen. Seine Atembeschwerden waren die Folge ständiger Schmerzen und allgemeiner Schwäche.

»Ich habe getan, was ich konnte«, murmelte Jon-Tom.

»Das weiß ich, mein Junge, das weiß ich. Wie du schon sagtest: Du mußt noch viel lernen, viele Fertigkeiten erst noch meistern.«

»Ich stümpere mich eben einfach so durch. Die Hälfte der Zeit suche ich die falschen Songs aus, und die andere Hälfte der Zeit führt zu den falschen Ergebnissen. Was soll ich noch tun?«

Clodsahamp blickte ihn scharf an. »Ich habe noch eine Chance, mein Junge. Es gibt eine Medizin, die meine Krankheit heilen kann. Kein Zauber, keine Magie. Eine richtige Medizin.«

Jon-Tom erhob sich vom Rand des Kissenbergs. »Ich schätze, ich mache mich jetzt wohl besser wieder auf den Weg. Ich habe heute noch nicht geübt, und ich muß unbedingt ...«

Clodsahamp stöhnte schmerzerfüllt, und Jon-Tom hielt zögernd inne. Vielleicht war es ein echtes Stöhnen, vielleicht auch nicht – auf jeden Fall zeitigte es den erwünschten Erfolg.

»Du *mußt* mir diese Medizin beschaffen, mein Junge. Es gibt niemanden, dem ich eine solche Aufgabe anvertrauen könnte. Böse Mächte nahen mit großen Schritten.«

Jon-Tom seufzte schwer und fragte erschöpft: »Warum nahen diese bösen Mächte eigentlich immer dann mit großen Schritten, wenn Sie etwas wollen, ob es nun Hilfe beim Gang zum Badezimmer, ein Happen zu essen oder jemand ist, der für Sie eine gefährliche Reise unternimmt?«

»Hast du schon mal eine böse Macht gesehen, mein Junge?«

»Nicht persönlich, nein.«

»Böse Mächte nahen immer mit großen Schritten. Sie sind ganz lausige Flieger.«

»Das habe ich nicht gemeint.«

»Es spielt keine Rolle, was du gemeint hast, mein Junge. Du mußt diese Besorgung für mich erledigen. Mehr ist es ja gar nicht: nur eine kleine Besorgung.«

»Letztes Mal, als Sie mich darum baten, eine kleine Besorgung zu machen, stand hinterher das Schicksal der ganzen Zivilisation auf dem Spiel.«

»Nun ja, diesmal steht nur mein eigenes Schicksal auf

dem Spiel.« Seine Stimme wurde zu einem ganz erbärmlichen Flüstern. »Du möchtest doch nicht, daß ich sterbe, oder?«

»Nein«, gab Jon-Tom zu, »das möchte ich nicht.«

»Natürlich nicht. Denn sollte ich sterben, ist auch deine Chance dahin, in deine eigene Welt zurückzukehren. Weil ich der einzige bin, der den dazu erforderlichen komplizierten, gefährlichen Zauber kennt. Es liegt also in deinem eigenen Interesse, daß ich gesund und am Leben bleibe.«

»Ich weiß, ich weiß. Sie brauchen es mir nicht ständig unter die Nase zu reiben.«

»Darüber hinaus«, fuhr der Hexer fort und nutzte seinen Vorteil aus, »bist du zum Teil schuld an meiner gegenwärtigen mißlichen Lage.«

»Was? Ich weiß zwar nicht, was zum Teufel Sie sich gefangen haben, Clodsahamp, aber auf jeden Fall haben Sie sich nicht bei mir angesteckt.«

»Meine Krankheit beruht auf einer Vielzahl von Faktoren, wovon meine gegenwärtigen Lebensumstände nicht gerade der unwichtigste sein dürfte.«

Jon-Tom furchte die Stirn und stützte sich auf seinen Rammholzstab. »Wovon reden Sie da?«

»Seitdem wir von der großen Schlacht am Jo-Troom-Tor zurückgekehrt sind, ist mein Alltagsleben eine Litanei des Leids und der Enttäuschung. Und alles nur, weil du unbedingt meinen groben, aber treuen Famulus Pog in einen Phönix verwandeln mußtest. Woraufhin er prompt aus meinem Dienst ausschied, und zwar um der zweifelhaften Freuden willen, welche seine geliebte Falkendame ihm zu bescheren vermag.«

»Ist es etwa meine Schuld, daß Sie keinen Ersatz für ihn gefunden haben? Ist doch wohl kein Wunder, wenn man an den Ruf denkt, den Sie durch die schlechte Behandlung erworben haben.«

»Ich habe Pog nicht schlecht behandelt«, widersprach der Hexer. »Ich habe ihn genauso behandelt, wie man einen Lehrling behandeln muß. Es stimmt zwar, daß ich ihn von

Zeit zu Zeit zu disziplinieren hatte. Aber das gehört alles zum Lernprozeß.« Clodsahamp rückte seine neue Brille zurecht.

»Pog hat die Details Ihrer Lehrmethoden überall in den Glockenwäldern verbreitet. Aber ich dachte, der neue Famulus, für den Sie sich schließlich entschieden haben, sei in Ordnung.«

»Ha! Das zeigt nur einmal mehr, was passieren kann, wenn man das Kleingedruckte auf einem Lebenslauf nicht liest. Aber jetzt ist es zu spät. Ich habe ihn zu meinem Assistenten gemacht, und nun bin ich ebenso an ihn gebunden wie er an mich.«

»Was gibt's denn zu bemäkeln? Ich dachte, er sei eine Wucht.«

»Das *kann* er sein. Er kann sorgsam, tüchtig und lernwillig sein.«

»Klingt doch ganz gut, finde ich.«

»Leider hat er aber ein kleines Problem.«

»Was für ein Problem?«

Clodsahamps Antwort wurde durch ein lautes gedehntes Fluchen aus dem Zimmer zur Linken unterbrochen. Der Hexer wies mit dem Kopf zur Tür und sah Jon-Tom bedauernd an.

»Geh und sieh selbst nach, mein Junge! Dann wirst du verstehen, welch beständige Qual mein Leben geworden ist.«

Jon-Tom überlegte, dann trat er durch den gewölbten Gang, der zum Nachbarzimmer führte, wobei er seinen Kopf einziehen mußte, um nicht anzustoßen. Er war viel größer als die meisten Bewohner dieser Welt, so daß sein Hochwuchs ein ständiges Problem darstellte.

Irgend etwas wurde zerschmettert, und ein zweiter schriller Fluch ertönte. Schützend streckte er seinen Rammholzstock vor, als er in den Lagerraum trat.

Der war so großzügig wie Clodsahamps Schlafzimmer und die anderen Räume, denen es irgendwie gelang, innerhalb des Stamms der alten Eiche Platz zu finden. Töpfe, Dosen, Kisten und Becher voll übelriechender Gebräue standen sorgfältig aufgereiht auf Regalen und Werktischen. Auf dem Boden lagen mehrere zertrümmerte Flaschen.

Inmitten des Bruchs stand – oder, genauer, flatterte – Sorbl, Clodsahamps neuer Famulus. Der junge gehörnte Eulenmann war nicht einmal einen Meter groß. Er trug eine dünne Weste und den braungelben Kilt des Ule-Klans.

Er bemerkte Jon-Tom, winkte fröhlich und fiel auf den Schnabel. Als er versuchte, sich mit biegsamen Flügelspitzen mühsam wieder aufzurichten, sah Jon-Tom, daß die riesigen gelben Augen auf merkwürdige Weise blutunterlaufen waren.

»Hallo, Sorbl! Weißt du, wer ich bin?«

Der Eulerich blinzelte ihn an, während er unsicher wieder auf die Beine kam und sich mit Mühe an der Kante der Werkbank festhielt.

»Klllar erinn're ich mich an dich«, sagte er gedehnt. »Du ... bist doch ... dieser Bankdränger ... Bannhänger ...«

»Bannsänger«, sagte Jon-Tom hilfsbereit.

»Sag ich doch. Du bist das, was ich sage, von einer anderen Welt und das der Meister hergebracht hat, um ihm gegen die Gelanzerten zu helfen.«

»Der Meister fühlt sich nicht wohl.« Er legte seinen Stab beiseite. »Und du siehst auch nicht gerade ungeheuer fit aus.«

»Weeer? Iiiich?« Der Eulerich blickte empört und schritt – nur schwach taumelnd – von der Bank fort. »Mir geht's prima, danke.« Er warf einen Blick zurück auf die Werkbank. »Ist nur, daß ich eine bestimmte Flasche suchte.«

»Was für eine Flasche?«

»Nich markiert. Diesche.« Sorbl sah ihn verschwörerisch an und blinzelte vielsagend und wissend mit einem blutunterlaufenen Auge. »Medizinische Flüssigkeit. Nichts für seine Uraltheit da drinnen. *Meine* Flasche«, endete er, plötzlich zänkisch geworden. »Nektar.«

»Nektar? Ich dachte eigentlich immer, Eulen mögen nur Mäuse?«

»Was?« rief der erzürnte Famulus. Einen Augenblick lang hatte Jon-Tom vergessen, wo er war. Die Nager hier in der Gegend waren ebenso intelligent und lebhaft wie alle anderen Bewohner dieser Welt. »Wenn ich auch nur versuchte, einer Maus einen einzigen Biß zu verpassen, kämen ihre Verwandten und würden mich aufknüpfen. Da bleibe ich lieber bei kleinen Echsen und Schschlannng'n. Hör mal«, fuhr er etwas beschwichtigter fort, »ist 'ne arge Plackerei, für diesen Hexer zu schuften. Ab und zu brauch ich eben 'n kleines Schmiermittelchen.«

»Wenn du dich noch weiter schmierst«, bemerkte Jon-Tom angewidert, »dann rutscht dir das Gehirn aus dem Hintern.«

»Kwatsch. Bin doch völlig bei Sinnen.« Er drehte sich zu der Werkbank um, torkelte zur Kante und unterzog die Oberfläche einer minutiösen Untersuchung – mit Augen, die aus hundert Meter Entfernung eine Ameise ausfindig gemacht hätten. Im Augenblick arbeiteten die riesigen Sehwerkzeuge jedoch weit unterhalb ihrer Leistungsgrenze.

Jon-Tom schüttelte voller Ekel den Kopf und kehrte zum Bett des Hexers zurück.

»Na«, machte Clodsahamp bedeutungsvoll, »was hältst du von meinem neuen Famulus?«

»Ich weiß jetzt, was Sie meinen. Ich konnte keine jener Qualitäten an ihm entdecken, von denen Sie sprachen. Ich bin mir ziemlich sicher, daß er betrunken war.«

»Ach, wirklich?« bemerkte Clodsahamp trocken. »Welch eine profunde Beobachtung! Wir werden noch einen scharfsinnigen Bannsänger aus dir machen. Mein Junge, er ist zu oft in diesem Zustand. Ich bin mit einem wirklich großartigen Famulus gesegnet, einem erstklassigen, würdigen Assistenten. Leider ist Sorbl aber auch ein Säufer. Weißt du, daß ich ihn jedesmal dazu zwingen muß, den Karren zu nehmen, um in der Stadt einzukaufen, weil er beim Fliegen immer mit dem Kopf gegen Bäume knallt, so daß die Bauern am Ort ihn mit dem Wagen zurückschleppen müssen? Kannst du dir auch nur im entferntesten vorstellen, wie überaus peinlich so etwas für den größten Hexer der Welt ist?«

»Kann ich mir vorstellen. Können Sie ihn denn nicht heilen? So ein Anti-Trunkenheitszauber dürfte doch ziemlich einfach und wirkungsvoll sein, denke ich.«

»Das ist ein Teufelskreis, mein Junge. Wäre ich nicht so krank, ich könnte es, ja. Aber so, wie die Dinge stehen, kann ich mich nicht genügend konzentrieren. Wenn man erst mal über zweihundert ist, büßt der Geist etwas von seiner Widerstandskraft ein. Ich habe es erst letzte Woche versucht. All diese Methyl-Äthyl-Sprüche sind schon schwierig genug, wenn man auf der Höhe seiner Form ist. Krank, wie ich war, muß ich wohl irgendwo ein -yl verwechselt haben. Drei Tage lang hat er sich übergeben. Das hat zwar seine Sauferei kuriert, ihn aber so krank gemacht, daß die einzige Kur darin bestand, wieder stockbetrunken zu werden.

Ich muß diese Medizin haben, mein Junge, damit ich wieder richtig arbeiten kann. Sonst kann es geschehen, daß ich mal wieder einen komplizierten Zauber versuche, eine Beschwörung auslasse und plötzlich irgend etwas Gefährliches in meinem Pentagramm hocken habe. Es ist schon mühsam genug, dafür Sorge zu tragen, daß der Idiot mir die richtigen Pulver reicht. Einmal gab er mir statt Lebermoos Lattich, und plötzlich hatte ich einen drei Meter großen Säbelzahnhasen vor mir. Ich wandte zwei eilige Rückkehrzauber an, um ihn wieder zu einem Häschen zu machen.«

»Warum zaubern Sie das Zeug denn nicht einfach herbei?«

»Dafür habe ich nicht die erforderlichen Zutaten«, erklärte Clodsahamp geduldig. »Sonst könnte ich sie doch einfach hier und jetzt benutzen, nicht wahr?«

»Verstehe ich nicht. Habe selbst gesehen, wie Sie aus Abfällen Schokolade zauberten.«

»Medizin ist da etwas präziser in ihren Anforderungen. Alles muß ganz exakt und präzise durchgeführt werden. Man kann Milchschokolade machen, Halbbitterschokolade, weiße Schokolade, halbsüße Schokolade – das ist alles

Schokolade. Wenn man hingegen die Ingredienzien eines Medizinzaubers auch nur um ein Haar verändert, erhält man möglicherweise ein tödliches Gift. Nein, das Mittel muß vollständig und anwendungsbereit her, und du sollst es mir bringen, mein Junge.« Er streckte eine zitternde Hand vor. Jon-Tom kam näher und setzte sich wieder auf die Kante des Betts.

»Ich weiß ja, daß ich Übles tat, als ich ins Jenseits hinauslangte und dich dort aus deiner eigenen bequemen Welt riß, aber die Notwendigkeit war groß. Schlußendlich hast du mein Urteil ja auch bestätigt, wenngleich auf eine Weise, die nicht vorherzusehen war.« Er rückte seine Brille zurecht. »Du hast deine Prüfung bestanden, egal was alle anderen dachten.«

»Hauptsächlich zufällig.« Jon-Tom begriff, daß der Hexer ihm schmeichelte, um seinen Widerstand gegen die Reise abzubauen. Gleichzeitig spürte er auch, wie er allmählich der Schmeichelei erlag.

»Das muß nicht mehr länger zufällig sein. Arbeite an deinem neuen Beruf. Lerne fleißig, übe deine Fähigkeiten, und befolge meine Ratschläge. In dieser Welt kannst du mehr sein als nur ein Mann. Ich weiß nicht, was du in deiner eigenen Welt hättest werden können, aber hier hast du jedenfalls das Zeug zum Meister. Sofern du deine Stärken und dein Talent mit Macht beherrschen lernst.«

»Unter Ihrer Anleitung, versteht sich.«

»Warum nicht von den Besten lernen?« fragte Clodsahamp mit typischer Unbescheidenheit. »Um dich ausbilden zu können, bedürfte es vieler Jahre. Man meistert die geheimen Künste des Bannsingens nicht binnen eines Tages, einer Woche oder eines Jahres. Wenn du nicht die Medizin beschaffst, die dieses verfluchte Leiden kuriert, werde ich nicht mehr lange da sein, um dir noch viel zu helfen.

Ich brauche nur eine geringe Menge davon. Sie wird mit Leichtigkeit in eine der Taschen der grellen Hose oder des absurden rosafarbenen Hemds passen, die dir dieser Stutzer von einem Schneider, Carlemot, anfertigte.«

»Das Hemd ist nicht rosa, sondern indigo«, murmelte Jon-Tom und blickte hinab zu der Stelle, wo es in seine Hose mündete. Sein leuchtender grüner Echsenhautumhang hing an einem Haken an der Wand. »Nach allem, was ich gesehen habe, gilt so etwas hier durchaus noch als dezente Kleidung.«

»Geh von mir aus nackt, wenn du willst, aber gehen *mußt* du.«

»Na schön, na schön! Als hätten Sie in mir noch nicht genug Schuldgefühle geweckt.«

»Das will ich ernstlich hoffen«, murmelte der Hexer.

»Ich weiß gar nicht, wieso ich es zulasse, daß Sie mir solche Sachen aufschwatzen.«

»Du hast das Pech, eine anständige Person zu sein, eine ständige Bürde in jeder Form von Welt. Du leidest darunter, daß du Rechtes von Unrechtem zu unterscheiden vermagst.«

»Nein, das vermag ich nicht. Wenn ich wüßte, was richtig ist, wäre ich schon lange aus diesem Baum verduftet. Aber Sie haben mich aufgenommen und mir hinausgeholfen, auch wenn Sie es im eigenen Interesse getan haben. Nicht daß ich mich besonders mißbraucht vorkäme. Sie haben jeden für Ihre Zwecke benutzt.«

»Wir haben die Welt gerettet«, wandte Clodsahamp ein. »Kein schlechter Zweck, möchte ich meinen.«

»Sie haben auch recht damit, daß ich so lange hier festhänge, bis Sie eines Tages den Zauber ausführen können, der mich wieder nach Hause bringt. Also habe ich wohl kaum eine andere Wahl, als mich auf die Suche nach dieser Spezialmedizin zu machen. Die gibt's wohl nicht zufällig beim Apotheker in Lynchbany?«

»Ich fürchte, nein.«

»Wie gut ich doch raten kann!«

»Tz. Sarkasmus schadet bei jungen Leuten nur der Leber.« Clodsahamp erhob sich langsam, wandte sich dem kleinen Tisch am Bettende zu und krakelte mit einem Kiel auf einem Stück Papier herum. Einen Augenblick später fluchte er, steckte eine Nachfüllpatrone in die Feder und begann wieder zu schreiben.

Als er fertig war, rollte er das Blatt eng zusammen, steckte es in eine kleine Metallröhre, die an einer Kette befestigt war, und reichte sie Jon-Tom.

»Hier ist die Formel«, sagte er ehrfurchtsvoll. »Sie, die sie ausführen soll, wird wissen, was sie bedeutet.«

Jon-Tom nickte, nahm die Kette und hängte sie sich um den Hals. Die Röhre auf seiner Brust fühlte sich kühl an.

»Mehr brauchst du nicht zu wissen.«

»Doch – wo finde ich diese Magierin, Drogistin oder was immer sie sein mag?«

»Ein Laden, weiter nichts.« Clodsahamps beruhigender Tonfall ließ Jon-Tom sofort mißtrauisch werden. »Der Laden *Irgends und Nirgends.* Er befindet sich in der Stadt Crancularn.«

»Ich nehme an, daß dieses Crancularn von Lynchbany aus nicht mal eben auf einen Sprung zu erreichen ist.«

»Hängt von der Fortbewegungsart ab, zum Beispiel wie lang die Sprünge sind, die man machen kann. Aber für die meisten Sterblichen würde ich sagen – nein. Es liegt weit südwestlich der Glockenwälder.«

Jon-Tom schnitt eine Grimasse. Er war weit genug herumgekommen, um sich in der hiesigen Geographie ein wenig auszukennen. »Weit im Südwesten von hier gibt es nichts. Die Glockenwälder ziehen sich bis zum Tailaroam hinunter, der ins ...« Er hielt inne. »Ist Crancularn etwa ein Dorf am Ufer des Glittergeistmeers?«

Clodsahamp wandte den Blick ab. »Äh, nicht genau, mein Junge. Eigentlich liegt es auf der anderen Seite.«

»Auf der anderen Seite des Flusses?«

»Neiiin. Auf der anderen Seite des Meers.«

Jon-Tom warf verzweifelt die Hände hoch. »Das ist wirklich der letzte Tropfen!«

»Tatsächlich, mein Junge, ist das erst der erste. Du wirst noch manche andere hinunterschlucken müssen, bevor du Crancularn erreicht hast. Aber erreichen mußt du es«, schloß er heftig, »sonst sterbe ich mit Sicherheit vor Schmerz, und deine letzte Chance, nach Hause zurückzukehren, wird mit mir zusammen untergehen.«

»Aber ich weiß nicht einmal, wie groß das Glittergeistmeer ist!«

»Nicht sonderlich groß für einen Ozean.« Clodsahamp gab sich Mühe, beruhigend zu klingen. »Man kann es in wenigen Wochen überqueren. Du brauchst nur eine Überfahrt auf einem der vielen Schiffe zu buchen, die zwischen der Mündung des Tailaroam und dem fernen Snarken Handelsverkehr unterhalten.«

»Von Snarken habe ich schon mal gehört. Ist das ein großer Ort?«

»Eine höchst prachtvolle Stadt. So hat man mir erzählt, ich selbst bin nie dort gewesen. Noch großartiger als Polastrindu. Du wirst es faszinierend finden.«

»Und gefährlich.«

»Keine Reise lohnt sich, wenn sie nicht gefährlich ist ... Aber jetzt romantisieren wir. Ich sehe keinen Grund für Befürchtungen. Du bist ein Tourist, nichts weiter, der eine Erholungs-, Entspannungs- und Entdeckungsreise unternimmt.«

»Klar. Soweit ich diese Welt beobachten konnte, schien sie Touristen nicht gerade mit Samthandschuhen anzufassen.«

»Das sollte einem talentierten Bannsänger wie dir eigentlich nichts ausmachen.«

Der Hexer wurde durch ein zweites Krachen aus dem nahen Lagerraum unterbrochen, dem ein trunkenes Gegröle folgte.

»Außerdem hast du deinen Rammholzstab als Schutz und bist mit unseren Sitten nicht mehr unvertraut. Betrachte es wie eine Ferienreise, einen Urlaub.«

»Warum habe ich nur dieses hartnäckige Gefühl, daß Sie mir nicht alles verraten?«

»Weil du ein Pessimist bist, mein Junge. Das soll keine Kritik sein. Es ist eine gesunde Einstellung für jemanden, der eine magische Karriere ins Auge gefaßt hat. Diesmal schicke ich dich nicht aus, um Ärger zu bekommen. Wir ziehen nicht in die Schlacht hinaus, um gegen mächtige Eindringlinge aus dem Osten zu kämpfen. Ich bitte dich lediglich, mir eine Handvoll Pulver zu besorgen, eine kleine Medizin. Das ist alles. Es dräut kein Krieg. Sicher, es ist eine lange Reise, aber es gibt keinen Grund, weshalb es eine strapaziöse Reise werden sollte.

Du begibst dich von hier ans Ufer des Tailaroam im Süden und buchst eine Fahrt flußabwärts. An der Mündung, wo die Handelsschiffe andocken, besteigst du ein komfortables Schiff, das Kurs auf Snarken nimmt. Von dort aus geht es auf dem Landweg nach Crancularn. Ein kurzer Ausflug, könnte ich mir denken.«

»Könnten Sie sich denken? Wollen Sie damit sagen, daß Sie nicht wissen, wie weit es von Snarken bis Crancularn ist?«

»Nicht sehr weit.«

»Für jemanden, der mit exakten Formeln und Zaubern hantiert, können Sie manchmal fürchterlich unpräzise sein, Clodsahamp.«

»Und du kannst unnötig geschwätzig sein«, schoß der Hexer zurück.

»Tut mir leid. Meine vorjuristische Ausbildung. Nie ein Wort verwenden, wo es auch fünf tun. Vielleicht hätte ich ja als Rechtsanwalt Furore gemacht, anstatt als Heavy Metal-Bassist.«

»Das wirst du nie erfahren, wenn du nicht in deine eigene Welt zurückkehrst, und das wiederum wirst du nie tun, wenn du nicht ...«

»Ich weiß, ich weiß«, sagte Jon-Tom matt. »Wenn ich nicht diese Reise nach Crancularn unternehme und die Medizin mitbringe, die Sie brauchen. In Ordnung, ich sitze also in der Zwickmühle.«

»Mir wäre es lieber, du unternähmst diese Reise mit Begeisterung, willig, aus einem Bedürfnis heraus, jemandem zu helfen, der dir nur wohlgesinnt ist.«

»Mir ebenfalls. Aber es wird Ihnen wahrscheinlich auch genügen, wenn ich gehe, weil ich keine andere Wahl habe, nicht wahr?«

»Ja«, meinte Clodsahamp nachdenklich, »das wird es wohl.«

II

Als Jon sich am nächsten Morgen auf den Weg machte, war er nicht gerade in bester Laune. Nicht daß ihn woanders etwas aufgehalten und beschäftigt hätte, sagte er sich säuerlich. Er hatte keinen festen Platz in dieser Welt und ganz gewiß nicht die Absicht, sich als professioneller Bannsänger niederzulassen.

Zum einen würde ihn das zum direkten Konkurrenten Clodsahamps machen. Obwohl der Hexer gut von ihm dachte, nähme er diese Idee sicherlich nicht sonderlich gnädig auf. Zum anderen meisterte er seine merkwürdigen Fähigkeiten nicht bis zu dem Punkt, daß er eine entsprechende Gegenleistung für eventuelle Bezahlung garantieren konnte. Möglicherweise brächte er es auch niemals soweit. Er zog es vor, sein Bannsingen als Talent der letzten Instanz zu betrachten und sich lieber auf seinen Stab und seinen Verstand zu verlassen, um Schwierigkeiten aus dem Weg zu gehen.

Tatsächlich machte die Duar ihm viel mehr Freude, wenn er sie nur zum Spaß spielte, genau wie seine angestoßene alte Fender-Gitarre daheim. Jetzt spielte er sie, um seinen Geist etwas zu entspannen, während er in die Stadt ging, klopfte ein paar Takte eines höchst unmagischen Songs von Neil Diamond und wünschte sich, mit Saiten so umgehen zu können wie Ted Nugent. Gleichzeitig mußte er achtgeben, was er auswählte. Doc Diamond war harmlos genug. Wenn er es mit einem bißchen Nugent versuchte – ›Cat Scratch Fever‹ zum Beispiel oder vielleicht ›Scream Dream‹ –, so war nicht abzusehen, was er dadurch zufällig heraufbeschwor.

Wenigstens war das Wetter seiner Reise wohlgesonnen. Es war früher Frühling. Tief im Inneren der Glockenwälder, die ihren Namen wegen der glockenförmigen Blätter trugen und die ein klingelndes Geräusch von sich gaben, wenn der

Wind über sie hinwegstrich, roch die Luft nach Tau und frischen Blüten. Überall flogen Glasschmetterlinge umher, deren Buntglasflügel den Boden mit leuchtenden, zwinkernden Farbstrahlen bedeckten. Pfefferminzbienen, in psychedelischen Pastelltönen gestreift, jagten zwischen den Pflanzen umher.

Eine von ihnen setzte sich als Tramperin auf sein indigofarbenes Hemd. Vielleicht hielt sie ihn für eine riesige Wanderblume. Jon-Tom musterte sie mit Interesse. Anstelle des ihm vertrauten gelb-schwarzen Musters war der Unterleib seiner Besucherin rosa, zitronengelb, orangefarben, schokoladenbraun und hellblau gestreift. Einen langen Augenblick blickten Mensch und Insekt einander nachdenklich an. Nachdem sie zu dem Schluß gekommen war, daß er weder eine Quelle von Pollen noch der Erleuchtung war, summte die Biene wieder auf der Suche nach süßerer Beute davon.

Lynchbany hatte sich nicht verändert seitdem Jon-Tom die Stadt das erste Mal gesehen hatte. (Damals: an jenem verregneten Tag, als er – ein Fremder in dieser Welt – in Begleitung von Mudge dem Otter in die Stadt gekommen war.) Mudge war es auch, den er nun suchte. Er hegte keinerlei Absicht, allein das Glittergeistmeer zu überqueren, egal wie sehr Clodsahamp ihm auch vertrauen mochte. Es gab immer noch viel zu viele Sitten und Gebräuche, die ihm fremd waren.

Mudges Wissen gehörte zur praktischen, nichtintellektuellen Variante. Außerdem war dem Otter nichts kostbarer als seine eigene Haut. Er war eine Art wandelnde Alarmanlage im Pelz, bereit, beim leisesten Anzeichen einer Gefahr zusammenzuzucken oder jede beliebige Ausweichhandlung einzuleiten, die die jeweilige Situation erforderte. Jon-Tom hatte vor, ihn auf die gleiche Weise zu benutzen, wie es die westlichen Allierten im Ersten Weltkrieg mit Tauben getan hatten, um Giftgas aufzuspüren.

Mudge hätte diesen Vergleich als unschmeichelhaft empfunden, doch Jon-Tom war es gleichgültig, was der Otter denken mochte. Trotz seiner fragwürdigen Moral und seines wechselhaften Sinns für Loyalität war ihm der Otter in der Vergangenheit eine große Hilfe gewesen und konnte es jetzt auch wieder sein.

Doch das Glück war nicht mit Jon-Tom. In den Tavernen, die er für gewöhnlich heimsuchte, war Mudge nicht zu finden, und auch in den Speise-Etablissements und Spielhöllen wußte man nicht, wo er steckte. An seinen üblichen Aufenthaltsorten hatte man ihn seit längerem nicht mehr gesehen.

Schließlich hörte Jon-Tom in einer der ehrbareren Herbergen am anderen Ende der Stadt von dem Otter, dort wo der Gestank aus der unabgedeckten Kanalisation nicht ganz so schlimm war.

Die Concierge war eine übergewichtige, schlechtgelaunte Koala-Frau. Eine mit Schnitzwerk verzierte Pfeife hing ihr aus dem Mund, während sie den Boden in der Nähe des Eingangs schrubbte.

»Jau, klar hab ich 'n geseh'n«, erzählte sie Jon-Tom. Ein Teil ihres rechten Ohrs fehlte – wahrscheinlich im Laufe einer Auseinandersetzung mit einem zornigen Gast abgebissen.

»Wüßt gern genausogut wie Sie, wo er hin iss, Mann. Iss abgehauen, obwohl er mir noch eine halbe Wochenmiete g'schuldet hat. Iss zwar nich so schlimm wie manche Leute gewesen, aba 'ch aabaite hart, um den Laden in Schuß zu halt'n, und da zählt jeda Silbaling.«

»Nur wenige Tage Miete, ja?« Jon-Tom kauerte nieder, um mit der Concierge auf Augenhöhe zu sein. »Sie wissen genau, wo er ist, nicht wahr? Sie erzählen mir nur so 'ne Story, für die der alte Mudge Sie bezahlt hat, damit Sie sie jedem aufbinden, der nach ihm fragen sollte, weil er wahrscheinlich bei *allen* Schulden hat, außer bei Ihnen.«

Sie legte die schwarze Nase in Falten und wischte sich die Pranken an der Schürze ab. Dann begann sie breit zu grinsen. »Sind mir aber 'n Schlauer, Mann, auch wenn 'se seltsame Manier'n hab'n un' komisch sprech'n.«

»Ich komme eigentlich nicht von hier«, gestand Jon-Tom. »Genaugenommen liegt mein Zuhause ziemlich weit von Lynchbany entfernt. Und ich bin auch kein Gläubiger oder Zahlungseintreiber. Mudge ist mein Freund.«

»Ach ja?« Sie ließ ihren Besen in den Eimer mit Putzwasser fallen und erhob sich. Jon-Tom tat es ihr gleich. Sie reichte ihm kaum bis zum Bauch. Das war nichts Ungewöhnliches. In dieser Welt war Jon-Tom so etwas wie ein Riese; hier, wo Menschen kaum mehr als einen Meter sechzig maßen und viele andere noch kleiner waren.

»Sein Freund sind 'se, hä? Da sind 'se wohl was Besonderes. Wußte gar nich, daß der Otter übahaupt Freunde hat. Nur Bekannte und Feinde.«

»Macht nichts. Ich bin jedenfalls sein Freund und muß ihn unbedingt treffen.«

»Wozu?«

»Ich bin auf Reisen im Dienst des großen Hexers Clodsahamp.«

»Ach, diesa olle Scha'latan!«

»Er ist kein Scharlatan. Haben Sie denn nichts von der Schlacht um das Jo Troom-Tor gehört?«

»Jaa, jaa, hab ich gehört, hab ich gehört.« Sie nahm den Eimer mit dem Putzwasser auf, in dem der Besen umherschwappte. »Ich weiß aba auch, daß man nich alles glaub'n soll, was in da Zaitun' steht. Diese Reise, auf die du gehst: Iss die gefäählich, kann da jeman' getötet wer'n?«

»Möglicherweise.«

»Jau, dann sach ich Ihn'n, wo der Otter iss. Dann sorg'n 'se dafüa, daß er mit Ihnen geht!«

»Das hatte ich vor.«

»Guuut! Dann sach ich Ihnen, wo er iss. Wail, un' das stimmt, Mann, er schuldet mir wirklich 'ne halbe Wochenmiete. Will's bloß kei'm and'rn erzähl'n, wail die ihn sons noch vor mir erwisch'n könnt'n. Aba das iss bessa, viel bessa. Das iss 'n paar Tage Miete wert.«

»Was diese Miete angeht ...«, sagte Jon-Tom und klimperte mit der Börse voller Gold, die ihm Clodsahamp mitgegeben hatte, um davon seine Reise über das Glittergeistmeer zu bezahlen.

Die Concierge winkte ab. »Hach, nö, Mann. Sorg'n 'se bloß dafüa, dasser 'se auf diesa gefählich'n Raise beglaitet. Stell mir lieba vor, wie er in irgendein'm fern'n Land am Spieß von so 'nem Kannibal'n schmoat. Das macht mir viel mehr Froide als 'n paar Münz'n.«

»Wie Sie wünschen, Madame.« Jon-Tom steckte die Börse fort.

»Se müss'n mir nur versprech'n, daß 'se eines Tachs zurückkomm' un mir mit den blutig'n Einzelheit'n Froide mach'n. Dafüa werd ich 'se selbst bezahl'n.«

»Ich werde es mir mit Sicherheit zur Aufgabe machen«, erwiderte Jon-Tom trocken. »Und wo finde ich nun meinen Freund?«

»Hier nich. Im Noadn.«

»In Oglagia?«

»Hach, nö, weita im West'n. In Timswitz.«

»Timswitz«, wiederholte Jon-Tom. »Danke. Wissen Sie, was er dort zu erledigen hat?«

Sie stieß ein kurzes, scharfes Bellen aus, ein Koalalachen. »Dasselbe, wass der Otter überall sons auch zu erledig'n hat: Stehl'n, Betrüg'n, Liedalichkait un Sauf'n. Wette, dass 'se 'n laicht genuch find'n, wenn 'se dass im Auge behalt'n.«

»Werde ich. Sagen Sie mal: Ich bin noch nie nördlich von Lynchbany gewesen. Wie sieht's denn in Timswitz aus?«

Sie zuckte mit den Schultern. »Wie hia. Wie Oglagia. Wie alle Städte in d'n Glock'nwäldan. Rückständich, übafüllt un' prim'iv, aber nich schlecht, wenn 'se berait sin, füa Ihre Rechte einzusteh'n un haat zu a'bait'n.«

»Danke, meine Dame. Sind Sie sicher, daß Sie nichts für die Information haben wollen, die Sie mir gegeben haben?«

»Behalt'n 'se Ihr Geld un geh'n 'se auf Ihre Raise«, sagte sie zu ihm. »Ich freu mich darauf, von d'm langsam'n un quaalvoll'n Tod des Otters zu höan, wenn 'se zurück sin'.«

»Vertrauen Sie lieber nicht zu sehr darauf, daß er dabei

draufgeht«, meinte Jon-Tom, als er sich zum Gehen wandte. »Mudge hat eine Art, selbst die schlimmsten Orte noch zu überleben.«

»Weiß ich. Iss hia abgehau'n, ohne daß ich's geroch'n hab. Will Ihnen was sag'n: Wenn er nich auf Ihrer Raise umkommt, können 'se mir seine Miete bezaahl'n, wenn 'se zurückkomm'.«

»Da werde ich noch einen draufsetzen, Madame: Ich werde ihn dazu zwingen, sie höchstpersönlich zu bezahlen.«

»Auch gut. Na dann, gute Raise, Mann!«

»Und Ihnen auch einen guten Tag, meine Dame!«

Jon-Tom hatte nicht die Absicht, zu Fuß bis Timswitz zu laufen, da ihm Clodsahamp Gelder für die Reisespesen zur Verfügung gestellt hatte. Das örtliche Gegenstück zu einer Postkutsche kam gerade durch Lynchbany, und er bezahlte einen Sitzplatz in dem kistenartigen Ding. Es wurde von vier prächtigen Pferden gezogen und von mehreren ein Meter hohen Backenhörnchen gelenkt, die fluchten wie die Schauerleute. Sie trugen schmutzige Uniformen und huschten umher, um Gepäck und Kisten im Hinterteil der Kutsche zu verstauen.

Doch Jon-Tom unterlief ein Irrtum in bezug darauf, wer tatsächlich dabei das Sagen hatte. Als er an dem Vierergespann vorbeischlenderte, richtete eines der Pferde ein Auge auf ihn.

»Komm schon, Kumpel, beeil dich! Wir können nicht den ganzen lieben Tag lang warten.«

»Tut mir leid. Der Fahrkartenverkäufer hat gesagt, ihr würdet erst in fünfzehn Minuten abfahren.«

Die Mähre schnaubte. »Dieser senile Bastard! Weiß wirklich nicht, was aus der Welt noch werden soll, wenn man sich nicht mehr auf seine Vertriebsleute an der Basis verlassen kann.«

»Wem sagst du das?« fragte der Hengst, der neben ihr angeschirrt war. »Leider sind wir mit Hufen statt mit Händen auf die Welt gekommen, deshalb müssen wir lahmarschige

Blödmänner mit viel zu kleinen Gehirnen dafür anheuern, die geschäftlichen Einzelheiten für uns zu erledigen.«

»Stimmt genau, Elvar«, sagte der Hengst hinter ihm.

Die Diskussion setzte sich fort, bis die Kutsche die Station verließ.

»Alles an Bord?« fragte die Mähre, die in zweiter Reihe angeschirrt war. »Am Sitz festhalten!«

Die beiden Backenhörnchen hockten hinten beim Gepäck, putzten sich und versuchten, wieder zu Atem zu kommen. Kutscher wurden nicht benötigt, weil die Pferde die Strecke selbst kannten. Die Backenhörnchen waren Be- und Entlader und fuhren mit, um das Gespann zu versorgen, das schließlich die eigentliche Arbeit des Kutschenziehens leistete.

Das wäre auch völlig in Ordnung gewesen, was Jon-Tom und die anderen Passagiere anging, hätten die Pferde nicht die ungute Angewohnheit gehabt, beim Galoppieren in Gesang auszubrechen. Und wenngleich sie auch über kräftige und klare Stimmen verfügten, war doch kein einziges von ihnen fähig, auch nur anstandshalber die Andeutung einer Melodie wiederzugeben. So waren die Reisenden dazu gezwungen, den ganzen Weg bis Timswitz eine schier unendliche Serie gekreischter Lieder über sich ergehen zu lassen.

Als einer der Passagiere die Verwegenheit aufbrachte, sich zu beschweren, wurde ihm nahegelegt, auszusteigen und lieber zu Fuß zu gehen. Darüber hinaus gab es unterwegs zwei unfahrplanmäßige Pausen, einmal als das Gespann hungrig wurde und stehen blieb, um auf einer saftigen Wiese zu grasen, durch welche sich der Weg praktischerweise gerade schlängelte; und ein zweites Mal, als die beiden Mähren ein hitziges Streitgespräch darüber begannen, welche von ihnen die schöneren Fesseln besaß.

Als sie endlich in Timswitz ankamen, war es schon dunkel.

»Kommt schon!« schnauzte der Leithengst. »Bewegt euch gefälligst, da hinten! Unser Stall wartet. Ich weiß ja, daß ihr alle bloß zwei Beine abgekriegt habt, aber das ist schließlich kein Grund, hier rumzulungern.«

»Also wirklich!« Eine der empörten Reisenden war eine elegant gekleidete Füchsin. Ihre Rute war mit Goldketten durchwirkt, und ihr reichverzierter Hut hing ihr schrecklich schief über die Ohren, von der Holperfahrt der Kutsche durchgeschüttelt und verrückt. »In meinem ganzen Leben bin ich noch nie so unhöflich behandelt worden! Ich verspreche Ihnen, daß ich mich bei der nächstbesten Gelegenheit bei Ihrem Firmenmanager beschweren werde.«

»Mit dem sprichst du gerade, Schwester«, sagte der Hengst. »Wenn du dich beschweren willst, dann tust du es besser gleich, von Angesicht zu Angesicht.« Er musterte sie von oben bis unten. »He, eigentlich solltest du dich dafür bedanken, daß wir dir die Extrapfunde nicht zusätzlich berechnet haben.«

»Also wirklich!« Ihre Rute schlug dem Hengst über das Maul, als sie sich umdrehte und davonstolzierte, um ihr Gepäck zu holen.

Nur die Tatsache, daß seine Gefährtin auf ihn einredete, hielt den Hengst davon ab, mit seinen Zähnen eine Portion aus dem flauschigen Anhang zu beißen.

»Beherrsch dich, Dreal!« bat sie ihn. »Es lohnt sich nicht, die zahlende Fracht zu beißen. Ist eine miserable Öffentlichkeitsarbeit.«

»Wette, die arbeitet nur in der Öffentlichkeit«, schnaubte er. »Was hält diese gestreiften Ratten da hinten auf? Ich brauche eine Striegelung und ein bißchen süßes Alfalfagras.«

»Das weiß ich doch, Liebster«, sagte sie und drückte ihm dabei mit der Schnauze gegen den Hals. »Aber du mußt wirklich versuchen, eine professionelle Einstellung zu bewahren.«

»Ja, ja, ich weiß«, hörte Jon-Tom den Hengst sagen, als er zur Station hinüber schritt. »Ist ja nur, daß ich manchmal glaube, wir wären besser dran gewesen, uns irgendwo einen kleinen Hof auf dem Land zu kaufen und ein paar Hausmäuse und vielleicht ein oder zwei Menschen für die Drecksarbeit anzuheuern.«

Jon-Tom war der einzige, der ins Büro trat. Die Füchsin und die anderen Passagiere hatten sich bereits auf den Weg zu anderen Zielen begeben.

»Kann ich Ihnen helfen?« fragte der ältliche Marder, der hinter einem niedrigen Schreibtisch saß. Mit seinem langgezogenen Oberkörper und seiner kurzen Hüftpartie erinnerte der Sekretär Jon-Tom an Mudge. Der Marder war allerdings noch schlanker, und anstelle von Mudges greller Kappe und hell leuchtender Weste und Hose trug er dunkle Shorts und ein ärmelloses weißes Hemd, einen Augenschutz und eine Zweistärkenbrille.

»Ich bin fremd in der Stadt.«

»Ich vermute, daß Sie überall fremd sind«, erwiderte der Marder ahnungsvoll.

Jon-Tom ignorierte die Bemerkung. »Wo kann man als Besucher in Timswitz hingehen, wenn man sich ganz harmlos vergnügen und unterhalten will?«

»Nun, hm«, antwortete der Marder steif, »ich selbst habe Familie. Versuchen Sie es mal im *Goldenen Seehund.* Dort gibt es Folklore-Darbietungen unterschiedlichster Art und gelegentlich auch ein Saitentrio aus Kolansor.«

»Sie haben mich wohl nicht recht verstanden.« Jon-Tom grinste vielsagend. »Ich will mich amüsieren, aber nicht mit Kultur.«

»Verstehe.« Der Marder seufzte. »Na schön, wenn Sie die Hauptstraße bis zur Geburtslilienallee und diese bis zum Ende entlanggehen, stoßen Sie auf zwei kleine Seitenstraßen, die in zwei getrennte Sackgassen führen. Nehmen Sie die nördliche. Wenn der Gestank und der Lärm nicht genügen sollten, um Ihnen den weiteren Weg zu weisen, halten Sie Ausschau nach einem kleinen Schild, das direkt über einer Öllampe hängt und einen geschnitzten Afghanen zeigt.«

»Ein Afghane wie der Hund oder wie der Teppich?«

Der Marder fuhr sich mit der Zunge über die Lippen. »Das Etablissement heißt *Zur Eleganten Hündin.* Zweifellos werden Sie mit den dort dargebotenen Vergnügungen zufrieden sein. Ich selbst weiß es natürlich nicht. Ich habe Familie.«

»Natürlich«, erwiderte Jon-Tom feierlich. »Danke.«

Als er einsam die schwachbeleuchtete Hauptstraße entlangschritt, ertappte er sich bei dem Wunsch, Talea ginge jetzt neben ihm. Talea mit dem feuerroten Haar und dem unerschöpflichen Einfallsreichtum. Talea mit dem blindwütigen Mut und dem heftigen Temperament. Ob er sie liebte? Er war sich nicht mehr sicher. Er hatte es geglaubt, hatte geglaubt, daß auch sie ihn liebte. Aber sie war viel zu unstet, um sich als Ehefrau eines wandernden Bannsängers zur Ruhe zu setzen, der sein Handwerk noch nicht meisterte.

Nicht lange nach der Schlacht am Jo-Troom-Tor hatte sie bedauernd vorgeschlagen, daß ihre Wege sich trennen sollten, wenigstens für eine kleine Weile. Sie brauchte Zeit, um über wichtige Dinge nachzudenken, und sie empfahl ihm, das gleiche zu tun. Es war schwer für ihn. Er vermißte sie wirklich. Aber es war durchaus möglich, daß sie für einen einzigen Mann zu unabhängig war.

Doch er hielt an seinen Hoffnungen fest. Vielleicht würde sie eines Tages des Umherwanderns müde werden und zu ihm zurückkehren. Es blieb ihm nichts, als zu warten.

Was Flor Quintera anging, die er ungewollt mitten aus ihrem Cheerleader-Training in diese Welt gerissen hatte, so hatte sie sich als schwere Enttäuschung erwiesen. Anstatt angemessen fasziniert von ihm zu sein, stellte sich heraus, daß es sie nach einer Karriere als schwertschwingende Söldnerin gelüstete. So war sie mit Caz davongezogen, dem großen höflichen Hasen mit der gepflegten Stimme und den eleganten Manieren. Jon-Tom hatte schon monatelang nichts mehr von ihnen gehört. Flor war ein Traum, der ihn in die Wirklichkeit zurückgeführt hatte, und das sehr schnell.

Wenigstens war dies die passende Welt, um Träumen nachzustreben. Im Augenblick sollte er jedoch einer Medizin nachgehen. Er klammerte sich an diesen Gedanken fest, als er in die winzige Seitenstraße einbog.

Genau wie der Marder es vorhergesagt hatte, vernahm er nun grölendes Singen und Gelächter. Doch anstelle einer vereinzelten kleinen Öllampe hingen zu beiden Seiten der Eingangstür sehr große beeindruckende Lampen aus klarem schräggeschliffenen Kristall.

Über der Tür befand sich ein freihängendes Schild, das eine prachtvoll frisierte Hündin zeigte, die in Federn und Geschmeide gehüllt war. Sie sah mit einem eindeutigen ›Na, komm‹-Blick über die pelzige Schulter und hatte kokett die Hüften aufgereckt.

Davor befand sich eine kleine Veranda. Unter dem Regenschutz blieb Jon-Tom stehen und klopfte zweimal gegen das stark geölte Holz der Tür. Sie wurde von einem ein Meter hohen Mäuserich in einem gestärkten Anzug geöffnet. Lärm überflutete Jon-Tom, als der Türsteher ihn von oben bis unten musterte.

»Hereinspaziert ins Vergnügen!« sagte er schließlich und trat beiseite.

Jon-Tom nickte und trat ein. Der Mäuserich schloß hinter ihm die Tür.

Er fand sich in einem Salon wieder, der mit prachtvollem Mobilar ausgestattet war, und in dem sich ein wildes Gemisch verschiedenster Wesen von mindestens zwei Dutzend Arten und Gattungen befand. Alle tänzelten und sprangen umher, ohne sich im mindesten darum zu scheren, mit welchen Partnern sie dabei zusammenkamen. Es waren auch mehrere Menschen darunter, Männer und Frauen. Sie bewegten sich frei zwischen ihren intelligenten pelzigen Gegenstücken.

Jon-Tom nahm das Treiben in sich auf, lauschte den laszivеn Dialogen, nahm die Bewegung der Hände und Pranken wahr und begann denn Verdacht zu hegen, daß er hier nicht in eine Bar geraten war. Es bestand kein Zweifel, um welche Art von Etablissement es sich hierbei handelte. Er war noch immer etwas erstaunt, obwohl er das nicht hätte sein dürfen: Schließlich war es nur logisch, daß Mudge sich gerade an einem solchen Ort aufhielt.

Dennoch wollte er nicht das Risiko eingehen, ins Fettnäpfchen zu treten und sich zu blamieren. Immerhin konnte der erste Eindruck ja auch täuschen. Also sprach er den Mäuserich an:

»Entschuldigung, das hier ist doch tatsächlich ein Freudenhaus, oder?«

Die Stimme des Mäuserichs war erstaunlich tief und rumpelte aus dem winzigen grauen Körper hervor. »Hier tun alle möglichen Leute herkommen«, murmelte er verdrossen, »alle möglichen Leute. Was hast du denn gedacht, Kerlchen? Eine Bibliothek vielleicht?«

»Eigentlich nicht. Gibt ja keine Bücher.«

Der Türstehermäuserich grinste und offenbarte dabei spitze Zähne. »Oh, Bücher tun wir auch haben. Mit Bilder. Haufenweise Bilder, wenn du auf so was stehen solltest.«

»Im Augenblick nicht.« Aber er war neugierig geworden. Vielleicht später, wenn er Mudge gefunden hatte.

»Sieht so aus, als wärst du auf Reisen. Willst du was zu essen und zu trinken?«

»Danke, nein, ich bin nicht hungrig. Eigentlich suche ich einen Freund.«

»Jeder tut zur *Eleganten Hündin* kommen, um sich einen Freund zu suchen.«

»Du verstehst mich nicht. So habe ich das nicht gemeint.«

»Dann sag mir, wie du es meinst. Wir stellen uns hier auf alle Arten von Meinungen ein.«

»Ich suche einen Kumpel, einen Bekannten«, sagte Jon-Tom erzürnt. Dieser Mäuserich dachte anscheinend immer nur an das eine.

»Ach, verstehe. Also keine Zerstreuung, eh? Das hier ist aber kein Bethaus.«

»Bist ein guter Geschäftsmann«, versuchte Jon-Tom ihn zu beschwichtigen. »Später vielleicht. Ich muß schon sagen, du bist mir der kleinste Koberer, der mir jemals untergekommen ist.«

»Ich bin nicht klein, und ich bin auch kein Koberer«, erwiderte der Mäuserich mit einer gewissen Würde. »Wenn du mit der Madame sprechen willst ...«

»Nicht unbedingt«, sagte Jon-Tom, obwohl er sich nicht nur fragte, wie sie wohl aussah, sondern auch, was sie wohl war. »Der Typ, hinter dem ich her bin, trägt eine spitze Mütze mit einer Feder, eine Lederweste, schleppt überall, wo er geht und steht, einen Langbogen mit sich herum und ist ein Otter. Er heißt Mudge.«

Der Mäuserich putzte sich ein Schnurrhaar und kratzte sich hinter einem Ohr. Zum ersten Mal bemerkte Jon-Tom die kleinen Ohrpfropfen. Das leuchtete ein. Wenn man das empfindliche Gehör des Mäuserichs berücksichtigte, war es klar, daß er die Pfropfen brauchte, um in dem ständigen Lärm nicht taub zu werden.

»Name und Beschreibung sagen mir nichts, aber es gibt tatsächlich gerade einen Otter hier. Auf Zimmer dreiundzwanzig im ersten Stock.«

»Prima. Danke.« Jon-Tom wäre beinahe in die vorgestreckte Handfläche des Mäuserichs gelaufen. Er legte ein kleines Silberstück darauf und sah, daß es sofort verschwand.

»Danke. Wenn ich irgend etwas für dich tun kann, nachdem du möglicherweise deinen Freund getroffen hast, tu es mich bitte wissen lassen. Ich heiße Warz und bin hier der Majordomus.«

»Später vielleicht«, versicherte Jon-Tom, während er die mit Schnitzwerk verzierte Treppe hinaufstieg.

Er hatte nicht vor, den Majordomus beim Wort zu nehmen. Nicht daß er etwas gegen die Art von Vergnügungen einzuwenden hatte, die dieses Haus bot. Seine lange Trennung von Talea setzte ihm körperlich wie seelisch zu, aber dies war nicht der Ort, um sich irgendwelchen fleischlichen Phantasien hinzugeben. Zwar sah alles sehr nobel und sauber aus, aber man wußte schließlich nie, wo man sich irgendeine interessante Variante einer Geschlechtskrankheit einfangen konnte, und nicht nur die menschlichen Sorten. Mangels moderner medizinischer Versorgung stand ihm nicht der Sinn danach, einen kräftigen Tripper mit Zaubergesängen kurieren zu müssen.

Also beherrschte er seine Libido, während er zum Treppenabsatz im ersten Stock gelangte und sich auf die Suche nach der richtigen Tür machte. Bei dieser Suche wurde er durch einen Anblick unterbrochen, der ihn daran erinnerte, daß er sich hier an einem wirklichen Ort befand und nicht auf einem durch Drogen erzeugten Ausflug in einen Traumzoo.

Ein paar Wesen waren an ihm vorbeigegangen, und er hatte sie nicht beachtet. Nun kam ihm im Gang eine außergewöhnlich wohlproportionierte junge Frau entgegen, die Anfang zwanzig sein mußte. Sie war kaum anderthalb Meter groß und nur in einen pfirsichfarbenen Seidenmantel gehüllt. Der Rauch der kleinen Pfeife, die sie rauchte, trug nur wenig dazu bei, das Bild ihrer hüpfenden, bebenden Weiblichkeit zu verschleiern.

»Na, was starrst du mich so an, du großer, dünner, stattlicher Mann?«

Jon-Tom fiel ein, daß dies wohl nicht nur als rhetorische Frage gemeint war, und er murmelte eine Erwiderung, die zwischen Zunge und Zähnen völlig durcheinandergeriet. Irgendwie gelang es ihm, sich an ihr vorbeizudrücken. Nur die Tatsache, daß Clodsahamp in seinem Baum im Sterben lag, und mit ihm Jon-Toms einzige Chance, wieder nach Hause zu kommen, hielt ihn in Bewegung. Sein Kopf drehte sich wie ein Suchscheinwerfer, und er folgte mit den Augen der vollkommenen Vision, bis diese die Treppe hinab verschwand.

Als er sich weiter durch den Gang bewegte, leuchtete ihm dieses Bild grell auf der Retina nach. Niedergeschlagen entdeckte er die richtige Tür und klopfte an, wobei er sich noch einen letzten traurigen Blick auf den mittlerweile leeren Treppenabsatz gönnte.

»Mudge?« Er klopfte erneut, wollte seinen Ruf schon wiederholen, als die Tür plötzlich aufsprang und er hastig einen Satz zurück machte. In der Türöffnung stand eine Otterdame, die ein feines Spitzennachthemd an den Körper preßte. Die Augenbrauen waren künstlich gelockt und bemalt, und die Spitzen der Barthaare waren in Gold getaucht. Sie schnüffelte, was Jon-Tom jedoch nicht sonderlich beachtete. Otter schnüffelten sehr häufig.

Sie musterte ihn kurz, bevor sie an ihm vorbeischoß, mit heftig stampfenden kurzen Beinen, den Gang entlang.

Jon-Tom starrte ihr nach und wollte schon eintreten, als plötzlich ein zweites Pelzwesen der Nacht herauskam, von einer ebenso bestürzten dritten Otterdame begleitet. Sie folgten ihrer Schwester zur Treppe. Kopfschüttelnd betrat er das dunkle Zimmer.

Ein einzelner Kerzenleuchter sorgte für mattes, flackerndes Licht. Goldene Schatten tänzelten über die gemusterten Tapeten. Sonst rührte sich nichts. An gegenüberliegenden Wänden befanden sich zwei deckenhohe Spiegel. Auf einem Frisiertisch aus Chellowholz stand ein elegantes Porzellanwaschbecken. Die Tür zur Toilette stand halb offen.

An der gegenüberliegenden Wand befand sich ein schmiedeeisernes Bett, mit Trauben- und Blattornamenten verziert. Das Kopfteil war leicht vornüber gebogen. Ein Haufen aus Kissen und Bettüchern füllte das Bett – ein Berg aus feinem Linnen. Jon-Tom schätzte, daß dies wohl nicht das billigste Zimmer im Haus war.

Aus der Seide und dem Satin ertönte eine gedämpfte, aber immer noch wiedererkennbare Stimme. »Bis du's, Lisette? Kommst du zurück, um mir zu verzei'en, Liebchen? War doch nur 'n Witz, was ich gesagt 'abe. War nich ernst gemeint, wirklich nich.«

»Das wäre dann wohl das erste Mal«, sagte Jon-Tom kühl.

Schweigen setzte ein, dann geriet der Tuchhaufen in Bewegung, und ein Kopf kam hervor. Schwarze Augen blinzelten in der Dunkelheit. »Gott, 'ab wohl 'nen verdammten Alptraum! Zuviel gesoffen.«

»Ich weiß zwar nicht, was du zu dir genommen hast«, sagte Jon-Tom, als er auf das Bett zuschritt. »Aber das hier ist jedenfalls kein Alptraum.«

Mudge wischte sich mit den Pfotenrücken über die Augen. »Na schön, Kumpel, dann is es eben kein Alptraum. Bist auch viel zu verdammt groß für 'nen Alptraum. Was zum Teufel 'aste du überhaupt 'ier zu suchen?«

»Dich.«

»'ast du dir aber 'ne prima Zeit für ausgesucht.« Er verschwand wieder unter der Bettwäsche. »Wo sind meine Klamotten?«

Jon-Tom drehte sich um und suchte die Schatten ab, bis er Weste, Mütze, Hose und Stiefel ausgemacht hatte. Der überdimensionale Bogen und der Köcher voller Pfeile lagen unter dem Bett. Er warf das ganze Zeug auf die Matratze. »Da.«

»Danke, Kumpel.« Mit knappen, schnellen Bewegungen glitt der Otter in seine Kleider. »Is die Vorse'ung, die dich gerade jetzt zum armen alten Mudge führt.«

»Davon weiß ich nichts. Du scheinst richtig froh zu sein, mich wiederzusehen. Damit habe ich nicht gerade gerechnet.«

Mudge schien verletzt. »Wa? Nich froh sein, 'nen alten Kumpel wiederzuse'en? Triffst mich ja mitten ins 'erz! Warum soll ich nich froh sein, 'nen alten Kumpel wiederzusehen?«

Irgend etwas war hier faul, überlegte Jon-Tom wachsam. Wo blieben die üblichen mißtrauischen Fragen des Otters, seine beiläufigen Beleidigungen?

Wie als Antwort auf seine Frage schlug die Tür plötzlich nach innen auf. Was dort vor dem Hintergrundlicht des Gangs zu erblicken war, genügte, um selbst einen Opiumesser innehalten zu lassen.

Die gewaltig übergewichtige Dachsdame trug ein hellrotes Kleid mit Organdy-Rüschchen. Von den manikürten Fingern tropften förmlich die Ringe, und es fiel schwer zu glauben, daß die massiven Edelsteine, die den Hals einfaßten, echt waren. Sie warfen das Licht ins Zimmer zurück.

Hinter ihr drängten sich einige neugierige Kunden, als sie eine Pfote hob und majestätisch auf das Bett zeigte.

»*Da* ist er!« knurrte sie.

»Ah, Madame Lorsha!« rief Mudge, während er hastig seine Toilette beendete. »Muß Ihnen 'n Kompliment wegen des Angebots machen, das Ihr 'aus so bietet.«

»Das wird auch das letzte Kompliment sein, das du noch jemals irgend jemandem machen wirst, du Nassauer. Aus deinem Hinterteil machen wir jetzt einen Bettvorleger.« Sie schnippte mit den Fingern, während sie ins Zimmer trat. »Tork.«

Was sich nun niederbeugte, um durch die Türöffnung zu passen, war der größte intelligente Warmlander, dem Jon-Tom bisher begegnet war. Es war ein Schock, jemanden zu erblicken, der größer war als er selbst. Der Grizzly ragte mindestens zweieinhalb Meter in die Höhe, trug schwarze Hosen aus Leder und ein ebensolches Hemd. Außerdem trug er etwas, das in dem schlechten Licht wie schwere Lederhandschuhe aussah. Doch was es wirklich war, wurde nur zu schnell offenbar.

Nun wußte Jon-Tom zwar nicht genau, was in dem eleganten Zimmer und jenseits seiner Wände oder zwischen seinem sich hastig die Stiefel überstülpendem Freund und der Dachsdame vorgefallen war, die ganz eindeutig die Besitzerin dieses Hauses von üblem Ruf war; doch er vermutete, daß der ausgewachsene Grizzly, der gerade die Messingschlagringe auf den gewaltigen Tatzen zurechtrückte, nichts Gutes für die Zukunft verheißen konnte.

»Versteh ja deine Sorgen, Liebchen«, sagte Mudge und nahm wie beiläufig seinen Bogen und Köcher auf, »aber jetzt, da mein Kumpel gekommen is, wird alles anstandslos beglichen.«

»Ach ja?« fragte sie. Der Grizzly stand einfach nur da und rieb sich grinsend eine Tatzenfläche mit der Faust. Die Zähne blinkten strahlendweiß. Die Dachsdame musterte Jon-Tom. »Will er damit sagen, du zahlst seine Rechnung?«

»Seine Rechnung? Was soll das heißen, seine Rechnung bezahlen?«

»Er ist seit drei Tagen hier, ohne einmal runterzukommen, genießt meine besten Getränke und Mädchen, und jetzt erzählt mir dieser Bastard, daß er kein einziges Silberstück besitzt.«

Jon-Tom blickte Mudge wütend an. Der Otter reagierte mit einem Achselzucken. »'e, Kumpel, bin wenigstens ehrlich gewesen. 'ab ihnen gesagt, daß ich pleite bin. Aber das geht doch in Ordnung, nich? Du zahlst doch für mich, nich?«

»Sie *sind* doch sein Freund, oder?« fragte die Dachsdame.

»Hm, na ja.« Er holte die Börse hervor, die Clodsahamp ihm gegeben hatte, und wedelte damit. Das Gold klimperte melodisch, Dachsdame und Bär entspannten sich.

Sie lächelte ihn an. »Das gefällt mir schon besser ... mein Herr. Ich sehe schon, daß Sie ein Gentleman sind, obwohl ich Ihren Geschmack, die Auswahl Ihrer Freunde betreffend, nicht eben hochschätzen kann.« Mudge zeigte eine verletzte Miene.

»Wieviel schuldet er Ihnen?«

Sie brauchte nicht einmal zu überlegen. »Zweihundertfünfzig, mein Herr. Plus eventuelle Beschädigung der Bettwäsche. Das muß ich erst überprüfen.«

»Das kann ich bezahlen«, versicherte Jon-Tom. Er wandte sich um, um Mudge finster anzublicken, und hob seinen Rammholzstab. »Wenn Sie so freundlich wären, mich einen Augenblick mit ihm allein zu lassen, dann möchte ich mir wenigstens einen Teil von ihm wiederholen, indem ich ihn versohle.«

Das Lächeln der Dachsdame wurde immer breiter. »Die Freude liegt ganz bei mir.« Wieder schnippte sie mit den Fingern. Der Grizzly stieß ein enttäuschtes Grunzen aus, machte kehrt und verließ geduckt den Raum.

»Nehmen Sie sich ruhig Zeit, mein Herr! Wenn Sie irgendwelche Hilfsmittel brauchen sollten – Säure, dünne Holzsplitter, egal, was –, so wird es dem Haus eine Freude sein, Sie damit zu versorgen.«

Sie schloß die Tür hinter sich. Sobald sie wieder allein waren, begann Jon-Tom das Zimmer abzusuchen. Es gab nur ein Fenster, weit links. Er versuchte es zu öffnen, doch es bewegte sich nicht.

»'ee, Kumpel!« sagte Mudge und schlenderte auf ihn zu. »Was'n los? Bezahl doch einfach die olle 'ure und dann 'auen wir ab.«

»So einfach ist das nicht, Mudge. Dieses Geld ist von Clodsahamp, mit dem sollen wir unsere Reise mindestens bis Snarken finanzieren. Und es ist auch nicht so viel, wie ich behauptet habe. Da sind keine zweihundertfünfzig drin.«

Mudge wich einen Schritt zurück, als Jon-Tom versuchte, das Prinzip des Fensters zu begreifen. »Einen Moment mal, Kumpel. Was soll das 'eißen – *unsere* Reise finanzieren? Snarken, sagste? Das is doch auf der anderen Seite vom Glittergeistmeer, nich?«

»Stimmt.« Jon-Tom musterte mit verengten Augen den Fensterrahmen. »Schätze, das läßt sich nur von außen öffnen und schließen. Raffiniert. Irgendwie müssen wir da durchkommen.«

Mudge wich weiter zum Bett zurück. »Nett, daß du gekommen bis, um nach mir zu gucken, Kumpel, aber ich fürchte, ich kann nich mitkommen. Und seine 'exerschaft steckt da'inter, sagst du?«

»Genau. Er ist krank, und ich muß für ihn Medizin holen.«

»Schön. Dann grüß das alte Reptil mit besten Wünschen von mir und sag ihm, ich 'off, er wird bald gesund. Was mich angeht, so muß ich auch auf 'ne Reise, meiner Gesund'eit wegen, und Salzluft bekommt meinen Lungen nich.«

»Du wirst nirgendwohin reisen, außer in meiner Begleitung«, fauchte Jon-Tom ihn an. »Mach nur einen Schritt aus der Tür da raus, dann rufe ich die Madame. Ich hab ihren Gesichtsausdruck genau gesehen. Es wäre ihr ein Vergnügen, dir den Kopf vom Rest zu trennen. Und das gilt auch für diesen Fleischkloß, der mit ihr zusammen hier war.«

»Ich 'ab keine Angst vor so 'nem Talgbeutel, der sich nur mit Grunzen verständigen kann«, meinte Mudge.

Jon-Tom wandte sich vom Fenster ab. »Dann sollte ich sie wohl rufen. Ich finde immer jemanden, der mich begleitet.«

Mudge rannte auf ihn zu. »Immer mit der Ru'e, Kumpel, Alter! Nach Snarken, sagst du?«

»Vielleicht noch ein Stück weiter.«

»'inter Snarken gibt's nichts mehr.«

»Doch. Eine kleine Stadt, ein Stückchen landeinwärts ...« Er fingerte am Fensterrahmen und vernahm als Belohnung ein zweifaches Klicken. »Aha!«

Langsam hob er das Fenster. Als er es auf halbe Höhe emporgeschoben hatte, erscholl plötzlich im Gebäude ein lautes und blechernes Scheppern.

»Verdammt! Das Ding hat einen Alarmzauber!« Im Gang war Fußgetrappeln zu hören.

»Keine Zeit für Bedauern, Kumpel! Und bleib bloß nich stehen und guck Löcher in die Luft!« Blitzartig war Mudge über das Sims gehopst und rutschte draußen die Regenrinne hinab. Jon-Tom folgte ihm etwas langsamer, während er den Otter um seine Gelenkigkeit beneidete.

Als sie auf dem Gehsteig angekommen waren, erschienen Gesichter im geöffneten Fenster.

»Du entkommst mir nicht, Otter!« kreischte Madame Lorsha und schüttelte die Faust, während sie durch die Seitenstraße rannten. Jon-Tom rechnete damit, jeden Augenblick das Getrappel des Grizzlys hinter sich zu hören und riesige Pranken zu fühlen, die sich ihm um den Hals schlossen. »Ich werde dich bis an die Enden der Welt verfolgen! Niemand kommt hier raus, der Madame Lorsha noch etwas schuldig ist!«

»Merkwürdig, was sie da über die Enden der Welt gesagt hat«, murmelte Jon-Tom, während er dem Otter durch die endlosen Seitengassen und Windungen folgte. Er war überzeugt davon, daß Mudge sich seine Fluchtroute bereits sorgfältig eingeprägt hatte, bevor er das Bordell betreten hatte. »Da gehen wir nämlich hin.«

»Jetzt fängst du schon wieder an, Kumpel«, sagte Mudge, »Worte zu gebrauchen wie *wir* und *uns!*«

»Ich brauche deine Hilfe, Mudge.«

Sie gelangten auf eine Hauptstraße und verlangsamten ihr Tempo, um sich unter die Menge der Abendspaziergänger zu mischen. Timswitz war eine recht große Stadt, viel größer als Lynchbany. Es war unwahrscheinlich, daß die Schläger von Madame Lorsha sie fänden. Jon-Tom versuchte etwas geduckt zu gehen, um seine ungewöhnliche Körpergröße zu verbergen.

»Clodsahamp ist todkrank, und wir müssen diese Medizin haben. Ich bin genausowenig davon erbaut, die Reise unternehmen zu müssen wie du.«

»Mußt du auch, Kumpel, denn ich werde sie nich mitmachen. Nu versteh mich nich falsch. Du 'ast mir aus 'ner Patsche ge'olfen, und dafür bin ich dir dankbar, ehrlich. Aber sie war es nich wert, daß ich dir dafür mein Leben verpfände, und schon gar nich diesem alten Wortvergifter.«

Sie überholten vorsichtig ein schlenderndes Pärchen. »Ich brauche jemanden, der sich auskennt, Mudge.«

»Dann brauchste 'alt 'nen anderen Typen, Kumpel. Bin nie nich in Sarken gewesen.«

»Ich meine jemanden, der sich in der Welt auskennt, Mudge. Ich hab zwar schon eine Menge gelernt, seit ich hier bin, aber das ist nichts im Vergleich zu dem, was ich alles noch nicht weiß. Ich brauche deinen guten Rat ebenso wie dein ungewöhnliches Wissen.«

»Klar brauchst du die.« Mudge plusterte sich wichtigtuerisch auf. »Meinst wohl, du könntest mich mit Schmeicheleien dazu überreden, wa? Oder 'aste geglaubt, ich 'ätte vergessen, daß du in deiner eigenen Welt Anwalt werden wolltest? 'alt mich nur nich für blöd, Kumpel!«

»Ich brauche einen Begleiter, dem ich vertrauen kann«, fuhr Jon-Tom fort. Die Miene des Otters bewies, daß er mit dieser List nun gerade nicht gerechnet hatte.

»Nee, Chef, das is unfair, und das weißt du auch.«

»Und außerdem«, fügte Jon-Tom hinzu, das Beste für den

Schluß aufsparend, »gibt es eine fette Belohnung, wenn du mir hilfst.«

Das stachelte das Interesse des Otters an. »'ee, Junge, warum sagst du das denn nich gleich, statt mir was davon zu erzählen, daß seine arme, alte, knickerige 'eiligkeit 'n Gichtanfall 'at oder sowas ähnliches und wie sehr du doch meine einzigartigen Talente benötigst.« Er trat näher und legte freundschaftlich einen Arm um Jon-Toms Hüfte, so hoch, wie er noch bequem greifen konnte.

»Mußt noch 'nen tierischen 'aufen übers Leben lernen, Chef.« Er plapperte weiter, während sich der Abendnebel beruhigend um sie legte. Mudge erklärte, daß er zwar nicht wisse, wie so etwas in Jon-Toms Welt gehandhabt werde, daß in seiner Welt Gold jedoch die deutlichste Sprache spräche und Vertrauen erkaufen könne. Gold, keine Worte.

Jon-Tom gab zu, daß es hier anders sei, und stimmte den Behauptungen des Otters zu, während er insgeheim anderer Meinung blieb. Doch es spielte keine Rolle, wer im Recht war. Was zählte, war die Tatsache, daß Mudge eingewilligt hatte, ihn zu begleiten.

Mudge schaffte es, sie in ein Lokal in einem der besten Stadtteile zu lotsen. Nachdem er schon mit Clodsahamps Gold geprahlt hatte, konnte Jon-Tom schlecht behaupten, daß er nichts am Leibe hätte, um zu zahlen. Und so arbeitete er sich langsam durch sein Essen hindurch, während der Otter ein gigantisches Bankett vertilgte, das eher dem Appetit des Rausschmeißers von Madame Lorsha angemessen war. Wie Mudge kauend berichtete, hatte er in der letzten Woche eine Menge Energie verbraucht und wollte nun sichergehen, daß er die lange Reise bei vollen Kräften antrat.

Erst nachdem der Otter auch den letzten Happen verputzt hatte, lehnte er sich zufrieden in seinem Stuhl zurück.

»Du sagst also, daß wir ins ferne Snarken reisen, wa, und noch weiter darüber 'inaus. Und ich sage, daß es da'inter nichts mehr gibt. Was 'at davon seine 'o'eit erzählt, wie's da aussieht?«

»Das hat er nicht genau gesagt.« Jon-Tom stocherte in einem Dessert herum. »Er hat nur die Stadt genannt, wo es den Laden gibt, in dem man die Medizin kriegt.«

»Ja, 'ab ge'ört, daß du was von 'ner Stadt gesagt 'ast. 'at die auch 'n Namen?«

Jon-Tom entschied, daß der bittersüße Beerennachtisch ihm schmeckte, und aß ihn auf. »Crancularn.«

»Wa?« Mudge schoß plötzlich kerzengerade in die Höhe, und die letzten Spuren Knitterbeerengelee tropften ihm aus den Mundwinkeln, als er den Mann anstarrte, der ihm am Tisch gegenüber saß. Einige neugierige Restaurantbesucher warfen ihm einen kurzen Blick zu, widmeten sich aber wieder ihren eigenen Angelegenheiten, als sie merkten, daß es keine Prügelei gab.

Mudge wischte sich die klebrigen Barthaare und senkte die Stimme, wobei er Jon-Tom seitlich anschielte. »Wie 'eißt das Kaff, was 'ast du gesagt, Chef?«

»Crancularn. Ich merke, daß du schon davon gehört hast.«

»Davon ge'ört, daß kann man verdammt noch mal sagen. Kumpel, das is'n Totenort.«

»Ich dachte, es soll hinter Snarken nichts mehr geben.«

»Soll, ja, Kumpel, soll! Aber schließlich weiß auch keiner, wo dieses Crancularn sein soll, nur daß es sich ab und zu von der Stelle bewegt wie die Läuse und daß keiner mehr zurückkommt, der da 'ingeht. Du willst doch wohl nich im Ernst da'in?«

»Ich will nicht nur im Ernst dahin, ich habe auch vor, dort eine Kleinigkeit einzukaufen und mit dir sicher zurückzukehren. Und du wirst mitkommen, das hast du versprochen.«

»Kumpel, als ich das versprochen 'abe, da 'ast du noch nichts von Crancularn erzählt. Nee, ich bin raus aus der Sache.« Er stieg vom Stuhl und mußte plötzlich feststellen, daß er auf dem Ende von Jon-Toms Rammholzstab hing, der einige Zeit zuvor unter den Tisch geschoben worden war.

»Setz dich!« befahl Jon-Tom. Vorsichtig nahm der Otter wieder Platz. »Du hast dein Versprechen gegeben, Mudge.

Du hast dich bereiterklärt, mich zu begleiten. In gewissem Sinne hast du auch die angebotene Bezahlung angenommen. Dort wo ich herkomme, läßt sich ein mündlich geschlossener Vertrag einklagen, sofern beiden Parteien die Einzelheiten des Vertrags bekannt sind, und in diesem Fall sind die Einzelheiten nun bekannt.«

»Aber *Crancularn,* Kumpel! Kriegt man diese Medizin denn nich irgendwo anders?«

Jon-Tom schüttelte den Kopf. »Das habe ich Clodsahamp gleich mehrmals gefragt, aber er hat nie nachgegeben. Crancularn ist der einzige Ort, wo man sie bekommen kann.« Er beugte sich über den Tisch und sprach fast zornig weiter. »Hör mal, glaubst du etwa, ich habe Lust, die halbe Welt zu durchqueren, nur um einem alten Knacker seine Pillen zu besorgen? Ich mag Clodsahamp, klar, aber ich muß mein eigenes Leben leben. Jedenfalls das, was davon noch übrig ist. Wenn er abkratzen sollte und mich zurückläßt, bin ich so gut wie tot. Deine Welt ist ja ganz interessant, aber ich will *nach Hause,* verdammt! Ich sehne mich nach Westwood am Premierenabend eines Steven Spielberg-Films, und ich sehne mich nach den Buchhandlungen auf dem Hollywood Boulevard und nach dem Strand und nach Schmalzkringeln im Deli und nach chinesischem Essen zum Mitnehmen und ...«

»Schon gut, Kumpel, glaub ich dir ja. Erspar mir deine Erinnerungen! Is also 'n Vertrag, wie? Wengistens lernst du langsam, wie man auf seine Rechte pocht.« Er lächelte und klopfte gegen den Stab.

Jon-Tom war bestürzt. Er hatte genauso gehandelt, wie es Mudge an seiner Stelle getan hätte. Der Gedanke war mehr als nur ein bißchen widerlich.

»Dann hältst du deinen Teil der Verpflichtung also ein?«

»Ja.« Mudge zögerte offensichtlich. »'ab mein Wort gegeben, also muß ich ja wohl. Na ja, ein kurzes, aber glückliches Leben, wie man so sagt. Immer noch besser, als im Bett zu sterben. Jedenfalls allein.«

»Es gibt keinen Grund, jetzt übers Sterben zu faseln.«

Jon-Tom nippte an seinem Krug mit kaltem Apfelwein, der vor ihm stand. »Wir gehen nach Crancularn, holen die geforderte Medizin und kommen wieder hierher zurück. Wir machen bloß eine kleine Besorgung.«

»Stimmt schon, Kumpel, bloß 'ne Besorgung.« Er rülpste verächtlich, zum unverhohlenen Ekel der wohlgekleideten Esser an den Nachbartischen. »Was war das bloß für 'n Tag, als du in diese Lichtung gestolpert bist, wo ich so friedlich am Jagen war! Warum konnste dir nich irgend 'nen anderen armen Teufel aussuchen als den alten Mudge?«

»Du hattest einfach nur Glück. Und was dein Pech angeht, so ist es noch gar nicht ausgemacht, wer in diesem Spiel der wirkliche Narr ist: du, weil du eingewilligt hast, mitzukommen, oder ich, weil ich es von dir verlangt habe.«

»Da piekst du mir aber in die Weichteile mit, Kumpel«, sagte Mudge und blickte verletzt, ein Ausdruck, den er bis zur Meisterschaft vervollkommnet hatte.

»Ist ein Wunder, daß da überhaupt noch was zum Reinpieken übrig ist, nach drei Tagen in diesem Puff! Trink aus, dann suchen wir uns eine Schlafstelle. Ich bin todmüde.«

III

Es kostete sechs Versuche, bis er Mudge endlich wach bekam. Nach drei Tagen pausenloser Ausschweifung und dem gewaltigen Essen am Vorabend mußte er dem Otter dabei behilflich sein, ins Bad zu gelangen. Er hatte seine Hose verkehrt herum angezogen und die Stiefel vertauscht. Jon-Tom machte ihn zurecht, und gemeinsam arbeiteten sie sich durch Timswitz auf der Suche nach einer Transportmöglichkeit.

Von einem nervösen Händler, der dringend ein Geschäft abschließen mußte, mieteten sie sich einen niedrigen Holzkarren, der von einer ältlichen Zugechse gezogen wurde. Sie versprachen, den Wagen im Hafen Yarrowl an der Mündung des Tailaroam abzugeben. In Yarrowl müßte es ein leichtes sein, eine Überfahrt auf einem Handelsschiff zu buchen, das über das Glittergeistmeer nach Snarken fuhr.

Es gelang ihnen, die Stadt ohne Aufsehen zu verlassen und ohne von den argwöhnischen Augen der Madame Lorsha und ihrer Lakaien bemerkt zu werden. Schon bald fuhren sie auf der schmalen Handelsstraße gen Süden. Als sie endlich im Wald waren, entspannte sich Mudge ganz offensichtlich.

»Sieht so aus, als wären wir der alten Vettel entkommen, Kumpel.«

Jon-Tom hob die Augenbrauen. »Wir?«

»Also wirklich, Chef, da es ja *wir* sind, die diesen kleinen Ausflug unternehmen, und *wir,* die ihr Leben aufs Spiel setzen, um 'nem 'albverblödeten alten 'exer zu helfen, isses ja wohl nur gerecht, wenn ich sage, daß *wir* den Klauen ihrer Schenkel entkommen sind.«

»Guter Plural, böser Plural, wie?« Jon-Tom zerrte an den Zügeln bei dem Versuch, das uralte dahinkriechende Reptil zu etwas größerer Geschwindigkeit zu bewegen. »Hast wohl recht.«

»Nett von dir, mir zuzustimmen, Kumpel«, sagte Mudge verschmitzt. »Wie wär's denn dann, wenn du mich mal 'nen Blick auf *unser* Geld werfen ließest?«

»Ich werde ein Auge auf unsere Reiseausgaben halten, danke. Ich brauche deine Hilfe auf vielerlei Gebieten, aber das Geldzählen gehört nicht dazu, Mudge.«

»Na schön.« Mudge lehnte sich gegen die harte Lehne der Sitzbank, verschränkte die Arme hinter dem Kopf und spähte durch die klingelnden Äste zur Morgensonne. »Wenn du mir nich traust, dann geh doch zur 'ölle, Kumpel!«

»Wenn ich dort ankommen sollte, werde ich wenigstens *unser* Geld vollzählig dabei haben.«

Zum Mittagessen machten sie unter einem Baum Rast; dessen Blätter waren so groß wie Literkrüge. Mudge packte gedörrtes Schlangenfleisch und Fruchtsaft aus. Der Anblick des Fruchtsafts ließ den Otter schaudern, aber er war intelligent genug zu wissen, daß er es die letzte Woche mit dem Saufen eine Spur übertrieben hatte und daß seine Promillewerte sich nur dann noch steigern ließen, wenn er zugleich bleibende Schäden in Kauf nahm. Er goß sich grimassierend ein Glas ein.

Irgend etwas glitzerte im Glas, und er warf einen scharfen Blick nach rechts. Nichts. Glockenblätter, die in der spätmorgendlichen Brise Musik aussandten, Flugechsen, die von Ast zu Ast huschten und Jagd auf eine psychedelische Biene machten.

Und dennoch ... Vorsichtig setzte er das Glas neben dem Wagenrad ab. Die Zugechse schlummerte selig an einem sonnigen Fleckchen, den massigen Kopf auf die Vorderbeine gelegt. Jon-Tom lag im Schatten des Baums. Die Welt schien in Ordnung zu sein.

Doch das war sie nicht.

»Bin sofort zurück, Kumpel.« Mudge griff in den hinteren Teil des Wagens. Doch anstelle von Eßbarem und Getränken griff er nach seinem Bogen und dem Köcher. Der Armbrustpfeil, der zwischen den ausgestreckten Händen plötzlich ins Holz fuhr, ließ ihn innehalten. Langsam zog er sie wieder zurück.

»Ein weiser Entschluß«, sagte eine Stimme zwischen den Bäumen.

Jon-Tom fuhr empor. »Wer hat da gesprochen?«

Er starrte in die Arbeitsenden einer Ansammlung von Hellebarden und Speeren, die von einer unangenehm aussehenden Ansammlung pelziger Angreifer getragen wurden.

»Meine Schuld«, knurrte Mudge, der auf sich selbst wütend war. »'ab sie kommen 'ören, aber nich rechtzeitig genug reagiert.«

»Das hätte keinen Unterschied gemacht«, sagte dieselbe Stimme, die schon zuvor gesprochen hatte. »Wir sind sowieso in der Überzahl, und wenn wir auch Befehl haben, euch lebendig abzuliefern, so hat uns doch niemand befohlen, in welcher Verfassung das sein soll.«

Durch den Kreis der bewaffneten Warmlander trat ein Rüsselbär, beinahe so groß wie Mudge. Seine natürliche schwarze Färbung wurde durch gemalte braune Verzierungen an Schnauze und Schwanz betont. Einer seiner vorderen Nagezähne fehlte, und die anderen langen spitzen Zähne waren gelb gefleckt. Er legte eine Pratze an den Griff eines ziemlich dicken Krummdolchs, der in dem Gürtel an der Hüfte steckte. Der Dolch war auch gefleckt, aber nicht gelb.

Jon-Tom überlegte rasend schnell. Wie Mudges Bogen lagen auch sein Rammholzstab und seine Duar im Wagen. Wenn er doch nur an sie herankäme ... Ja, was dann? Wie der vermutliche Anführer ihrer Gegner schon bemerkt hatte, waren diese zahlenmäßig weit überlegen.

»Schön. Was wollt ihr von uns?« fragte Mudge. »Wir sind nur ganz 'armlose Reisende, keine lohnende Beute für Diebe.«

Der Rüsselbär schüttelte den Kopf und blickte sie über die lange Schnauze mit glänzend schwarzen Augen an. »Eure weltlichen Besitztümer interessieren mich nicht, was immer ihr auch haben mögt. Man hat mir den Befehl gegeben, euch einzufangen.«

»Also 'at Lorsha uns doch noch erwischt«, brummte der Otter. »Na ja, die drei Tage waren es wert, dafür zu sterben. 'ättest dabei sein sollen, Kumpel.«

»War ich aber nicht, und aus meiner Sicht waren sie es auch nicht wert, dafür zu sterben.«

»Beruhigt euch!« sagte der Rüsselbär. »Es hat keiner was von Sterben gesagt. Macht mir keine Schwierigkeiten, dann mache ich euch auch keine.« Er blickte Mudge mit zusammengekniffenen Augen an. »Und was ist das für ein Geplapper über eine sogenannte Lorsha?«

Mudge wurde aus seinen Erinnerungen herausgerissen und schnitt dem Rüsselbär eine Grimasse. »Ihr seid also wirklich nich gekommen, um uns zu Madame Lorsha von Timswitz zurückzubringen?«

»Nein, ich komme aus Malderpot.«

»Malderpot?« Jon-Tom starrte ihn an.

»Große Stadt«, informierte Mudge ihn. »Voller säuerlicher Leute und arm an Vergnügungen.«

»*Uns* gefällt's!« sagte ein Waschbär und hob eine Hellbarde.

»War nich bös gemeint«, beschwichtigte Mudge ihn. »Wer will uns denn in Malderpot 'aben?«

»Unser Meister Zancresta«, erwiderte der Rüsselbär.

»Wer ist denn dieser Zancresta?« fragte Jon-Tom.

Die Häscher sahen sie ungläubig an, der Rüsselbär eingeschlossen.

»Soll das heißen, daß ihr noch nie vom Meister der Dunkelheit und dem Manipulator der Geheimen Künste gehört habt?«

Jon-Tom schüttelte den Kopf. »Ich fürchte, nein.«

Der Rüsselbär wirkte plötzlich verunsichert. »Vielleicht haben wir uns geirrt. Vielleicht sind das gar nicht die Leute, die wir holen sollen. Thile, du durchsuchst mit Alo den Wagen!«

Zwei Mitglieder der Gruppe stürzten sich auf den Wagen,

um ihn zu besteigen und die Vorräte mit feiner Mißachtung aller Sorgfalt zu durchwühlen. Es dauerte nur wenige Augenblicke, bis sie Jon-Toms Stab und seine Duar gefunden hatten, und Thile hielt sie triumphierend empor.

»Es ist tatsächlich der Bannsänger«, sagte der Bisam.

»Paß gut auf das Instrument auf, dann wird er uns nichts tun!« riet der Rüsselbär seinen Leuten.

»Ich habe sowieso nicht vor, euch irgend etwas zu tun«, sagte Jon-Tom. »Was will euer Zancresta von uns?«

»Nichts Gutes. Darauf kannst du dich verlassen, Kumpel«, meinte Mudge.

»Also hat wenigstens einer von euch schon mal von unserem Meister gehört.«

»Ja, 'ab ich, aber das schmeichelt seinem Ruf nich gerade.« Er wandte sich zu Jon-Tom. »Dieser Zancresta is nich nur der Chef'exer der Stadt Malderpot, sondern auch von 'nem großen Teil der nördlichen Glockenwälder. Es is so: Jedes Dorf und jede Stadt haben 'n eigenen 'exer oder Zauberer oder 'ne 'exe, und jeder von denen behauptet, er wär besser als seine Kollegen, was die Kunst der Zauberei angeht.«

»Zancresta ist *tatsächlich* der Beste«, sagte der Rüsselbär. »Er ist der Meister.«

»Darüber will ich mich nich mit dir streiten«, meinte Mudge. »'exerdiskussionen und 'exerrangordnungen interessieren mich nich die Bohne, auch wenn ich ständig von denen aufs Kreuz gelegt werde.

Wenn ihr diesen Bannsänger 'olen wolltet, dann schnappt ihn euch und laßt mich ge'en. Ich bin nur 'n armer Reisender, der sein Bestes versucht, die windigen Straßen des Lebens 'eil zu durchwandern, und ich 'abe schon genug Schwierigkeiten, über die Runden zu kommen, ohne mich auch noch um die Probleme der Welt zu kümmern.«

»Das könnte zwar stimmen«, sagte der Rüsselbär und musterte ihn unschmeichelhaft, »aber ich habe nun mal meine Anweisungen. Und die besagen, daß ich den Bannsänger holen soll, der unter dem Namen Jon-Tom bekannt ist, und alle, die mit ihm reisen. Du wirst Gelegenheit bekommen, dem Meister deinen Fall darzulegen. Vielleicht läßt er dich ja laufen.«

»Und wenn nich?«

Der Rüsselbär zuckte mit den Schultern. »Das ist nicht mein Problem.«

»Du 'ast gut reden«, brummte Mudge.

Mit Speeren wurden Jon-Tom und Mudge wieder in den Wagen getrieben, wo sie mit hinter dem Rücken gefesselten Händen Platz nahmen. Zwei der Gefolgsleute des Rüsselbärs nahmen die Zügel, und so schritt die kleine Prozession nach Norden zurück, etwas westlich von Timswitz, gleichzeitig aber auch in die entgegengesetzte Richtung von Lynchbany und dem Fluß Tailaroam.

»Dieser Zancresta 'at 'n schlechten Ruf, Kumpel«, flüsterte Mudge seinem Gefährten zu. »Nich daß ich seine Fä'igkeiten in Frage stellen will. Wie man so 'ört, is er kein schlechter 'exer, aber skrupellos wie der Teufel. Betrügt mit seinen Zaubern und gibt nur ungenügend wieder raus, wenn's um Beschwörungen geht, aber er is zu mächtig, als daß jemand sich gegen ihn stellen würde. Ich selbst 'ab noch nie mit ihm zu tun ge'abt, und ich mach auch 'n weiten Bogen um die Leute aus Malderpot. Wie gesagt, 'aben keinen Sinn fürs Vergnügen.«

»Nach allem, was du mir über ihren Oberhexer erzählst, kann ich das gut verstehen.«

»Stimmt.« Mudge zeigte mit einem Nicken an den Wagenlenkern vorbei. »Is ganz klar, daß dieser Ringelschwanz da keinen blassen Schimmer 'at, was sein Meister mit uns vor'at. Das könnten wir vielleicht zu unserem Vorteil ausnutzen. Müssen diesem charmanten 'aufen von 'alsabschneidern also irgendwie entkommen, bevor die uns Zancresta persönlich vorführen. 'ab nämlich das merkwürdige Gefühl, daß wir, wenn das passieren sollte, weder das Ufer des Glittergeistmeers noch sonst irgendein stilles Wasser se'en werden.«

»Den solltest du lieber nicht unterschätzen«, sagte Jon-

Tom, auf den Rüsselbär zeigend, der mit einigen seiner Leute an der Spitze schritt. »Der scheint mir mehr drauf zu haben als der gewöhnliche Durchschnittsbandit.«

»Tolle Klamotten täuschen auch nich darüber hinweg, wo einer herkommt«, meinte Mudge.

»Ein Versuch kann nicht schaden.« Laut rief er: »He, du, Anführer!«

»Halt's Maul!« schnauzte der Bisam auf dem Kutscherbock. Er zeigte ihm ein Kurzschwert. »Sonst freßt ihr noch eure Zungen zum Frühstück und könnt sehen, wie gut euch eure Worte schmecken.«

»Ich will nur kurz mit deinem Chef sprechen. Ein solch berühmter Anführer wird doch wohl ein paar Minuten Zeit haben.«

Anscheinend waren die Ohren des Rüsselbären ebenso empfindlich wie seine Nase, denn er verlangsamte sein Tempo, bis der Wagen ihn eingeholt hatte.

»Ich empfinde dir gegenüber keinen Haß, Bannsänger. Worüber wünschst du zu sprechen? Ich heiße übrigens Chenelska.«

»Hast du wirklich nicht die geringste Vorstellung, was dein Meister von uns will? Welche Verwendung kann ein so großer und mächtiger Hexer für einen Bannsänger wie mich haben?«

Chenelska überlegte einen Augenblick, dann blickte er an Jon-Tom vorbei zu Mudge. »Sag mir eins, Wasserratte: Ist dieser große Mensch wirklich so unwissend, wie es den Anschein hat, oder will er sich nur über mich lustig machen?«

»Nein.« Mudge sprach dieses Wort so überzeugt aus, daß der Rüsselbär zu dem Schluß kam, Mudge sage tatsächlich die Wahrheit. »Is genauso blöd, wie er aussieht.«

»Danke, Mudge. Ist doch beruhigend zu wissen, daß ich mich immer auf dein geschätztes Urteil verlassen kann.«

»Keine Ursache, Kumpel.«

»Könnte es sein«, fuhr der verblüffte Chenelska fort, »daß du noch nie von der Rivalität gehört hast, die zwischen unserem Meister und jenem herrscht, dem du dienst?«

»Und jenem, dem ich diene? Meinst du damit Clodsahamp? Dem diene ich nicht. Ich bin kein Lehrling oder so etwas. Er hat einen anderen Diener. Wir sind einfach nur befreundet.«

»Soso. Befreundet genug, daß du eine lange, gefährliche Mission für ihn unternimmst, weil er zu krank ist, um sie selbst durchzuführen. Eine Mission, das Glittergeistmeer zu überqueren, um eine seltene und kostbare Medizin zu besorgen, die er benötigt, um sich selbst zu heilen.«

»Woher zum Teufel weißt du das?« fragte Jon-Tom wütend.

Der Rüsselbär grinste und lachte mit einem kurzen, scharfen Bellen. »Sieht so aus, als hätte Clodsahamp wirklich einen anderen, der ihm dient. Einen richtigen Famulus. Ein ausgezeichneter, intelligenter, hart arbeitender Lehrling, der ihm treu und zuverlässig dient. Es sei denn, man verabreicht ihm ein paar steife Schlucke eines ordentlichen Magenwärmers.«

»Sorbl! Dieser dämliche, stieräugige Trottel!«

Der Rüsselbär nickte, immer noch grinsend. »Nicht daß es für uns harte Arbeit gewesen wäre, weißt du. Der arme kleine Kerl sehnte sich nur nach Gesellschaft, und die haben ihm einige andere Diener meines Meisters geboten, woraufhin der Diener des Schildkröterichs äußerst gesprächig wurde.«

»Darauf möchte ich wetten«, murmelte Jon-Tom niedergeschlagen.

»In diesem Teil der Welt war es schon immer eine große Streitfrage«, erklärte der Rüsselbär, »wer von beiden der größere Hexer ist: Clodsahamp vom Baum oder mein Meister Zancresta. Solange die Meinungen geteilt waren und schwankten, hat das meinem Meister nicht viel ausgemacht. Aber in letzter Zeit hat es den Anschein, als sei man außerhalb der unmittelbaren Umgebung von Malderpot zu der Überzeugung gelangt, daß dein Clodsahamp der größere sei.« Er trat näher an den Wagen heran und senkte die Stimme, damit seine Leute ihn nicht verstehen konnten.

»Es stimmt, daß es sehr schwer ist, mit der Rettung der ganzen Welt noch zu konkurrieren. Als die Nachricht vom Sieg über das Volk der Gepanzerten am Jo-Troom-Tor und über die Rolle deines Meisters Clodsahamp uns erreichte, konnte mein Meister nur sehr wenig gegen den großen Erdrutsch in der öffentlichen Meinung unternehmen. Seitdem ist er in einer mörderischen Laune.«

»Als wenn Clodsahamp die gesamten Warmlande nur gerettet hätte, um ihm eins auszuwischen«, sagte Jon-Tom angewidert.

»Wie dem auch sein mag, jedenfalls können Hexer in solchen Dingen ziemlich empfindlich reagieren. Zancresta beschäftigt sich mit bösen Zaubern, bereitet giftige Geschenke zu und verflucht alle, die ihn erzürnen oder im Weg stehen. Seit dieser Sache ist es höchst gefährlich geworden, sich ihm zu nähern. Die einzige Möglichkeit für ihn, seine Selbstachtung wiederzugewinnen und seine Schmach wettzumachen, besteht darin, irgend etwas zu unternehmen, das ihn wieder als der Schildkröte vom Baum gleichwertig erscheinen läßt. Doch er sieht keine Chance, so etwas zu tun. Dieser Clodsahamp verweigert alle Herausforderungen und Duelle.«

»Clodsahamp«, erklärte Jon-Tom höflich, »hält nicht viel von Spielereien.«

»Man munkelt, dem sei so, weil er langsam senil wird.«

Jon-Tom erwiderte nichts darauf. Es hatte keinen Wert, sich mit Chenelska anzulegen, und ihn zu erzürnen.

»Folglich ist mein Meister schrecklich enttäuscht, da es keine Möglichkeit gibt zu beweisen, daß er wirklich der Kunstfertigste auf dem Gebiet der Magie ist.

Vor kurzem traf die Nachricht über Clodsahamps schlimme Krankheit ein, die er nicht mit eigener Magie kurieren kann und für die er eine Medizin benötigt, die nur in einem Land jenseits von Snarken zu bekommen ist. Als mein Meister davon hörte, war er entzückt.«

»Wenn wir aus dieser Geschichte herauskommen sollten«, flüsterte Jon-Tom Mudge zu, »dann knüpfe ich Sorbl an den Füßen auf und hänge ihn mit dem Schnabel nach unten über eine offene Weinbrandflasche.«

»Kumpel, ich 'offe ernstlich, daß du Gelegen'eit dazu bekommst«, meinte Mudge.

»Dank der Informationen, die uns der Famulus des Hexers bescherte, waren wir dazu in der Lage, euch zu orten und abzufangen«, sagte Chenelska.

»Was hat euer Meister mit uns vor?«

»Das weiß ich nicht, Mann. Im Augenblick sieht es so aus, als würde es genügen, euch daran zu hindern, eure Mission auszuführen und mit der nötigen Medizin zurückzukehren. Wenn er schwach genug geworden ist, wird mein Meister vielleicht Mitleid mit ihm haben und nach Süden reisen, um ihm das Privileg zuteilwerden zu lassen, ihn um Hilfe anflehen zu dürfen.«

»Das würde Clodsaham nie tun«, versicherte Jon-Tom dem Rüsselbär. »Er würde Zancresta eher ins Gesicht spukken, als ihn um Hilfe zu bitten.«

»Dann wird er wohl sterben.« Chenelska sagte das völlig gefühllos. »Mir ist das unwichtig. Ich diene nur meinem eigenen Meister.«

»Ja, du bist ein guter Sklave.«

Der Rüsselbär trat noch näher an den Wagen heran und schlug zornig gegen die Seitenplanke. »Ich bin kein Sklave!«

»Ein Sklave ist jemand, der ohne Fragen alle Befehle seines Herrn ausführt, ohne an die möglichen Konsequenzen zu denken.«

»Ich kenne die Konsequenzen dessen, was ich tue.« Chenelska glitzerte ihn böse und nicht mehr freundlich an. »Einer dieser Konsequenzen bin ich mir sicher: Ich werde von dieser Reise in weitaus besserer Lage zurückkehren als ihr. Du hältst dich wohl für sehr schlau, Mann, wie? Man hat mich über alle Tricks aufgeklärt, die ein Bannsänger anwenden kann. Mit deiner Stimme allein kannst du nur Musik hervorbringen, aber keine Magie, solange du dein Instrument nicht hast. Wenn ich mich dazu entschließen sollte, dir die Gurgel durchzuschneiden, wäre ich in noch größerer Sicherheit.

Und was diese Wasserratte angeht, die dich begleitet, so könnte es sein, daß der Meister sie freiläßt. Sollte er das tun, so werde ich sie persönlich erwarten, um sie so zu begrüßen, wie es ihr zukommt.« Mit diesen Worten schritt der Rüsselbär von ihnen fort und beschleunigte sein Tempo, um sich wieder an die Spitze der kleinen Prozession zu begeben.

»Ich fang an mir zu wünschen, daß du mich doch bei Madame Lorsha zurückgelassen 'ättest«, sagte der Otter später am Abend.

»Damit dir Torks Zärtlichkeiten zuteil würden?« Jon-Tom schnaubte. »Wäre ich nicht gekommen, um dich zu retten, lägen deine Einzelteile jetzt schon über ganz Timswitz verstreut, und das weißt du auch.«

»Besser, nach drei Tagen Glückseligkeit zu sterben, als in irgendeiner schmierigen Zelle in Malderpot zu vergammeln und auf ein noch prosaischeres Ende warten zu müssen.«

»Noch sind wir nicht tot. Das ist immerhin etwas.«

»Wirklich? Du 'ast es wirklich drauf, nach Stroh'almen zu greifen!«

»Ich erlebte einmal, wie ein Mann mit keinem anderen Hilfsmittel als einem trockenen Grashalm ein Feuer entfachte. Das wärmte uns beide im Hochgebirge eine ganze Nacht lang.«

»Na, der is jedenfalls nich 'ier, und sein Feuer auch nich.«

»Du gibst viel zu leicht auf.« Jon-Tom blickte nach vorn, wo Chenelska stolz an der Spitze seiner Meute einherschritt. »Ich könnte wohl einen Vorführungsbefehl nebst Anordnung der Haftprüfung beantragen, wenn wir angekommen sind, aber irgendwie glaube ich nicht so recht, daß das auf diesen Zancresta sonderlich viel Eindruck macht.«

»Wa 's 'n das, Kumpel? Irgendso 'ne anderweltliche Magie?«

»Ja. So etwas brauchen wir auch, wenn wir mit dem Kopf auf den Schultern aus diesem Schlamassel rauskommen wollen. Und außerdem dürfen wir den armen alten Clodsahamp nicht vergessen, der sich sowieso seine Sorgen um unsere Haut machen dürfte. Schließlich ist er von uns abhängig.«

»Und wieviel sein Vertrauen in uns wert is, das se'en wir ja jetzt.«

Sie hielten sich auf Nebenwegen und Seitenpfaden, blieben in der Deckung des Waldlaubs und gingen Dörfern und Gemeinden aus dem Weg, die ihren Marsch unterbrochen hätten. Chenelska wollte jede unnötige Bewegung vermeiden und seine nicht immer sehr verläßliche Truppe nicht den Versuchungen der Zivilisation aussetzen. So kamen sie schnell voran und gelangten nach mehreren Tagen in die Außenbezirke eines Städtchens, das zu klein für eine Stadt, aber zu groß für ein Dorf war.

Es war von einer grobflächigen, aber massiven Steinmauer umgeben, was einen Kontrast zu den offenen Stadtgrenzen von Lynchbany und Timswitz darstellte. Die Mauer war nicht sehr hoch, wie Jon-Tom Mudge gegenüber erwähnte, als sie in Richtung Westen weiterzogen.

Ein kleines Tor bot ihnen Durchlaß. Die Gefangenen wurden schnell eine lange Steintreppe hinabgetrieben, vorbei an knisternden, nach Kreosot riechenden Fackeln, um schließlich in eine finstere, stinkende Zelle geworfen zu werden. Ein fettes Stachelschwein drehte den großen Schlüssel im Türschloß um und ließ sie allein in der fast völligen Schwärze zurück.

»Immer noch optimistisch, Kumpel?« Mudge lehnte sich gegen eine der feuchten Mauern und schnüffelte. »In ein Verließ geworfen, ohne 'offnung auf Rettung, um unsere letzten Stunden damit zu verbringen, philosophische Fragen zu erörtern.«

Jon-Tom fuhr prüfend mit den Fingern über die moosbewachsenen Mauern. »Nicht besonders gut gebaut oder gemörtelt.«

»Ich sehe mich berichtigt«, sagte Mudge sarkastisch. »Nich Philosophie, sondern Architektur.«

»Architektur ist ein interessantes Gebiet, Mudge. Das

solltest du nicht so leichtfertig abtun. Wenn man nämlich weiß, wie etwas zusammengefügt wurde, erfährt man vielleicht auch, wie man es auseinandernehmen kann.«

»Das stimmt, Chef. Such du nur nach 'm losen Stein in der Mauer, reiß ihn raus und laß die ganze stinkende Stadt über uns zusammenbrechen. Dann sind wir wirklich endgültig frei.« Er schlich auf eine Ecke zu.

»Nich mal 'n Pißpott in dieser Jauchegrube! 'offe nur, die bringen uns schnell um und lassen uns nich am Gestank ersticken.« Er kehrte zurück, um die Gitterstäbe der Zelle zu packen und dem Wärter zuzuschreien:

»'ee, Kumpel, beweg gefälligst deinen fetten Arsch!«

Ohne jede Eile schlurfte der Wärter von seinem Stuhl aus zur Zelle. Als er das Gitter erreicht hatte, drehte er sich um, und Mudge wich hastig vor dem mit halbmeterlangen Stacheln besetzten Rücken zurück.

»Ich hätte es gern, wenn du ein wenig höflicher wärst.«

»Klar doch, klar, Chef. Immer mit der Ru'e. War nich bös gemeint. Kannst dir doch vorstellen, in welcher Verfassung ich mich befinde, nachdem 'se mich hier wie 'n alten Rock reingeschmissen 'aben.«

»Nein, kann ich nicht«, meinte der Wärter. »Ich tue nur meine Arbeit und kehre danach zu meiner Familie zurück. Ich stelle mir deine Verfassung nicht vor.«

»Entschuldigung«, sagte Jon-Tom, »aber weißt du zufällig, wie lange wir hier festgehalten werden sollen?«

»Äh, nein.«

Langsam. Ihr Wärter war auf allen Gebieten etwas langsam. Das gehörte zu den Eigenarten aller Stachelschweine, und dieses Exemplar hier bildete keine Ausnahme. Das bedeutete aber nicht, daß der Wärter dumm war. Immer vorsichtig taktieren, mahnte Jon-Tom sich.

»Man hat uns unser Eigentum genommen«, fuhr er fort. »Weißt du, was man damit gemacht hat?«

Träge zeigte der Stacheleber nach oben. »Die sind im Hauptwachraum und sollen zusammen mit euch ausgehändigt werden, wenn Befehl kommt, euch zu verlegen.«

»Weißt du, was mit uns geschehen soll?«

Der Wärter schüttelte den Kopf. »Keine Ahnung. Geht mich auch nichts an. Ich mache meine Arbeit und halte mich aus anderer Leute Angelegenheiten raus, jawohl.«

Mudge erriet sofort, was sein Begleiter vorhatte, und sagte traurig: »Bevor sie uns 'ier'er geschickt 'aben, 'aben sie uns durchsucht. Ob sie wohl unseren Sack mit dem Gold gefunden 'aben, Kumpel?«

»Ein Goldsack?« Offensichtlich war der Wärter nicht nur langsam. Zum ersten Mal öffnete er die halbgeschlossenen Lider gänzlich, nur um sie wieder zu senken. »Ihr wollt mich wohl reinlegen. Chenelska würde es niemals zulassen, daß ein Sack voll Gold irgendwo gelagert wird, wo andere ihn finden und stehlen könnten.«

»Ja, aber was, wenn er nich daran gedacht 'at, danach zu suchen?« fragte Mudge vielsagend. »Wir wollen bloß nich, daß er ihn sich unter 'n Nagel reißt, nachdem er uns schon 'ier 'at reinwerfen lassen. Wenn du rausfinden willst, ob wir gelogen 'aben oder nich, mußt du schon selbst danach suchen, Kumpel. Du 'ast ja die Schlüssel, und wir werden uns kaum den Weg aus dieser Zelle freigraben, während du weg bist.«

»Das stimmt.« Der Wärter machte sich auf den Weg zur Treppe. »Kommt bloß nicht auf dumme Gedanken! Die Stäbe könnt ihr nicht durchsägen, und außer mir ist niemand da.«

»Och, wir ge'en schon nirgendwo 'in, wirklich nich«, versicherte Mudge.

»Ach, übrigens«, meinte Jon-Tom beiläufig, »wenn du schon nach oben gehst, könntest du uns vielleicht einen Gefallen tun? Diese Zelle hier ist fürchterlich dumpf und düster. Ein bißchen Musik würde die Sache schon wesentlich heiterer machen. Wenn man Tag für Tag hier unten arbeitet, muß man nach einer Weile doch ganz schön niedergeschlagen sein.«

»Nein, bin ich nicht«, meinte der Stacheleber, während er die Treppe emporstieg. »Mir gefällt es feucht und düster und ruhig, obwohl es mich schon interessieren würde, die Sorte Musik zu hören, die du spielen kannst. Chenelska hat mir nämlich erzählt, daß du ein Bannsänger bist, mußt du wissen.«

Jon-Toms Mut sank. »Ach, nicht wirklich. Ich bin eher eine Art Lehrling. Ich verstehe noch nicht genug davon, um wirklich mit Singen magisieren zu können. Ich mache einfach ganz gern Musik.«

»Trotzdem – das Risiko kann ich nicht eingehen.«

»Warte!« rief Jon-Tom ihm verzweifelt nach. »Wenn du schon weißt, was es mit dem Bannsingen auf sich hat, dann weißt du doch sicherlich auch, daß ein Bannsänger ohne sein Instrument keine Magie machen kann.«

»Das stimmt.« Der Wärter beäugte ihn argwöhnisch.

»Na schön, wie wär's denn dann mit folgendem Vorschlag: Du bringst meine Duar mit, mein Instrument, aber nachdem du es mir gegeben hast, kettest du meine Hände fest. Und zwar draußen, nachdem ich sie durch die Gitterstäbe gesteckt habe. Wenn ich dann versuchen sollte, irgend etwas Gefährliches zu singen, kannst du mir sofort die Duar aus der Hand reißen, bevor ich am Ende bin, während ich mich nicht dagegen wehren kann.«

Der Wärter überlegte und rang mit ihm unvertrauten Konzepten. Jon-Tom und Mudge verharrten in atemloser Stille, froh über die Dunkelheit, weil die ihre Angespanntheit verbergen half.

»Ja, ich glaube, das wäre sicher genug«, meinte der Wärter schließlich. »Und ich bin *wirklich* neugierig, dich singen zu hören! Ich werde nachschauen, ob dein Instrument bei deinen anderen Sachen ist. Während ich nach dem Goldsack suche.«

»Du wirst es nicht bereuen!« rief Jon-Tom ihm nach, als der Wärter auf der Treppe verschwand. Sobald er fort war, blickte Mudge seinen Freund aufgeregt an.

»Mann, Kumpel, meinst du wirklich, du kannst mit angeketteten 'änden was ausrichten?«

»Ich weiß es nicht, ich muß es versuchen. Klar, daß er mir

die Duar nicht ohne Sicherheitsvorkehrungen aushändigt. Ich weiß bloß nicht, was ich singen soll, um hier rauszukommen, bevor es sich für ihn gefährlich anhört und er mir die Duar wieder wegnimmt. Aber ich weiß ja nie, was ich spielen muß – in meiner eigenen Welt hatte ich dasselbe Problem. Aber ein anderer Trick fiel mir nicht ein.«

»Solltest dir aber möglichst bald was einfallen lassen, Kumpel, sonst werdense dich gleich in zwei Welten vermissen, und zwar für immer. Ich weiß ja nich, was dieser Zancresta mit uns vor'at, aber wenn er Clodsahamp so sehr 'aßt, wird er wohl kaum besonders 'öflich mit den Dienern der Schildkröte umspringen.«

»Wir sind nicht seine Diener. Du jedenfalls nicht.«

»Ja, und du 'ast ja auch gese'en, wie weit mich das bei Chenelska gebracht 'at. Ob's mir nun paßt oder nich, dieses verdammte Ektikett 'aftet mir jetzt auch an. Also überleg dir was! Was Wirkungsvolles, und zwar dalli!«

»Ich weiß aber nichts.« Jon-Tom kämpfte mit seinem Gedächtnis. »Ich weiß praktisch nur was über Hard Rock.« Und ungeduldig erklärte er dem fragend dreinblickenden Mudge: »Das ist eine Bezeichnung für eine bestimmte beliebte Musikrichtung. Du hast mich das schon singen hören.«

»Ja, und ich will nich be'aupten, daß ich auch nur ein Wort davon verstanden 'ab.«

»Dann hast du etwas mit meinen Eltern gemeinsam.«

Sie wurden vom Geräusch von Schritten unterbrochen, die die Treppe herabkamen.

»Solltest dir schnell was einfallen lassen, Kumpel!«

»Ich versuch's.« Jon-Tom streckte die Arme durch die Gitterstäbe und wartete hoffnungsfroh ab. Als er die unbeschädigte Duar erblickte, die von einer der Pranken des Wärters herabbaumelte, frohlockte er innerlich.

»Es war kein Gold da«, meldete der Wärter säuerlich.

»Das tut mir leid.« Mudge seufzte verkrampft. »Na, was anderes konnte man von 'nem alten Raffzahn wie Zancresta wohl kaum erwarten. Aber 's 'at ja nich geschadet, mal zu gucken, wa?«

»Worüber habt ihr gesprochen, als ich weg war? Ich habe euch sprechen gehört.« Der Stacheleber wirkte mißtrauisch.

»Nich viel, Kumpel. Nur 'n bißchen geplaudert. Wir unter'alten uns ja auch, wenn du da bist, oder?«

»Ja, das stimmt. Also gut.« Er trat vor und wollte Jon-Tom die Duar reichen, doch dann zögerte er. »Ich weiß ja nicht.«

»Ach, komm schon!« drängte Jon-Tom mit einem riesigen Lächeln, das auf seinem Gesicht festgefroren war. »Ein bißchen Musik wäre doch wirklich ganz nett. Hat schließlich nicht jeder Gelegenheit, einen Bannsängerlehrling zu hören, wie er Musik einfach nur zum Vergnügen macht.«

»Das ist es ja gerade.« Der Wärter wich zurück und wühlte in einer Holztruhe. Als er zurückkehrte, legte er Jon-Tom dicke lederne Handschellen an, die durch eine Kette miteinander verbunden waren. Außerdem befestigte er zu Jon-Toms Entsetzen ein dickes Seil am Hals der Duar.

»So«, sagte er zufrieden und reichte ihm das Instrument. Jon-Toms Finger schlossen sich dankbar um die vertraute Holzfläche und streichelte die doppelte Saitenreihe.

Der Wärter kehrte zu seinem Stuhl zurück und hielt dabei mit eisernem Griff das Seilende fest. »Wenn du irgendwas Komisches versuchen solltest, brauche ich nicht mal zu dir rüberzulaufen. Ich brauche bloß am Seil zu ziehen.« Er ruckte versuchshalber an dem Seil, und Jon-Tom konnte nur mit Mühe sein Instrument festhalten.

»Ein bißchen lockerer mußt du es schon lassen«, bat er, »sonst kann ich ja überhaupt nicht spielen.«

»Na schön.« Der Wärter lockerte den Griff ein wenig. »Aber wenn du mich reinlegen willst, reiße ich dir das Ding aus der Hand und schmettere es zu Boden.«

»Keine Sorge! So etwas würde ich nie versuchen. Nicht wahr, Mudge?«

»O nein, niemals! Nich nachdem du diesem Gentlewesen dein Wort gegeben 'ast.« Der Otter spielte den Niedergeschlagenen, als er sich auf dem Boden niederließ, um zuzuhören. »Spiel uns 'n Wiegenlied, Jon-Tom. Was Beru'igendes und Entspannendes, damit wir die Sorgen, die uns drücken, und die Probleme der Welt vergessen.«

»Ja, spiel etwas in der Art!« bat der Wärter.

Jon-Tom kämpfte mit sich selbst. Es war wohl das beste, wenn er zuerst ein paar harmlose Liedchen spielte, um diesen Blödmann in falsche Sicherheit zu wiegen. Das Problem war nur, daß er sich eher auf Heavy Metal spezialisiert hatte und deshalb ungefähr genauso viele sanfte Songs kannte wie Opernarien. Irgendwie schienen die Stücke von Ozzy Osbourne oder Ted Nugent nicht ganz angebracht, und auch nichts von KISS. Er überlegte, ob er ›Dirty Deeds Done Dirt Cheap‹ von AC/DC spielen sollte, doch dann kam er zu dem Schluß, daß ihn schon eine einzige Strophe davon für alle Zeiten die Kontrolle über die Duar kosten würde.

Er entschied sich dafür, es mit ein paar goldenen Oldies zu versuchen. Vielleicht einige Songs von Roy Orbison, auch wenn seine Stimme dafür nicht ganz die richtige war. Es schien zu funktionieren. Der Wärter lehnte sich faul in seinem Stuhl zurück, offensichtlich zufrieden, doch das Seil immer noch fest in der Hand.

Jon-Tom ging in den Teil eines Songs über, dessen Text ›The day you walked out on me‹* lautete, doch der Wärter rührte sich nicht; leider öffneten sich aber auch die Mauern nicht, um sie hindurchzulassen. Entmutigt ging er zu ›America‹ von Neil Young über. In der Zelle flackerten kurz ein paar schwache Bilder von der Freiheitsstatue und von Ellis Island auf, doch Jon-Tom fand sich weder an dem einen noch dem anderen Ort in Sicherheit wieder.

Dann bemerkte er Mudge. Der Otter lehnte hinten im Schatten und machte lange ziehende und werfende Bewegungen. Jon-Tom brauchte eine Weile, um zu verstehen, was sein Gefährte damit andeuten wollte. Mitten beim Summen von ›Won't Get Fooled Again‹** begriff er endlich, was die Bewegungen des Otters zu bedeuten hatten.

---

* ›Der Tag, als du mich verlassen hast‹, aber auch etwa: ›Der Tag, als du hinaus gegangen bist‹ – *Anm. d. Übers.*

** etwa: ›Ich lasse mich nie wieder zum Narren halten‹ – *Anm. d. Übers.*

Der Wärter hatte das Seil um die Duar geschlungen, um sie Jon-Tom schnell aus den Händen reißen zu können. Wenn sie sich irgendwie dieses Seils bemächtigen konnten, ließ sich daraus ein kleines Lasso fertigen und damit eine Waffe oder vielleicht sogar der große Schlüsselbund einfangen, der auf dem Tisch lag.

Dazu mußten sie natürlich zunächst einmal ihren Wärter außer Gefecht setzen. Da er ohnehin schon fast eingeschlafen zu sein schien, senkte Jon-Tom die Stimme so weit wie möglich und sang weiter die zartesten Balladen, die er kannte, um mit ›Sounds of Silence‹* von Simon and Garfunkel aufzuhören. Diese geschickte Auswahl ließ den Wärter eindösen. Um sicherzugehen, fügte er noch eine entspannende Fassung von ›Scarborough Fair‹** an.

Vorsichtig zupfte er an dem Seil. Zwei halbidiotische Augen wurden plötzlich aufgerissen, und das Seil spannte sich.

»Ich habe dir gesagt, du sollst nichts versuchen!« knurrte der Stacheleber.

Einen Augenblick lang war Jon-Tom fest davon überzeugt, daß sie die Duar – und mit ihr ihre letzte Hoffnung – verlieren würden. »Ich habe doch gar nichts versucht!« rief er verzweifelt. »Mir tun nur die Arme weh, wenn ich sie beim Spielen immer in derselben Stellung halten muß. Etwas anderes hatte ich gar nicht vor.«

»Hm ...« Der Wärter sackte wieder in seinem Stuhl zusammen. »Dann paß bloß auf, daß du es nicht noch mal tust! Bitte spiel noch ein Lied! So was habe ich noch nie gehört. Hübsch.«

Verzweifelnd sang Jon-Tom das erstbeste, was ihm einfiel, den Titelsong von einem der *Rockie*-Filme. Vielleicht war es seine Enttäuschung, vielleicht auch seine plötzliche Teilnahmslosigkeit. Was immer es auch sein mochte, auf einmal meinte er fast körperlich zu spüren, wie die Kraft ihn

---

* etwa: ›Die Klänge der Stille (des Schweigens)‹ – *Anm. d. Übers.*

** ein romantisch-ruhiger Song, ebenfalls von Simon and Garfunkel – *Anm. d. Übers.*

durchströmte. Er versuchte sich darauf zu konzentrieren, und steigerte sich in den nutzlosen Song hinein, in der Hoffnung, daß er ihn zu etwas Besserem führte.

Ein schwacher Ozonhauch erfüllte die Luft in dem Verließ. In der Nähe der Decke krachte es. Mudge krabbelte vorsichtig in die entfernteste Ecke der Zelle. Jon-Tom zuckte zusammen, als ihm ein elektrischer Schlag die Handgelenke hochjagte. Er versuchte, in die Zelle zurückzuweichen, doch die ledernen Handschellen mit ihrer Kette hielten ihm die Hände auf der anderen Seite des Gitters gefangen.

Mist! murmelte er lautlos. Ich habe schon wieder Mist gebaut.

Nur daß er diesmal in der Falle steckte, was immer es nun sein mochte. Irgend etwas materialisierte direkt neben ihm in der Luft. Vergeblich riß er an den Lederfesseln und ließ dabei die Duar fallen. Das Instrument glühte hell, als es auf dem Boden umherhüpfte.

Der träge Stacheleber war aufgestanden und starrte. Er hatte das Seil fallen gelassen, um dafür zum Waffenregal zu schleichen. Dort wählte er einen langen Speer aus und zielte damit auf die Zelle. Jon-Tom war sich auf höchst ungemütliche Weise der Tatsache bewußt, daß der Wärter ihn auf der Stelle mühelos durchbohren konnte.

»Was treibst du da, Bannsänger? Hör auf damit!«

»Ich tue doch gar nichts!« Jon-Tom betete darum, daß seine Hysterie sich so überzeugend anhörte, wie sie echt war. »Bind mir die Hände los!«

Der Wärter ignorierte ihn und starrte mit verblüffter Faszination auf den langsam rotierenden Zylinder aus leuchtendem Gas, der sich in der Zelle gebildet hatte. »Lüg mich nicht an! Da geht was vor. Da geht was vor!«

»Ich weiß doch, daß was los ist, du Idiot! Laß mich frei!« Er zerrte vergeblich an seinen Fesseln.

Der Wärter blieb weiterhin auf Distanz. »Ich warne dich, Bannsänger. Mach dieser Magie auf der Stelle ein Ende!« Den stachligen Rücken an die Mauern drückend, bewegte er sich vorwärts, bis er nahe am Gitter stand. Von dort aus war er dazu in der Lage, den Gefangenen mit der Speerspitze zu stechen. Die war äußerst spitz und scharf.

»Ich kann es nicht beenden! Ich weiß nicht, was ich getan habe, und ich weiß auch nicht, was hier vorgeht.«

»Ich glaube dir nicht.« Die Stimme des Wärters hatte einen schrillen Ton angenommen, und nun stach er völlig ernstgemeint mit seinem Speer nach Jon-Tom.

Plötzlich kam ein lautes *Peng!* aus der Gaswolke. Der glühende Zylinder löste sich auf, um eine gewaltige, kräftige Gestalt von mindestens zwei Meter Größe zu offenbaren, die in der Zellenmitte stand. Sie mußte sich zusammendukken, um nicht gegen die Zellendecke zu stoßen.

Mudge drückte sich wimmernd an die Wand, während Jon-Tom in Panik über seinen letzten Song nachdachte. Dieser so gleichgültig heruntergesungene Song, der offenbar viel wirkungsvoller gewesen war als alle seine mit Sorge und Angst geladenen Vorgänger. Der Titelsong aus diesem *Rocky*-Film ... wie hieß er doch gleich?

Ach so, ja. ›Eye of the Tiger.‹*

---

* ›Auge des Tigers‹ – *Anm. d. Übers.*

IV

Tatsächlich waren es zwei Augen, und sie starrten verdutzt umher. Jon-Tom hatte noch nie zuvor einen weißen Tiger gesehen, schon gar keinen in Rüstung, der auf zwei Beinen stand. Ein Rock aus Leder- und Messingstreifen umhüllte den Körper von der Hüfte bis zu den Knien. Zusätzliche Panzerung schützte die hinteren Seiten von Armen und Beinen und war mit gekreuzten Lederriemen befestigt. Ein kunstvoll verzierter Messinghelm bedeckte den Kopf, und den dünnen Nasenschutz zierte eine verschlungene Inschrift. Aus Löchern im Oberteil des Helms ragten die spitzen Ohren heraus.

Der riesige pelzige Schädel blickte in alle Richtungen und machte seine Besitzerin mit der unerwarteten Umgebung vertraut. Schwarz-weiße Ohren zuckten nervös, als eine Vierteltonne Tiger sich zu orientieren versuchte. Pranken fuhren an Scheiden, und einen Augenblick später hielt jeder der beiden ein eineinhalb Meter langes Schwert mit rasiermesserscharfer gezackter Schneide empor.

»Bei allen neun Katzendämonen, was is'n hia los? Will wohl meinen, daß ich 'n Anspruch darauf habe, zu erfaan, was hia los is, sons is die Hölle los!« Geschlitzte Pupillen konzentrierten sich auf die Gitterstäbe. Die Tigerin trat einen Schritt vor und funkelte den zitternden Stacheleber an. »Du da! Wo sind wir hia? Warum bin ich eingesperrt? Wennde mia nich schleunigst Antwort gibst, mach ich 'n Halsband aus deinen Rückenwirb'ln!«

»W ... W ... Wachen!« stammelte der Stacheleber. Es war nicht lauter als ein Flüstern. Als er merkte, daß sein Ruf nicht weit trug, rief er lauter: »Wache!«

»Lenk nich ab, un red mit mia!« Weiblich, entschied Jon-Tom. Donnernd, aber unverkennbar weiblich. Die Erscheinung war eine Sie. Sie drehte sich um und musterte Mudge. »Du da! Warum redet 'r nich mit mia?«

»Sprichst du mit mir, Liebchen?« fragte Mudge zögernd. Sie griff hinab, hob ihn mühelos mit einer Pranke hoch und stellte ihr zweites Schwert in Greifweite ab. Wenn sie voll ausgefahren waren, hatten ihre Krallen beinahe die Länge von Mudges Fingern.

»Na, mit wem soll ich wohl sons red'n, du kleiner Schwamm?«

»Treff mich der Blitz, Liebchen, aber daran hab ich noch gar nich gedacht!«

»Wachen!« Plötzlich fiel dem Stacheleber ein, daß mit seiner Stimme offenbar nicht sonderlich viel Hilfe herbeizurufen war, daß es aber sicherlich ganz wirkungsvoll sein könnte, statt dessen die Füße zu benutzen. Und so rannte er mit unverhoffter Geschwindigkeit die Treppe hinauf. »Wachen, helft mir!«

»He, du!« Die Tigerin ließ Mudge fallen, der sich sofort in den hinteren Teil der Zelle zurückzog. »Komm zurück! Hörste nich?«

»Er glaubt, daß du eine Gefahr für ihn bist.«

»Was war das?« Zum ersten Mal richtete sich ihre Aufmerksamkeit auf Jon-Tom.

»Er glaubt, daß du für ihn eine Gefahr bist. Weil du hier drinnen bei uns bist.«

»Bis aba verdammt groß für'n Menschen!«

»Und du bist auch verdammt groß.« Er zerrte weiterhin an den Handschellen, die ihn an die Gitterstäbe der Zelle banden.

»Was is das hia für 'n Oat?« Sie drehte sich langsam um die eigene Achse, um das Gefängnis sorgfältiger zu inspizieren. Sie wirkte nicht verängstigt. Nur gereizt.

»Wir sind im Verließ einer Stadt namens Malderpot.«

»Nie gehöat«, sagte die Amazone. »Ein Verließ, sagste. Das seh ich selbst, Süßa.« Sie beäugte seine Fesseln. »Warum bist 'n so zusammengebund'n?«

»Ich bin ein Bannsänger«, erklärte er. »Hab ein bißchen gesungen und dich wohl aus Versehen herzitiert.«

»Das is es also!« Jon-Tom gab sein Bestes, um nicht vor

diesen stechenden gelben Augen zusammenzubrechen. Sie wich einen Schritt zurück und hob beide Schwerter. »Na, dann kannste mich ja einfach wieda zurückzaubern.«

Er drückte sich verängstigt an die Gitterstäbe. »Ich, äh, ich fürchte, das kann ich nicht. Ich weiß nicht, wie ich dich hergeholt habe. Ich kann es vielleicht später mal versuchen. Aber nicht ohne meine Duar.« Er zeugte in den Raum hinaus. »Und ich kann auch nicht spielen, wenn meine Hände so zusammengebunden sind.«

»Na, das is ja wohl offensichtlich. Hab schließlich Augen im Kopf, mußte wissen.«

»Ja, und zwar sehr hübsche.«

»Hm«, sagte sie, etwas sanfter. »Bannsäng'r, sagste? Höast dich eha wie 'n Anwalt an.« Jon-Tom klärte sie nicht über seine juristische Ausbildung auf, da er nicht so genau wußte, wie sie zu Anwälten stand.

Plötzlich zuckte ein Schwert vor. Mudge entfuhr ein Laut, der halb Wimmern, halb Quiecken war, und Jon-Tom schloß die Augen. Doch das Schwert fuhr zwischen den Gitterstäben hinab und zerschnitt ganz sanft die Fessel, die seine beiden Handgelenke miteinander verband. Ein paar Drehungen mit der krallenbewehrten Tatze, und seine Hände waren frei. Während er sich die taub gewordenen Gelenke rieb, sagte er:

»Die Duar brauche ich aber auch noch.« Irgendwo über ihnen waren laute Geräusche zu hören, und er beeilte sich mit dem Vorstellen. »Das ist Mudge, und ich bin Jon-Tom Merriweather.« Er erinnerte sich an den Song, den er vor ›Eye of the Tiger‹ gesungen hatte. »Heißt du zufällig Sage, Rosemary oder Thyme*?« Irgendwie schien ihm ›Scarborough‹ unwahrscheinlich zu sein.

»Nich schlech. Haiße Roseroar.«

Jon-Tom nickte. Einmal mehr waren seine Songs und

---

* In dem Song ›Scarborough Fair‹ (siehe Seite XX) lautet der Refrain ›Parsley, Sage, Rosmary and Thyme‹, Petersilie, Rosmarin und Thymian – Gewürze, die auf dem Scarborough-Markt verkauft werden – *Anm. d. Übers.*

seine Wünsche völlig durcheinandergeraten. Er atmete tief durch und wiederholte die wesentlichen Einzelheiten einer inzwischen wohlvertrauten Geschichte.

»Wir wollen einem Hexer helfen, der im Sterben liegt. Aber ein eifersüchtiger Hexer versucht uns daran zu hindern. Er hat uns gefangengenommen, hergebracht und eingesperrt.«

»Das geht mich nich's an«, sagte die Tigerin. »Findste meine Augn wirklich hübsch?«

»Ganz toll sogar.« Warum beteiligte sich Mudge eigentlich nicht auch ein bißchen an dem Gespräch? fragte sich Jon-Tom. Auf derlei Dinge verstand er sich weitaus besser. Doch der Otter kauerte in seiner Zellenecke und hielt den Mund. Jon-Tom fuhr fort: »Wie Topas.«

»Hast wohl nich nur 'ne musikalische Gabe, kannst dich auch behende ausdrück'n, wie? Na, dann will ich dir ma sag'n, daß ich mich von plump'n Schmeichelei'n da männlichen Mitglieda *keiner* Gattung beeindruck'n laß.«

»Natürlich nicht. Ich wollte nicht den Eindruck erwecken, daß ich dir absichtlich schmeichle oder so. Hab einfach nur eine Tatsache beschrieben.«

»Soso, haste, ja? Wo müßt ihr 'n hin, um eurem sterbend'n Freund zu helfen?«

»Übers Glittergeistmeer.«

»Dann bin ich also so tief im West'n, wie?« Sie schüttelte verwundert den Kopf. »Is 'ne seltsame Welt, in der wia leb'n.«

»Wem sagst du das!« murmelte Jon-Tom.

»Bin noch nie am Meer gewes'n, und schon gar nich am Glittergeistmeer.« Sie spähte neugierig durch die Gitterstäbe hinaus. »Das is also dein Instrument, mit demde Magie machst?«

»Ja. Und die Schlüssel liegen dort auf dem Tisch daneben. Wenn wir das Seil der Duar zu fassen bekämen, könnten wir die Schlüssel vielleicht zu uns heranziehen.« Er musterte die Treppe. »Aber viel Zeit haben wir nicht mehr, glaube ich.«

»Schön, Süßa, wennde die Schlüssel hab'n wills ...« Roseroar legte eine Pranke auf einen Gitterstab zur Linken und die andere auf einen ihm direkt gegenüberliegenden Stab, atmete einmal tief durch und drückte. Unter dem Panzer wallten und wogten Muskeln.

Ein Stöhnen – und das Metall bog sich wie Spaghetti. Die Tigerin trat durch die entstandene Lücke zum Tisch hinüber und hob den Schlüsselbund auf.

»Willste die imma noch?«

Mudge war bereits draußen im Gang, dicht gefolgt von Jon-Tom, der sich die Duar schnappte und sie sich über die Schulter schnallte.

»Ich glaube, wir kommen auch ohne zurecht. Roseroar, du bist eine tolle Dame!«

»Ja, mit einem zarten, damenhaften Touch«, fügte Mudge hinzu.

»Ich glaub, ihr beide gefallt mia«, sagte sie nachdenklich, während sie Mudge anstarrte. »Obwohl ich nich genau weiß, ob ihr versucht, komisch zu sein oder zu schmeicheln.« Sie gestikulierte mit ihren beiden schweren Schwertern. »Will für euch nur hoff'n, daß ihr bloß versucht, komisch zu sein.«

Jon-Tom beeilte sich, sie zu beruhigen. »Du darfst nichts von dem, was Mudge sagt, auf die Goldwaage legen. Solche Bemerkungen sind Teil seines Wesens. Fast wie eine Krankheit.« Er drehte sich um, um dem Otter einen warnenden Blick zuzuwerfen.

»Das seh ich auch«, sagte die Tigerin. »Na ja, ich weiß zwar nich, wie ich wieda nach Hause komm, aber dieses Loch mag ich jedenfalls nich. Gehen wir doch woanders hin, wo wir uns in Ruhe unterhalt'n könn'n.«

»Soll mir recht sein«, sagte Jon-Tom freundlich.

In diesem Augenblick erschien der Stacheleber oben auf der Treppe, vor ihm zwei große schwerbewaffnete Wölfe. Roseroar und die Wölfe erblickten einander etwa gleichzeitig. Sie stieß einen Schlachtruf aus, eine Mischung aus Brüllen und Fluchen, der das Moos von der Decke schüttelte.

Beide Schwerter propellerartig wirbelnd, schoß sie die Treppe hinauf, die sich erstaunlich schnell leerte.

Mudge machte eine kleine Verbeugung und gestikulierte mit der Rechten. »Nach Euch, Meister der Magie und Bannsänger von außerordentlichem Können.«

Jon-Tom schnitt eine Grimasse und beeilte sich, Roseroar zu folgen. Oben erschollen Rufe, Schreie, panische Quieker und Gekläffe. Alles wurde vom erderschütternden Gebrüll der Tigerin übertönt.

»Keine voreiligen Komplimente!« bat Jon-Tom den Otter. »Das war es nicht, was ich herbeizaubern wollte.«

»Das weiß ich, Chef«, sagte Mudge, der glücklich seinem Gefährten folgte. »Is es nie, wa? Aber auch wenn du nie kriegst, was du eigentlich 'aben willst, so funktioniert das, was du kriegst, doch immer.«

»Erzähl mir das noch mal, wenn sie merkt, daß ich sie nicht nach Hause befördern kann.«

»Also Kumpel«, sagte Mudge, als sie gerade den nächsten Treppenabschnitt erklommen, »was nützt es, sich Sorgen zu erschaffen, wo's keine gibt? Außerdem«, fuhr er mit immer breiter werdendem Grinsen fort, »wenn sie zänkisch werden sollte, kannst du ihr immer noch erzählen, was sie für schöne Augen 'at.«

»Ach, halt die Klappe!«

Sie kamen in den Hauptwachraum, der den Eindruck machte, als sei er von einem mittelschweren Taifun heimgesucht worden. Sämtliche Tische waren umgekippt, und der Boden war mit zerbrochenem Mobilar übersät. Zerborstene Speere und Spieße saugten verschüttete Flüssigkeiten aus zerschmetterten Krügen auf. Zwei der Wachen waren noch da: Die Tigerin hatte sie dekorativ mit den zerschlagenen Möbeln drapiert. Niemand erbot sich zu protestieren, als Jon-Tom und Mudge die noch intakten Truhen und Schubladen einer Untersuchung unterzogen.

In einer fanden sie Mudges Langbogen und seine Pfeile, in einer anderen Jon-Toms Rammholzkampfstab. Von der gefüllten Börse, die Clodsahamp ihm mitgegeben hatte, war keine Spur zu entdecken; doch damit hatte er auch nicht gerechnet. Mudge reagierte auf das Fehlen des Goldes enttäuschter als sein Freund.

»Verdammtverfluchte stinkende Langfinger!« murmelte er und ignorierte dabei die Tatsache, daß er zu seiner Zeit auch schon ein bis zwei Geldtaschen hatte mitgehen lassen.

»Sei still!« Jon-Tom führte ihn zur nächsten Treppe. »Wie du dich aufführst, könnte man glauben, es sei das erste Mal, daß du abgebrannt bist.«

»Das sag ich ja gar nich, Kumpel«, erwiderte Mudge und zügelte sein Lamentieren, »aber wenn ich mich mit 'm bißchen Gold oder Silber erstmal angefreundet 'abe und es 'aut einfach ab und verschwindet, dann fühl ich mich, als 'ätte ich 'n guten Freund verloren. Der Verlust trifft mich voll ins 'erz.«

»Wär mal ganz nett, wenn du dieser Tage auch mal wegen etwas anderem als Geld solche Gefühle entwickeln würdest.«

»Du tust mir unrecht, Kumpel.« Mudge trug seinen Bogen vor sich, er hatte einen Jagdpfeil eingelegt und war bereit zu schießen. Wenn die Schicksalsgöttinnen ihm gnädig gesonnen waren, würden sie ihm einen guten Schuß auf Chenelska oder seine Mordbuben gestatten. Nichts würde ihm größere Freude bereiten, als dem Rüsselbär eins überzubraten.

»Gefühle willst du?« fuhr er fort, während sie hinaufstiegen. »'ättest mich in Madame Loshas Etablissement erleben sollen!«

»Ich spreche von ehrlichen Gefühlen, von Mitgefühl, nicht von Wollust.«

»Mann, soll das 'eißen, du siehst da 'n Unterschied?«

Der dritte Treppenabsatz war auch der letzte. Sie traten auf einen kleinen offenen Platz hinaus, der von Fackeln und Öllampen erhellt wurde. Zu ihrer Linken befand sich die Stadtmauer, zur Rechten lagen die äußersten Gebäude der Stadt. Das Licht tänzelte wild umher, als die Lichtquellen hastig bewegt wurden. Schreie und Rufe erfüllten die Luft.

Jon-Tom duckte sich, als ihm plötzlich ein Wolf über den Kopf hinwegsauste. Er überschlug sich einmal, bevor er gegen die Mauer klatschte.

Roseroars Anstrengungen stürzten alles in Verwirrung. Hörner und Schreie rissen einen ganzen Gemeindeteil aus der Ruhe. In den nahegelegenen Fenstern gingen die Lichter an, als die Bewohner von dem Lärm geweckt wurden.

Mudge hüpfte schadenfroh auf und ab und zeigte auf das Chaos, das die Tigerin erzeugte. »Was 'ne Schau, wa? Die armen Blödiane müssen ja glauben, die ganze verdammte Stadt werde belagert.«

»Vielleicht haben sie sogar recht damit.« Jon-Tom setzte sich wieder in Bewegung.

»He, ihr beiden!« rief Roseroar ihnen zu, als sie mit nachlässiger Bewegung einen großen Dachs seitlich umhaute, der mit seinem Kurzschwert versucht hatte, ihre Deckung zu durchlaufen. Der Nager schlitterte über das Pflaster und verlor dabei Panzer- und Hautteile. »Hiaher! Hia entlang!«

Sie rannten auf sie zu. Jon-Tom hielt seinen Stab vorgestreckt, während Mudge mit Beinen, die vor Schnelligkeit nur noch unscharf zu erkennen waren, nach hinten rannte, um ihnen den Rücken zu decken. Im Laufen wichen sie Speeren und Pfeilen aus. Mudge reagierte individuell auf jeden Angriff, und sie wurden damit belohnt, daß eine Gestalt nach der anderen von der nahen Mauer herabstürzte.

Mit gebleckten Zähnen griff eine mit schwerem Kettenpanzer bekleidete Hyäne Jon-Tom an und schwang ihm einen mit heimtückischen Stacheln besetzten Morgenstern über den Kopf. Jon-Tom blockte ihn mit seinem Stab, und das Rammholz hielt stand, als die Kette mit der Kugel sich um ihn wickelte. Mit einer einzigen Bewegung zog und drehte er den Stab, dessen knotiges Ende auf den Helm des Angreifers donnerte. Die Hyäne fiel zu Boden wie ein Stein. Sie rannten weiter, während Jon-Tom die Kette von seinem Stab entfernte.

Dann standen sie vor dem massiven Holztor in der Stadtmauer. Armbrustbolzen schossen mit dumpfem Donnern ins Holz oder zersplitterten am Felsen, als die Stadtwache sich wieder zu sammeln versuchte.

Mudge inspizierte sie hastig. »Verriegelt, verdammt, und zwar von der anderen Seite.«

»Darf ich mal?« fragte Roseroar. Während sie ihr Deckung gaben, stemmte sie den Rücken gegen das Tor, bohrte die Füße in den Gehsteig und drückte. Mit einem Schnappen barst das Tor – das Holz hielt stand, aber die Eisenscharniere nicht. Krachend fiel es um. Das Trio rannte hinaus, von Schreien und Waffen verfolgt. Niemand konnte sich dazu entschließen, sie über die Stadtmauern hinaus zu verfolgen. Die Tigerin hatte bewiesen, wozu sie im Nahkampf fähig war, und die Soldaten von Malderpot hatten ihre Lektion gelernt. Sie hielten sich zurück und warteten auf Befehle von oben, wobei sie inbrünstig darum beteten, daß diese Befehle nicht so bald eintreffen mochten.

Bevor es dazu kam, waren die Flüchtigen bereits in der Deckung verschwunden, die ihnen Glockenwälder und Nacht boten. Schließlich entdeckten sie eine Stelle, wo mehrere Riesenbäume umgestürzt waren und eine natürliche Palisade gebildet hatten; hinter diese von der Natur so vorsorglich zur Verfügung gestellte Barrikade zogen sie sich zurück.

Das ausgedehnte Laufen hatte Jon-Tom nichts ausgemacht, denn er war ein guter Langstreckenläufer, und auch Mudge nicht, der mit unerschöpflichen Energiereserven gesegnet war. Doch Roseroar war müde. Sie warteten, bis sie wieder zu Atem gekommen war.

Im Mondlicht nahm sie den Helm und den dicken Gürtel ab, an dem die beiden Schwerter hingen, und legte sie beiseite. Dann lehnte sie sich gegen einen der umgestürzten Baumstämme. Ihre hellen gelben Augen schienen im Dunkeln zu glühen. Körperlich hatte sie den Kampf unversehrt überstanden, wenngleich ihr Panzer reichlich Kerben und Beulen aufwies.

»Wir verdanken dir unser Leben«, sagte er schließlich zu ihr.

»Ja, wird wohl so sein. Verdammt will ich sein, wenn ich wüßte, wie ich diese Schuld wieda eintreib'n kann. Du sagst, du wolltest mich überhaupt nich herbeizaubern?«

»Das stimmt«, gestand er. »Es war ein Versehen. Ich habe versucht, unseren Wärter einzuschläfern. Als das nicht gelang, wurde ich wütend und sang das erstbeste, was mir in den Sinn kam, und – *paff!* – plötzlich warst du da.«

»Ich war also das erste, was dir in den Sinn kam?«

»Na ja, nicht genau. Tatsächlich habe ich noch nie jemanden wie dich gesehen. So was passiert mir ziemlich oft, wenn ich mich mit dem Bannsingen versuche.«

Sie nickte und drehte sich zu Mudge um, der bereits das Gebüsch nach etwas Eßbarem absuchte. »Stimmt das, Spritzer?«

»Ich 'eiße Mudge, o Dame vom langen Zahn«, sagte die Stimme im Gebüsch. »Und ich schlag dir jetzt 'n Geschäft vor. Du brauchst mich ja nicht zu mögen, aber wenn du mir keine Schimpfwörter an den Kopf knallst, laß ich es auch bleiben.«

»Bin imma für Höflichkeit, weil ich 'ne Dame von Geschmack bin«, erwiderte sie gelassen.

Mudge zügelte sich und sprach nicht aus, was ihm zunächst dazu einfiel. Statt dessen sagte er: »Ja, er sagt die Wahr'eit. Is 'n mächtiger Bannsänger. Vielleicht sogar der mächtigste, den es je gab, aber da sind wir noch nich sicher. Er is sich jedenfalls überhaupt nich sicher. Verstehst du, er 'at diese schlechte Angewohn'eit, eine Sache zu versuchen, aber mit 'ner völlig anderen, unerwarteten rüberzukommen.«

Jon-Tom spreizte hilflos die Hände. »Es stimmt. Ich besitze zwar diese Fähigkeit, aber ich bekomme sie anscheinend nicht in den Griff. Und jetzt habe ich dir dadurch auch noch Unannehmlichkeiten bereitet.«

»Das is aber schön un diplomatisch ausgedrückt, mein Herr! Zum Glittergeistmeer wollt ihr, haste gesagt?«

»Und ans andere Ufer. Wir müssen nach Snarken.«

»Hab von Snarken gehöat. Soll 'n interessanter Oat sein,

mit viel Kultua.« Sie überlegte eine Weile und seufzte schließlich. »Da de mich ja nich nach Hause zaubern kannst, wie de sagst, kann ich genausogut mit euch zieh'n. Außerdem gefällt mir, wie de mit Worten umgehst, Mann.« Ihre Augen glitzerten, und Jon-Tom fühlte sich plötzlich nicht sehr wohl, obgleich er nicht genau wußte, warum.

»Oh, mit Worten kann er 'übsch ordentlich umgehen, Liebchen«, sagte Mudge, als er wieder erschien. Im Arm trug er einen Berg irgendwelcher limonengrüner Beeren. Jon-Tom nahm ein paar davon, probierte eine und stellte fest, daß sie süß schmeckte. Mehr aus Höflichkeit als aus der Erwartung heraus, daß seine Gabe angenommen würde, bot der Otter der Tigerin ebenfalls welche an.

»Bäh!« machte sie und wich zurück. Sie lächelte breit und offenbarte eine beeindruckende Sammlung an Tischbesteck. »Seh ich etwa so aus, als wüade ich Unkraut mög'n?«

»Nein, Liebchen, aber ich dachte, ich bin mal 'n bißchen 'öflich, weil du schon so Wert darauf legst.«

Sie nickte dankend und musterte dabei den umgebenden Wald. »Am Moag'n werd' ich mia schon was zu essen such'n. Scheint mia gutes Jagdgebiet zu sein. Müßte 'ne Menge Fleisch rumlaufen.«

Jon-Tom war froh, daß sie ihn dabei nicht ansah. »Wir werden bestimmt was Eßbares finden.« Er wandte sich an den Otter. »Was werden unsere Verfolger machen, Mudge?«

Der Otter reagierte mit einem gewinnenden, amüsierten Bellen. »Ach, diese erbärmlichen Blödiane werden die ganze Nacht damit zubringen, ihre Berichte zu sortieren. Was ich beim Ausbruch so gese'en 'abe, sind es zum größten Teil ganz typische Nachtwächternaturen, und wahrscheinlich ste'en sie nich in Zancrestas persönlichem Dienst. Wird wahrscheinlich dieses Rindvieh Chanelska sein, das die Verfolgungsjagd einigermaßen straff organisiert. Aber bis er von der Sache erfährt und die vielen widersprüchlichen Berichte aussortiert hat, um schließlich 'ne geordnete Verfolgung auf die Beine zu stellen, sind wir schon längst in Sicherheit.«

»Du glaubst also nicht, daß sie uns aufspüren?«

»Ich 'ab die ganze Zeit, seit wir diese Kloake von 'ner Stadt verließen, unsere Spuren verwischt, Kumpel. Die werden nicht das leiseste Zeichen von uns finden.«

»Aber was, wenn sie uns dennoch verfolgen? Wir können schließlich nicht Roseroars sämtliche hübschen Tatzenabdrücke verbergen.«

Mudges Gesicht nahm einen gerissenen Ausdruck an. »Ja, das könnten sie wohl tun, Chef. Sie werden wohl in breiter Front die Gegend nach Süden durchkämmen, weil sie ja wissen, daß wir zum alten Tailoraom wollen. Sie können jeden Baum in den Glockenwäldern hochklettern, ohne auch nur 'ne Spur von uns zu finden, weil wir nämlich gar nich nach Süden ge'en. Wir legen sie von vorn bis 'inten rein, indem wir nach Westen weiterzie'en. Wir sind schon so weit nördlich vom Fluß, daß wir es genausogut auf diesem Weg versuchen können.«

Jon-Tom versuchte sich an das zu erinnern, was man ihm über die örtliche Geographie beigebracht hatte. »Wenn man von hier weit genug nach Westen geht, hört irgendwann der Wald auf, und man kommt in die Wirrwarr-Moore.«

»'ast es erraten, Kumpel. Da wird niemand auf die Idee kommen, dort nachzuse'en.«

»Liegt das nicht eher daran, daß sowieso nie jemand dorthin geht?«

»Stimmt genau. Einen besseren Fluchtort kann man sich ja wohl nicht denken, oder?«

Jon-Tom zeigte eine zweifelnde Miene, als er sich im Sitzen gegen einen umgestürzten Baumstamm lehnte. »Mudge, ich weiß nicht so recht, was ich von deinen Gedankengängen halten soll.«

»Bin gern bereit, mir Gegenvorschläge anzu'ören, mein werter 'err Trällerer, aber du bis ja wohl kaum in der Lage, vernünftig zu diskutieren.«

»Also darüber werde ich jetzt bestimmt nicht diskutieren. Das können wir am Morgen tun.«

»Also schön, am Morgen. Dann gute Nacht, Kumpel.«

Jon-Tom wurde vom Donner geweckt. Er blinzelte schläfrig und blickte zum grauen, von schweren Wolken verhangenen Himmel. Er blinzelte ein zweites Mal. Weiße Wolken waren in dieser Welt ebenso weit verbreitet wie in seiner eigenen. Aber nicht mit schwarzen Streifen.

Er versuchte sich zu bewegen, doch es gelang ihm nicht. Ein riesiger pelziger Arm lag halb auf, halb neben seinem Brustkorb, während ein zweiter Arm gebogen unter seinem Kopf lag und ein warmes Kissen abgab. Leider schnitt er aber auch die Blutzufuhr zu seinem pulsierenden linken Arm ab.

Er versuchte sich zu lösen. Als er es tat, wurde das Donnern von Roseroars Schnurren durch ein hustendes Grollen unterbrochen. Sie zuckte etwas, aber ihr Arm bewegte sich nicht von der Stelle.

Ganz in der Nähe rührte sich eine weitere Gestalt. Mudge setzte sich in seinem Laubbett auf, das er sich bereitet hatte. Er blickte zu Jon-Tom hinüber und streckte sich.

»Jetzt sitz gefälligst nicht bloß rum, verdammt! Hilf mir lieber!«

»Wa? Und dieses bezaubernde 'äusliche Stilleben schnöde zunichte machen?«

»Versuch bloß nicht, komisch zu sein!«

»Noch komischer als das da?« Er zeigte auf den hilflosen Bannsänger. »Könnte ich gar nich, und wenn ich's mit aller Mü'e versuchen würde, Kumpel.«

Jon-Tom funkelte ihn böse an und versuchte sich aus eigener Kraft zu befreien; doch das Gewicht war zu groß für ihn. Es war, als würde er versuchen, einen weichen Berg zu bewegen.

»Komm schon, Mudge, hab doch ein Herz!«

»Wer, ich? Du solltest mich besser kennen, Kumpel!« Während er sprach, bewegte sich Roseroar im Schlaf und rollte sich teilweise auf Jon-Toms Bauch- und Brustpartie. Er keuchte und trat heftig mit den Beinen aus, in dem verzweifelten Versuch, sich zu befreien. Auf ihm schnurrte donnernd die Tigerin.

Mudge ließ sich Zeit mit dem Aufstehen und schlenderte träge herüber, um das Arrangement gedenkenverloren zu begutachten. »Unsere liebreizende Dame scheint ganz glücklich zu sein. Is wohl besser, sie nich zu stören. Von 'ier, wo ich ste'e, sieht das ganz einladend aus, obwohl ich nich' weiß, ob ich gern mit dir tauschen würde. Ich käme mir unter ihr ziemlich verloren vor.«

Jon-Tom legte eine Hand an das Gesicht der Tigerin und schob. Sie zuckte, bewegte sich leise und biß ihm beinahe die Finger ab. Hastig zog er seine Hand wieder zurück. Immerhin hatte sie sich genug bewegt, daß er wieder frei atmen konnte.

»Irgendwelche Anzeichen für eine Verfolgung?«

»'ab nich's gewittert oder ge'ört, Kumpel. Ich glaube, die sind immer noch zu durcheinander. Wenn sie nach uns suchen sollten, kannst du sicher sein, daß sie das nördlich von Malderpot tun und nich 'ier. Trotzdem, je frü'er wir uns auf den Weg machen, um so besser.« Er machte kehrt und begann seine Habseligkeiten einzusammeln.

»Komm schon, Junge, wir 'aben keine Zeit zu verlieren!«

»Das ist wirklich *sehr* komisch, Mudge. Wie soll ich sie denn von mir abwälzen?«

»Weck sie einfach! Verpaß ihr 'nen Stoß, Kumpel!«

»Nein, danke. Ich behalte meinen Kopf ganz gern, wo er ist, nämlich auf den Schultern. Ich weiß nicht, wie sie im Schlaf auf so was reagiert.«

Mudges Augen glitzerten. »Wär vielleicht interessanter zu sehen, was sie wohl tut, wenn sie wach is.«

Doch war es nicht mehr nötig, zum Äußersten zu greifen. Nachdem das Gespräch das Seinige getan hatte, schnaubte Roseroar einmal und öffnete die abgrundtiefen gelben Augen.

»Guten Moagn, Mann!«

»Gleichfalls guten Morgen, Roseroar! Ich schätze deine Freundschaft, aber du brichst mir den Arm.«

Ihre Augen verengten sich. »Mein Herr, wollen Sie damit etwa sag'n, ich wär zu schwer?«

»Nein, nein, nichts dergleichen.« Irgendwo im Gebüsch ging Mudge einem körperlichen Bedürfnis nach und versuchte gleichzeitig, ein Lachen zu ersticken. »Eigentlich finde ich dich ziemlich anmutig.«

»Anmutig.« Roseroar dachte über das Wort nach. »Das is hübsch. Gefällt mia. Willste damit sag'n, daß ich 'ne hübsche Figur habe?«

»Ich habe eigentlich noch nie einen Tiger gesehen, den ich nicht für attraktiv gehalten hätte«, gestand er durchaus ehrlich.

Sie sah leicht enttäuscht aus, als sie sich von ihm herunterwälzte. »'s stimmt, was der Struwwelkopf meint. Du bis mindestens 'n halba Anwalt.«

Jon-Tom rollte zur Seite und schüttelte den linken Arm, um den Blutzufluß wiederherzustellen, obwohl er sich zugleich davor fürchtete. Nadeln und Spitzen strömten in seine Nerven, und er biß die Zähne zusammen.

»In meiner Heimatwelt habe ich tatsächlich ein bißchen Jura studiert. Hätte eines Tages vielleicht mein Beruf werden können.«

»Bannsingen is besser«, grollte sie. »Anmutig?«

»Klar.« Er setzte sich auf und begann, sich die Stiefel anzuziehen.

»Nett. Ich glaub, ich mag dich, Mann.«

»Ich mag dich auch, Roseroar.«

»Anmutig.« Nachdenklich beschäftigte sie sich mit dem neuen Wort. »Willste wissen, welches Wort ich für dich gefund'n hab?« Sie legte gerade ihre Rüstung an und überprüfte jeden Riemen auf seinen richtigen Halt hin. Sie grinste ihn an und offenbarte dabei zwölf Zentimeter lange Fänge. »Niedlich. Bis irgendwie niedlich.«

»Oh.« Jon-Tom versuchte, seiner Stimme einen möglichst neutralen Klang zu verleihen, während er antwortete: »Das ist nett.«

Mudge kehrte aus dem Gebüsch zurück und knöpfte sich seine Shorts zu. »'e, war auch immer der Meinung, daß du niedlich bist, Kumpel.«

»Möchtest du gern, daß ich dir deine Barthaare den Hintern hochschiebe?« fragte Jon-Tom ihn leise.

»Beruhig dich, Kumpel!« Irgendwie gelang es Mudge, sein Lachen zu unterdrücken. »Is wohl besser, wenn wir uns gen Westen auf den Weg machen. Wir 'aben sie zwar vorläufig abge'ängt, aber frü'er oder später werden die mißtrauisch werden, wenn sie keine Spuren von uns finden und im Süden keiner von uns erzählen kann. Dann werden sie woanders nach uns suchen.«

Jon-Tom schnallte sich die Duar über die Schulter und nahm seinen Stab auf. »Geh du voran!«

Mudge verneigte sich, und seine Stimme strotzte vor gespielter Unterwürfigkeit. »Wie Eure exaltierte Niedlichkeit befehlen.«

Jon-Tom versuchte, ihm eins mit dem Stab überzubraten, aber der Otter war viel zu schnell für ihn.

V

Sie brauchten mehrere Tage, bis sie an den äußeren Rand der Moore gelangten, eines riesigen und, soweit bekannt war, unbewohnten Landstrichs, der die westliche Grenze der Glockenwälder bildete und sich nach Süden bis zur Nordküste des Glittergeistmeers erstreckte. Nachdem sie einen Tag ins Innere der Moore marschiert waren, hielt Mudge es für sicher genug, zum ersten Mal seit ihrer Flucht aus der Stadt die südliche Richtung einzuschlagen.

Der Transport über das Meer würde zum Problem werden. Dort wo das Meer auf den Südrand der Moore traf, gab es keine Häfen, und Jon-Tom mußte dem Otter darin zustimmen, daß es keine gute Idee gewesen wäre, nach Osten die Küste entlang zur Mündung des Tailaroam zurückzukehren. Denn Chenelska hielte mit Sicherheit in Häfen wie Yarrowl nach ihnen Ausschau.

Was die Moore selbst anging, so wirkten sie zwar öde, aber nicht bedrohlich. Jon-Tom fragte sich, woher diese Gegend ihren allgemeinen schlechten Ruf bekommen haben mochte. Mudge konnte nur wenig dazu beitragen, den Schleier dieses Geheimnisses zu lüften. Er erzählte lediglich, die Gerüchte seien sich darin einig, daß niemand, der sie betrat, jemals wieder herauskäme – ein sehr wohliger Gedanke, dem sie sich hingeben konnten, während sie immer tiefer in das neblige Gebiet eindrangen.

Es war ein erbärmliches Land, überwiegend graues Gestein, das gelegentlich von Eisen rot getönt war. Es gab keine Bäume, nur spärliches Buschwerk, ein bißchen Gras. Der Himmel war ständig dunstig und überwiegend grau.

Bis auf Mudge machten der Nebel und der Dunst sie niedergeschlagen. Nichts schien ihr Vorankommen zu behindern. Ein paar geistlose Schreie und trauriges Geheul waren die einzigen Anzeichen für bewegliche Bewohner dieser Gegend, und nie näherte sich jemand ihren Lagern.

Sie marschierten bis ins Herz der Wirrwarr-Moore, wo sich niemand sonst hineinwagte. Je tiefer sie in das Moor eindrangen, um so stärker veränderte sich die Landschaft, und dies nicht zum Besseren. Die letzten verkümmerten Bäume verschwanden. Hier, in der ewigen Feuchtigkeit und unter der immerwährenden Wolkendecke, hatten die Pilzgewächse die Herrschaft an sich gerissen.

Gigantische Pilze, giftige und ungiftige, tropften vor Feuchtigkeit, als Jon-Tom und seine Begleiter unter den mit Sporen gefüllten Dächern ihren Weg suchten. Einige der knorrigen häßlichen Gewächse besaßen wacholderbaumdicke Stämme, während andere ihre zarten halbdurchsichtigen Stengel weit in den Himmel emporstießen. Nirgendwo gab es helle freundliche Farben, die die deprimierende, von Braun- und Grautönen beherrschte Szenerie aufgelockert hätten.

Teile der Flora waren gepunktet, andere gestreift. Manche Gewächse wiesen ein kariertes Muster auf, das Jon-Tom an ein nichteuklidisches Schachbrett erinnerte. Lebermoos wuchs hüfthoch, während Flechten und Laubmoose einen dicken weichen Teppich bildeten, in den sie knöcheltief einsanken. Sauberer Granit wurde durch kriechenden Pilzbefall entstellt. Und über diesem gewaltigen, wildexplosiven sporentragenden Leben hing beharrlich eine Atmosphäre der Verlassenheit, der Öde und der versteinerten Hoffnung.

Die ersten paar Tage waren sie beständig vorangekommen. Nun verlangsamte sich ihr Tempo. Sie schliefen länger und verwendeten weniger Zeit auf ihre Mahlzeiten. Es spielte keine Rolle, welche Nahrung sie aus ihrem Gepäck entnahmen oder was sie sich vom Land selbst holten – alles schien seinen Geschmack eingebüßt zu haben. Was sie auch aßen, es verlor schon im Mund jedes Aroma und lag hinterher wie ein Klumpen im Magen. Selbst das Wasser, das frisch aus den Wolken niederregnete, hatte einen metallischen, unbefriedigenden Geschmack.

Sie befanden sich schon fast eine Woche in den Mooren,

als Jon-Tom über das Skelett stolperte. Wie auf alles andere in letzter Zeit reagierten seine Gefährten auch auf diese Entdeckung mit einem uninteressierten Murmeln.

»Na und?« brummte Mudge. »'at nich's zu bedeuten.«

»Ich setz mich hin«, sagte Roseroar. »Bin müde.«

Das war Jon-Tom auch, aber der Anblick des nackten bleichen Gebeins, das unter der Kruste aus Rostpilzen und Mehltau hervorragte, ließ eine bis dahin schlafende Sorge wieder in ihm wachwerden.

»Da ist etwas faul«, sagte er ihnen. »Hier ist irgend etwas fürchterlich faul.«

»Gift is es nich, wenn du das meinst, Kumpel.« Mudge zeigte auf die sie umgebenden Gewächse. »Ich bin sehr vorsichtig gewesen. Alles was wir vom Land zu uns nahmen, war auch eßbar, auch wenn's lausig schmeckte.«

»Ihr habt Glück«, sagte Roseroar. »Für mich gibt's hia übahaupt kein Wild. Bin nich nur so tief gesunk'n, Unkraut zu fressen, ich muß sogar diesen Dreck runterschling'n. Essen war mia noch nie so langweilig, im ganzen Leben nich.«

»Langweilig, müde, geschmacklos ... seht ihr denn nicht, was hier los ist?« fragte Jon-Tom die beiden anderen.

»Ach, du machst dir einfach nur ins 'emd wegen nich's, Kumpel.« Der Otter lag auf einem Berg aus weichem Moos. »Ruh dich aus! Trink irgendwas!«

»Ja.« Roseroar legte ihren Schwertgürtel ab. »Setzen wia uns und ruh'n wia uns aus. Haben's nich eilig. Seit wia die Stadt verlassen hab'n, hab'n wia keine Verfolger mehr geseh'n, und ich glaube nich, daß wir hia auf welche treff'n werd'n.«

»Sie 'at recht, Kumpel. Sammel dir was Weiches zusammen und setz dich!«

»Jetzt hört mir mal beide *zu*!« Jon-Tom versuchte, etwas Nachdruck in seine Stimme zu legen, und mußte zu seinem Entsetzen feststellen, daß sie flach und merkwürdig emotionslos hervorkam. Er fühlte sich traurig und völlig nutzlos. Seit dem ersten Tag, da sie ihren Fuß ins Moor gesetzt hatten, hatte sich irgend etwas seiner bemächtigt. Es war mehr als bloße Langeweile angesichts ihrer Umgebung, viel durchdringender, gefährlicher. Es war eine Gräue des Herzens, und sie bohrte sich auf unterschwellige Weise immer tiefer in ihr Denken hinein, um Entschlossenheit und Sicherheit zu zerstören, wo immer sie ihnen begegnete. Schließlich würde sie auch ihre Körper zerstören. Das Skelett war Beweis genug dafür. Was immer in sie eingedrungen war, war geduldig und schlau, viel zu berechnend, fiel Jon-Tom ein, um nur eine zufällige Auswirkung ihrer tristen Umgebung zu sein.

Er versuchte, Begeisterung aufzubringen, um sich zu wehren, als er sich umdrehte und die Landschaft anschrie: »Wer bist du? Warum tust du uns das an? Was *willst* du?«

Er kam sich wie ein Narr vor. Und was noch schlimmer war: Er wußte, daß seine Gefährten möglicherweise glauben konnten, er drehe langsam durch. Doch sie sagten nichts. Jede empörte Skepsis wäre ihm willkommen gewesen. Doch statt dessen legte sich immer schwerer ein Gefühl der Hoffnungslosigkeit über sie.

In den Mooren rührte sich nichts. Einer Sache war er sich halbwegs sicher: Hier war keine Hexerei im Spiel. Dazu verlief alles zu langsam. Er mußte etwas unternehmen, aber er wußte nicht, was. Alles, was ihm einfiel, war der Gedanke, welche Ironie es darstellen würde, wenn sie nun, nachdem sie Malderpot überlebt hatten, hier an blankem Unsinn stürben.

So war Jon-Tom sehr verwundert, als eine dumpfe Stimme plötzlich fragte: »Verstehst du es immer noch nicht?«

»Wer hat da gesprochen?« Er wirbelte herum, um den Sprecher zu orten. Nichts rührte sich.

»Ich.«

Die Stimme kam von einem zweieinhalb Meter hohen Pilz zu seiner Linken. Der Hut des fleckigen Ockergewächses neigte sich ihm leicht entgegen.

»Ich hätte es auch tun können«, sagte ein anderes Gewächs.

»Oder ich«, stimmte ein drittes ihm zu.

»Pilze«, sagte Jon-Tom mit unsicherer Stimme, »können nicht sprechen.«

»Was?« meinte das erste Gewächs. »Schön, wir sind nicht sonderlich geschwätzig, aber das ist für uns auch ganz natürlich. Gibt ja auch nicht sehr viel, worüber man reden könnte, oder? Ich meine, das Leben ist nicht einfach nur langweilig, Mann, es ist öde. Ö - d - e.«

»Das kann man wohl sagen«, pflichtete der riesige Giftpilz ihm bei, gegen den Roseroar sich lehnte. Hastig rückte sie von ihm ab, wobei sie mehr Energie zeigte als in den letzten Tagen, um ihre Schwertknäufe zu packen.

»Ich meine, denk doch nur mal drüber nach!« Wieder der erste Pilz, der sich zu so etwas wie einem Fungoidensprecher entwickelte. Jon-Tom konnte weder Lippen noch Mund erkennen. Die Worte, die Gedanken bildeten sich voll ausformuliert durch eine Art klammer Telepathie in seinem Geist. »Worüber sollten wir denn schon reden?«

»Es gibt nichts, auf das es sich Zeit für eine Diskussion zu verschwenden lohnte«, stimmte ihm ein weiterer morchelartiger Pilz mit einem langen schmalen Hut zu. »Ich meine, man verbringt seine gesamte Existenz am selben Ort, sieht nie was Neues, nichts, was sich jemals bewegen würde. Was ist also dabei schon sonderlich aufregend? Etwa Sporen herzustellen?«

»Au ja, toll!« bemerkte der Giftpilz. »Deshalb reden wir eben nicht. Weil ihr uns nie sprechen hört, glaubt ihr also, daß Pilze nicht reden können. Die Wanderwesen sind vielleicht Klugscheißer!«

»Das spielt doch keine Rolle«, sagte der zweite Pilz. »Gibt doch sowieso nichts, was eine Rolle spielt. Vergebliche Müh.«

»Moment mal!« Jon-Tom schritt auf den Sprecherpilz zu, wobei er sich etwas albern vorkam. »Ihr stellt irgend etwas mit uns an. Das habt ihr schon getan, seit wir ins Innere des Moors gekommen sind.«

»Wie kommst du darauf, daß wir irgend etwas mit euch

anstellen?« wollte der Sprecher wissen. »Warum sollten wir uns die Mühe machen, irgend jemandem etwas anzutun?«

»Wir haben uns verändert, seit wir in dieses Land gekommen sind. Wir fühlen uns anders.«

»Wie anders?« fragte der Giftpilz.

»Deprimiert. Müde, verbraucht, nutzlos, hoffnungslos. Unsere ganze Sicht des Lebens ist verändert worden.«

»Wie kommst du darauf, daß wir schuld sind?« fragte der zweite Pilz. »So ist das Leben eben. Das ist der ganz normale Zustand. Dafür kannst du uns doch nicht verantwortlich machen.«

»Das ist *nicht* der ganz normale Zustand.«

»In den Mooren schon«, widersprach der erste Pilz.

Doch Jon-Tom blieb standhaft. »Es gibt hier irgendeine Telepathie. Wir haben euer Gefühl der Hoffnungslosigkeit aufgenommen, eure Vorstellung, daß es nichts gibt, was irgendwie wirklich von Wert wäre. Das hat uns zugesetzt.«

»Schau dich doch mal um, Mann! Was siehst du da?«

Jon-Tom drehte sich langsam im Kreis. Anstelle der halberhofften Offenbarung glitt sein Blick nur über eine ähnliche Szenerie, wie sie sie schon seit zahlreichen tristen Tagen wahrgenommen hatten – Steine, Pilze, Flechten und Moose, Nebel und Wolkendecke.

»Und jetzt frage ich dich«, seufzte der erste Pilz, »ist das etwa nicht deprimierend, eh? Ich meine, das ist doch einfach de-pri-mie-rend!«

Jon-Tom spürte, wie seine Entschlossenheit ihm zu entgleiten drohte. Mudge und Roseroar waren schon beinahe eingeschlafen. Er hatte das deutliche Gefühl, daß keiner von ihnen jemals wieder aufwachen würde, wenn er sich ihnen jetzt anschließen sollte. Der Anblick des bleichen Gebeins in der Nähe erweckte ihn zu neuem Leben. Wie lange hatte es gedauert, bis der Besitzer dieses Skeletts auf Dauer in eine Depression gefallen war?

»Ich schätze, man *könnte* eure Existenz hier wohl tatsächlich als deprimierend betrachten.«

»Könnte betrachten?« wiederholte der große Giftpilz müde. »Sie *ist* einfach deprimierend. Ohne jedes Vielleicht. Ich meine, ich bin ein *Pilzgewächs,* Mann. Das ist an sich schon deprimierend genug.«

»Ich habe schon Pilze gegessen, die absolut aufregend waren«, konterte Jon-Tom.

»Auch noch ein Kannibale!« sagte der große Giftpilz matt. »Wie deprimierend.« Er ließ einen gewaltigen telepathischen Seufzer los, eine Woge der Furcht und der Trauer, die über Jon-Tom zusammenschlug.

Er taumelte und schüttelte die Spinnweben ab, die seinen Geist zu fesseln drohten. »Hört auf damit!«

»Womit? Warum das Mühen? Entspann dich einfach, Mann! Du bist voll von Eile und Begierde und allem möglichen geistigen Ballast. Wozu dich damit erschöpfen, indem du dich um Dinge sorgst, die unwichtig sind? Nichts ist wichtig. Leg dich hier hin, entspann dich, nimm's leicht! Mach dich offen für die wahre Freundlichkeit der Wirklichkeit und stell selbst fest, um wieviel besser du dich dann fühlst.«

Jon-Tom wollte schon Platz nehmen, doch dann riß er sich wieder in die Aufrechte. Er zeigte auf das Skelett.

»So wie das da?«

»Der hat nur vernünftig reagiert«, meinte der Giftpilz.

»Er ist tot.« Jon-Toms Stimme bekam einen anklagenden Tonfall. »Ihr habt ihn umgebracht. Jedenfalls hat dieser Ort ihn umgebracht.«

»Den hat das Leben umgebracht. Gemetzelt vom Stumpfsinn. Von Monotonie ermordet. Er hat getan, was dem ganzen Leben von Natur aus widerfährt: Er ist zerfallen.«

»Zerfallen? Und ihr sprießt um die Wette inmitten des Zerfalls. Ihr lebt davon.«

»Das nennt der Leben«, murmelte ein weiterer Giftpilz. »Er ist den Weg allen Fleisches gegangen, das ist alles. Klar haben wir seine organischen Bestandteile auseinandergenommen und abgebaut. Manchmal frage ich mich ernsthaft, wozu wir uns überhaupt die Mühe machen. Ist doch alles Verschwendung. Wir leben für den Tod. Erzähl mir nichts von Langeweile, Mann! Das hier ist doch die Öde selbst.«

Jon-Tom wandte sich um und ging zu Roseroar hinüber, um hart an der gewaltigen Schulter zu rütteln. »Wach auf, Roseroar! Komm schon, wach auf, verdammt!«

»Wozu die Mühe?« murmelte sie schläfrig und blickte ihn mit halb geschlossenen Augen an. »Laß mich schlaf'n. Nein, laß mich nich schlaf'n.« Das matte Flehen traf ihn wie ein Hilfeschrei.

»Keine Bange, das tue ich nicht. Wach auf!« Er schüttelte sie so lange, bis sie sich aufsetzte und die Augen rieb.

Dann schritt er zu Mudge hinüber, der wie hingegossen auf der Seite lag, und verpaßte dem Otter einen unsanften Tritt. »Beweg dich, Wasserratte! Das sieht dir gar nicht ähnlich. Denk dran, wo wir hin wollen! Denk an das Meer, an die klare Salzluft!«

»Lieber nich, Kumpel«, erwiderte der Otter müde. »Hat doch eigentlich keinen Sinn.«

»Stimmt, stimmt, stimmt«, pflichtete der trübselige Pilzchor ihm zu.

»Steh ja gleich auf, Chef, nur 'ne Minute. 'at doch keine Eile, 'aben doch Zeit. Laß mich!«

»Den Teufel werde ich tun. Denk an das Essen, was wir schon genossen haben. Denk an die tollen Zeiten, die noch vor uns liegen, an das Geld, was wir noch machen können. Denk«, sagte er mit plötzlicher Munterkeit, »an die drei Tage, die du in der *Eleganten Hündin* verbracht hast!«

Der Otter sperrte die Augen weit auf und lächelte matt. »Ja, das is nun wirklich 'ne Erinnerung, an der man sich fest'alten kann.«

»Sinnlos, sinnlos, sinnlos«, dröhnten die Schlauchpilze im Chor.

»Irgendwie 'at's aber auch keinen Zweck, Kumpel«, sagte der Otter. Einen Augenblick lang verzweifelte Jon-Tom und fürchtete, daß er seinen Freund für immer verloren hätte. Doch dann sprang Mudge auf die Beine und funkelte die

Gewächse böse an. »Aber es macht auch verdammt viel Spaß!«

»Hilf Roseroar!« befahl Jon-Tom ihm, und ein gewaltiges Gefühl der Erleichterung durchflutete ihn. Dann richtete er seine Aufmerksamkeit wieder auf ihre heimtückisch gleichgültigen Angreifer.

»Hört mal, ich kann auch nichts daran ändern, daß ihr seid, was ihr seid, und daß ihr eure Existenz so deprimierend findet.«

»Es geht nicht darum, wie wir sie finden«, entgegnete der erste Pilz«, sondern darum, wie sie *ist*. Glaubst du, wir würden uns nicht ändern, wenn wir könnten? Können wir aber nicht. So ist das Leben eben: langweilig, stumpfsinnig, eintönig, grau, deprimierend. Verfall ...«

»Aber es muß nicht unbedingt so sein. Ihr seid es schließlich, die es so belassen.« Er schnallte seine Duar los und machte sich an den heitersten, fröhlichsten Song, der ihm einfiel: Jon Denvers ›Rocky Mountain High‹. Zum Schluß spielte er noch Rick Springfields ›We All Need the Human Touch‹. Der graue Himmel klärte sich zwar nicht auf, und auch der Nebel hob sich nicht, aber er fühlte sich trotzdem schon viel besser.

»Na, was haltet ihr davon?«

»Wirklich deprimierend«, meinte der Giftpilz. »Nicht die Lieder. Deine Stimme.«

Achtzig Millionen Pilze gibt es in den Wirrwarr-Mooren dachte Jon-Tom, und ich muß ausgerechnet an einen Musikkritiker geraten. Er lachte, als er an die Absurdität des Ganzen dachte, und das Lachen verbesserte seine Laune noch mehr.

»Gibt es denn nichts, was euch eure Existenz etwas erträglicher machen kann, damit ihr uns in Ruhe laßt?«

»Wir können nicht anders, als unsere Gefühle mitzuteilen«, sagte der zweite Pilz. »Wir drücken euch dieses schwere Zeugs nicht auf, um gehässig zu sein, Mann. Wir sind nicht gehässig. Wir sind gleichgültig. Was dich runterbringt, Mann, das ist deine eigene Erkenntnis, daß das Leben sinnlos ist, und deine Unfähigkeit, etwas dagegen zu tun. Mach dir nichts vor, Mann: Der Kosmos ist ein Hänger.«

Hoffnungslos. Diese Wesen waren hoffnungslos, sagte sich Jon-Tom wütend. Wie konnte man gegen etwas ankämpfen, das einen nicht mit Schilden und Schwertern und Speeren angriff? Was konnte er gegen eine Breitseite aus Hinfälligkeit ausrichten, gegen ein Sperrfeuer aus Zweifeln?

Sie klangen so selbstsicher, so überzeugt davon, die Wahrheit erkannt zu haben. Na schön, dann würde er ihnen schon die Wahrheit zeigen! Wenn er sie nicht bekämpfen konnte, indem er anderer Meinung war als sie, schaffte er es vielleicht, indem er ihnen zustimmte.

Er atmete tief durch. »Euer Problem ist nur, daß ihr alle manisch-depressiv seid.«

Ein langes Schweigen setzte ein, eine Atmosphäre des Grübelns, bis schließlich der Giftpilz fragte: »Wovon redest du da, Mann?« Im Hintergrund flüsterten sich einige Rostpilze zu: »Wenn das nicht ein *echt bekloppter* Kunde ist!«

»Allzuviel Psychologie habe ich nicht belegt, aber für die juristische Vorausbildung habe ich doch etwas gebraucht«, erklärte Jon-Tom. »Ich wette, keiner von euch ist jemals auf den Gedanken gekommen, es mit Psychoanalyse zu versuchen.«

»Es womit zu versuchen?« wollte der erste Pilz wissen.

Jon-Tom entdeckte einen geeigneten Stein – einer, der hart und unbequem genug war, daß er wach blieb. »Dann hört mir mal zu. Hat irgendeiner von euch schon mal von Franz Kafka gehört?«

Mehrere Stunden verstrichen. Mudge und Roseroar hatten genug Zeit, um richtig aufzuwachen, und die mentalen Stimmen um sie herum waren beinahe lebhaft geworden, wenngleich sie immer noch flach und melancholisch klangen.

»... und noch etwas«, sagte Jon-Tom und zeigte zum Himmel empor, »dieser Himmel, von dem ihr ständig redet.

Nichts als eine infantile, analverhaltende Verstärkung. Na ja, vielleicht nicht ganz genau«, berichtigte er sich, als er sich an die ziemlich drastischen anatomischen Unterschiede zwischen ihm selbst und seinem Publikum erinnerte. »Aber im Prinzip.«

»Wir können es nicht ändern«, meinte der riesige Giftpilz. »Der Nebel und die Kälte und die Wolken sind immer da. Wären sie nicht da, stürben wir alle. Das ist deprimierend. Und was noch deprimierender ist: daß wir ständigen Nebel und Wolken und Dunst eigentlich nicht besonders mögen.«

Jon-Tom suchte verzweifelt nach einer Erwiderung, weil er spürte, wie ihm der Sieg zwischen den Fingern zu zerrinnen drohte. »Was zählt, das ist nicht die Tatsache, daß es ständig bewölkt und feucht ist. Was zählt, das ist vielmehr eure Sicht der Dinge.«

»Was soll das heißen, unsere Sicht der Dinge?« fragte eine neue Gedankenstimme. »Unsere Sicht ist düster und traurig und sinnlos.«

»Nur wenn ihr glaubt, daß die Dinge so sind«, teilte ihm Jon-Tom mit. »Klar könnt ihr es so sehen, daß euer Leben sinnlos und hoffnungslos ist. Aber warum wollt ihr die Dinge nicht mal in einem positiven Licht sehen? Es hängt alles nur davon ab, ob ihr eure Sichtweise verändern wollt oder nicht. Anstatt eure natürlichen Gegebenheiten als deprimierend anzusehen, solltet ihr mal daran denken, daß die Gleichmäßigkeit des Klimas und des Landes etwas Stabilisierendes, Beruhigendes hat. Die Einstellung ist alles, wenn es um seelische Gesundheit geht.«

»Ich glaube, ich kann dir nicht so recht folgen, Mann«, meinte ein anderer Pilz.

»Ich auch nich, Kumpel.«

»Sei still, Mudge! Hört mal, die Existenz ist das, was man daraus macht. Wie ihr eure Umgebung betrachtet, hat auch Einfluß darauf, wie ihr gefühlsmäßig dazu steht.«

»Wie soll man sich in einer solchen Umgebung denn anders als deprimiert fühlen?« fragten die Lebermoose verwundert.

»Na schön. Wenn euch das besser gefällt, dann lebt eben mit dieser Denkweise. Es ist nichts dagegen einzuwenden, ständig deprimiert und niedergeschlagen zu sein, solange man sich dabei *gut* fühlt. Habt ihr euch jemals lustig und fröhlich gefühlt?«

»Nein, nein, nein«, lautete die sofortige und einstimmige Antwort.

»Woher wollt ihr dann wissen, daß es besser ist, als sich deprimiert und niedergeschlagen zu fühlen? Vielleicht ist ja eins so gut wie das andere.«

»So was sagen die anderen Reisenden nie, die hier vorbeikommen«, murmelte der Giftpilz. »Bevor sie sich entspannen, die Sache von unserem Standpunkt aus sehen und sich für ein paar Monate gleichmäßiger Zersetzung niederlassen.«

Jon-Tom erschauerte leise. »Klar, das sagen sie, aber sehen sie etwa so aus, als wären sie besser dran? Geben sie sich vielleicht zufriedener, stehen sie mehr im Einklang mit ihrer Umgebung als ihr?«

»Natürlich stehen sie nicht genauso im Einklang mit ihrer Umgebung«, sagte der erste Pilz. »Aber diese Umgebung hier ist ...«

»... feucht und dreprimierend«, beendete Jon-Tom den Satz. »Das ist ja auch in Ordnung, solange man es auch akzeptiert. Es ist okay, die ganze Zeit deprimiert zu sein, solange man sich dabei in Ordnung fühlt. Warum sollte es nicht Spaß machen, deprimiert zu sein? Wenn eure Umgebung euch dieses Gefühl vermittelt, dann heißt das doch, daß ihr im Einklang mit eurer Umgebung seid, und das sollte euch ein gutes Gefühl geben, Sicherheit und Selbstvertrauen.«

Roseroars Miene spiegelte ihre Verwirrung wider, doch sie sagte nichts. Mudge saß nur still da und schüttelte den Kopf. Doch immerhin dachten sie nach, und das hielt sie davon ab, wieder gefährlich ruhelos zu werden.

»He«, murmelte ein purpurner Giftpilz, »vielleicht ist es wirklich in Ordnung, mich die ganze Zeit am Boden zerstört und mürrisch zu fühlen, wenn's für mich funktioniert.«

»Genau«, sagte Jon-Tom aufgeregt, »genau darum geht es, darauf will ich hinaus. Alles, jedes Wesen, ist anders. Nur weil ein geistiger Zustand für uns Wandelwesen funktioniert, muß das nicht heißen, daß für euch dasselbe gilt. Wenigstens seid ihr nicht die ganze Zeit über verwirrt, wie das die meisten Mitglieder meiner Art sind.«

»Ist ja wirklich ziemlich weit abgefahren!« rief ein aufgeklärter Trüffel aus einem klumpen Felspilze heraus. »Existenz ist sinnlos. Das Leben ist völlig verkorkst. Bewußtsein ist Beschiß! Und wißt ihr was? Ich fühle mich *gut* dabei! Paßt doch alles ins Bild!«

»Wunderbar«, sagte Jon-Tom. »Leb damit!« Er stemmte die Arme in die Hüften und drehte sich im Kreis. »Hat noch jemand hier Schwierigkeiten, damit klarzukommen?«

»Ja, wir schon«, sagte eine Flottille von Pilzen, die sich an einem schmierigen Haufen toter Pflanzen in der Nähe eines kleinen Teichs festhielten.

»Dann erklärt es mir!« sprach Jon-Tom ihnen zu.

»Es fing an, als wir noch ganz junge Sporen waren ...«

So ging es die ganze Nacht weiter. Am Morgen war Jon-Tom erschöpft, aber der ihn umgebende Pilzwald summte förmlich von den ersten Stufen der Begeisterung – natürlich recht weinerlicher Art. Doch alles in allem war die Gruppentherapie-Sitzung ein Bombenerfolg gewesen.

Mudge und Roseroar hatte sich inzwischen völlig von ihrer unterschwellig eingeimpften Lethargie erholt und waren begierig darauf, die Reise fortzusetzen. Doch Jon-Tom hielt sie davon ab. Er wollte sichergehen, daß die Sitzung wenigstens einen einigermaßen mittelfristigen Erfolg zeitigte, denn sonst hielten ihre Auswirkungen nicht, bis sie durch die Moore zum Glittergeistmeer gelangt waren.

»Hast uns wirklich einen ziemlich harten Trip eingefahren, Mann«, meinte der große Pilz, der als Sprecher für den Rest des Waldes auftrat.

»Wenn ihr in dieser Denkweise verharrt, euch vom Strom

tragen laßt und dafür sorgt, daß ihr euch immer genügend geistigen Freiraum bewahrt, werdet ihr merken, daß ihr euch immer wieder gut fühlt, wenn ihr über euren Platz im Dasein nachdenkt«, versicherte Jon-Tom ihm.

»Ich weiß nicht«, sagte der große Giftpilz, und einen Augenblick lang legte sich erneut der Schleier der Düsternis um Jon-Tom, der schon einmal fast tödliche Auswirkungen gehabt hätte. »Aber wenn ich so darüber nachdenke, bin ich eher dazu geneigt, es zu akzeptieren.«

Die Wolke der Verzweiflung löste sich auf. »So ist es richtig.« Jon-Tom merkte, wie müde er inzwischen geworden war. »Ich würde ja gern noch ein bißchen bleiben und mit euch plaudern, aber wir müssen weiter zum Glittergeistmeer. Wißt ihr zufällig, in welcher Richtung das liegt?«

Hinter ihm bogen drei Fliegenpilze ihre Hauben in den Nebel hinein. »Hier entlang, Freund! Ziehe in Freiheit dahin ... obwohl, wenn du Lust hast, kannst du dich gern unserer zufriedenen Auflösung anschließen und hierbleiben, um unter uns zu verfaulen.«

»Würde mir nicht im Traum einfallen«, erwiderte Jon-Tom höflich und schloß sich Mudge und Roseroar an, die sich auf den Weg nach Süden machten. »Ihr müßt wissen, daß ich nicht auf Verfaulen stehe.«

»Ach nein? Erzähl mal!« drängten ihn mehrere Rostpilze.

Jon-Tom winkte ab und sagte: »Ein andermal.«

»Na klar! So ist es richtig – hau einfach ab!« meckerte der Giftpilz eingeschnappt. »Wir sind es ja auch nicht wert, daß man sich mit uns unterhält.«

»Ich habe die ganze Nacht damit verbracht, mich mit euch zu unterhalten. Jetzt läßt du bloß wieder eine neue Unsicherheit raushängen.«

»Tu ich nicht«, verteidigte sich der Giftpilz. »Das ist das gleiche wie Depression.«

»Ist es nicht. Warum diskutiert ihr nicht mal eine Weile darüber?« Hinter ihm hob ein reges mentales Flüstern an, als er seinen Gefährten nacheilte.

Die Nachricht von der Therapiesitzung eilte ihnen durch das ganze Wirrwarr-Gebiet voraus. Die Dichte der Depression um sie her schwankte erheblich, in Abhängigkeit von Jon-Toms Erfolgsgrad. Sie umgingen die Gegenden schlimmster Verzweiflung, wo die mentale Aura schon an Bewußtlosigkeit grenzte, und so geschah es nicht, daß sie wieder vom Drang gepackt wurden, sich hinzulegen und alles aufzugeben.

Schließlich wichen die Pilze blühenden Sträuchern und Immergrünpflanzen. Der Morgen, als sie aus den Wäldern auf einen breiten Strand hinaustraten, der mit von den Wellen polierten Achaten und Jadesteinen übersät war, war einer der glücklichsten in Jon-Toms ganzem Leben.

Er drückte seinen Rammholzstab zwischen das Geröll, hängte seinen Rucksack an das knotige Ende und setzte sich, um die Seeluft in tiefen Atemzügen einzusaugen. Der scharfe, salzige Geruch war auf herzzerreißende Weise vertraut.

Mudge stieß einen Freudenjauchzer aus, warf seinen Bogen, Köcher und Rucksack samt Kleidern beiseite und stürzte sich tollkühn in die warme Brandung. Jon-Tom verspürte den Drang, sich ihm anzuschließen, doch er war so verdammt müde. Roseroar nahm neben ihm Platz. Gemeinsam beobachteten sie den fröhlichen Otter, der sich anmutig in den Wogen tümmelte.

»Hätte ich doch mein Brett dabei!« murmelte Jon-Tom.

»Dein was?« Roseroar blickte zu ihm herab.

»Ein flaches Stück Fiberglas mit eloxiertem Harz. Es treibt auf dem Wasser. Man stellt sich darauf und läßt sich von den Wellen ans Ufer tragen.«

Roseroar überlegte und fällte einen Entschluß. »Klingt lustig. Meinste, das könnteste mia beibring'n?«

Er lächelte bedauernd. »Wie ich schon sagte, leider habe ich mein Brett nicht dabei.«

»Wie groß muß'n das Brett sein?« Sie stand auf und begann damit, ihren Panzer abzulegen. »Doch nicht größer als das hia, oda?«

»Einen Augenblick mal, Roseroar! Ich dachte immer, Katzen hassen das Wasser.«

»Tiger nicht, Süßa. Komm schon! Wer als erster am Ufer ist.«

Er zögerte und blickte den Geröllstrand auf und ab, als könnte jeden Augenblick irgend jemand an diesem verlassenen Teil der Küste auftauchen.

Ach, zum Teufel damit! sagte er sich.

Das saubere tropische Salzwasser spülte die letzten Reste der Depression fort. Obwohl Roseroars Rücken nicht so gleichmäßig gewachst war wie Fiberglas, fanden Jon-Toms Zehen jede Menge Halt in dem dichten weißen Pelz. Die Muskeln der Tigerin verlagerten sich im Einklang mit seinen Anweisungen, als sie mühelos mit mächtigen Armen und Beinen die Wellen durchschwamm. Es bedurfte keiner langen Zeitspanne, um festzustellen, daß das Surfen auf dem Rücken eines Tigers viel mehr Spaß machte als das Wellenreiten auf einem toten Harzklumpen.

Als der Nachmittag sich seinem Ende zuneigte, streckten sie sich auf dem warmen Strand aus und ließen sich von der Sonne trocknen. Sauber und erfrischt entfachte Jon-Tom ein Feuer und errichtete eine provisorische Behausung aus Treibholz, während Mudge und Roseroar sich auf die Suche nach Eßbarem machten. Die Küste war überreich an Leben.

Die beiden ungewöhnlichen Jäger kehrten mit einer Ladung Schalentiere zurück, die so groß wie Teufelskrabben waren. Drei von diesen genügten, nachdem man sie geschlachtet, aufgebrochen und über dem offenen Feuer gekocht hatte, um selbst den Magen der Tigerin zu füllen. Diesmal zuckte Jon-Tom nicht einmal zusammen, als er sich an die Flanke der Amazone kuschelte. Mudge rollte sich auf der gegenüberliegenden Seite des Feuers zusammen. Zum ersten Mal seit ihrer Flucht aus Malderpot schliefen sie alle tief und friedlich.

VI

Wie üblich erwachte Mudge als erster. Er setzte sich auf, streckte sich und gähnte, wobei seine Schnurrhaare vor Anstrengung zitterten. Die Sonne war gerade aufgegangen, und der letzte Rauch floh aus der Feuergrube. Irgend etwas, irgendein leises Geräusch, hatte die beste Schlafruhe gestört, die er seit Wochen genossen hatte.

Wieder hörte er es – kein Zweifel. Neugierig geworden zog er sich hastig an und schlich auf Zehenspitzen an seinen immer noch schlafenden Gefährten vorbei. Als er gerade einen mit Strandhafer gefleckten kleinen Sandhügel bestieg, verlangsamte er sein Tempo. Ein vorsichtiger Blick über die Hügelspitze offenbarte ihm die Ursache seiner Störung.

Sie waren nicht allein am Strand. Ein kleiner Einmaster lag auf dem Geröll. Vier häßlich aussehende große Geschöpfe verschiedener Arten scharten sich um ein einzelnes viel kleineres. Zwei der beiden stritten sich um ein Kleidungsstück. Mudge zuckte im Geist mit den Schultern und wollte sich schon zurückziehen. Dies ging ihn nichts an. Was ihn aufgeweckt hatte, war der erbärmliche Hilfeschrei der von den Grobianen gefangengenommenen Person. Es war eine ältliche, aber kräftige Stimme.

Plötzlich berührte ihn etwas an der Schulter. Scharf sog er die Luft ein, rollte zur Seite und griff nach seinem Kurzschwert, um sich schließlich wieder zu entspannen. Es war Jon-Tom, und dicht hinter ihm stand Roseroar.

»Was ist los?«

»Nichts, Kumpel. Geht uns nichts an, wa? Lassen wir das, wie es is. Bin bereit fürs Frühstück.«

»Denkst du eigentlich nie an etwas anderes als an Essen, Geld und Sex?«

»Du tust mir bitteres Unrecht, Chef. Manchmal is es Sex, Essen und Geld. Dann wiederum is es ...«

»Schon gut«, murmelte der empörte Jon-Tom.

»Via gegen ein'n«, knurrte Roseroar wütend. »Und der eine sieht nicht besonders kräftig aus. Nicht sehr galant.«

»Wir müssen irgend etwas unternehmen«, meinte Jon-Tom. »Mudge, du schleichst dich durch die Bäume dort links an und deckst uns von der Seite. Ich werde einen Frontalangriff von hier aus starten. Roseroar, du ...« Doch die Tigerin war bereits über den Hügel gesprungen und jagte den Abhang hinab.

Soviel zum Thema sorgfältige strategische und taktische Planung! dachte Jon-Tom.

»Komm schon, Mudge!«

»Nu mach mal 'alblang, Kumpel!« Der Otter sah zu, wie Jon-Tom mit wirbelndem Stab hinter Roseroar her rannte und aus Leibeskräften schrie. »Verdammte Blödiane!« Er legte einen Pfeil in den Bogen ein und folgte.

Doch es sollte nicht zum Kampf kommen. Die Gegner drehten sich um und erblickten die zwei Meter große und zweihundertfünfzig Pfund schwere weiße Tigerin, die auf sie zukam, zwei Schwerter schwingend und ein Gebrüll ausstoßend, das die Blätter der nahegelegenen Bäume zum Beben brachte. Plötzlich jagten alle sehr besorgt zum Boot.

Die vier paddelten wie die Teufel und waren schon außer Schwertreichweite, als Roseroar sich in wütender Verfolgungsjagd ins Wasser stürzte und ihnen Flüche und Drohungen hinterherschleuderte. Mudge hätte sie zwar mit ein paar Pfeilen eindecken können, doch er sah keinen Sinn darin, sinnlos Fremde zu töten oder ihnen Schmerz zuzufügen. Was ihn betraf, so war die beste Schlacht immer noch jene, die nicht stattfand.

Inzwischen beugte sich Jon-Tom fürsorglich über das erschöpfte Subjekt ihrer Befreiungsaktion. Er legte einen Arm unter den dünnen pelzbesetzten Nacken und half dem Wesen, sich aufzusetzen. Es war ein Frettchen, und zwar ein sehr altes, ein entfernter Verwandter von Mudges Gattung, doch noch dünner als dieser. Ein großer Teil des normalerweise braunen Pelzes war mit silbernen Spitzen besetzt, ebenso die schwarze Gesichtsmaske.

Der Fremde trug beigefarbene Shorts und eine gleichartige Weste und Sandalen anstelle von Stiefeln. Ein schlichter Schlapphut lag unfern von ihm zertrampelt im Sand neben einem kleinen Ledersack. Am Strand waren weitere Ledersäcke verstreut. Sie sahen alle leer aus.

Langsam beruhigte sich der schwere Atem des Fremden. Er öffnete die Augen, erblickte Jon-Tom und sah sich verstört um.

»Immer mit der Ruhe, Freund! Sie sind weg, dafür haben wir gesorgt.«

Der Fremde warf ihm einen ungläubigen Blick zu, dann starrte er wieder auf den Strand. Die Augen hefteten sich auf die verstreuten Ledersäcke.

»Meine Waren, meine Güter!« Er riß sich von Jon-Tom los, der zusah, während der Alte jeden Sack einzeln untersuchte. Endlich setzte der Fremde sich in den Sand, einen Sack über den Schoß gelegt. Er seufzte ratlos und warf ihn beiseite.

»Fort.« Traurig schüttelte er den Kopf. »Alles fort.«

»Was is alles fort, Senior?« Mudge stieß mit einer Stiefelspitze gegen einen der Säcke.

Der Fremde blickte nicht zu ihm empor. »Meine Ware, mein bißchen Ware. Ich bin ... ich war ein kleiner Schmuckhändler, der sich seinen Lebensunterhalt an den Küsten östlich von hier verdiente. Ich bin von diesen nichtsnutzigen Freibeutern angegriffen worden ...« Er wies mit dem Kopf seewärts, wo das fliehende Boot seine Segel gesetzt hatte und nun am Horizont verschwand. »... die mir alles raubten, was ich in meinem kurzen wertlosen Leben ansammeln konnte. Sie nahmen mich gefangen und zwangen mich, Dienstbotenarbeit zu verrichten, für sie zu kochen und zu putzen und zu waschen, während sie nichtsahnenden Reisenden auflauerten.

Sie versprachen, mich unversehrt laufen zu lassen. Schließlich waren sie meiner müde geworden, doch anstatt mich an einen zivilisierten Ort zurückzubringen, schleppten sie mich an diese leere, unbewohnte Küste, um mich in einem unbekannten Land auszusetzen, damit ich hier verhungere. Sie raubten das wenige, das ich in dieser Welt besaß, demütigten mich damit, daß sie meine Säcke zurückließen, und hätten mich wahrscheinlich sogar noch meines Lebens beraubt, wenn ihr nicht gekommen wärt, weil ich mich weigerte, mich aussetzen zu lassen.«

»Lob uns nur nicht zu sehr!« riet Jon-Tom ihm. »Daß wir in der Lage waren, dich zu retten, war doch bloß ein Zufall.«

»Das kannste ru'ig noch mal sagen, Kumpel«, knurrte der angewiderte Mudge, als er sich wieder seinen Bogen über die Schulter hängte.

Jon-Tom ignorierte den Otter. »Wir freuen uns, daß wir dir helfen konnten. Ich mag es nicht mitansehen, wenn jemand ausgenutzt wird, und schon gar nicht ältere Mitbürger.«

»Was?«

»Ältere Leute.«

»Ach so. Aber wie kann ich euch danken, mein Herr? Wie kann ich meiner Dankbarkeit Ausdruck verleihen? Ich bin doch jetzt völlig mittellos.«

»Vergiß es!« Der Wortschwall des Frettchens war Jon-Tom peinlich. »Freut uns, geholfen zu haben.«

Der Fremde erhob sich, zuckte zusammen und legte eine Hand auf den Rücken. »Ich heiße Jalwar. Wem verdanke ich meine Rettung?«

»Ich bin Jon-Tom. Ich bin Bannsänger. Sozusagen.«

Der Fremde nickte ernst. »Ich wußte sofort, daß ihr mächtige Wesen seid.«

Jon-Tom zeigte auf den mürrischen Mudge. »Dieser Knubbel aus zottiger Unzufriedenheit ist mein Freund Mudge.« Der Otter grunzte kurz. »Und dieses Bollwerk unvorsichtiger Kraft ist Roseroar.«

»Eure Gegenwart ist mir eine Ehre«, sagte der Fremde demütig und warf sich zu Boden, um Jon-Toms Stiefel zu ergreifen. »Ich besitze nichts mehr. Meine Ware ist fort, mein Geld, alles, außer den Kleidern, die ich am Leibe trage.

Ich schulde euch mein Leben. Nehmt mich in eure Dienste und laßt mich euch dienen.«

»He, Moment mal!« Jon-Tom wich mit seinen Stiefeln aus der Reichweite des Frettchens. »Ich halte nichts von Sklaverei.«

»'ee, Kumpel, nur nich's überstürzen!« mischte Mudge sich hastig ein. »Denk doch auch mal an den armen Blöd ..., äh, den armen unglückseligen Kerl! Er 'at nich's mehr, 'at er nich. Er braucht Schutz, sonst werden ihn die nächsten, denen er ins Messer läuft, mit Sicher'eit umbringen, und wenn's nur wegen seiner Klamotten is.« Er musterte das Frettchen hoffnungsfroh. »Na, Chef, wie is es? Kannste kochen?«

»Ich besitze ein gewisses Talent in der Küche, guter Herr.«

»Du 'ast gesagt, du 'ast Klamotten gewaschen?«

»Das habe ich, guter Herr. Ich besitze die Fähigkeit, auch die älteste Kleidung wieder so süß duften zu lassen wie Klee, mit nur einem winzigen Minimum an Reinigungsmitteln. Ich verstehe mich auch auf das Flicken von Kleidern. Trotz meines hohen Alters bin ich kein Schwächling. Ich kann Lasten tragen, die mein eigenes Körpergewicht übersteigen.«

Mudge stolzierte wichtigtuerisch umher. »Na schön, Freund, dann sollten wir wohl Erbarmen mit dir 'aben und dich in unsere Gesellschaft aufnehmen, wa?«

»Mudge, du weißt genau, was ich von Dienern halte.«

»So wird das doch gar nich, Jon-Tom! Er braucht doch wirklich unseren Schutz, und ohne unsere 'ilfe kommt er 'ier doch nie weg, und er is mehr als bereit, seinen Anteil beizusteuern.«

Der Fremde nickte begeistert. »Bitte nehmen Sie meine Dienste an, guter Herr ... und Madame. Gestattet mir, euch zu begleiten. Vielleicht wird die Nähe zu solch mächtigen Wesen, wie ihr es seid, mein eigenes Unglück mildern helfen.«

»Ich wette, du warst ein guter Händler«, bemerkte Jon-

Tom. »Gut, du kannst mit uns kommen, aber als Gleichberechtigter. Nicht als Sklave oder Diener. Wir werden dir auch einen anständigen Lohn zahlen.« Da fiel ihm wieder die mit Gold gefüllte Börse ein, die von Zancrestas Buschkleppern geraubt worden war. »Das heißt, sobald wir es uns leisten können.«

»Ich bitte nur um Schutz und Unterkunft und Nahrung, großer Herr.«

»Und hör auf, mich Herr zu nennen!« brummte Jon-Tom. »Ich habe dir schließlich alle mit Namen vorgestellt.«

»Wie du wünschst, Jon-Tom.« Der Fremde blickte den Strand hinab. »Was werden wir jetzt tun? Ich nehme an, daß ihr nach Osten wollt, denn wenn man lange genug in diese Richtung geht, kommt man schließlich wieder in die Ländereien, die an die Glockenwälder und den Fluß Tailaroam grenzen, wo es auch Zivilisation gibt.«

»Da 'ätte ich nichts gegen«, brummte Mudge.

Jon-Tom schüttelte den Kopf. »Wir gehen nicht gen Osten, Jalwar. Wir wollen nach Südwesten, nach Snarken.«

»Über das Glittergeistmeer? Herr ... Jon-Tom, ich habe lange gelebt und viel gesehen. Die Reise nach Snarken ist lang und beschwerlich und voller Gefahren. Da ist es besser, sie an der Mündung des Tailaroam zu beginnen. Und außerdem – wo sollte man hier in diesem verlassenen Landstrich ein Schiff finden? Und nördlich von hier liegen die Wirrwarr-Moore, in die niemand eindringen darf.«

»*Wir* sind aber dort eingedrungen«, sagte Mudge wichtigtuerisch.

»Das seid ihr? Nun, wenn ihr es sagt, will ich es nicht bezweifeln. Dennoch sind wir hier oben im Norden weitab von allen west-östlichen Handelswegen. Wir werden nicht auf Schiffe stoßen.«

»In diesem Punkt wirst du von mir keine Widerrede 'ören, Kumpel«, meinte Mudge. »Wir sollten tun, was du sagst, zu den Glockenwäldern und zum Tailaroam zurückkehren und von vorn anfangen. Chenelska 'at es inzwischen wahrscheinlich schon aufgegeben, nach uns zu suchen.«

»Nein«, sagte Jon-Tom entschieden, »ich gehe nicht zurück, und ich fange auch nicht wieder von vorn an. Dazu sind wir schon zu weit gekommen.«

Mudge blinzelte an ihm empor. »Na, 'ast doch ge'ört, was dieser weise alte Bursche meinte. Wie willst du da rüberkommen?« Er zeigte auf die weite segellose Fläche des Glittergeistmeers. »Ich schwimme ja gern, Junge, aber ich zie'e es vor, über Gewässer zu schwimmen, die ich auch überqueren kann.«

»Was kannste unternehm'n, Jon-Tom?« fragte Roseroar.

Schäumend vor Wut, stand er einen Augenblick stumm da, bis es aus ihm hervorplatzte: »Ich kann uns auch ein verdammtes Schiff herbeizaubern, ja, *das* kann ich unternehmen!«

»Oh ... äh.« Mudge wich zu den Bäumen zurück und suchte nach einem hinreichend großen Felsen, hinter dem er sich verstecken konnte. »Seine Erlaucht 'at die Schnauze voll und will's wieder mal mit Singen versuchen.«

Roseroar musterte den Otter neugierig. »Is das nicht seine Sache, Fusselball?«

»Kann sein, daß manche Leute es so nennen, aber ich putz lieber 'nem Krokodil die Zähne, als daß ich ihm bei seiner Arbeit 'elfe.«

»Das versteh ich nicht. Ist er nun 'n Bannsänger oda nicht?«

»Das is er«, gab Mudge zu. »Daran beste'en keine Zweifel mehr. Es is nur, daß er diese unglückselige Neigung 'at, von Zeit zu Zeit danebenzutreffen, und wenn das passiert, will ich nich gerade in seiner Schußlinie sein.«

»Geh schon, Roseroar!« bat Jon-Tom. »Geh dort hinten hin und versteck dich mit ihm hinter einem Felsen!« Er war wütend auf den Otter. War es nicht er, Jon-Tom, gewesen, der den großen Sieg am Jo Troom-Tor herbeigeführt hatte? Natürlich war das reiner Zufall gewesen, aber trotzdem ...

»O nain!« erwiderte die Tigerin beleidigt. »Wennde nichts dageg'n hast, bleib ich genau hia steh'n.«

»Schön für dich.« Jon-Tom schnallte seine Duar los,

wandte sich ab, um mit dem Gesicht zum offenen Meer zu stehen, wo er bald ein richtiges Schiff zu erblicken hoffte, das ohne Fracht vor Anker lag. Außerdem konnte Roseroar dann nicht sehen, wie nervös er war.

Einmal hatte er schon an einem fernen Fluß versucht, ein Transportmittel für sich und seine Gefährten herbeizuzaubern. Statt dessen hatte er Falameezar heraufbeschworen, den marxistischen Drachen. Diese unpassende Beschwörung hatte zwar im Endeffekt unerwartet gute Ergebnisse gezeitigt, doch gab es keine Garantie dafür, daß er noch einmal so viel Glück haben würde, wenn er die Beschwörung ein zweites Mal versiebte.

Doch nun war es zu spät für einen Rückzieher. Er hatte bereits damit geprahlt, und er spürte, wie sich Roseroars Blick in seinen Nacken bohrte. Wenn er es jetzt aufgab, bewies er sich Mudge gegenüber als Versager und der Tigerin gegenüber als Feigling. Er mußte es versuchen.

Er überlegte sich mehrere Songs und tat sie alle als ungeeignet ab. Schon drohte er in Panik zu geraten, als sich ihm ein Song anbot, der so klar, so schlicht war, daß er ihm als völlig offensichtlicher Ausweg erschien.

Mit den Fingern prüfte er die Saiten der Duar und begann zu singen.

Sofort leuchteten um ihn herum Lichtflecken auf. Es war, als erwache der Sand unter seinen Füßen zum Leben. Die Lichter waren Gnietschies, jene winzigsten ultraschnellen Tupfen des Seins, die sich unwiderstehlich zu gerade ausgeübter Magie hingezogen fühlten. Sie verschmolzen zu einer hellen tanzenden Wolke, und wie üblich, wenn er den Versuch unternahm, sie genauer zu betrachten, verschwanden sie. Gnietschies waren jene Andeutungen von etwas, das man im Augenwinkel bemerkt, das aber nicht mehr da ist, wenn man sich danach umdreht.

Doch er spürte ihre Anwesenheit. Roseroar und die anderen fühlten sie ebenfalls. Es war ein gutes Zeichen, ein Hinweis darauf, daß das Bannsingen funktionierte. Der Song selbst schien harmlos genug zu sein, selbst für den vorsichtigen Mudge, dessen Meinung über Jon-Toms musikalischen Geschmack sich kaum von der des durchschnittlichen Vorsitzenden eines Elternbeirats unterschied.

Der Otter mußte zugestehen, daß das anderweltliche Liedchen, das Jon-Tom gerade rezitierte, leichte Kost für die Ohren bot, auch wenn die meisten Worte des Texts, wie bei allen Songs, die Jon-Tom sang, völlig unverständlich waren.

Jon-Tom hatte den Song ebensosehr aus Verzweiflung wie aus Not gewählt. Es war ›Sloop *John B.**‹ von den Beach Boys. Wenn man ihre gegenwärtige Lage und ihre Bedürfnisse bedachte, war diese Wahl durchaus logisch.

Zuerst passierte gar nichts. Doch schon nach kurzem schlug Jalwar schützende Zeichen vor Gesicht und Brust, während der Otter nervös darauf wartete, daß sich das Unerwartete manifestierte. Trotz ihres ehrfürchtigen Staunens über das, was da am Strand geschah, hielt Roseroar die Stellung.

Mudges Sorgen waren unbegründet. Endlich, zum allerersten Mal, sah es so aus, als würden Jon-Toms Bemühungen ohne Einschränkung von Erfolg gekrönt. Endlich hatte es den Anschein, daß sein Zauberlied auch das hervorbrächte, was er eigentlich wollte. Der Otter kam zögernd hinter seinem Felsschutz hervor, blieb aber sprungbereit, um bei den geringsten Anzeichen einer Gefahr zwischen die Bäume zu fliehen.

»Da bums ich doch 'ne blauäugige Malabarratte!« murmelte er aufgeregt. »Der Junge 'at es tatsächlich geschafft!«

Unmittelbar hinter der gischtenden Brandung schaukelte sanft eine einmastige Schaluppe. Das Heck zeigte gen Land, und auf dem Namensschild erkannten alle in deutlicher Schrift die Worte JOHN B.

Jon-Tom ließ die letzten Worte des Songs verhallen. Mit dem Lied verschwanden auch die Gnietschies und die blaue

---

* Ein Lied über ein Segelboot, die Schaluppe (= sloop) ›John B.‹ – *Anm. d. Übers.*

Nebelwolke, aus der das Schiff hervorgetreten war. Es dümpelte sanft an der Ankerkette und erwartete sie.

Roseroar legte Jon-Tom stolz eine Pranke auf die Schulter. »Süßa, wenn du kain Bannsänga bist, dann weiß ich's auch nicht! Das ist ein prima Schiff, auch wenn sie mia eine ziemlich fremdartige Linienführung zu hab'n scheint, und ich bin schon auf vielenn Schiffen geseg'lt.«

Jon-Tom zupfte weiterhin krampfhaft an der Duar, aus Furcht, die Schaluppe könnte, so massiv sie auch aussah, jeden Augenblick in einem Nebelschwall wieder verschwinden.

»Freut mich, daß du das so siehst. Ich selbst habe in meinem ganzen Leben noch nie auf etwas Größerem als einem Surfbrett gestanden.«

»Kaine Soage. Ich kenn zwar diese Soate Schiff nicht, aba wennse segelt, kann ich auch damit umgeh'n.«

»Ich ebenfalls.« Jalwar tauchte hinter ihnen auf. »In meiner Jugend habe ich viel Zeit damit verbracht, viele verschiedene Arten von Schiffen zu segeln.«

»Siehst du?« fragte Mudge und gesellte sich am Strand zu ihnen. »Der alte Pelz erweist sich bereits als nützlich.«

»In Ordnung.« Jon-Tom nickte zögernd. »Dann sehen wir mal nach, wie es an Bord aussieht.«

Mudge, der sich im Wasser ebenso zu Hause fühlte wie an Land, führte sie an, und die anderen folgten. Als Jon-Tom die Enterleiter erreicht hatte, hatten die anderen bereits eine vorläufige Inspektion durchgeführt.

»Sie is voll verproviantiert, is sie, aber die Vorratsverpakkungen sind verdammt sonderbar.«

»Laßt mich mal nachsehen!« Jon-Tom begab sich als erstes in die Kombüse.

Die Dosen und Pakete trugen vertraute Etiketten wie Hormel, Armor, Oscar Mayer und Hebrew National. Es war mehr als genug Proviant an Bord, um für eine lange Reise zu reichen, und außerdem konnten sie unterwegs auch noch fischen. Die Tankanzeige des Propanherds stand auf ›Voll‹. Jon-Tom probierte einen der Brenner und wurde mit einer blauen Stichflamme belohnt, vor der Roseroar erschreckt zurückwich.

»Kann übahaupt keine Feuerquelle erkenn'n.«

»Das Schiff ist bereits voll reisefertig gezaubert hier erschienen«, murmelte Jalwar bewundernd. »Beeindrukkend.«

»In dem Lied ist sie auf langer Fahrt«, erklärte Jon-Tom.

Es gab auch einen Dieselmotor, der die Segel ergänzen sollte. Jon-Tom erprobte ihn nicht; er wollte lieber warten, bis sie in eine Flaute gerieten, dann konnte er die anderen mit weiterer Magie beeindrucken.

»Roseroar, da du die erfahrenste Seefahrerin unter uns bist, solltest du eigentlich Kapitän sein. Was meinst du dazu?«

»Wie du willst, Jon-Tom.« Sie quetschte sich durch die Luke zurück an Deck und machte sich mit der ungewöhnlichen, aber keineswegs unergründlichen Takelage vertraut. Wie alle modernen Segler konnte die Schaluppe ihre Segel fast von allein setzen und reffen. So brauchte die Tigerin nicht lange, bis sie das Prinzip durchschaut hatte.

Eine elektrische Winde erledigte das Ankerlichten. Roseroar drehte das Steuerruder, die Schaluppe drehte herum, als eine warme Brise ihre Segel füllte, und so nahmen sie Kurs auf die See.

Eine Stunde später hatten sie den Geröllstrand und die Wirrwarr-Moore mit ihren verwirrten Pilzbewohnern weit hinter sich gelassen.

»Welcher Kurs nach Snarken?« fragte Roseroar, während sie gleichzeitig mit einer Hand das Steuerrad und mit der anderen eine Handwinde bediente. Das Hauptsegel füllte sich prall im auffrischenden Wind.

»Das weiß ich doch nicht. Du bist die Seefahrerin.«

»Seefahrerin geb ich ja zu, aba ich bin kain Navigator, Mann.«

»Südwest«, sagte Mudge. »Für den Anfang reicht das völlig.«

Roseroar korrigierte ihren Kurs und brachte ihn in Einklang mit der Kompaßmarke. »Also Südwest.« Die Schaluppe wechselte geschmeidig den Kurs und reagierte sofort auf die sanfte Berührung des Steuerruders.

Als er einigermaßen das Gefühl hatte, daß mit der Welt anscheinend doch alles zum besten stand, wagte Jon-Tom eine Reprise des Songs und fügte, um alles abzurunden, noch den Refrain von ›Sail On, Sail On, Sailor‹ von den Beach Boys an. Die Sonne schien warm, der Wind war gleichmäßig, und Snarken schien dicht unterhalb des Horizonts zu liegen.

Dann legte er die Duar beiseite und begleitete Jalwar hinunter in die Kombüse, um ihrem Smutje in spe dort die Finessen des Propanherds und andere anderweltliche Esoterika wie Frischhaltefolie und Büchsenöffner zu erklären. Nachdem dieses und der Rest eines erfüllten Tages erledigt waren, gestattete er es sich, als erster im Bett zu sein.

Um schließlich von groben Händen geweckt zu werden, die ihn unsanft durchschüttelten.

»Steh auf, steh auf, Bannsänger!«

Jon-Tom, der sich äußerst merkwürdig fühlte, rollte auf die Seite und starrte plötzlich in das besorgte Gesicht des Frettchens.

»Was ... wasch'n los?« Er war erschreckt von seiner eigenen Stimme, die unnatürlich klebrig und verschwommen klang. Und das Schiff schien im Kreis zu schlingern.

»Wir stecken tief in der Patsche, Bannsänger. Tief in der Patsche.« Jalwar verschwand.

Jon-Tom setzte sich auf. Dazu bedurfte es dreier Versuche. Dann versuchte er aus seiner Koje zu steigen und mußte feststellen, daß er den Boden nicht von der Decke unterscheiden konnte. Schließlich fand der Boden zu ihm.

»Was war'n das?« fragte eine ferne Stimme.

Er kämpfte sich auf die Beine. »Ich weiß nicht ...« Er griff nach der Reling der unteren Koje und versuchte sich aufzurichten. »Wo isch'n das ...?« Irgendwie gelang es ihm, sich in eine aufrechte Lage emporzuzerren. Auf zitternden Knien stehend, die entschlossen zu sein schienen, ihrer eigenen Wege zu gehen, stand er da, ohne jede anderslautende Anweisung seines Gehirns.

»Wasch'n blosch losch mit mia?« stöhnte er.

Zwei Gesichter erschienen in der Türöffnung, eines über dem anderen. Beide waren verschwommen.

»Schaaiiße«, sagte Roseroar. »Er ist betrunk'n! Hab gar nicht geseh'n, daß er sich irgendwelchen Fusel reingezogen hat.«

»Ich auch nich«, sagte Mudge, der versuchte, sich an ihr vorbeizudrängen. »Mach Platz, du verdammt riesige Amazone!« Er legte Jon-Tom die Hände auf die Schultern und packte hart zu. Jon-Tom taumelte zurück.

»Beim Wurmfortsatz einer Wühlmaus, der is tatsächlich zu! Wo hast'n das Gesöff 'er, Chef?«

»Wasch für'n Geschöff?« fragte Jon-Tom mit schleppender Stimme. »Hab kein ...« Beinahe wäre ihm der Boden unter den Füßen davongerutscht. »Schag mal, wer schteuert'n dieschen Busch?«

Der angewiderte Mudge wich einen Schritt zurück. »Kann keine Leute ertragen, die ihren Fusel nich be'errscht kriegen.«

»Laß'n erstma in Ruhe«, meinte Roseroar. »Wir müss'n die Sache selbst schauk'ln.« Sie wandten sich um, um zu gehen.

»He, wartet!« schrie Jon-Tom. Er machte einen Schritt vorwärts, worauf das heimtückische und gerissene Boot ihm mit voller Absicht den Boden unter den Füßen wegriß. Er schlug gegen die Tür und klammerte sich mit aller Gewalt daran fest.

Mudge hatte recht, erkannte er hinter dem glasigen Dunst, der sich über seinen Augäpfeln gebildet hatte. »Ich bin *tatsächlich* betrunken.« Doch so sehr er sein Gedächtnis auch zermarterte: Er konnte sich nicht erinnern, beim Abendessen etwas Kräftigeres als Orangensaft zu sich genommen zu haben. Nachdem er ein paar Refrains von ›Sloop *John B.*‹ wiederholt hatte, um sicherzustellen, daß das Schiff nicht mitten in der Nacht unter ihnen entmaterialisierte, hatte er sich schlafen gelegt. Jalwar war wach und wachsam. Das waren sie alle – außer ihm.

Plötzlich verspürte er ein verzweifeltes Bedürfnis nach einem Bullauge und entdeckte gerade noch rechtzeitig eins, um den Kopf hinauszustrecken und seine Eingeweide über den nicht minder aufgewühlten Ozean zu verteilen. Als er endlich mit dem Übergeben fertig war, hatte ihn der Gischt auch völlig durchnäßt. Nun fühlte er sich etwas weniger weich in den Knien, doch keineswegs nüchterner.

Irgendwie schaffte er es, das Bullauge zuzuschlagen und es wieder zu schließen. Dann torkelte er die Gangway entlang und quälte sich an Deck.

Sobald er die Teakholzplanken betrat, fuhr ihn der Wind an, und der Regen trübte ihm die Sicht. Roseroar hielt mit grimmiger Entschlossenheit das Ruder rest, doch Mudge und Jalwar hatten furchtbare Schwierigkeiten, das Hauptsegel einzuholen.

»Beeilt euch!« brüllte die Tigerin, deren Stimme im Sturm kaum zu vernehmen war. »Sons sind wir's mit Sichaheit los!«

»Ist mir auch egal«, stöhnte Jon-Tom und legte beide Hände seitlich an den Kopf. »Aber wir brauchen doch nicht gleich zu brüllen, nicht wahr?«

»Sag das doch dem Himmel, Bannsänger!« flehte Jalwar.

»Ja, benutz gefälligst deine Magie, Kumpel!« fügte Mudge hinzu. »Mach dieses verfluchte Wetter wieder normal!« Jon-Tom bemerkte, daß beide völlig durchnäßt waren. »Schaff uns diesen verdammten Sturm vom 'als!«

»Ich tue alles, ich tue alles, was ihr wollt«, entgegnete er ihnen, »wenn ihr bloß aufhört zu schreien!« Er taumelte und wäre um ein Haar über Bord gegangen. Im letzten Augenblick gelang es ihm, sich an einem Stag festzuhalten. »Isch verschteh dasch nich. War doch alles so ruhig, als ich ins Bett ging.«

»Na, jetzt is es jedenfalls nich ru'ig!« fauchte Mudge, der mit dem nassen schweren Segel kämpfte.

»Hab noch nie'n Stuam geseh'n, der so schnell aufgekomm ist.« Roseroar plagte sich weiterhin mit dem Ruder ab.

»Die Worte«, brummte Jalwar. »Die Worte des Bannsangs! Erinnerst du dich nicht?« Er blickte Jon-Tom geradeheraus an. »Erinnerst du dich nicht an die Worte?«

»Aber dasch isch doch blosch der Refräng«, stöhnte Jon-Tom. »Blosch der Refräng.« Er murmelte sie erneut: »Thish ish the worsht trip, I've ever been on. Die schlimmschte Fahrt meinesch Lebens. Den Teil hab isch aber nisch so gemeint.«

Jalwar nickte. »Das hast du gesungen. Die Geister können nicht unterscheiden, was du singst und meinst und was du singst und nicht meinst. Sie haben die Eigenart, alles wörtlich zu nehmen.«

»Aber dasch isch doch gar nisch die schlimmschte Fahrt meinesch Lebensch!« Jon-Tom stand mit weichen Knien abseits der Reling und schrie dem Himmel, der sie zu ertränken drohte, seinen Protest entgegen. »Ischt esch nisch!«

Der Himmel beachtete ihn nicht.

Stundenlang kämpften sie mit den Winden. Zweimal waren sie in Gefahr, überspült zu werden, und wurden nur durch die ganz unmagischen Anstrengungen der Schaluppenpumpe gerettet. Irgendwie brachte Jon-Tom sie zum Laufen, obwohl die Anstrengung dazu führte, daß er sich im Maschinenraum übergab. Doch das würde nicht wieder passieren. Denn jetzt war sein Magen leer.

Wenn er sich doch nur auch leer *anfühlen* würde!

Kurz nachdem sie den zweiten überfluteten Schiffsraum leergepumpt hatten, begann der Sturm sich zu legen. Eine Stunde später wurde auch die von berghohen Wogen durchpeitschte See ruhiger. Und doch war das keine Erleichterung, denn nun wichen Donner und Blitz einem dikken, undurchdringlichen Nebel.

Mudge lehnte mürrisch gegen die Reling. »Wär besser, wenn wir jetzt nich gerade in Landnähe wären, Kumpel.« Er blickte in die Höhe. Ein mattes Glühen durchdrang die oberen Partien der Nebelbank, die nicht im mindesten dünner geworden war. »Ich weiß, daß du da oben bis, du großer 'äßlicher gelber Bastard! Warum brennst du nich diese treibende Pisse ab, damit wir uns wieder auf den Weg machen können?«

»Die Worte des Lieds«, murmelte Jalwar. Mudge raunzte ihn an.

»Pack dich, Chef, sonst tu ich's für dich!«

Es war Morgen. Irgendwo dort oben war die Sonne und lachte sie wahrscheinlich gerade aus. Der Kompaß zeigte zwar noch immer den richtigen Kurs an, doch zusammen mit dem Sturm hatte sich auch der Wind gelegt, und so sehr Jon-Tom sich auch mit schwächlichen Lockversuchen daranmachte, brachte er die glänzende neue Dieselmaschine doch nicht zum Laufen.

Schlaff hing das wiederhergestellte Segel am Mast. Die Schaluppe trieb durch glasiges, glattes, flaches Wasser. Gelegentlich erhob sich in gefährlicher Kielnähe eine Sandbank, nur um jedesmal, wenn es schon so aussah, als würden sie auf Grund laufen, wieder in den blaßblauen Fluten zu verschwinden. Roseroar steuerte, so gut sie konnte, und mit einem Otter und einem Frettchen an Bord mangelte es wenigstens nicht an hinreichender Augenschärfe.

Doch als der Tag sich in die Länge zog und der Nebel weiterhin zäh an ihnen klebte, bekam es den Anschein, als sei Jon-Toms Song gleichzeitig ihre Rettung und ihr Untergang gewesen. Der Wind zeichnete sich durch Abwesenheit aus. Früher oder später würden die Untiefe sie eng umschließen, und sie würden sich mitten in einem fremden Meer auf alle Zeit ausgesetzt wiederfinden.

Die Spannung verlangte von ihnen allen ihren Tribut, selbst von Roseroar. Ihr Bannsänger, der dieses wunderbare Schiff herbeigezaubert hatte, war für niemanden eine Hilfe, für sich selbst am wenigsten. Glücklicherweise übergab er sich nun nicht mehr. Doch obwohl er ohne jeden Zweifel abstinent geblieben war, fiel er dennoch ständig sturzbetrunken zu Boden. Besoffen. Geplättet.

Wenn sich an ihm überhaupt etwas verändert hatte, dann

allenfalls zum Schlimmeren. Er schlenderte an Deck umher und murmelte derartig unverständliche und undeutliche Lieder, daß keiner seiner Gefährten sie zu deuten vermochte.

Als reine Vorsichtsmaßnahme hatte Mudge Jon-Toms Duar an einem sicheren Ort versteckt. Als er sie in diese Lage gebracht hatte, war er wenigstens noch nüchtern gewesen. Nicht auszudenken, was er anrichten würde, wenn er sich in diesem volltrunkenen Zustand am Bannsingen versuchen sollte!

»Eine Chance haben wir noch«, erklärte Jalwar schließlich.

»Wa? Was für 'ne Chance, Chef?« Mudge saß an der Backbordseite des Bugs und beäugte unentwegt die drohenden Untiefen.

»Umzukehren. Wir haben uns noch nicht so weit von dem Strand entfernt, wo diese unglückliche Wende begann. Wir können dorthin zurückkehren und an Land gehen oder, sofern der Wind wiederkehren sollte, zur Mündung des Tailaroam und in die Zivilisation zurückkehren.«

»Das verlockt mich zwar, Chef, aber da macht der da nich mit.« Er zeigte mit einem Kopfnicken zu der Stelle hinüber, wo Jon-Tom rücklings hingegossen auf Deck lag und abwechselnd den Nebel mit Lachen und Schluckauf anfuhr.

»Wie soll er etwas dagegen unternehmen?« fragte Jalwar verwundert. »Er besitzt zwar die Gabe, aber er kann sie nicht beherrschen.«

»Das mag schon sein, Chef. Ich bin wahr'aftig kein Experte in Sachen Bannsingen nich, aber eins weiß ich: Er is mein Freund, und ich 'ab ihm versprochen, ihn auf dieser Reise bis zum Schluß zu begleiten, egal was passiert, wa.«

Und abgesehen davon, erinnerte sich der Otter, würde es von keinem dankbaren Clodsahamp eine reiche Belohnung geben, wenn sie ohne die Medizin zurückkehrten. Mudge hatte inzwischen schon viel zu viel durchgemacht, um die Hoffnung darauf nun einfach beiseite zu werfen.

»Aber was sollen wir denn sonst tun?« jammerte Jalwar.

»Keiner von uns ist Hexer oder Zauberer. Wir können seinen seltsamen Zustand nicht kurieren, weil er eine Auswirkung seines Singens ist.

»Vielleicht kuriert sich der von allein.« Mudge versuchte optimistisch zu klingen. Traurig sah er mit an, wie Jon-Tom herumrollte und sich wieder zu übergeben versuchte. »Er tut mir leid. Is ganz offensichtlich, daß er keinen Alkohol gewöhnt is.« Als wollte er die Bemerkung des Otter noch unterstreichen, rollte Jon-Tom noch einmal herum und fiel vom Kabinendach, um auf dem Deck aufzuschlagen, wo er beinahe die Besinnung verlor. Dann richtete er sich zu einem Sitzen auf und brach in schallendes Gelächter aus. Er war der einzige auf dem Boot, der die Situation komisch fand.

Mudge schüttelte den Kopf. »Verdammt erbärmlich.«

»Ja, das ist es«, stimmte Jalwar ihm zu.

»Gott, aber nich, wie du es meinst, Kumpel. Da liegt er nun und leidet unter einem der feinsten Räusche, die ich je gese'en 'ab, und 'at noch nich mal die angenehmen Seiten des Fusels genießen können. Das is wirklich ein Jammer.« Ein Blick nach unten zeigte eine bedrohlich nahe Sandbank.

»'n paar Grad weiter nach Steuerbord, Liebchen!« rief er heckwärts.

»Alles klaa!« Roseroar korrigierte den Kurs des Schiffs. Die Sandbank wich wieder zurück.

»Das legt sich schon«, murmelte der Otter. »Es *muß* sich einfach legen! Kein Mensch kann so lange besoffen bleiben, egal welchen Zauber man ihm auf den Magen gelegt 'at. Ich frage mich nur, wann er es getan 'at.«

»Als er alles andere auch getan hat«, erklärte Jalwar. »Erinnerst du dich etwa nicht mehr an das Lied?«

»Meinst du den Teil von wegen ›die schlimmste Fahrt meines Lebens‹?«

»Nicht nur das. Erinnerst du dich, daß er die Tigerin zur Kapitänin gemacht hat, weil sie die beste Seefahrerin von uns ist? Damit ist er doch zum stellvertretenden Kommandierenden geworden, nicht wahr?«

»Keine Ahnung, Kumpel. Versteh nich viel von Schiffen und ihren Gebräuchen.«

»Er hat sich zum ersten Maat degradiert«, sagte Jalwar mit Entschiedenheit. »Das war auch in dem Lied. Eine Zeile, die ungefähr lautete: ›Der erste Maat hat sich einen angetrunken.‹«

»Ja, jetzt erinnere ich mich wieder.« Der Otter zeigte nikkend zu dem hilflosen Bannsänger, der noch immer in einer Hysterie befangen blieb, die niemandem außer ihm ersichtlich war. »Also 'at er sich selbst in diesen Zustand gesungen, ohne es zu merken.«

»Ich fürchte, so ist es.«

»Absolut bejammernswert! Warum 'at er denn *mich* nich zum ersten Maat ernannt? Ich komme mit so einem langen Suff doch zehnmal besser zurecht als er! Irgendwann muß er doch wieder da 'erauskommen.«

»Das will ich hoffen«, meinte Jalwar. Er blickte zum Himmel empor. »Vielleicht werden wir wenigstens diesen vermaledeiten Nebel los. Dann bekommen wir vielleicht auch etwas Wind, mit dem wir umkehren können.«

»Also, Kerl, ich 'ab dir doch gerade eben gesagt ...«, begann Mudge, doch er wurde von einem Schrei unterbrochen.

Was ihn jedoch zum Schweigen brachte, war weniger der Schrei selbst als sein Ursprung. Es kam aus dem Wasser zur Steuerbordseite.

Dann wurde er wiederholt. »Ahoi! Ahoi, Schaluppe! Was ist los?«

»Was los is?« Roseroar furchte die Stirn und versuchte, im Nebel etwas zu erkennen. »Jon-Tom, wach auf!« Die Segel hingen weiterhin schlaff am Großmast.

»Hä? Wasch?« Jon-Tom lachte noch einmal, dann kämpfte er sich auf die Beine.

»Ahoi, Schaluppe!« Diesmal eine neue, eine weibliche Stimme.

»Wasch ... wasch'n dasch?« Er stolperte um die Mittelkabine und versuchte in den Nebel hinauszublinzeln. Weder seine Augen noch sein Gehirn arbeiteten zur Zeit mit optimaler Leistungskraft.

Aus dem Nebel materialisierte plötzlich ein zweites Schiff. Es war ein flacher Außenborder mit perlmuttschimmerndem Fiberglaskörper. Drei ... nein, vier Leute saßen in den Vinylsitzen. Zwei Pärchen um die zwanzig, alles Menschen und alle von normaler Größe.

»Was ist los, *John B.?*« fragte der junge Mann, der hinter dem Steuer stand. Er schien selbst nicht sonderlich stabil auf den Beinen zu stehen. Zwischen den Vordersitzen stand eine Kühlbox voller Eis und Aluminiumdosen. Die Dosen besaßen Etiketten mit Aufschriften wie Coors und Lone Star.

Jon-Tom schwankte. Er halluzinierte; das war der nächste logische Schritt seines geistigen Verfalls. Er beugte sich über die Reling und versuchte, sein verbliebenes Bewußtsein auf die komische Zigarette zu richten, die das Pärchen vorn im Boot immer hin und her reichte. Das andere Pärchen zog sich abwechselnd einen mit einer Glaspfeife ein.

Der große Außenborder trieb lärmend dahin. Eines der Mädchen beugte sich über Bord, um ihre schicke Sonnenbrille im Meer zu säubern. Neben dem Bierkühler stand ein Picknickkorb. Obenauf lag eine große geöffnete Tüte mit Brezeln. Die gewundene dünne Sorte, die wie reines geröstetes Salz schmeckte. Neben der Tüte stand eine Zweipfundbüchse Planter's Redskin Peanuts, und neben dieser wiederum lagen zahlreiche hell leuchtende bunte tropische Früchte.

Er versuchte durch Willensanstrengung nüchtern zu werden. Wenn irgend etwas seinen Geist hätte klären müssen, so doch wohl der Anblick dieses Boots und seiner Insassen. Doch die unkontrollierbare Macht seines eigenen Zaubersingens hielt stand. Was er auch versuchte, der erste Maat blieb betrunken. Er schluckte die Worte hinunter, die ihm auf der Zunge lagen, und versuchte es ein zweites Mal.

»Wer ... wer seid ihr?«

»Ich bin Charlie MacReady«, sagte der Steuermann des

Boots fröhlich durch seinen eigenen Haschischnebel hindurch. Er lächelte breit und beugte sich zu seiner Freundin hinunter. »Schau dir nur mal an, wie der Typ da gedröhnt ist! Muß 'ne Wahnsinnsfete gewesen sein!«

Jon-Tom dachte kurz an seinen schillernden Umhang aus Echsenhaut, an sein indigofarbenes Hemd und den Rest seiner Kleider. Dezente Kleidung ... in Clodsahamps Welt.

Das Mädchen vorn im Boot hatte ziemliche Schwierigkeiten mit ihrer Sonnenbrille. Vielleicht merkte sie nicht, daß die Brille sauber war und daß es ihre Augen waren, die ein Auswaschen vertragen hätten. Sie neigte sich wieder über die Bootskante und fiel beinahe ins Wasser.

Ihr Freund griff nach dem Gummizug ihres Bikinioberteils und riß sie gerade noch heftig genug zurück, um sie im Boot zu behalten. Leider war es auch heftig genug, um gewisse empfindliche Teile ihrer Anatomie zusammenzuquetschen. Sie wirbelte herum, um nach ihm zu schlagen, verfehlte ihn jedoch dank der Wirkungen dessen, was das Vierergespann schon den ganzen Morgen lang geraucht hatte. Aus irgendeinem unerfindlichen Grund ließ sie das in unkontrollierbares Kichern ausbrechen.

Jon-Tom lachte nicht mehr. Er war damit beschäftigt, gegen seine eigenen wirren Gedanken und seinen magisch verseuchten Blutkreislauf anzukämpfen.

»Wer *seid* ihr?«

»Hab ich dir doch schon gesagt.« Der Bootssteuermann sprach mit bekiffter Schwerfälligkeit. »MacReady lautet der Name. Charles MacReady. Ich bin ein Börsenmakler aus Manhattan. Merill Lynching. Kennste den Bullen?« Er legte eine Hand auf die plötzlich sehr nachdenklich gewordene Frau neben ihm. Sie schien fasziniert vom Schimmer ihres Nagellacks.

»Das ist Buffy.« Er wies mit einem Nicken in den vorderen Teil des Boots. »Die beiden Kinder da vorn sind Steve und Mary-Ann. Steve arbeitet bei mir im Büro. Nicht wahr, Steve, tuste doch?« Steve erwiderte nichts. Er und Mary-Ann kicherten inzwischen im Duett.

Der Lenker wandte sich wieder Jon-Tom zu. »Wer bist du denn?«

»'ne verdammt gute Frage«, antwortete Jon-Tom mit belegter Stimme. Er blickte an seinem unmöglichen Kostüm hinunter. Ob es das ist, was man erlebt, wenn man ins Delirium tremens gerät? fragte er sich. Irgendwie hatte er immer geglaubt, daß zum DT stärkere Halluzinationen gehörten als ein Quartett glücklich gestoneter Urlauber, die schwer mit Pot und Brezeln beladen waren.

»Mein Name ... mein Name ...« Einen fürchterlichen Augenblick lang war dort in seinem Geist, wo sein Name hingehörte, eine weiche, flauschige Lücke. Die Art von Desorientierung, die man beim Jahrmarkt in einem billigen Spiegelkabinett erleben konnte, wenn man mit ausgestreckten Händen nach dem Ausgang tastete und durch das Nichts des eigenen Spiegelbilds stieß.

Meriweather, sagte er sich. Jonathan Thomas Meriweather. Ich bin ein Jurastudent an der UCLA, University of California, Los Angeles. Er wiederholte diese Information langsam für den Bootslenker.

»Nett, dich kennenzulernen«, meinte MacReady.

»Aber ihr ... ihr ... ihr ... wo seid ihr? Wo kommt ihr her?« Jon-Tom merkte, daß er fast weinte, doch er konnte sich nicht bremsen. Seine Verzweiflung überrannte selbst die leiseste Spur von Selbstbeherrschung.

Der Song, der Song, dieser scheinbar so harmlose Song voller unvorhergesehener Auswirkungen. Erst das Schiff, dann der Sturm und sein Rausch, und jetzt ... wohin war die *John B.* in dem Song gereist?

Der Börsenmakler aus Manhattan zeigte nach rechts. »Machen nur 'n Nachmittagsausflug vom Nassau Club Med. Kennste doch, Mann. Die Bahamas? Habt ihr euch von Miami aus verirrt, oder was?« Er klimperte mit der Kette aus Polyäthylenperlen, die ihm am Hals hing.

»Wollta mit uns zurückfahren?«

»Das kann doch nicht sein«, flüsterte Jon-Tom benommen. »Das kann doch nicht so einfach sein!« Der Song, den er immer und immer wieder wiederholt hatte – wie lautete der Text noch? ›Around Nassau Town we did roam ... I wanna go home, I wanna go home ... this is the worst trip, I've ever been on.‹*

›*I Wanna go home*‹, sang Jon-Tom im Geist, ›*Around Nassau Town*. Ja ... ja, wir folgen euch zurück! Wir folgen euch zurück!‹ Er hielt sich mit aller Macht an der Reling fest, den Blick auf die große rumpelnde Maschine am Heck des Wasserskiboots geheftet.

»Kommste rüber, oder fährste uns einfach nach?«

»Wir folgen euch«, murmelte Jon-Tom. »Wir folgen euch.« Er drehte sich zum Ruder um. »Roseroar, setz alle Segel ... nein, warte.« Es war immer noch windstill. »Die Maschine. Ich werde die Maschine starten, dann fahren wir hinter ihnen her!« Er machte einen heftigen Schritt auf die Luke zu und spürte plötzlich, wie er rücklings über die Reling taumelte, einer Glaswand entgegen, die gar nicht vorhanden war.

Eine gewaltige Pranke hatte ihn gepackt und riß ihn an Deck zurück. »Paß auf dich auf, Süßa!« sagte Roseroar ruhig. Sie war mit einem einzigen Satz vom Ruder zu ihm herübergesprungen.

Nun starrte sie über das Wasser. »Was sind'n das füa Fremde? Muß gesteh'n, daß ich kein Woat von dem verstehe, was die sag'n.«

»Sag's ihnen!« wimmerte Jon-Tom dem Wasserskiboot entgegen. »Sag ihnen, wer ihr seid, sag ihnen, wo wir sind!«

Doch Charles MacReady, Börsenmakler auf Urlaub, sieben Tage, sechs Nächte, $ 950 alles inklusive ab LaGuardia (ganz abgesehen davon, daß er für diese Nacht ein Mädchen zu finden hoffte), erwiderte nichts. Er starrte zu dem Schiff hinüber, wo eine zwei Meter große weiße Tigerin in Leder und Messingpanzer aufrecht auf den Hinterbeinen stand und sein Starren erwiderte.

---

* etwa: ›In der Nähe von Nassau (Bahamas) trieben wir herum, ich will nach Hause ...‹ – *Anm. d. Übers.*

Kichern ertönte vom Boden im vorderen Teil des Boots. MacReadys Freundin hatte die Untersuchung ihrer Fingernägel abgeschlossen und widmete sich nun ihren Zehen, die sie mit einem buddhaähnlichen glasigen Blick anglotzte.

MacReady schnippte benommen die Kippe des Sinsemilla-Joints über Bord, als wäre sie mit Zyankali versetzt, und sagte laut und deutlich: »Holy shit!« Dann ließ er sich hart in den Steuersitz fallen und jagte den großen Außenbordmotor auf Hochtouren.

»Nein, warte!« kreischte Jon-Tom. »Warte!« Er versuchte, mit einem Kopfsprung das Wasser zu erreichen, und es bedurfte Roseroars gesamter nicht unerheblicher Kraft, um ihn daran zu hindern, sich selbst zu ertränken. In seinem gegenwärtigen Zustand konnte er nicht einmal im Wasser treiben, ganz zu schweigen vom Schwimmen.

»Imma mit der Ruhe, Jon-Tom! Was is'n bloß los mit dia?«

Er riß sich von ihr los, rannte durch die Luke in den Schiffsraum hinunter und hantierte an dem Dieselmotor herum. Er brauchte zwar drei Anläufe, doch diesmal gelang ihm der Start. Dann jagte er, kroch und flog gleichzeitig die Treppe hinauf zur Steuerradkonsole. Der Kompaß bebte. Er hieb auf einen Knopf. Unter dem Schiff ertönte ein Gurgeln, zögerte, verstummte wieder. Wieder drückte er auf den Knopf. Diesmal machte es *wirrr, wirrr.*

Mudge kam vom Bug herbeigrannt. »Was zum Teufel geht denn da 'inten vor?«

Roseroar stand etwas abseits, bewachte die Reling und musterte die anderen etwas verunsichert. »Da sind Leute in 'nem Boot. Muß Land in der Nähe sein.«

»'ab ich ge'ört. Is doch verdammt phantastisch. Lotsen die uns 'in?«

»Ich glaube, die haben vor irgend etwas Angst«, meinte Roseroar.

Jon-Tom weinte, weinte und stach unentwegt nach dem Schalterknopf. »Ihr versteht das nicht, ihr versteht das nicht!« Das Geräusch des Außenbordmotors des Wasserskiboots verlor sich in der Ferne. Noch immer weigerte sich die Maschine mitzuspielen.

Dann erscholl ein tiefes Grollen. Roseroar machte einen Satz und packte die Reling, als sich das Schiff in Bewegung setzte.

»Wo sind sie?« rief Jon-Tom und versuchte gleichzeitig, zu steuern und den Nebel abzusuchen. »In welche Richtung sind sie gefahren?«

»Ich weiß es nicht, Jon-Tom«, sagte Jalwar hilflos. »Ich habe es nicht gesehen.« Er zeigte unsicher in den Nebel abseits des Bugs. »Dort entlang, glaube ich.«

Jon-Tom gab mehr Gas, und der Dieselmotor reagierte mit voller Kraft. Sie konnten nicht weit entfernt von Nassau sein. Das Vierergespann aus New York hatte lediglich einen Nachmittagsausflug unternommen. Außerdem hatten sie nur Badekleidung getragen und vergleichsweise wenig Vorräte mitgeführt. Mit Sicherheit war die Insel ganz nahe! Und von Nassau aus wäre es nur noch ein kurzer Flug zur Küste von Florida. Nach Hause, nach Miami, Disneyworld, Hotels und nachmittags Seifenopern im Fernsehen. Absichtlich verdrängte Bilder sprangen ihm wieder ins Bewußtsein: zu Hause.

Er war zu Hause.

So benommen war er von Hoffnung und Freude, daß er sich keine Gedanken darüber machte, welche Reaktionen es hervorriefe, wenn er mit Wesen wie Mudge und Jalwar und Roseroar im Schlepp in Nassau ankäme. Doch das war alles unwichtig. Alles.

Ohne es zu wollen und ohne es auch nur vorzuhaben, hatte er sich mit einem Zauberlied nach Hause gesungen.

VII

Er klammerte sich verzweifelt an diesem Gedanken fest, als der Tag der Nacht zu weichen begann. Noch immer kein Anzeichen von Nassau oder irgendeiner der anderen Bahama-Inseln. Keine Spur von Freizeitbooten, die durch die ruhige Karibik zogen. Keine Positionslichter an der Küste, die ihnen den Weg gezeigt hätten. Nur der immerwährende Nebel und ein gelegentlicher Blick auf einen Halbmond, der hoch am Himmel glitzerte und mit silbernem Auge aufmerksam seine schwindenden Hoffnungen bewachte.

Am nächsten Morgen stand er noch immer am Steuer. Der Nebel war vom Himmel geflohen, um sich statt dessen träge in seinem Herzen auszubreiten. Man konnte meilenweit in alle Richtungen blicken. Doch nirgendwo war auch nur die Andeutung einer Kokospalme zu sehen, eines flachen Inselchens oder der warmen Glas-und-Stahl-Fassade eines Hilton-Hotels. Erst als der Dieselmotor tuckernd seinen Geist aufgab, weil der Treibstoff verbraucht war, löste er sich erschöpft vom Ruder.

Und was das schlimmste war: Er war nüchtern geworden. Raserei und Verzweiflung hatten die durch den Bannsang ausgelöste Trunkenheit aus seinem Körper vertrieben. Es war eine böse Ironie: Er hatte die Kontrolle über seine Sinne erst wiedergewonnen, als er keine Verwendung mehr dafür hatte.

Roseroar übernahm erneut das Steuer und schwieg. Mit dem Verschwinden des Nebels war der Wind zurückgekehrt, und die Segel blähten sich.

»Welchen Kurs soll ich steuern, Jon-Tom?« fragte sie sanft. Er erwiderte nichts und starrte dumpf über die Reling.

Mudge musterte ihn eindringlich. »Kurs Snarken, Liebchen. Kennst doch den Weg.« Roseroar nickte und warf das Ruder herum.

»Was is los mit ihm?«

Nachdenklich erwiderte Mudge: »Letzte Nacht 'at er 'n paar Minuten lang geglaubt, er wäre wieder zu 'ause in seiner 'eimatwelt. Also ich glaub ja nich, daß wir so mir nich's dir nich's von einer Welt in die andere übergewechselt sind, auch wenn dieses Boot verdammt merkwürdig war und voller reichlich seltsamer Menschen. Aber die Liebchen sa'en echt scharf aus, das will ich ihnen lassen.«

Roseroar warf ihm einen angewiderten Blick zu. »Du bis wirklich ekelhaft! Dein Freund hat Kummer, und alles, woran du denken kannst, du schmieriger degenerierter kleiner Perversa, is Verkea.«

»Ach, 'alt die Klappe, du selbstgerechte Tussi! Ich verwette glatt den Kopf meiner Mutter, daß sich schon mindestens 'ne 'albe Armee unter diesem Schwanz da vergnügt 'at!«

Roseroar griff nach dem Otter, doch eine gespenstisch leise Stimme ließ sie innehalten.

»Nicht! Bitte!« Zum ersten Mal seit Tagen drehte sich ein vertrautes Gesicht zu ihnen um. »Das ist es nicht wert. Nicht meinetwegen.«

Widerstrebend begab sich Roseroar wieder an ihren Posten hinter dem Steuerrad. »'immel, Kumpel«, sagte Mudge sanft, »du glaubst wirklich, daß wir in deiner Welt waren, wa?«

Jon-Tom nickte. »Es war in dem Lied enthalten. Ich hatte es zwar nicht vor, aber ja, ich glaube, daß wir drüben waren. Und ich war zu besoffen, um etwas zu unternehmen.«

»Vielleicht sind wia ja imma noch in deiner Welt«, meinte Roseroar.

Mudge bemerkte eine Bewegung im Wasser. »Wartet mal! Ich gelaube, ich weiß, wie wir das rausfinden.« Er schritt zum Bug hinüber.

Jon-Tom erhob sich und wankte leicht. Roseroar streckte eine Hand aus, um ihn zu stützen, doch er winkte lächelnd ab. »Danke. Jetzt bin ich wieder in Ordnung. Stocknüchtern.«

»Dann kam dein Rausch also von dein'm Lied?«

»Noch etwas, das ich nicht eingeplant hatte. Jetzt ist er abgeklungen. Deshalb glaube ich auch, daß wir nicht mehr in meiner Welt sind. Das Gute klingt gleichzeitig mit dem Bösen ab.« Er verfiel in ein Flüstern. »Ich bin *zu Hause* gewesen, Roseroar! Zu Hause!«

»Das tut mia leid für dich, Jon-Tom, ganz ehrlich tut's mia leid.«

»Du hast ein großes Herz, Roseroar. Neben allem anderen.« Er lächelte sie an und schritt zum vorderen Teil des Boots. Vielleicht irrte er sich auch. Vielleicht gab es doch noch eine Chance, so unwahrscheinlich das auch erscheinen mochte.

Der Otter hatte sich über den Bordrand gebeugt. »Wie willst du denn feststellen, wo wir sind?« fragte Jon-Tom.

Mudge blickte zu ihm auf. »Das is wirklich nich schwer, Chef. Man muß nur fragen.« Er drehte sich wieder dem Wasser zu, das am Bug vorbeischoß, und schrie: »'ee, ihr da, wo sind wir?«

Jon-Tom spähte über die Reling und sah die spielenden, glatten, graurückigen Gestalten, die mühelos durch das Wasser glitten und sich von der Bugwelle kostenlos befördern ließen. Ein Wesen hob die Stupsnase aus dem Wasser und quiekte eine Antwort.

»Ihr seid halb nach einem Viertel vor.« Kichern ertönte um den Sprecher, als die anderen Delphine ihre Zufriedenheit über den kleinen Witz kundtaten.

Mudge warf Jon-Tom einen entschuldigenden Blick zu. »Tut mir leid, Kumpel, aber es is gar nich so einfach, aus diesem 'aufen von Meeresclowns 'ne vernünftige Antwort rauszu'olen.«

»Mach dir nichts draus!« seufzte Jon-Tom. »Die Tatsache, daß er überhaupt geantwortet hat, ist schon Beweis genug für die Welt, in der wir uns befinden.«

»Heda!« sagte ein anderer schlanker Schwimmer. »Kennt ihr Burschen schon den Witz von dem Tintenfisch und der Dritten Herrin vom Rudel Dreißig?«

»Nein.« Mudge beugte sich interessiert vor.

Der Delphin, der ihn angesprochen hatte, holte das Schiff mühelos ein und schwamm an seine Seite. »Also die kommt eines Tages in ...« Jon-Tom ließ die fortschreitende Zurschaustellung ozeanischer Zotenreißerei hinter sich und kletterte die Mittelkajüte hoch, um den Horizont abzusuchen.

Nein, er war nicht mehr zu Hause. Vielleicht hatte er den ganzen Vorfall auch nur als Halluzination erlebt. Vielleicht hatte überhaupt kein Wasserskiboot voller bekiffter Börsenmakler aus New York existiert. Vielleicht war die ganze Episode ein Produkt seiner Trunkenheit gewesen.

Nur daß Mudge und Roseroar und Jalwar sie ebenfalls gesehen hatten.

Die letzten Spuren des Rauschs hinterließen in seinem Inneren eine erschreckende Kälte. Es war schon schlimm genug, daß das Schicksal ihn in diese fremde Welt katapultiert hatte. Nun hatte es sich auch noch dazu entschlossen, ihn mit einem kurzen Blick auf die Wirklichkeit, auf sein Zuhause, zu ärgern. Er fühlte sich wie ein armes Kind, das man am Weihnachtsabend gezwungen hatte, sich vor dem Schaufenster eines Spielwarenladens aufzustellen.

Er schob die Duar auf den Bauch und versuchte es noch einmal mit dem Song, versuchte die Betonung zu ändern, die Lautstärke der einzelnen Strophen. Doch nichts funktionierte: Der Song blieb ein Song und nicht mehr.

Er versuchte es mit anderen Songs – mit demselben Ergebnis. Er sang alles, an das er sich erinnern konnte, das irgendwie, und sei es noch so entfernt, mit Heimkehr und Heimweh zu tun hatte. Die Schaluppe *John B.* durchschnitt säuberlich die Wellen und fuhr unter Roseroars erfahrener Steuerung stramm auf Kurs Südwest. Es war keine Spur von Land zu sehen, die ihn aufgeheitert hätte. Nur die Delphine mit ihren endlosen abgedroschenen Witzen.

»Segel ahoi!« rief Jalwar plötzlich, der oben im Großmast hing. Jon-Tom schob seine eigenen Sorgen beiseite und gesellte sich zu Mudge am Bugspriet. Er konnte soviel starren, wie er wollte, er sah nichts als kahlen Horizont vor sich. Mudge hatte jedoch keine Schwierigkeiten, es dem Frettchen an Sehschärfe gleichzutun.

»Ich kann sie ausmachen, Kumpel.«

»Wie sieht sie denn aus?«

»Ganze normale Takelage, nich wie dieses Ding.« Jon-Toms letzte Hoffnung verflüchtigte sich. Also kein Schnellboot. »Groß, mit zwei Rei'en Ruder. Und das gefällt mir nich.«

»Warum nicht?«

»Denk doch mal nach, Kumpel! Nur ein Narr versucht über ein Meer zu rudern. Nur ein Narr ... oder Leute, die keine andere Wahl 'aben.«

Der Besucher kam mit großer Geschwindigkeit auf sie zu. Schon bald konnte Jon-Tom die Umrisse des fremden Schiffs ausmachen. »Kannst du eine Flagge erkennen?«

Mudge starrte angestrengt in die Ferne. Dann packte ihn ein Zittern. »Mehr 'at sie nich geflaggt: nur 'n 'erz mit 'nem Messer, das drin steckt, flattert vom Rahnock. Piraten.« Er rannte zum Heck, und Jon-Tom eilte ihm nach.

»Ich dachte, daß nur Handelsschiffe das Glittergeistmeer befahren.«

»Ja, 'ändler und solche, die ihnen auflauern.« Der Otter vollführte einen hektischen Tanz um Roseroar. »Tu doch was, du verdammte riesige Karikatur einer Kurtisane!«

Roseroar riß das Ruder hart herum und sagte gelassen: »Die hab'n uns wahrscheinlich sowieso schon gesichtet.«

»Jon-Tom, sing ein Bannlied, damit wir aus dieser Lage befreit werden!« Inzwischen näherte sich die riesige Gestalt des Piratenschiffs immer schneller ihrem Heck. Fremdartige Wesen hingen im Tauwerk, und die Doppelreihen der Ruder tauchten in vollkommener Harmonie ein und aus.

»Is nicht genug Wind«, bemerkte Roseroar. »Was wia hab'n, weht zwar von hinten, aba die erhöh'n ihre Segelgeschwindigkeit durch ihre Ruda.«

Jon-Tom versuchte gerade, die Duar vom Hals zu lösen, wo sie sich verheddert hatte. »Unser Motor hat keinen Dieseltreibstoff mehr.« Er ertappte sich dabei, wie er den nahenden Koloß fasziniert anstarrte. »Interessante Konturen.«

»Interessant für'n Arsch!« sagte Mudge aufgeregt. »Wirst schon se'en, wie interessant es noch werden kann, wenn die uns erst mal entern!«

»Ich fürchte, ich kenne nicht allzu viele Songs, die von Schiffen handeln«, murmelte Jon-Tom bekümmert und versuchte sich zu konzentrieren. »Und gar keine über Piraten. Wißt ihr, wo ich herkomme, da sind Piraten eine Kuriosität aus der Geschichte. Kein echtes Thema für unsere zeitgenössischen Songwriter.«

»Pfeif doch aufs Zeitgenössische!« flehte der Otter. »Sing irgendwas!«

Jon-Tom versuchte ein paar hastige, nur verstümmelt erinnerte Melodien, von denen keine auch nur die leiseste Wirkung auf die *John B.* oder das nahende Schiff zeigte. Es fiel ihm schwer, sich überhaupt an irgend etwas zu erinnern, denn Jalwar wimmerte und kniete sich gen Norden, während Mudge hysterisch auf dem ganzen Schiff auf und ab hopste, wenn er Jon-Tom nicht gerade ins Gesicht schrie.

Dann war keine Zeit mehr zum Nachdenken, als Roseroar rumpelte: »Alles bereit zur Abwehr von Enterern!«

Jon-Tom legte die Duar beiseite. Zum Spielen reichte es nicht mehr. Das Oberdeck des Piratenschiffs ragte hoch über ihnen auf. An der Reling stand die seltsamste Ansammlung von Wesen, die er jemals seit seinem Eintritt in diese Welt erblickt hatte.

Neben drei heimtückisch aussehenden Kaninchen, die mit eineinhalb Meter langen Lanzen bewehrt waren, stand ein mächtiger Polarbär mit schmutzigem Pelz und einem fehlenden Ohr. Ein Luchspaar streichelte liebevoll die gezähnten Streitäxte und schickte sich an, sich an von einer Spier baumelnden Seilen zu ihnen herunterzuhangeln. Neben ihnen stand ein Koboldmaki mit überdimensionierter Sonnenbrille und richtete seinen Bogen auf die Schaluppe.

»Entern!« bellte ein alter Rotluchs mit hervorstehenden Eckzähnen. Kühn schwang er sich über Bord, einen kurzen

Krummsäbel über den Ohren schwingend, und landete auf dem Keulenende von Jon-Toms Rammholzstab. Er stieß einen erstickten Laut aus, als ihm die Luft aus dem Leib gepreßt wurde, und mit einem knacksenden Geräusch gab eine Rippe nach.

Als der alte Rotluchs über Bord ging, schoß ein Kojote an einem Seil auf Roseroar zu und wollte ihr mit einem Streitkolben den Schädel einschlagen. Die Schwerter der Tigerin blitzten wie ein einziges auf – und der verstümmelte Kojote stürzte lautlos auf das Deck.

Jon-Tom mußte seinen Magen besänftigen, während die Angreifer nun ernstmachten und in Scharen über die Bordkante gegen sie vordrangen. Er mußte vor zwei gepanzerten Faultieren zurückweichen, deren Kampfverhalten alles andere als Faulheit dokumentierte, sowie – schockierenderweise – vor einem Mann mittleren Alters. Die Faultiere trugen keine Waffen, sondern verließen sich auf ihre etwa fünfzehn Zentimeter langen Vorderkrallen, um damit ihren Gegnern zuzusetzen. Sie waren zwar langsamer als die anderen Angreifer, doch dafür prallten Jon-Toms Hiebe auch harmlos an ihrem dicken Lederpanzer ab.

Sie drängten ihn rückwärts gegen die Reling. Der Mann sprang zwischen die beiden Faultiere und versuchte, Jon-Tom mit seinem Beil den Kopf abzuschlagen. Jon-Tom wich dem Hieb durch Ducken aus und stieß vor, wobei er eines der Faultiere voll mit dem Knüppelende seines Stabs auf der Nase erwischte. Er hörte den Knochen brechen und spürte, wie die Knorpelzellen unter seinem Druck nachgaben. Als das Faultier mit blutüberströmtem Gesicht zusammenbrach, griff sein Gefährte mit beiden Pranken gleichzeitig an. Jon-Tom drehte den Stab herum, drückte den verborgenen Knopf im Holz, und aus dem hinteren Ende des Stabs fuhren fünfzehn Zentimeter Stahl in den Angreifer. Es blickte ihn erstaunt an, bevor es zusammensackte, und der Mann mit dem Beil wich zurück.

Jalwar und Mudge versuchten die Enterhaken zu kappen, die die Schaluppe nun an das größere Schiff fesselten, doch sie konnten nicht das eine tun und sich zur selben Zeit selbst verteidigen, und so wurden sie von der Angreiferwelle niedergerissen. Roseroar kämpfte inzwischen mit dem Rücken eng an das Heck geschmiegt, von einer Kampffront von Speeren und Lanzen eingekreist. Jedesmal, wenn einer der Angreifer ihre Deckung zu durchlaufen versuchte, endete es damit, daß Blut über das Deck spritzte.

Endlich bellte einer der Maate einen Befehl. Die Speerkämpfer wichen zurück und gaben dafür den Bogenschützen den Weg frei. Pfeile wurden auf die Tigerin gerichtet. Da sie zwar eine tapfere, aber keine todessüchtige Kriegerin war, nickte sie und überreichte ihre Waffen. Die Piraten umschwärmten sie mit Ketten und Stahlbändern und fesselten sie auf eine Art, daß sie bei der geringsten Bewegung Gefahr lief, sich selbst zu strangulieren. Bei Jon-Tom verfuhren sie viel gelassener.

Ein Schlepptau wurde an der Schaluppe befestigt, während die Gefangenen auf einer Laufplanke zu dem Kaperschiff emporgeführt wurden. Dann reihte man das mürrische Quartett zur Besichtigung auf. Die Mannschaft wich respektvoll zurück, als eine von Blutflecken völlig freie Gestalt vortrat und die Gefangenen musterte.

Der Leopard war so groß wie Jon-Tom. Sein Panzer war schön und funktional zugleich und bestand aus raffiniert gearbeitetem Leder, das mit sich überkreuzenden silbernen Metallbändern durchwoben war. Sein Schwanz trat aus einem Loch am hinteren Teil der Rüstung hervor. Das Endstück sah aus wie eine Prothese, doch Jon-Tom kam zu dem Schluß, daß es wohl taktisch unklug war, ausgerechnet jetzt dazu Fragen zu stellen. An dem Gürtel, der den oberen Teil der Hüfte des großen Leoparden umschlang, hingen vier Dolche. Die muskulösen Arme waren ungepanzert.

Seine Lederhandschuhe mit den abgeschnittenen Spitzen, die ihm im Kampf den Gebrauch seiner scharfen Krallen erlaubten, waren häufig geflickt und wiesen tiefe Risse von früheren Auseinandersetzungen auf. Eine tiefe Wunde, die sich über die schwarze Nase zog, war nur unvollkommen verheilt. Jon-Tom nahm all dies in sich auf, während der Leopard schweigend an ihnen vorbeistolzierte. Der Rest der Mannschaft murmelte unruhig.

»Ihr habt gut gekämpft«, knurrte ihr Begutachter schließlich. »Sehr gut. Zu gut, möcht ich meinen.« Er blickte vielsagend zu der Schaluppe hinüber, die bugwärts hinter dem größeren Schiff auf dem Wasser schaukelte.

»Zu viele Schiffskameraden für einen mickrigen Preis verloren.« Grüne Augen blitzten. »Halte nichts davon, gute Kameraden gegen einen Haufen Dreck einzutauschen, aber wir waren neugierig auf euer seltsames Schiff. Wo kommt ihr her, und wie seid ihr an solch ein merkwürdiges Schiff geraten? Bin sicher, daß es nicht aus Holz gebaut ist.«

»Es ist aus Fiberglas.«

Der Blick des Leoparden fuhr zu Jon-Tom herüber. »Bist du der Besitzer dieses Gefährts?«

Jon-Tom nickte. »Der bin ich.«

Plötzlich stach ihm etwas ins Gesicht, und er geriet, vorübergehend geblendet, ins Taumeln. Instinktiv riß er die Hände hoch und merkte, das sie blutig wurden. Er spürte die vier parallelen Schnitte, welche die vier Krallen des Leoparden hinterlassen hatten. Sie waren zwar ziemlich blutig, aber nicht besonders tief. Ein Stückchen tiefer, und er hätte beide Augen verloren.

Roseroar machte ein gefährlich klingendes Geräusch tief unten in der Kehle, während Mudge einen besonders eleganten Fluch ausstieß. Der Leopard ignorierte sie beide, als er vortrat. Seine Nase berührte beinahe Jon-Toms eigene.

»Der bin ich ... *mein Herr*«, sagte er drohend. Mudge murmelte noch etwas, und wie ein Blitz lenkte der Leopard seinen Blick auf den Otter. »Hast du irgend etwas gesagt, Dungfresser?«

»Wa? Ich? 'ab mich nur geräuspert ... mein Herr. Meine Kehle is ziemlich trocken von dem 'eißen Kampf.«

»Wird dir noch heißer werden, will ich meinen.« Die große Raubkatze richtete ihre Aufmerksamkeit auf Jon-Tom, der schweigend vor sich hin blutete. »Irgendwelche Beschwerden?«

Jon-Tom senkte den Blick von dem Gesicht des Leoparden, spürte das tropfende Blut und fragte sich, ob die Wunden Narben hinterlassen würden.

»Nein, mein Herr. Keine Beschwerden, mein Herr.«

Der Leopard beglückte ihn mit einem dünnen Lächeln. »Das ist schon besser.«

»Sind Sie der Kapitän dieses Schiffs ... mein Herr?«

Der Leopard legte den Kopf zurück und brüllte: »Ich bin Sasheem, der erste Maat.« Er blickte nach rechts und machte einen Schritt zur Seite. »Da kommt der Kapitän schon.«

Jon-Tom wußte nicht, was er zu erwarten hatte. Vielleicht einen weiteren Bären oder eine andere beeindruckende Gestalt. Er vergaß dabei, daß Kapitäne nicht nur aus Muskeln, sondern auch aus Hirn bestehen müssen. Der Anblick des Kapitäns überraschte ihn, schockierte ihn aber nicht. Irgendwie erschien er ihm auf perverse Weise traditionsgemäß.

Kapitän Corroboc war ein Papagei. Grellgrün mit blauen und roten Flecken. Im Stehen war er etwa einen Meter zwanzig groß. Das fehlende rechte Bein war durch eines aus Holz ersetzt worden. Metallfedern erlaubten es ihm, es im Kniegelenk zu bewegen. Eine leere Augenhöhle war von einer ledernen Augenklappe bedeckt.

Wie es unter den gefiederten Bürgern dieser Welt Sitte war, trug Corroboc einen Kilt. Er war ungemustert und blutrot, das vollkommene Gegenstück zu seiner karmesinroten Weste. Das Fehlen jeder Musterung deutete an, daß er seine Clanzugehörigkeit abgelegt hatte. Anders als viele der anderen Flugwesen, denen Jon-Tom begegnet war, trug er weder Hut noch Mütze. Vor der gefiederten Brust hing ein schmaler Gurt, und das Sonnenlicht brach sich glitzernd an dem Dutzend winziger Stilette, die darin steckten.

Später berichtete ihnen ein Mannschaftsmitglied, daß der Kapitän vier der tödlichen kleinen Klingen auf einmal werfen konnte: je eine mit seinen beiden biegsamen Flügelspitzen, eine mit dem Schnabel und die vierte mit dem ihm verbliebenen Fuß. Und dies mit tödlicher Präzision, während er auf dem künstlichen Bein balancierte.

Das verbliebene hellblaue Auge flackerte, die Gefangenen musternd, hin und her. Ober- und unterhalb der Augenklappe fehlten die Federn, und die Haut dort zeigte eine ungesunde gelbe Farbe.

»Das soll die gesamte Mannschaft unserer Prise sein?« Er blickte zu dem ersten Maat empor, und zu Jon-Toms Überraschung wich der mächtige Leopard zuckend zurück. Corroboc blickte jedem Mitglied seiner Mannschaft nacheinander in die Augen.

»Ihr seid mir ein tapferer Haufen! Eine blutrünstige, todeswütige Versammlung von ... Säuglingen!« Sein Schwanz zitterte vor Zorn. »Säuglinge, alle durch die Bank weg!« Nicht nur Sasheemm allein, sondern alle anderen Halsabschneider waren völlig von diesem zerschundenen grünen Vogel eingeschüchtert. Jon-Tom beschloß, ihn lieber nicht zu reizen.

»Vier gegen annähernd hundert, so war das doch, nicht wahr? Wirklich, ein Prachthaufen seid ihr mir!« Er legte den Kopf schräg, um die Gefangenen anzublinzeln. »Also gut. Welches Ziel habt ihr angesteuert?«

»Sind nur ein paar Tage vom Tailaroam fortgefahren«, meldete sich Mudge schmeichelnd freiwillig. »Waren bloß auf 'ner kleinen Angelfahrt, waren wir, und ...«

Plötzlich verschwamm das Holzbein für einen winzigen Augenblick. Es traf den Otter voll zwischen die kurzen Beine. Mudge nahm schwach die Farbe des Kapitäns an, während er sich an die getroffene Stelle griff und auf dem Deck zusammenbrach. Corroboc musterte ihn ungerührt.

»Der Emir von Ezon stellt traditionellerweise Eunuchen als Palastwachen in Dienst. Ich habe mich zwar noch nicht entschieden, was ich mit euch anfange, aber noch so eine Lüge, und du findest dich als Kandidat für das Messer des Schiffsarztes wieder.«

Jon-Tom versuchte aus der Schar von Halsabschneidern einen wahrscheinlichen Kandidaten für das Amt des Schiffsarztes herauszupicken, doch es gelang ihm nicht, wenngleich er sich vorstellte, daß jener ehrenwerte Herr sein Handwerk mit Sicherheit nicht gerade als Assistenzarzt in der Mayo-Klinik gelernt haben durfte.

Mudge hielt still, genau wie alle anderen auch. Das blaue Auge heftete sich auf Jon-Tom. »Vielleicht bist du ja etwas schlauer als dein sauerbärtiger Gefährte. Wohin wolltet ihr fahren, Mensch?«

»Nach Snarken«, erwiderte Jon-Tom, ohne zu zögern.

Corroboc nickte. »Also das leuchtet eher ein. Ein vernünftiger Bursche. Bist ein seltsames Exemplar, großer Mann. Kommst du aus dem Glockenwäldergebiet?«

»Ja, von dort komme ich.« Er mußte die Lüge riskieren. Im übrigen stimmte es ja inzwischen auch weitgehend.

Der Papagei schneuzte auf das Deck und zog die Nase hoch. »Zum Glück für euch habe ich heute morgen gute Laune.« Jon-Tom kam zu dem Schluß, daß er keine große Lust verspürte, Corroboc in schlechtgelauntem Zustand zu begegnen. »Ihr beide«, – er zeigte auf Mudge und Jalwar –, »könnt damit anfangen, den Kielraum zu schrubben. Das ist schon lange überfällig, und ich bin sicher, daß euch diese Tätigkeit sehr zusagen wird. Nicht wahr?«

Unsicher, ob er ›jawohl‹ oder ›nein‹ oder überhaupt irgend etwas erwidern sollte, stand Jalwar nur da und zitterte vor Entsetzen. Mudge war nicht in der Lage, weitschweifige Kommentare abzugeben. Corroboc war es anscheinend zufrieden, denn er nickte gedankenverloren, bevor er weiterschritt und furchtlos an der hoch aufragenden Roseroar emporblickte.

»Was dich betrifft, so wäre ich erfreut, wenn du dich meiner Mannschaft anschließen würdest. Es ist deutlich, daß dir ein kämpferisches Leben nicht fremd ist. Du wärst für uns eine wertvolle Ergänzung.«

»Werd's mia übaleg'n, mein Hea.«

Kluges Mädchen, dachte Jon-Tom. Es hätte keinen Sinn

gehabt, den Piratenpapagei dadurch zu erzürnen, daß sie von vornherein ablehnte, wenngleich er sich gewünscht hätte, ihre Antwort wäre nicht ganz so überzeugend ausgefallen. Sie spielte doch wohl nicht ernsthaft mit dem Gedanken? Andererseits – warum eigentlich nicht? Schließlich band sie nichts wirklich an Jon-Tom. Im Gegenteil: Sie hatte Grund genug, ihn im Stich zu lassen, denn schließlich hatte er sie ja gegen ihren Willen aus ihrer Heimat fortgerissen und sie in Gefahren verwickelt, an denen sie kein persönliches Interesse gehabt hatte, nicht wahr? Wenn sie schon dazu gezwungen war, sich mit irgendwelchen Fremden einzulassen, warum dann nicht ebensogut mit diesem Kapitän wie mit irgendeinem labilen, heimwehkranken Bannsänger?

Bannsänger! Fast hätte er seine eigenen Fähigkeiten vergessen. Nicht einer von dieser Mörderbande wußte von seinem Beruf. Er hoffte inständig, daß seine Gefährten sein Geheimnis wahren und es nicht in einem unbedachten Augenblick ausplappern würden. Besonders der alte Jalwar machte ihm in dieser Hinsicht Sorgen, doch der Händler stand wie versteinert da und gab bestimmt nichts von sich aus preis.

Als hätte er seine Gedanken erraten, wandte der Pirat sich wieder zu ihm um. »Und du, großer Mann? Wozu taugst du?«

»Na ja, kämpfen kann ich auch.« Corroboc warf seinem ersten Maat einen Blick zu.

Sasheem gab zögernd sein Urteil ab: »Ganz passabel.«

Corroboc grunzte, und Jon-Tom fügte hinzu: »Außerdem bin ich von Beruf Unterhalter, nämlich Troubadour.«

»So! Hm, ein bißchen Gesang könnten wir auf dieser Schute gelegentlich brauchen.« Angewidert blickte er auf seine Mannschaft. »Bin es satt, mir ständig das besoffene Gegröle dieses unkultivierten Sauhaufens zu anhören.«

Jon-Tom bemühte sich, seinen Eifer zu verbergen, als er fortfuhr: »Mein Instrument ist an Bord unseres Schiffs, genau wie der Rest unserer persönlichen Gegenstände.«

»Ach ja?« Corroboc ließ ihn durch einen einzigen stechenden Blick heftig ins Schwitzen geraten. »Schätze, das werden wir schon beizeiten finden. Bist du etwa in Eile, dein Talent unter Beweis zu stellen?«

»Wie es beliebt, mein Herr.« Jon-Tom spürte, wie der Rücken seines Indigohemds sich ihm klatschnaß an den Leib klebte. »Es ist eben ein sehr gutes Instrument. Es wäre mir sehr unangenehm, wenn einer von Ihrer kultivierten Mannschaft es in kleine Stücke schlägt, nur um vielleicht nachzusehen, ob darin Gold oder Juwelen versteckt sind. Sind nämlich nicht.«

Corroboc schnaubte. »Kannst dich darauf verlassen, daß die ihre säuischen Manieren zügeln werden!« Er wandte sich an den Leoparden. »Schaff sie nach unten, und sperr sie in die Zelle! Laß sie erst mal eine Weile schmoren.«

»Die beiden auch?« Sasheem zeigte auf Jalwar und Mudge.

»Ja, der Kielraum kann warten. Die sollen sich erst mal eine Weile in ihrem gemeinsamen Dreck suhlen. Bis ich den Befehl gebe, sie rauszulassen, werden sie nach Arbeit wimmern.«

Dieser anspruchsvolle Geistesblitz ließ die Mannschaft in zustimmendes Gelächter ausbrechen, als alle wieder an ihre Posten gingen. Das Piratenschiff drehte sich westwärts, und die Schaluppe fuhr gehorsam hinterher.

Als man sie nach unten trieb, erblickte Jon-Tom zum ersten Mal die Ruderer. Die meisten trugen nur ihren eigenen Körperpelz am Leib. Es waren Wesen aller Arten, von Menschen bis zu Nagern. Alle schienen im letzten Stadium körperlichen und seelischen Verfalls zu sein.

Da werden wir auch noch enden, auf den Ruderbänken, dachte er matt. Es sei denn, wir finden irgendeinen Ausweg aus dieser Lage.

In diesem Augenblick erschien der Eintritt ins Paradies allerdings als der wahrscheinlichere Ausweg. Wenn er nur seine Duar in die Finger bekam, dann hatten sie vielleicht eine Chance. So unzuverlässig seine Zaubersingerei auch sein mochte, so selten er wußte, was er genau singen mußte, einer Tatsache war er sich sicher: *Irgendeine* Magie würde er schon zustande bringen. Und sein erster Versuch würde auch sein letzter sein. Corroboc war kein Dummkopf und würde ihm keine zweite Chance geben, es mit Zauberei zu versuchen.

Roseroar drehte sich plötzlich um und blickte über die Schulter, eine Pranke an den Rumpf gelegt. Der erste Maat grinste sie an.

»Wennde deine Hände nochma auf mich legst, dann mach ich mit deinen Knoch'n Musik, Jungchen.«

»Na, na, immer mit der Ruhe, Große!« sagte der amüsierte Leopard. »Daran habe ich keinen Zweifel, sofern man dir die Chance dazu gibt. Aber die bekommst du nicht. Wird dir im Endeffekt mehr nützen, wenn du Manieren zeigst und ein bißchen nett zu Sasheem bist. Wenn nicht, na ja, wir haben hier reichliche Kettenvorräte an Bord, haben wir. Vielleicht ist dein Herz ja aus Eisen, aber der Rest ist nur aus Fleisch und Knochen. Nettes Fleisch, übrigens. Denk mal drüber nach, welche Wahl du hast!

Wenn ich ihn ganz lieb drum bitte, wird Corroboc dich mir überlassen.«

Sie blickte ihn drohend an. »Werd kein besonders bequemes Geschenk sein.«

Achselzuckend erwiderte Sasheem: »Bequem oder nachtragend, das spielt keine Rolle. Ich will dich haben. Wenn's geht, freiwillig, wenn nicht, dann eben anders. An den Gedanken solltest du dich schon mal gewöhnen.« Man trieb sie in eine Gitterzelle. Sasheen gewährte Roseroar noch ein Abschiedsfeixen, dann schloß er sich seinen Gefährten an und stieg wieder das Fallrepp hinauf.

Roseroar setzte sich heftig und ballte und löste abwechselnd die riesigen Pranken. »Diese pelzige Schlange! Dem würd ich gern meine Krallen in ...«

»Noch nicht, Roseroar!« mahnte Jon-Tom. »Wir müssen Geduld haben. Die wissen nicht, daß ich ein Bannsänger bin. Wenn ich nur meine Duar in die Hand bekomme und man mich spielen und singen läßt, haben wir eine Chance.«

»Was für 'ne Chance, Kumpel?« Mudge kauerte sich entmutigt in einer Ecke zusammen. »Daß du vielleicht an Roseroars Stelle irgendein armes Tanzmädchen 'erbeizauberst? Oder diesen Schleimkahn mit Blumen überschüttest?«

»Ich werde schon *irgend etwas* tun«, erwiderte Jon-Tom wütend. »Du wirst es sehen.«

»Das werde ich, Chef.« Der Otter drehte sich zur Seite und ignorierte dabei die Tatsache, daß der Käfigboden aus feuchtem Stroh bestand, der von dem Urin früherer Gefangener dunkel gefärbt war.

»Was tust du denn da?«

»Werd mich schlafen legen, Kumpel.«

»Wie kannst du jetzt bloß schlafen?«

»Weil ich müde bin, Kumpel.« Der Otter musterte ihn. »Bin müde zu kämpfen, müde vor Angst und vor allem müde davon, mir an'ören zu müssen, was für 'n wunderbarer Bannsänger du bist. Wenn du soweit bis, uns aus diesem Loch 'erauszuzaubern und an irgendeinen zivilisierten Ort zu bringen, dann weck mich. Wenn nich, dann 'ab ich vielleicht Glück und wach gar nich mehr auf.«

»Man sollte sich nie von Pessimismus beherrschen lassen«, tadelte ihn Jalwar.

»Ach, mach bloß dein Kuchenloch zu, du nutzloser alter Furz! Weißt ja überhaupt nich, wovon du redest.« Verletzt verstummte der alte Händler.

Jon-Tom war an das Gitter getreten und hielt einen der Stäbe umklammert. Sie waren tief im Holz des Schiffs verankert. Kleine Raubechsen und erschreckend große Käfer huschten in den dunklen Zonen des Schiffraums umher, während andere, wie deutlich zu hören war, die Sparren als Laufplanken benutzten.

Dann drehte er sich um und schritt zu Roseroar hinüber, um ihr eine tröstende Hand auf den Kopf zu legen und sie zwischen den Ohren zu kraulen. Sie reagierte mit einem matten, halbherzigen Schnurren.

»Mach dir keine Sorgen, Roseroar! Ich habe dich in diese Lage gebracht. Vielleicht kann ich mich selbst nicht nach

Hause befördern, aber dich werde ich hier schon rausholen, verdammt noch mal! Das bin ich dir schuldig. Das bin ich euch allen schuldig.«

Mudge schlief bereits und hörte den Schwur nicht. Jalwar hockte in einer anderen Ecke und zupfte resigniert an Strohhalmen.

Ich weiß bloß nicht, *wie* ich euch alle hier rausholen soll, dachte Jon-Tom.

VIII

Irgendwie war die Vorstellung vom ›Deckschrubben‹ von Unschuld geprägt: eine Spiegelung der Erinnerung an Kindheitsgeschichten von hölzernen Schiffen und eisernen Männern.

Die Wirklichkeit war jedoch etwas völlig anderes.

Man mußte auf Händen und Knien auf einem Deck aus rohen Brettern hocken, bis zur Hüfte nackt unter einer sengenden Sonne, die einem den Nacken verbrannte und die Haut am Rücken abpellte. Aus den Achselhöhlen floß der Schweiß in Strömen, ebenso von Stirn und Bauch. Alles, was klein war und fest – ob es nun ein Staubkorn sein mochte oder eines der eigenen Haare, das ins Auge drang –, trieb einen beinahe dazu, schreiend zur Reling zu laufen und sich von Bord zu stürzen.

Die salzige Luft verschlimmerte die Lage noch, indem sie nämlich die wunden Stellen reizte und sie sich schneller entzünden und röten ließ. Splitter bohrten sich schmerzhaft in die ungeschützte Haut von Händen und Fußknöcheln, während die Handflächen vom Schieben der breiten, in laugenhaltige Reinigungsmittel getauchten Bürsten wund wurden.

Unterdessen arbeitete man sich langsam das Deck entlang vorwärts und achtete peinlich genau darauf, jeden Blutfleck sorgfältig zu beseitigen. Sonst würde man nämlich durch irgendein Mannschaftsmitglied daran erinnert, das einem mit schwerem Fuß auf die zerschundenen Finger stampfte.

Bis zum Mittag war es Jon-Tom gleichgültig geworden, ob sie gerettet oder über Bord geworfen würden, um von irgendwelchen fleischfressenden Fischen vertilgt zu werden, die diesen Teil des Glittergeistmeers bewohnen mochten. Er hatte nicht mehr viel Hoffnung. Er hatte Clodsahamps Krankheit und die Rückkehr in seine Welt vergessen, ebenso alles andere – bis auf den Gedanken daran, wie er diesen Tag überleben würde.

Am späten Nachmittag hatten sie jeden Quadratzentimeter des Hauptdecks geschrubbt und begaben sich zur Achterkajüte. Der Steuermann, ein graues altes Warzenschwein, ignorierte sie. Von dem Kapitän war keine Spur zu sehen, wofür Jon-Tom unendlich dankbar war.

Dicht neben der Stange des Kapitäns hatte man einen primitiven provisorischen Unterschlupf errichtet. Unter diesem schwachen Sonnenschutz kauerte ein Mädchen von etwa sechzehn Jahren; vielleicht war sie auch eine Spur älter. Früher war sie vielleicht mal hübsch gewesen. Doch nun klebte ihr das lange blonde Haar wie ausgebleichter Seetang am Gesicht. Abgesehen von dem schweren Stahlring, der ihren Hals umgab und mit einer Kette am Deck verbolzt war, war sie splitternackt.

Die Kette gewährte ihr einen Bewegungsradius von etwa drei Metern. Nicht mehr. Gerade genug, um von ihrem Sonnenschutz bis zur Reling zu gelangen, wo sie vor den Augen der ganzen Besatzung ihre Notdurft verrichten mußte. Jon-Tom hatte keine Schwierigkeiten, die Peitschennarben, die Brandwunden und die Schrammen, die den größten Teil ihres Körpers übersäten, bis zu ihrem Ursprung zurückzuverfolgen.

Stumm saß sie unter ihrer Bedachung, die Beine nach einer Seite ausgestreckt, und schwieg, während sie näher kamen. Sie starrte sie nur an.

Jon-Tom wischte sich mit dem Unterarm den Schweiß vom Mund. Bis auf den alten Steuermann waren sie allein auf Deck. Er riskierte ein Flüstern.

»Wer bist du, Mädchen?« Keine Antwort. Nur diese leeren starrenden, blauen Augen. »Wie heißt du?«

»Laß sie lieber in Ru'e, Kumpel!« sagte Mudge leise. »Siehst du denn nich, daß von ihr nich mehr viel übrig is? Wahrscheinlich is sie wahnsinnig oder kurz davor. Vielleicht 'aben sie ihr auch die Zunge rausgeschnitten, damit sie nicht mehr schreien kann.«

»Weder noch«, sagte der Steuermann. Er sprach ohne den Blick vom Kurs des Schiffs zu nehmen. »Das ist Wahnwitz, das Spielzeug des Kapitäns. Er hatse von einem Schiff geholt, das vor mehreren Monaten gesunken ist. Seitdem machtse nichts als Ärger. Sie ist unkooperativ und wußte es nicht zu schätzen, wenn der Kapitän mal nett zu ihr war. Ich weiß auch nicht, warum er se nicht einfach über Bord schmeißt, dann wär die Birne geschält. Es war Wahnwitz, sie an Bord zu nehmen, und Wahnwitz, sie zu behalten, deshalb heißt sie auch Wahnwitz.«

»Aber wie lautet denn ihr wirklicher Name?«

Ein dünnes, kaum hörbares Stimmchen antwortete aus dem Unterschlupf: »Ich habe keinen Namen. Wahnwitz ist ebensogut wie jeder andere auch.«

»Du kannst sprechen, also haben sie dich noch nicht völlig kleingekriegt.«

Verbittert und zornig sah sie Jon-Tom an. »Was weißt du denn schon? Ich habe dich beobachtet.« Ihr Mund zuckte. »Jetzt hast du Schmerzen. Ich habe gesehen, wie sie euer Boot gekapert und euch an Bord gebracht haben. Die Tigerin wird noch eine ganze Weile hier bleiben. Der Alte hält keine zwei Wochen aus. Der Otter ein bißchen länger, wenn er den Mund hält.

Aber du«, sie musterte Jon-Tom verächtlich, »du wirst etwas Falsches sagen und deine Zunge einbüßen. Oder es ergeht dir noch schlimmer.«

»Was ist dir passiert?« Jon-Tom achtete darauf, leise zu sprechen und die Arme in Bewegung zu halten, damit Sasheem oder ein anderer Maat das Gespräch nicht bemerkten.

»Was tut das schon?«

»Mir macht es was aus. Und dir sollte es auch etwas ausmachen, weil wir nämlich von Bord gehen werden.« Wenn der Steuermann ihn verstanden hatte, so ließ er es sich zumindest nicht anmerken.

Das Mädchen lachte kurz und scharf. »Und du hast gedacht, ich sei verrückt geworden.« Sie blickte zu Roseroar hinüber. »Der Mann ist doch verrückt, oder?« Roseroar erwiderte nichts, sondern beugte sich über ihre Arbeit.

»Und du wirst mitkommen«, fuhr er fort. »Ich lasse dich nicht hier zurück.«

»Warum nicht? Du hast eigene Sorgen. Warum mich nicht hier zurücklassen? Du kennst mich nicht, und du schuldest mir nichts.« Sie spuckte auf das Deck. »Das ist ein dämliches Gespräch. Du gehst sowieso nirgendwohin.«

»Was ist passiert?« drängte er sie sanft.

Sie schien ein winziges bißchen an Härte zu verlieren, als sie den Blick abwandte. »Meine Familie und ich waren auf einem kleinen Paketboot, das von Jorsta zu den Inseln von Durl fuhr, als wir von diesen Bastarden überfallen wurden. Sie haben meinen Vater zusammen mit allen anderen Männern an Bord umgebracht und später auch noch meine Mutter. Weil meine kleine Schwester zu jung war, um für sie von Nutzen zu sein, haben sie sie über Bord geworfen. Sie haben alle bis auf mich umgebracht. Aus irgendeinem Grund hatte dieses unaussprechliche Ding, das sich ihr Kapitän schimpft, einen Narren an mir gefressen. Ich schätze, er hat sich wohl irgendwelchen Gewinn vor mir versprochen.« Sie zuckte die Achseln. »Seitdem habe ich sorgfältig darauf geachtet, ihnen nichts als Ärger zu machen. Daher auch mein Name, ein Geschenk der Mannschaft.«

»In letzter Zeit hat sie weniger aufgemuckt«, grunzte der Steuermann vielsagend.

»Hast du versucht zu fliehen?«

»Zu fliehen? Wohin denn? Ja, ich hab's trotzdem versucht. Ertrinken oder von Haien gefressen zu werden, ist immer noch besser als das hier. Jedenfalls habe ich es versucht, bevor sie mir diese Kette anlegten. Ich hab's nur einmal gewagt. Es gibt noch Schlimmeres, als geprügelt zu werden. Das wirst du schon noch merken.«

Er sprach noch leiser, um sicherzugehen, daß der Steuermann sie nicht verstehen konnte. »Das habe ich nicht vor.

Wir werden dieses Schiff verlassen. Kommst du mit uns, wenn wir soweit sind?«

»Nein.« Sie starrte zurück. »Nein. Tue ich nicht. Ich will nicht mehr gequält werden.«

»Deshalb werde ich dich ja auch mitnehmen.« Sie wandte sich von ihm ab. »Was ist denn?«

Mudge verpaßte ihm einen sanften Stoß in die Rippen. »Paß auf, was du sagst, Junge! 'S is der Kapitän, möge er in seinem eigenen Kot verfaulen.«

»Wie läuft sie, Pulewine?« fragte Corroboc seinen Steuermann.

»Stramm auf Kurs, Kapitän.«

Jon-Tom konzentrierte seine Aufmerksamkeit auf seine Putzbürste und hörte das Stampfen des Holzbeins, als der Kapitän näher kam.

»Und wie geht es unserer prächtigen Reinigungsmannschaft an diesem wunderschönen Nachmittag? Arbeiten sie auch wie die anmutigen Kämpfer, die wir an Bord genommen haben?«

»Nein, Kapitän.« Der Steuermann gestattete sich ein grunzendes Lachen. »Wie man sieht, schuften sie genauso wie der Dreck, der sie sind.«

»Das ist gut.« Corroboc schritt um Jon-Tom herum, bis der Papagei zwischen ihm und Wahnwitz' Bedachung stand. Er richtete das gesunde Auge auf den Mann. »Nun denn, ob es wohl so ist, daß wir beide genau verstehen, wo jeder von uns seinen Platz in der Ordnung des Lebens hat, he?«

»Jawohl, Kapitän«, murmelte Jon-Tom willig.

»Ah ja, das ist die richtige Art zu antworten. Behalte diesen Ton bei, dann wirst du noch lange leben, um weitere nützliche Dienste zu leisten.« Er warf einen Blick in den Unterschlupf, und Jon-Tom wurde bleich, als er Wahnwitz' Gesichtsausdruck sah, mit dem sie in den Schatten zurückwich.

»Wohl mit der jungen Sie geplaudert, wie?«

Da der Steuermann einen großen Teil ihres Gesprächs

mitbekommen hatte, konnte Jon-Tom es kaum noch leugnen.

»Ein, zwei Worte, mein Herr. Ganz harmlos.«

»Ha, davon bin ich überzeugt! Ein hübsches kleines Exemplar ihrer Gattung, obwohl in diesem Zustand nicht vermarktbar, wie ich fürchte. Ein Ergebnis mangelnder Bereitschaft zur Zusammenarbeit.« Jon-Tom schwieg und schrubbte so angestrengt vor sich hin, als wollte er die Bürste durch das Holz scheuern.

»So ist es richtig, Junge. Ordentlich schrubben, dann werden wir dafür sorgen, daß du Gelegenheit erhältst, uns zu unterhalten, wenn du fertig bist.« Er teilte sich ein Lachen mit dem Steuermann. »Allerdings nicht, was du jetzt denkst. Ihr beide könnt uns gemeinsam unterhalten.«

»Mich kannst du mit Nadeln erschießen, ich lege mich nicht unter diese käsegesichtige Bohnenstange«, fauchte Wahnwitz.

Corroboc richtete ein gnadenloses Auge auf seine Gefangene. »Wie kommst du nur auf die Idee, du hättest die Wahl, Wahnwitz? Wird viel Spaß machen, die Geometrie der ganzen Sache zu berechnen.« Plötzlich trat er mit dem gesunden Bein aus. Die scharfen Krallen peitschten zwei blutige Streifen in ihren Oberschenkel, und sie stieß einen leisen Schrei aus.

Jon-Tom krallte die Fingernägel in das Holz der Bürste.

»So, das ist schon besser, und nun wollen wir keine Widerworte mehr geben, nicht wahr?« Wahnwitz klammerte sich wimmernd am Schatten fest und hielt sich das verletzte Bein. »Bist mir schon Enttäuschung genug gewesen. Sobald wir irgendwo anlegen, werde ich dich losschlagen, und ich werde darauf achten, daß dein Käufer ein Gleichgesinnter ist, wenn es um das Planen von Unterhaltungsabenden geht. Dann wirst du dich vielleicht noch mal nach den guten alten Zeiten an Bord von Corrobocs Schiff zurücksehnen, wie?« Er drehte sich wieder zu den Putzenden um.

»Weitermachen, Schleimgesochs!« Dann sprach er seinen Steuermann an: »Wenn sie mit dem Deck fertig sind, jag sie nach vorn, damit sie die Schiffswände von außen schrubben! Laß sie in Netzen runter! Wenn einer durch die Maschen fällt, wird das den anderen eine gute Lehre sein.«

»Aye, aye, Kapitän!« erwiderte der Steuermann.

Corroboc erhob sich auf leuchtendgrünen Schwingen, um zum Hauptdeck hinabzugleiten. Das Warzenschwein warf Jon-Tom aus zusammengekniffenen Augen einen Blick zu.

»Paß genau auf, was du sagst, und benimm dich, dann kannst du glatt noch ein Jahr leben!« Diese Mahnung endete mit einem dicken grunzenden Lachen. »Willst du immer noch abhauen?«

Darauf kannst du deinen fetten Schweinehintern verwetten, dachte Jon-Tom zornig, als er sich wieder auf seinen Deckabschnitt stürzte. Das Holz war das einzige, an dem er ohne Gefahr seine Wut auslassen konnte. Irgendwie werden wir hier schon rauskommen und das arme zerschundene Mädchen mitnehmen.

Ohne es zu merken, hatte der Anblick von Wahnwitz etwas bewirkt, was ihre eigene verzweifelte Lage nicht vermocht hatte: Er zwang ihn dazu zu erkennen, wie egoistisch er die letzten Stunden über gewesen war, als er sich hatte hängenlassen, um sein Schicksal zu bejammern. Er war nicht der einzige, der Probleme hatte. Alle anderen hingen von ihm ab – Mudge und Jalwar und Roseroar und Clodsahamp, der krank und schmerzerfüllt in seinem Baum lag, und nun auch noch Wahnwitz.

Er hatte es also nicht zurück in seine Heimatwelt geschafft. Pech. Mit Selbstmitleid allein würde er Los Angeles um keinen Schritt näherkommen. Er hatte Freunde, die ihn brauchten.

Mudge bemerkte sofort, wie sich die Grundeinstellung seines Freundes veränderte. Mit frischer Begeisterung setzte er das Schrubben fort.

»Arbeiten und den Mut nich verlieren, Kumpels!« flüsterte er Jalwar und Roseroar zu. »Seht ihr den Ausdruck auf dem Gesicht von diesem Burschen da? Den kenne ich. Vielleicht is er ja 'alb verrückt, aber manchmal sind es ja gerade die 'albverrückten, die 'nen Ausweg se'en, wo's keinen zu se'en gibt.«

»Ich bete darum, daß es so kommt«, flüsterte Jalwar, »sonst sind wir wahrhaftig und endgültig des Todes.«

»'ne 'albe Chance«, murmelte Mudge. »Mehr braucht er nich. Nur 'ne 'albe Chance.«

»Möglicherweise geben die ihm nicht mal die«, bemerkte Roseroar.

Während seine Gefährten in dieser Nacht den Schlaf der Erschöpften schliefen, lag Jon-Tom wach und schmiedete einen Plan nach dem anderen. Corroboc würde ihn schon singen lassen, und wenn es nur aus Neugier war. Die Songs mußten sorgfältig ausgesucht werden, um bei dem Kapitän auch nicht das leiseste Mißtrauen aufkommen zu lassen. Jon-Tom hegte keinen Zweifel, daß der mörderische Papagei ihn sorgfältig beobachten würde.

Seine Darbietung mußte so sanft und gleichmäßig ausfallen wie möglich. Irgendwie mußte er ein wirkungsvolles Stück finden, das zu dem erhofften Erfolg führte und gleichzeitig völlig harmlos klang. Der Text mußte mächtig, aber unbedrohlich sein.

Erst nachdem er im Geist ein Programm zusammengestellt hatte, erlaubte er es sich, in einen unruhigen, sorgenerfüllten Schlaf zu fallen.

Am nächsten Morgen ließ der erste Maat sie den Sockel des Großmasts schrubben. Corroboc schlenderte an ihnen vorbei, ohne die Arbeit zu begutachten, und Jon-Tom drehte sich langsam zu ihm um und sagte unterwürfig:

»Bitte um Verzeihung, Kapitän.«

Der Papagei drehte sich um, die Flügelspitzen in die schlanke Vogelhüfte gestemmt. »Vergeude nicht meine Zeit, mein Junge. Du hast genug zu tun.«

»Das weiß ich wohl, Kapitän, aber es ist wirklich die völlig falsche Arbeit. Mir fehlt die Ausübung meines gewählten Berufs, die des Barden. Meine Kenntnis von Liedern aus fernen Ländern ist unübertroffen.«

»Ach ja, Junge?«

Jon-Tom nickte heftig. »Ich kenne wundervolle Akkorde und Verse von größter Schönheit und kann meinem Instrument die zartesten und wohlklingendsten Klänge entlocken. Sie werden feststellen, daß sie dem Ohr zuhöchst schmeicheln, und manchmal sind sie, so muß ich leider gestehen, sogar etwas gewagt.« Er riskierte ein vielsagendes Augenzwinkern.

»Ich verstehe«, war zunächst Corrobocs einzige Antwort. Und dann: »Könnte es sein, daß du schon nach einem einzigen Tag erkannt hast, wo deine wahren Interessen liegen? Ha, was die Wahrheit und ein bißchen Sonne doch alles bewirken können. Du möchtest für dein Abendessen lieber singen als schrubben, he?«

»Wenn Sie es mir gestatten würden, Kapitän.« Jon-Tom versuchte, gleichzeitig hoffnungsvoll und willig auszusehen.

»Aus fernen Ländern, sagst du? Ist schon eine ganze Weile her, daß wir auf dieser Badewanne andere Musik als das Geschrei gehört haben, das anständige Bürger machen, wenn sie über Bord gehen.« Er blickte nach links. Mudge, Jalwar und Roseroar waren darauf angesetzt worden, die Reling zu polieren.

»Und deine Gefährten? Wie werden die wohl reagieren, wenn sie deine jetzige Arbeit erledigen müssen?«

Jon-Tom fuhr sich mit der Zunge über die Lippen, trat vor und lächelte matt, wobei er das Gesicht so abwandte, daß seine Gefährten es nicht wahrnehmen konnten. »Sehen Sie, mein Herr, was die denken mögen, das kann ich auch nicht ändern, aber mir zerbricht es langsam das Kreuz. Ich habe keinen Pelz wie sie, der mich vor der Sonne schützt, und das scheint ihnen egal zu sein. Warum sollte es mich da kümmern, was sie denken?«

»Das ist wohl die Wahrheit, wie ein armseliger nacktfleischiger Mensch wie du sie sieht. Nicht daß mich das kümmerte, aber ...« Nachdenklich hielt er inne, während Jon-Tom den Atem anhielt. »Wir werden dir eine Chance geben,

Barde. Ha! Aber«, fügte er in drohendem Ton hinzu, »wenn du mich nur anlügen solltest, um dich um einen Tag sauberer Arbeit zu drücken, dann lasse ich dich die Masten von innen nach außen polieren!«

»Nein, Kapitän, ich würde Sie doch nicht anlügen, nein, mein Herr!« Schlau fügte er hinzu: »Wenn ich kein Barde wäre, wozu würde ich dann ein Musikinstrument mit mir herumschleppen?«

»Als Meister diverser Perversionen wüßte ich da einiges, ha, aber ich sehe schon, daß du dafür nicht die nötige Phantasie besitzt.« Er drehte sich um und rief: »Kaskrel!« Ein Eichhörnchen mit einem zotteligen Schwanz huschte gehorsam heran. »Geh unter Deck und hol das Instrument aus meiner Kabine. Das Ding, das wir aus der Prise dieses Mannes entnommen haben.«

»Aye, aye«, sagte das Eichhörnchen und verschwand in der Luke.

»Folge mir, großer Mann!« Jon-Tom folgte Corroboc nach oben zur Hauptkajüte. Dort ließ sich der Kapitän in einem Korbsessel nieder, der an einem Kreuzträger hing. Der obere Teil des Sessels trug auch eine Vogelstange, was dem Kapitän eine größere Auswahl an Ruhestellungen sicherte. Diesmal entschied er sich für den Korb.

Das Eichhörnchen erschien kurz darauf wieder und brachte Jon-Toms Duar. Der versuchte, sich seine Sehnsucht nach dem Instrument nicht anmerken zu lassen, als er es betrachtete, zumal der neugierige Sasheem dem Matrosen die Treppe hinauf gefolgt war. Das Eichhörnchen übergab Jon-Tom die Duar, und er streichelte sie liebevoll. Sie war unversehrt.

Gerade wollte er mit dem Spielen beginnen, als eine neue Stimme ihn unterbrach.

Zuerst glaubte er, daß die Ohren des Hundes coupiert waren, doch dann sah er, daß sie zerfetzt waren und ungleichmäßige Kanten aufwiesen – das Zeugnis einer weniger entwickelten Chirurgie. Der Hund humpelte und stützte sich auf eine Krücke. Im Gegensatz zu Corroboc besaß er jedoch noch zwei gesunde Beine, nur daß eines davon gute dreißig Zentimeter kürzer war als das andere. Schlaff hingen die Lefzen zu beiden Seiten des Gesichts herab.

»Tun Sie's nicht, Käpt'n!«

Corroboc beäugte den Neuangekommenen fragend. »Und was hast du wohl dagegen, Macreeg?«

Der alte Hund sah zu Jon-Tom hinüber. »Es gefällt mir nicht. Wäre besser, ihn weiterhin das Deck schrubben zu lassen.«

Corroboc trat mit seinem Holzbein aus und erwischte die Krücke des Seemanns, der wild nach einer neuen Stütze griff und statt dessen unsanft auf dem Hosenboden landete, vom hämischen Gelächter seiner Bordkameraden begleitet.

»Ha, wo bleibt dein Sinn für das Kulturelle, Macreeg? Hast du etwa nichts für die Musen übrig?«

Weder zornig noch eingeschüchtert erhob sich der alte Seemann langsam und reckte sich zu seiner vollen Größe von nicht einmal eineinhalb Metern empor.

»Ich trau ihm einfach nicht, Käpt'n. Ich mag nicht, wie er aussieht, und ich mag sein Verhalten nicht.«

»Na, ich bin auch nicht gerade in seine nackten Züge verliebt, Macreeg, aber die versauern mir nicht gleich die Leber. Und was sein Verhalten angeht«, – er warf Jon-Tom einen seiner beunruhigenden durchdringenden Blicke zu –, »was ist nun damit, Menschenmann?«

»Wie Sie befehlen, Kapitän«, erwiderte Jon-Tom und senkte den Blick wieder aufs Deck.

Der Papagei ließ den Blick noch eine Weile auf ihm ruhen. »Ha, das ist schon angemessener! Zwar noch nicht unterwürfig genug, aber das kommt mit der Zeit. Siehst du?« Er musterte den alten Seemann. »Ist doch alles in Ordnung. Musik kann uns nicht schaden. Nicht wahr, großer Mann? Denn wenn ich auch nur eine Sekunde lang den Verdacht schöpfen sollte, du willst mich irgendwie reinlegen ...«

»Ich bin nur ein Wanderbarde, mein Herr«, erklärte Jon-

Tom hastig. »Ich möchte lediglich die Gelegenheit haben, meinen erlernten Beruf auszuüben.«

»Ha, und deine zarte Haut zu retten«, grunzte Corroboc. »Also gut, machen wir es!« Er lehnte sich in dem sanft schwingenden Korbstuhl zurück. Sasheem stand neben ihm und säuberte sich mit einem Gerät die Zähne, das aussah wie ein dreißig Zentimeter langer Eispickel. Jon-Tom wußte genau, daß der Pirat ihm beim leisesten Anzeichen von Rebellion die scharfe Spitze in die Kehle rammen würde.

Nervös zupfte er auf der Duar herum, und die ersten Worte kamen nur als Krächzen hervor. Wieder lachte die Mannschaft. Corroboc schien sein Unbehagen offensichtlich zu genießen.

»Verzeihung, mein Herr!« Er räusperte sich und wünschte, er hätte ein Glas Wasser zur Hand, doch er wagte es nicht, die Bitte zu riskieren. »Dies ... dieser Song stammt von einer Gruppe von Barden, die sich die Eagles, also die Adler nannten.«

Corroboc wirkte angenehm berührt. »Meine Flugverwandten, obwohl ich es vorziehe, ohne Clan zu fliegen. Kräftig, aber von weichem Hirn. Von ihrem Gesang habe ich nie viel gehalten, weil ihre Stimmen zu hoch und schrill sind.«

»Nein, nein!« erklärte Jon-Tom. »Dieser Song stammt nicht von Adlern, sondern von Menschen wie mir, die sich so zu nennen beliebten.«

»Merkwürdige Namenswahl. Warum haben sie sich denn nicht Die Menschen genannt? Na, ist auch egal. Sing, Barde! Sing und erfreue die Herzen meiner Seemänner und mein eigenes dazu!«

»Wie Sie befehlen, Kapitän«, sagte Jon-Tom. Und er begann zu singen.

Die Duar war zwar keine Gitarre, aber der Text kam ihm leicht genug über die Lippen. Als erstes spielte er ›Take It Easy‹. Glatt und unbeschwert perlten die langen hohen Töne aus seiner Kehle. Als er am Ende war, wechselte er sofort zum nächsten wohlausgesuchten Song über. Corroboc schloß die Augen, und auch die übrige Mannschaft begann sich zu entspannen. Sie genossen die Musik. Jon-Tom fuhr mit ›Best of My Love‹ fort und gab dann ein Potpourri von Hits der Bee Gees zum besten.

In seiner Nähe kniff Mudge die Augen zusammen, als er Wachs auf das vom Wind gegerbte Holz klatschte und fragte: »Was 'at er vor?«

»Weiß ich nicht«, meinte Roseroar. »Kann nichts üba mächtige Dämon'n oda Geister hör'n.«

Nur Jalwar lächelte, während er weiterarbeitete. »Das sollt ihr auch nicht, und diese Grobiane um uns herum ebensowenig. Hört doch zu! Begreift ihr denn nicht, was er da tut? Würde er von Flucht oder Kampf singen, so würde der Leopard ihm sofort die Gurgel aufschlitzen. Er weiß schon, was er tut. Hört nicht auf die Worte! Sie haben genau die Wirkung, die er erzielen will. Schaut euch doch um! Schaut euch mal die Mannschaft an!«

Mudge spähte über die Schulter. Seine Augen weiteten sich.

»'immel, die pennen ja alle!«

»Ja«, sagte Jalwar. » Sie lauern auf die leiseste Spur einer Bedrohung, und statt dessen lullt er sie mit Wiegenliedern ein. Er ist wahrhaftig ein Meisterbannsänger!«

»Da sag mal lieber nich!« brummte Mudge beunruhigt. »'ab selbst schon gese'en, wie Seine Erlaucht voll daneben ge'auen 'at, als er schon glaubte, es wär alles in Ordnung.« Doch obwohl er kaum daran zu glauben wagte, sah es tatsächlich immer mehr so aus, als sollte Jon-Tom es schaffen.

Der Bannsänger arbeitete sich nun durch ›Peaceful Easy Feeling‹*. »Seht ihr«, flüsterte Jalwar aufgeregt mit zusammengebissenen spitzen Zähnen, »selbst dieser Armleuchter von einem Kapitän dämmert weg!«

Es bestand kein Zweifel mehr: Corroboc war in seinem Sessel zusammengesackt. Sasheem gähnte und setzte sich neben ihn. Sie gaben ein unschönes Pärchen ab.

---

* etwa: ›Friedliches, lockeres Gefühl‹ – *Anm. d. Übers.*

Auf dem ganzen umgebenden Deck begannen Mannschaftsmitglieder zu blinzeln, zu gähnen und einzuschlafen, wo sie gingen und standen. Nur die drei Gefangenen blieben wach.

»Erstens wissen wir, was er tut«, erklärte Jalwar, »und außerdem ist seine Magie sowieso nicht gegen uns gerichtet.«

»Das is gut, Chef.« Mudge mußte ein Gähnen unterdrükken und blinzelte erstaunt. »Wirklich kräftiges Zeug, was er da ins Gefecht führt.«

Als Jon-Tom die letzten Verse von ›Peaceful Easy Feeling‹ zu Ende gesungen hatte, trieb das Piratenschiff bereits ziellos auf dem Meer. Die blutrünstige Besatzung lag schnarchend auf Deck, im Schiffsraum und selbst hoch oben in der Takellage. Jon-Tom trat auf Corroboc zu und ließ einen Blick über die Kleidung des Kapitäns schweifen, ohne jedoch zu finden, wonach er suchte. Dann gesellte er sich zu seinen Freunden.

»Hat einer von euch gesehen, wo er seinen Schlüsselbund hingelegt hat?«

»Nee, Kumpel«, flüsterte Mudge. »Aber wir sollten ihn besser schnell finden!«

Jon-Tom wollte schon zu der Tür hinüberschreiten, die in die Kabine des Kapitäns führte, doch dann zögerte er unsicher. Wo sollte er im Innern der Kajüte mit der Suche beginnen? Vielleicht gab es da eine verschlossene Truhe, zahlreiche Schubladen, ein Versteck unter einem Nest oder einer Matratze, und möglicherweise befand sich der Schlüsselbund auch gar nicht in der Kabine. Vielleicht war Sasheem für die Schlüssel zuständig, vielleicht aber auch irgendein anderer Schiffsoffizier.

Er konnte nicht danach suchen und gleichzeitig den Schlafzauber singen. Schon begannen sich die ersten Seeleute unruhig im Schlaf zu wälzen. Und er hatte auch nicht die leiseste Vorstellung davon, wie lange der Zaubersang wirkte.

»Tu doch was, Kumpel!« Mudge zerrte erfolglos an seiner Fußkette.

»Wo soll ich denn nach den Schlüsseln suchen? Der Kapitän hat sie nicht am Mann.« Plötzlich waren Worte in seinem Geist, die etwas andeuteten, an das er sich erinnerte. Keine Andeutung einer Stelle, an der hätte suchen sollen, sondern Bruchstücke eines Songs.

Ein Song über stählerne Katzenaugen und triumphierende Katzentiere. ›The Mouse Patrol That Never Sleeps*‹, eine tödliche kleine Weise über eine immer wachsame fleischfressende Pussy. So jedenfalls hatte er es einmal einem Freund geschildert.

Nun sang er den Song und wünschte, daß Ian Anderson ihn auf der Querflöte begleiten würde, während ihm die Worte schnell von den Lippen perlten und er sich gleichzeitig auf die Melodie konzentrierte und ein besorgtes Auge auf die bewußtlose Besatzung warf.

Das Stück Ankerkette, mit dem Roseroar gefesselt war, knackte plötzlich und fiel ab. Verblüfft blickte sie die zerborstenen Kettenglieder und richtete den Blick auf Jon-Tom. Wortlos machte sie sich daran, die weitaus dünneren Ketten zu bearbeiten, die ihre Gefährten banden. Mudge und Jalwar zu befreien, kostete sie nur ein Bizepszucken, und sie verschwanden sofort unter Deck, während sie sich Jon-Toms Fesseln zuwandte. Als sie auch ihn befreit hatte, waren der Otter und das Frettchen bereits zurück. Mudge hatte sich seinen Langbogen über die Schulter geschnallt, und sein Gesicht war hinter dem Panzer der Tigerin kaum zu erkennen. Jalwar zerrte schwer keuchend ihre schweren Schwerter heran.

Sie drehten sich um und rannten zu dem Schlepptau, an dem die *John B.* befestigt war. Nur Jon-Tom zögerte.

»Komm schon!« rief Roseroar ihm zu. »Worauf wartest'n?«

Drängend erwiderte er flüsternd: »Das Mädchen! Ich hab's ihm versprochen!«

»Der isses doch egal, was du tust. Die macht nur Ärger.«

---

* etwa: ›Die Mäusepatrouille, die niemals schläft‹ – *Anm. d. Übers.*

»Tut mir leid, Roseroar.« Er machte kehrt und jagte zur nächstgelegenen Luke.

»Verdammt!« knurrte die Tigerin. Sie drängte sich an ihm vorbei und verschwand unter Deck. Während er wartete, sang er weiter, doch der Bannsang verlor langsam an Kraft. Mehrere Matrosen rollten sich im Schlaf auf die Seite und schnauften unruhig.

Da schob sich auch schon wieder eine schwarz-weiße Gestalt an ihm vorbei, und die schlaffe Gestalt des Mädchens Wahnwitz schaukelte leicht auf einer der Schultern wie eine Jagdtrophäe. Einen Augenblick lang stockte Jon-Tom das Herz, bis er erkannte, daß sie in keinem anderen Zustand war als die Schiffsbesatzung: Sein Singen hatte Wahnwitz ebenfalls in den Schlaf gelullt.

»Zufried'n?« fauchte Roseroar.

»Völlig.« Er unterdrückte ein Grinsen, während er mit ihr um die Wette zum Heck rannte.

Mudge und Jalwar bestiegen gerade die Schaluppe, wobei Mudge die kurze Schwimmstrecke mühelos hinter sich brachte und Jalwar mit typischer Frettchengelenkigkeit über das schwankende Tau bis zum Schiff balancierte. Roseroar wollte gerade über Bord gehen, als sie Jon-Tom zum zweiten Mal zögern sah.

»Was is'n *nun* schon wieda los?«

»Ich bin schon viel gerannt im Leben und bin auch ein ziemlich guter Schwimmer, Roseroar, aber meine Schultern sind so wund von diesem verdammten Bürstenschieben, daß ich mir nicht sicher bin, ob ich es schaffe. Geh du nur! Ich versuche euch einzuholen. Wenn ihr die Leine werft, kannst du das Schiff drehen lassen und mich aus dem Wasser fischen.«

Sie schüttelte den Kopf. »Muß schon sag'n, hab noch nie jemand'n gehöat, der soviel quasselt, nich ma 'n Mensch. Halt dich fest!« Und sie drehte ihm den Rücken zu.

Jon-Tom entschied, daß dies nicht die rechte Zeit war, die Überreste seines ohnehin schwer angeschlagenen männlichen Egos retten zu wollen, und so legte er ihr beide Arme um den Hals und half mit einem der Arme, Wahnwitz besser auszubalancieren. Roseroar beachtete ihre doppelte Last nicht weiter, als sie sich am Schlepptau hinüberhangelte, bis sie schließlich alle unversehrt auf dem Deck der *John B.* standen.

»Ablegen!« schrie Jon-Tom Mudge zu, als er zum Heck rannte. »Ich übernehme das Ruder. Roseroar, setz du die Segel!«

»Mit Vergnüg'n.« Sie ließ die bewußtlose Gestalt von Wahnwitz auf das Deck plumpsen. Jon-Tom zuckte zusammen, als er den Aufprall hörte, doch er kam zu dem Schluß, daß angesichts der Wunden, die den gesamten Körper des Mädchens ohnehin schon bedeckten, ein blauer Fleck mehr oder weniger unbedeutend war.

Roseroar bearbeitete gleich zwei Winden auf einmal, während Mudge mit seinem Kurzschwert auf das dicke Tau einhieb, das sie mit dem Piratenschiff verband. Sekunden später war die Schaluppe wieder frei. Ihre Segel stiegen den Mast hoch und füllten sich mit Wind. Jon-Tom führte ein Wendemanöver durch, als auf dem größeren Schiff die ersten Schreie der Verwirrung und der Wut erschollen.

»Nicht ein Augenblick zu früh«, sagte Jalwar bewundernd. Er stand oben auf der Hauptkajüte. »Du besitzt die Gabe, soviel ist gewiß.«

Jon-Tom wischte das Kompliment mit einem Achselzucken beiseite und konzentrierte sich darauf, soviel Wind wie möglich zu gewinnen. »Ich habe es nicht studiert, und ich habe es auch nicht bewußt geplant. Das ist nur eine glückliche Verbindung meiner musikalischen Ausbildung und einiger Dinge, die ich in dieser Welt aufgeschnappt habe.«

»Dennoch, es läßt sich nicht leugnen: Du besitzt die Gabe.«

Einen Augenblick lang schien es, als seien die Jahre und das Alter von dem Frettchen abgefallen und als stünde ein völlig verwandeltes Wesen am Großmast und blickte auf ihn herab. Er blinzelte einmal, doch als er erneut hinsah, war es wieder derselbe alte gebeugte und matte Jalwar. Das Frettchen drehte sich um und schlurfte zum Bug, um nachzusehen, ob es Mudge oder Roseroar behilflich sein konnte.

Die Tigerin hatte die Takelage voll im Griff, und unter Jon-Toms Anleitung setzte Mudge den Spinnaker der Schaluppe. Hinter ihnen säumten wütende Gesichter die Backbordseite des Piratenschiffs. Schmutzige Gesten und blutrünstige Flüche erfüllten die Luft. Doch alles wurde von dem donnernden Krächzen Corropocs übertönt. Die Gesichter flohen von der Reling, um an anderen Stellen des Schiffs zu erscheinen, als die Mannschaft die Masten hinaufkletterte. Ruder tauchten ins Wasser ein, als die stumpfäugigen Galeerensklaven den Befehlen von Peitsche und Trommel Folge leisteten. Das große Schiff begann zu wenden.

Doch diesmal segelte die Schaluppe mit Backbordwind. Das quadratisch getakelte Piratenschiff konnte nicht so gut in den Wind halsen wie die moderne Schaluppe mit ihrer Vordertakelage, und es gelang ihm auch nicht, sie mit Ruderkraft einzuholen. Doch da die Galeerensklaven bis zum Zusammenbruch angetrieben wurden, schien es für einen Augenblick, als gelänge es Corroboc doch noch den Abstand zwischen den beiden Schiffen zu verringern. Da hatte Mudge endlich begriffen, wie die Takelage zum Setzen des Spinnakers funktionierte. Das Rennsegel blähte sich vom Wind gefüllt zu voller Größe, und die Schaluppe jagte geradezu vor ihren Verfolgern davon.

»Wir haben es geschafft – wir sind entkommen!« schrie Jon-Tom entzückt. Mudge gesellte sich zu ihm am Heck. Der Otter balancierte waghalsig auf der zitternden Heckreling, kehrte dem Piratenschiff den Rücken und ließ die Hose hinunter. Dann beugte er sich vor und schnitt bewundernswert beleidigende Grimassen. Die Piraten antworteten mit fürchterlichen Versprechungen, was sie mit der Schaluppe anstellen wollten, wenn sie sie erwischten. Doch wie ihr Schiff blieben ihre Worte immer weiter zurück.

»Ja, wir haben es geschafft.« Jalwar blickte grübelnd zu

den prall gefüllten Segeln empor. »Sofern sich der Wind nicht legt.«

Sobald sein Publikum außer Sichtweite war, beendete Mudge seine Verrenkungen und sprang wieder auf das Deck, wo er sich die Hose zuknöpfte.

»Wir schaffen's schon, Chef.« Er lächelte breit, als er Jon-Tom einen freundschaftlichen Klaps auf die Schulter gab. »Will zum Ziegel gebacken werden, wenn du mich nich voll reingelegt 'ast, Kumpel. Da 'ab ich die ganze Zeit darauf gewartet, daß du irgendsowas wie 'n drei Meter großen Dämon 'erbeizauberst, um diese Bastarde aufzuschlitzen, und statt dessen nebelste mich aber genauso ein wie die!«

»Ich wußte, daß ich nichts Offensichtliches versuchen durfte. Sonst hätte Corroboc mich noch am selben Tag Spießruten laufen lassen.« Jon-Tom korrigierte den Kurs.

»Ja, das 'ätte er. Puh, was'n raffinierter Einfall, alle wie 'n Mütterchen in die 'eia zu legen und dann die Monsterdame da zu befreien.« Er nickte zu Roseroar hinüber.

»Eigentlich hatte ich ja vor, nach dem Schlüssel zu suchen«, sagte Jon-Tom und versuchte seine Verlegenheit zu verbergen. »Als mir aber klarwurde, daß ich nicht die leiseste Ahnung hatte, wo Corroboc seinen Schlüsselbund versteckt hielt, erkannte ich unsere einzige Chance darin, Roseroar zu befreien.«

Die Tigerin kam vom Mastdeck herab, um zu ihnen zu treten. Sie starrte über das Heck in die Ferne. »Wünsch' mia nur, ich hätte mal 'n paar Minut'n auf diesem Schiff wüten könn'n.« Sie verengte die Augen und knurrte plötzlich so laut, daß ihren Gefährten das Blut zu stocken drohte. »Dieser erste Maat zu Beispiel. Was der wohl für'n Gesicht gemacht hätte, wenn er aufgewacht wäre und hätte, plötzlich nicht mehr seinen ...«

»Roseroar«, sagte Jon-Tom tadelnd, »so spricht doch keine Dame!«

Sie zeigte ihm die spitzen Zähne, riesige Fänge. »Hängt doch wohl von der Dame ab, wa, Jon-Tom?« Plötzlich trat sie an ihm vorbei, näher an die Reling heran, und furchte die Stirn, als sie in die Ferne blinzelte.

»Was ist los?« fragte er und drehte sich ebenfalls nach achtern um.

Als sie sprach, tat sie es gelassen, ohne Angst und gefaßt.

»Sieht ganz so aus, als wär'n wia mit dem alt'n Corroboc noch nicht fertig.«

IX

»Geh unter Deck, Jalwar!« bat Jon-Tom. »Hier oben kannst du dich nicht nützlich machen.«

»Ich muß Ihnen den Gehorsam verweigern.« Der Alte hatte sich einen langen Fischerhaken gegriffen und umklammerte ihn entschlossen. »Ich kehre nicht an Bord dieser treibenden Vorhölle zurück. Lieber will ich hier an Ort und Stelle sterben.«

Jon-Tom nickte und streckte seinen eigenen Stab abwehrbereit vor. Als er ihre raffinierte Flucht von dem Piratenschiff geplant und schließlich durchgeführt hatte, da hatte er eines übersehen. Hatte es übersehen, weil er schon so lange in dieser merkwürdigen Welt lebte, daß er es für etwas ganz Normales gehalten hatte. Er hatte nicht daran gedacht, daß Corroboc und einige Mitglieder seiner Besatzung fliegen konnten.

Es waren nur sechs. Der Kapitän mußte ihnen angedroht haben, sie in Stücke zu reißen, um eine so kleine Gruppe dazu zwingen zu können, den Angriff zu wagen. Hinter dem Papageien flogen zwei Raben, ein Bussard und ein kleiner Falke. Sie waren mit dünnen Speeren und leichten Degen bewaffnet.

Jon-Tom aktivierte den automatischen Piloten der Schaluppe, was ihn für den Kampf einsatzbereit machte. Jalwar fand das blinkende rote Lämpchen dieser neuartigen Magie äußerst faszinierend.

Die fliegenden Verfolger waren schnell und wendig, besonders Corroboc. Er mochte zwar ein Auge und ein Bein zu wenig haben, doch seine Flügel waren völlig intakt. Als er sich auf seine ehemaligen Gefangenen stürzte, wich er ihren Waffen durch Dreh- und Wendebewegungen geschickt und geschmeidig aus. Dennoch war es schon bald nicht mehr zu verkennen, daß die Piraten unterlegen waren.

Corroboc verfolgte eine kluge Taktik. Seine Mannschaft hielt sich knapp außerhalb der Schwertreichweite und stach selbst dafür mit ihren nadelähnlichen Speeren zu. Das hätte wohl auch funktioniert, wäre da nicht der Joker der Schaluppendeckbesatzung gewesen: Mit seinem Langbogen schoß Mudge freudig zunächst den Falken vom Himmel und verwundete schließlich einen der Raben.

Das zwang die Angreifer dazu, sich auf einen Nahkampf mit ihren Gegnern einzulassen, und da konnte ihre Wendigkeit ihre vergleichsweise geringe Körpergröße nicht aufwiegen. Eines von Roseroars wirbelnden Schwertern hackte den verwundeten Raben in zwei Teile. Dann durchdrang ein weiterer Pfeil des Otters den dünnen Panzer des Falken. Als er feststellen mußte, daß er weder auf Entfernung noch im Nahkampf einen Sieg erringen konnte, gab Corroboc den Befehl zum Rückzug.

»Paßt gut auf eure Eingeweide auf, ihr Abschaum!« schrie der Papagei, als er direkt außerhalb der Reichweite von Mudges Pfeilen wütend in der Luft auf und ab tänzelte. »Ich schwöre euch, daß euer Schicksal besiegelte Sache ist, ha! Das Meer, ach was, die ganze Welt ist nicht groß genug, als daß ihr euch darin vor mir verstecken könntet! Wo ihr auch hinlauft, der alte Corroboc wird euch aufspüren, und wenn er das getan hat, dann werdet ihr euch wünschen, nicht geboren zu sein, ha!«

»Ach, gib's doch endlich auf, Kumpel!« Nach dieser Aufforderung ließ Mudge eine lange Liste beleidigender Kommentare über die zweifelhafte Herkunft des Kapitäns folgen. Roseroar hörte angewidert zu.

»Was für 'ne ungehobelte Ausdrucksweise! Muß schon sag'n, das jagt mia richtig 'n Schauer üba den Rück'n. Ach, was sehn ich mich nach der Konversation zivilisierter Gesellschaft!«

Der Otter hörte das und warf ihr einen erhabenen Blick über die Schulter zu. »'immel! Dann will ich dich wissen lassen, mein kleines Elefantenbaby, daß meine Sprache genauso verflucht kultiviert is wie jede andere auch!«

»Ja«, stimmte sie ihm honigsüß zu, »weiß gar nicht, wie ich das vergess'n konnte!«

Jon-Tom stellte sich zwischen die beiden. »Warum zankt ihr euch schon wieder? Wir haben doch gewonnen und sind wieder sicher auf Kurs.«

Eine zittrige, längst nicht mehr freche Stimme ertönte von der Gangway: Was ... was haben wir gewonnen? Wer hat gewonnen?«

Jon-Tom erinnerte sich an Wahnwitz. »Übernimm du das Steuer, Roseroar!«

»Jon-Tom, wenn de mein Meinung höan wills, dann ...«

Er schaltete den Autopiloten aus. Das Schiff krängte scharf nach Backbord, und Roseroar mußte das Rad packen, um es am Herumwirbeln zu hindern.

Nach kurzer Suche entdeckte Jon-Tom das Mädchen, das sich weit hinten in einer der unteren Pritschen zusammengerollt hatte. In der sauberen, ruhigen Umgebung der Schaluppe wirkte sie plötzlich zerbrechlich. Das Eisenband war ein häßlicher dunkler Fleck auf ihrem bleichen Hals.

Er musterte es eindringlich. Die Schaluppe war gut ausgerüstet. Wenn er lange genug suchte, fände er mit Sicherheit eine Metallsäge oder irgendein anderes Werkzeug, mit dem er das Eisen durchschneiden konnte.

»Entspann dich, beruhige dich!« Er sprach sanft und freundlich. »Du bist frei, genau wie ich es dir versprochen habe. Na ja, noch nicht völlig frei«, berichtigte er sich mit einem ermutigenden Lächeln. »Du bist immer noch an uns gebunden. Aber Corroboc kannst du vergessen. Seinetwegen brauchst du dir niemals wieder Sorgen zu machen. Ich habe sie mit einem Banngesang schlafen gelegt. Dich auch. Und während sie schliefen, sind wir geflohen.«

Sie antwortete nur stockend. »Dann ... bist du ein Hexer. Und ich habe an dir gezweifelt.«

»Vergiß es! Manchmal zweifle ich selbst an mir.« Sie schwankte auf ihrer Pritsche, und plötzlich war er besorgt. »He, du siehst aber nicht sonderlich gesund aus.«

»Ich bin so müde ...« Sie legte eine Hand auf die Stirn

und kippte ihm in die Arme. Unvermittelt wurde er sich ihrer Nacktheit bewußt. Ganz zu schweigen von ihrem Geruch. Corrobocs Schiff war nicht gerade ein Musterbeispiel an Hygiene gewesen. Wahnwitz hatte wahrscheinlich seit ihrer Gefangennahme nicht mehr gebadet.

Er legte stützend einen Arm um sie. »Komm mit!« Er half ihr in den Vorderteil des Schiffs. »Wir werden dich erst mal saubermachen. Dann nehmen wir dir irgendwie dieses Eisenstück ab. Während du dich duschst, schaue ich mal nach, ob ich irgendwo etwas zum Anziehen für dich auftreibe. In den Vorratsspinden müßte es auch Kleider geben.«

»Ich danke Ihnen für Ihre Freundlichkeit, mein Herr.«

Er lächelte wieder. »Klingt schon besser. Nenn mich einfach nur Jon-Tom.«

Sie nickte und lehnte sich an ihn. Einen Augenblick glaubte er, sie bräche in seinen Armen zusammen. Doch das tat sie nicht. Weder jetzt noch später. Das erste, was sie auf Corrobocs Schiff verloren hatte, war die Fähigkeit zu weinen.

Während sie sich wusch, durchsuchte er die Schränke und Spinde des Schiffs. In einem fand er vertraute Kleidung – Kleidung, die zwar ihm vertraut war, nicht aber seinen Gefährten. Er suchte einige Sachen aus und legte sie zusammen mit einer Eisensäge und einer Feile vor die Dusche.

Er hatte zwar schon mit einer deutlichen Verbesserung gerechnet, doch als sie später am Nachmittag an Deck kam, war er dennoch schockiert.

Sie hatte den Eisenkragen entfernt. Ihr Haar war zurückgekämmt, und nun stand sie da und blickte unsicher an sich herab.

»Ich muß in diesen seltsamen Kleidern ja ziemlich merkwürdig aussehen.«

»Das werde ich nich bestreiten, Liebchen.« Der verblüffte Mudge kam näher, um die fremdartige Kleidung zu begutachten. »Komischer Stoff.« Er ließ eine Pranke über eines ihrer Beine fahren und griff noch höher. »'ier auch.«

»Das ist kein Stoff!« sagte sie zornig und schlug seine entdeckungslustigen Finger beiseite.

Mudge duckte sich grinsend. »Fühlt sich für mich aber ganz prächtig an, dieser Stoff, Liebchen.«

»Mach das nicht noch mal, Wasserratte, sonst ...«

Jon-Tom ignorierte sie. Dieser Zank war nichts Ernstes. Mudge gab sich einfach so widerlich wie üblich, und das wußte Wahnwitz wahrscheinlich auch, wie er glaubte. Außerdem war er vollauf damit beschäftigt, seine eigenen verwirrten Gefühle zu sortieren.

Wahnwitz war einfach wunderbar – ein anderes Wort gab es dafür nicht. Jung, aber schön, wie sie dort in alten Jeans und einem abgetragenen Sweatshirt mit der Rückenaufschrift SLOOP JOHN B. auf dem Deck stand. Sie sah so normal aus, daß es schon geradezu schmerzte, so normal wie irgendein Mädchen, dem er daheim am Strand hätte begegnen können, daß er einen Augenblick lang beinahe fürchtete, *er* könnte in Tränen ausbrechen.

Nur die verblassenden, aber immer noch sichtbaren Striemen im Gesicht und am Hals, die das eiserne Halsband hinterlassen hatte, erinnerten ihn daran, wo er sie gefunden hatte. Er müßte nach dem Erstehilfekasten der Schaluppe suchen. Vielleicht konnte er auch einen guten Heilgesang ausfindig machen, irgend etwas, das wirkungsvoller war als Verband und Salbe.

Roseroar musterte sie kurz von oben bis unten und schnaubte. »Dünnes kleines Ding. Ihr Menschen ...« Sie richtete den Blick auf die Sterne, die mittlerweile herauskamen. Jalwar schlief bereits irgendwo unter Deck; das arme alte Frettchen war völlig erschöpft von den anstrengenden Geschehnissen der letzten Tage. Der Horizont hinter dem Schiff war frei, nachdem sie das Piratenschiff schon lange zuvor abgehängt hatten. Der Wind trieb sie beharrlich in Richtung Snarken, ein Ziel, das ihnen vorübergehend entglitten und nunmehr wieder in Reichweite gelangt war.

Snarken selbst erwies sich als leicht zu lokalisieren. Sobald sie knappe fünfzig Meilen von der Stadt entfernt waren, beobachteten sie eine beachtliche Zunahme des Schiffsverkehrs. Sie brauchten nur einige Handelsschiffe anzurufen, die das gleiche Ziel anliefen, und ihnen zu folgen.

Ein langer Gebirgszug war zu erkennen, der sich bis an die Küste erstreckte und von einer breiten, aber überfüllten Insel geteilt wurde. Als sie daran vorbeigesteuert waren, fanden sie sich in einer geräumigen Bucht wieder, die von satten grünen Abhängen gesäumt wurde, die mehrere hundert Meter über dem Hafen emporragten. Doch in der Ferne war noch höher gelegenes Gelände auszumachen.

Piere und Docks drängten sich auf der gegenüberliegenden Seite der Bucht. Dies war die Heimat Dutzender von Schiffen, die hier andockten, nachdem sie aus bekannten und unbekannten Ländern zurückgekehrt waren. Snarken war der wichtigste Hafen an der Südwestküste des Glittergeistmeers.

Jon-Tom steuerte das Schiff durch die Handelsschiffe und suchte nach einem freien Dock. Viele der Piere bestanden aus Stein. Die Felsen waren glatt und gerundet, ein Beweis dafür, daß sie in ferner Vergangenheit irgendwann einmal von Gletschern an die Küste befördert worden waren. Die Steine waren vermörtelt und mit Holzplanken bedeckt.

Endlich entdeckten sie eine freie Anlegestelle. Mudge feilschte eine Weile mit dem Dockmeister, bis man sich schließlich auf eine bestimmte Summe geeinigt hatte. Dies brachte das Problem ihrer durch die Ereignisse in Malderpot ausgelösten Mittellosigkeit auf. Die Lösung ergab sich durch die Übergabe einiger rostfreier Stahlhämmer aus dem Werkzeugkasten der Schaluppe, die der habgierige Dockmeister gern als Bezahlung annahm.

»Was meinst du, Mudge?« fragte Jon-Tom den Otter, als sie den Pier entlangschritten. »Ob er das Schiff in Frieden läßt?«

»'n ehrlicher Typ läßt sich ziemlich leicht ausmachen, weil er so selten is. Das Schiff wird schon in Sicher'eit sein, wenn wir weg sind. Zumindest 'at der Gierschlund schreckliche Angst vor ihr.«

Jon-Tom nickte und blieb stehen, als sie vom Pier auf die Allee aus Kopfsteinpflaster traten, die sich vor dem Hafen entlangzog. Um sie herum rumpelten von Echsen gezogene Wagen, die hoch mit Waren beladen waren. Seltsame Akzente und Düfte erfüllten die Luft.

»Die Sache ruft mir wieder ein Problem ins Gedächtnis zurück, Kumpel.«

»Nämlich welches, Mudge?«

»Was können wir tun, um zu Geld zu kommen? Wir können schließlich nicht andauernd Schiffswerkzeug verhökern.«

Jon-Tom rieb sich nachdenklich das Kinn. »Da hast du wohl recht. Wir brauchen außerdem noch Vorräte für die Reise nach Crancularn. Und zwar eine ganze Menge.«

»Das will ich meinen«, sagte Wahnwitz ungeduldig. »Ich brauche ein paar richtige Kleider. Ich kann schließlich nicht in diesem Zeug herumlaufen, da lachen die Leute mich ja aus. Außerdem ...« Sie fuhr sich mit der Hand über das zu enge Hinterteil ihrer Jenas. »... kneift es ziemlich merkwürdig.«

Mudge trat auf sie zu. »Laß mich doch mal gucken, Liebchen. Vielleicht könnten wir hier was lösen und ...«

Sie wich mit einem Satz vor seinen ausgestreckten Fingern zurück. »Behalt deine Pranken bei dir, Wasserratte, sonst bist du sie los!«

Mudge schürzte verletzt die Lippen und wandte sich an Jon-Tom. »Also ich 'ab 'ne Idee, Kumpel. Warum verkaufen wir sie nich? Das war wahrscheinlich die beste Idee, die dieser ranzige Federsack Corroboc jemals ge'abt 'at. Jetzt, da sie einigermaßen sauber und anständig aussieht, bringt sie uns bestimmt 'n 'übsches Sümmchen Kleingeld. Außerdem wären wir dann gleich zwei Probleme auf einen Schlag los, nich?«

Trotz seiner Schnelligkeit hatte der Otter Mühe, Jon-Toms Hieb noch rechtzeitig auszuweichen. Die Jagd verlagerte sich auf einen Haufen großer Holzfässer, doch war Jon-Tom unfähig, den Otter einzuholen. Dafür ermüdete er ihn recht schnell.

»Immer mit der Ru'e, Kumpel!« Mensch und Otter rangen nach Luft. Mudge spähte hinter einem Faß hervor. »Wollen uns doch deswegen nich gleich umbringen. War ja nur 'n Gedanke.«

»Okay. Aber rede nicht mehr solchen Blödsinn, wie Wahnwitz zu verkaufen oder sonst irgend jemanden.«

Der Gegenstand dieser anstrengenden Diskussion blickte neugierig zu seinem Retter empor. »Warum verkaufst du mich denn nicht wirklich? Ich bedeute dir noch nichts. Ich bedeute niemandem etwas, außer mir selbst. Glaub bloß nicht, ich wäre undankbar. Auf diesem Schiff hätte ich wahrscheinlich keinen Monat mehr überlebt. Ich will dir helfen. Und ich weiß nicht, wie ich dir deine Güte sonst zurückzahlen soll.« Sie warf dem Otter einen warnenden Blick zu. Klugerweise hielt Mudge den Mund.

»Ich habe aber eins, nämlich mich selbst. Wenn du wirklich so dringend Geld brauchst, dann würde es doch deine Probleme lösen, wenn du mich verkaufst. Ich bin einiges wert.« Sie wandte sich ab, unfähig, ihm ins Gesicht zu sehen. »Trotz der Art und Weise, wie man mich benutzt hat.«

Er strengte sich mächtig an, nicht wütend auf sie zu werden. »Wo ich herkomme, Wahnwitz, verkauft man Leute nicht.«

»Nicht?« Verwundert blickte sie ihn an. »Was tut ihr denn dann mit Leuten, die zu nichts nütze sind?«

»Wir lassen sie von der Wohlfahrt leben, vom Sozialamt.«

Sie schüttelte den Kopf. »Diese Worte sagen mir nichts.«

Er versuchte, es zu erklären. »Wir sorgen dafür, daß jedem ein Mindesteinkommen garantiert wird, irgendeine Art des Lebensunterhalts.«

»Selbst wenn die Leute zu nichts taugen?«

»Selbst wenn sie zu nichts taugen.«

»Das scheint mir aber nicht sonderlich nutzbringend zu sein.«

»Vielleicht ist es nicht sehr nutzbringend, aber es ist menschlich.«

»Mannomann, das is es also, Liebchen! Das erklärt alles. Klingt genau wie so 'n verrückter Plan, den sich nur ein 'aufen Menschen ausdenken kann.«

»Jedenfalls wird hier niemand verkauft«, erklärte Jon-Tom entschieden.

»Na schön, Kumpel! Was schlägst du vor? Was sollen wir tun, um an Knete ranzukommen?« Er zeigte auf eine Gebäudereihe an der Hafenfront. »Wir brauchen was zu essen, 'n Platz zum Schlafen und Vorräte.«

Jon-Tom blickte Roseroar an, die bis dahin geschwiegen hatte. »Du würdest sie doch nicht verkaufen, oder?«

Die Tigerin wandte sich ab. »Das entscheide ich nich.« Sie schnüffelte in Richtung des Mädchens. »Vielleicht willse dir damit nur sag'n, daß sie ihrer eigenen Wege geh'n will.«

Jon-Tom stellte dem Mädchen die Frage: »Stimmt das, Wahnwitz?«

»Nein. Ich weiß nicht, wohin ich gehen sollte, aber ich will auch niemandem Ärger machen oder im Weg stehen. Und ich will euch wirklich helfen.«

»Vernünftig formuliert«, meinte Mudge fröhlich. »Wenn du nichts dagegen 'ast, Kumpel, dann 'alt ich gleich mal Ausschau nach den geeigneten Märkten. Dann können wir ...«

»Einen Augenblick, mal!« Jon-Tom nickte vor sich hin. »Wir können die Schaluppe verkaufen.«

»Das magische Schiff?« Jalwar blickte ihn zweifelnd an. »Ob das klug ist?«

»Warum nicht? Wenn stimmt, was Clodsahamp mir gesagt hat, dann liegt Crancularn von Snarken aus landeinwärts. Wir brauchen also gar kein Schiff mehr, weder ein magisches noch ein normales. Und was die Rückfahrt angeht, so hoffe ich doch, daß wir für die werden bezahlen können. Ich bin es müde, selbst zu segeln. Ich wäre zur Abwechslung ganz gern mal Passagier.« Er legte Mudge eine Hand auf die Schulter.

»Du hast doch gesehen, wie der Dockmeister aus dem Häuschen geriet, als er die beiden Hämmer ergattern konnte. Überleg dir mal, was wir für das ganze Schiff bekommen könnten! So was gibt es hier doch weit und breit nicht.«

»Ich würde ja lieber das Mädchen verkaufen«, murmelte der Otter. »Aber das Boot bringt mehr. Da 'ast du recht, Chef. Ich bin zwar kein Schiffs'ändler, aber ich werd versuchen, ein gutes Geschäft für uns rauszuschlagen.«

»Mudge, wenn du das Handeln übernimmst, weiß ich sicher, daß wir gut dabei wegkommen werden.«

Noch am selben Nachmittag schloß der Otter einen Handel ab. Das Boot wurde in Gold bezahlt. Sie ließen einen zufriedenen Schiffshändler und einen Dockmeister zurück, der gierig seine Provision zählte. Jon-Tom bedauerte den Verkauf nicht. Er hatte die Schaluppe für einen Apfel und ein Ei bekommen – oder, genauer, für ein Liedchen.

Bei Nachtanbruch waren sie in einer sauberen, nicht zu teuren Hafenherberge untergebracht.

»Und nun, Kumpel?« Mudge machte sich über sein Abendessen her und sprach mit vollem Mund. Jalwar besaß etwas feinere Tischmanieren, während Roseroar mit Präzision und unerwarteter Eleganz aß. Wahnwitz vertilgte alles, was man ihr vorsetzte, und war doch längst vor den anderen fertig. Da er darauf vertraute, daß sie auf sich selbst aufpassen konnte, händigte Jon-Tom ihr eine Handvoll Münzen aus und schickte sie fort, damit sie sich Kleider kaufen konnte, die ihrer Umgebung angemessener waren.

»Wir müssen feststellen, wo sich Crancularn befindet«, sagte er zu dem Otter, während er an seinem Krug nippte. »Dann beschaffen wir uns Vorräte und machen uns auf den Weg. Clodsahamp wartet, und so gerne ich auch noch etwas hierbleiben würde, geht es doch nicht.«

»Freu mich auf 'n bißchen sauberes Land«, meinte Roseroar. »Hab für 'ne Weile reichlich genug vom Meer.«

»Bist also wirklich entschlossen, diesen Wahnsinn bis zum bitteren Ende durchzuste'en, was, Kumpel?«

»Das weißt du doch, Mudge. Ich habe mein Wort darauf gegeben.«

»'ab ich befürchtet, daß du so was sagst.« Der Otter seufzte und wischte sich die Soße von den Lippen. »Wart mal!«

Mudge verschwand im großen Speisesaal des Gasthauses und kehrte schon wenige Augenblicke später zurück. Er war nicht allein, sondern in Begleitung eines wohlfrisierten Orang-Utans. Dieses Exemplar trug alte, aber sehr gepflegte Kleidung. An Manschetten und Kragen bauschten sich Rüschen, und sein orangefarbener Bart war kurz gestutzt. Er rauchte eine lange gebogene Pfeife, und von seinem linken Ohr hing ein Ohrring aus Silber und Granat.

»Ühr wollt also üns Bünnenland reisen?« Der seltsame Zungenschlag erinnerte Jon-Tom an den anderen Orang, dem er begegnet war, der ehrenwerte Doktor Nilanthos von Lynchbany. Das wiederum erinnerte ihn an die Überfallsopfer, die der gute Doktor verarztet hatte, wie auch an die Räuberin, die den Überfall durchgeführt hatte: Talea mit dem Flammenhaar. Er zwang seine Gedanken wieder in die Gegenwart zurück. Talea war weit weg.

»Das stimmt. Wir brauchen eine bestimmte Medizin.«

Der Affe nickte knapp. »Nun, dann gübt es keinen besseren Ort, danach zu suchen, als hür in Snarken. Das üst dü größte Stadt an der Westküste des Glüttergeistmeers, und wenn das, was ühr sucht, hür nücht zu fünden üst, üst es nürgendwo zu fünden.«

»Siehst du, Junge«, sagte Mudge hoffnungsvoll, »'ab ich dir doch gleich gesagt, wa? Könnten also genausogut den Stoff für seine 'exerschaft gleich 'ier suchen.«

»Tut mir leid, Mudge.«

»Ach, komm schon, Kumpel! Wollen wir's nich wenigstens mal bei einem Apotheker 'ier versuchen?«

»Was üst denn das Problem, Fremder?« fragte der Orang-Utan. Der Duft, der aus dem Kopf der dünnen Pfeife strömte, roch sehr stark und lieblich. Jon-Tom vermutete, daß darin wohl mehr war als nur Tabak. Offensichtlich bemerkte der Orang-Utan Jon-Toms Interesse, denn er drehte die Pfeife um. »Kleine Dröhnung gefällig?«

Jon-Tom zwang sich, das Angebot abzulehnen. »Nein danke, nicht bevor wir diese Angelegenheit erledigt haben.«

»'ee, Chef, und was is mit mir?« Mudge blickte die Pfeife gierig an.

»Dir hat man nichts angeboten«, erwiderte der Orang-Utan ungerührt.

»Die Medizin, nach der wir suchen«, warf Jon-Tom hastig ein, bevor Mudge etwas erwidern konnte, »ist nur in einem ganz bestimmten Geschäft erhältlich. In der Stadt Crancularn.«

Der Orang-Utan zuckte kaum merklich zusammen und begann heftig an seiner Pfeife zu ziehen. »Crancularn, eh?«

»In dem Laden ›Irgends und Nirgends‹.«

»Soso.« Der Orang schmetterte die Pfeife auf die Tischkante und klopfte den Tabakrest aus, wobei er sorgfältig drauf achtete, seine Samt-und-Seiden-Kleidung nicht zu beschmutzen. »Üch bün nü ün Crancularn gewesen. Aber üch habe gerüchteweise von düsem Laden gehört, den ühr sucht. Manche Leute behaupten, dahinter steckte auch nücht mehr als ein Gerücht, eine Lüst der Einwohner düser Stadt, um Aufmerksamkeit zu erregen. Andere wüderum meinen, es sei mehr dran.«

»Aber du bist nie in dieser Stadt gewesen«, sagte Roseroar.

»Nein. Üch kenne auch keinen, der würklüch mal da war. Aber üch weiß, wo sü süch angeblüch befündet.«

»Wo denn?« Jon-Tom beugte sich aufgeregt vor.

Der Orang hob einen kräftigen, muskulösen Arm und zeigte nach Westen. ›Dort. Da entlang.«

Mudge zupfte gereizt an seinen Barthaaren. »Wirklich sehr präzise Angaben! Warum kann eigentlich keiner von den Burschen, denen wir so begegnen, mal präzise Angaben machen?«

»Keine Sorge.« Der Orang lächelte. »Wenn ühr würklüch

wüssen wollt, wo sü üst, werdet ühr es schon erfahren. Dü Leute wüssen alle, wo sü üst. Sü gehen einfach nur nücht hün, das üst alles.«

»Warum nicht?«

Der Orang zuckte die Schultern und legte seine dicken Lippen schmatzend um den Pfeifenholm. »Weiß üch auch nücht, Fremder. Habe auch nü das Bedürfnüs verspürt, dort hün zu gehen. Dü Tatsache, daß keiner es tut, war mür ümmer Grund genug, es auch nücht zu versuchen. Wenn ühr nach Westen wollt, wünsche üch euch vül Glück.« Er trat zurück. Inzwischen war der Speisesaal mit Gästen überfüllt, und sein eigener Tisch befand sich am anderen Ende des Raums. So griff er nach oben, packte den nächstbesten Kronleuchter und schwang sich anmutig, ohne die anderen Gäste zu stören, durch den Saal.

»Das ergibt doch keinen Sinn«, brummte Jon-Tom. »Wenn niemand genau weiß, welche Gefahren in Crancularn lauern, warum geht dann nie jemand dorthin?«

»Dafür könnte ich mir mehrere Gründe denken«, meinte Jalwar nachdenklich.

»Ach ja, Knollennase?« fragte Mudge. »Warum klärst du uns denn dann nicht mal auf, Chef?«

»Es könnte dort Gefahren geben, die nur wenig bekannt sind.«

»Er hätte uns doch alles gesagt, was er weiß«, wandte Jon-Tom ein. »Es gibt schließlich keinen Grund, uns etwas zu verheimlichen. Was noch, Jalwar?«

»Vielleicht gibt es dort auch überhaupt nichts.«

»Ich verlasse mich auf Clodsahamps Aussage, daß es dort doch etwas gibt.«

Der Alte spreizte die Hände. »Dieser Laden, von dem du immer so voller Hoffnung sprichst. Vielleicht hat der weniger zu bieten, als du erwartest. Viele solcher Betriebe werden ihrem Ruf nicht gerecht.«

»Das werden wir schon noch feststellen«, entgegnete Jon-Tom entschieden. »Denn was immer irgend jemand meinen sollte – *wir* werden uns dorthin begeben.« Plötzlich veränderte sich seine Miene, als er an dem Frettchen vorbeistarrte.

»Was ist los, Kumpel?« fragte Mudge, plötzlich wachsam geworden. »Was siehst du denn?«

»Dunkelheit. Nacht. Es ist schon eine ganze Weile dunkel. Viel zu lange. Wahnwitz hätte eigentlich schon längst zurück sein müssen.« Er wirbelte wütend zu dem Otter herum. »Verdammt, Mudge, hast du etwa ...«

»Nu mach mal 'übsch ordentlich 'alblang, Kumpel.« Der Otter hob abwehrend beide Pranken. »Ich 'ab meinen Vorschlag vorgetragen, und du wolltest nicht, daß wir sie verkaufen. So was würde ich nie 'inter deinem Rücken machen!«

»Ach, wenn man dir den richtigen Preis bietet, verscherbelst du sogar deine Großmutter, und zwar *ohne* sie vorher um Erlaubnis zu bitten.«

»'ab meine Großmutter nie gekannt, Kumpel, also weiß ich auch nicht, was sie wert wäre, aber ich schwöre bei meinem Lieblingswerkzeug, daß das Mädchen, soweit ich etwas davon weiß, nur getan 'at, was du ihr geraten 'ast: Sie is einkaufen gegangen, um sich ein paar anständige Klamotten um ihren dürren nackten Körper zu 'ängen. Na ja, ganz so dürr is er auch wieder nicht.«

Plötzlich kam Jon-Tom ein neuer Gedanke, und er wandte sich an das größte Mitglied der Gruppe. »Roseroar?«

Der massige Rumpf warf einen gewaltigen Schatten auf den Tisch, als die Tigerin mit spitzen Pranken eine halbe gegrillte Echse abstellte, die so groß war wie die Duar. Mit aufreizender Langsamkeit stocherte sie erst in ihren Zähnen, bevor sie endlich antwortete.

»Will mal so tun, als hätte ich die Beleidigung nicht gehört, mein Herr! Ich finde, es ist doch völlig offensichtlich, was passiert ist.«

»Was ist offensichtlich?« Er legte die Stirn in Falten.

»Na ja, du hast ihr etwas Gold gegeben. Wie sie ja selbst gesagt hat, schuldest du ihr nichts, und sie dir nur wenig, weil du ihr Angebot ja abgelehnt hast, sie zu verkaufen. Ist doch klar, daß sie einfach abgehauen ist, um ihr Glück zu suchen. Wir haben ihr die Freiheit wiedergegeben. Sie war nicht gerade in uns verliebt, und ich muß sagen, daß das durchaus auf Gegenseitigkeit beruht hat.«

»So würde sie die Sache nicht sehen«, murmelte Jon-Tom besorgt. »Dazu ist sie nicht der Typ.«

Mudge stieß ein scharfes, bellendes Lachen aus. »Was weißt du schon über Typen, Kumpel? Ich wußte auch nicht, was für'n ›Typ‹ sie ist, und ich 'ab wohl mehr Frauen unterschiedlichster Art ge'abt, als du dir über'aupt jemals erträumen wirst.«

»Sie ist einfach nicht der Typ, Mudge«, beharrte Jon-Tom. »Diese Stadt ist ihr genauso fremd wie uns, und wir sind die einzigen Freunde oder die einzige Sicherheit, die sie hat.«

»'n Typ wie die«, sagte Roseroar verächtlich, »findet überall Freunde, wennse will.«

»Sie würde einfach nicht so weglaufen, ohne ein Wort zu sagen. Vielleicht hast du ja recht, Mudge. Vielleicht will sie ja wirklich ihrer eigenen Wege gehen, aber das hätte sie uns dann vorher gesagt.«

»Wozu?« fragte Mudge sarkastisch. »Um dir zu ersparen, daß du dir Sorgen um sie machst? Vielleicht mag sie ja keine langen Abschiede. Nicht daß es wichtig wäre. Du 'ast doch selbst gese'en, wie groß diese Stadt ist. Was können wir schon dagegen tun?«

»Bis zum Morgen warten«, entschied Jon-Tom. »Wir können nicht auf unseren Schlaf verzichten, und es wird schön sein, mal auf etwas zu schlafen, das nicht schlingert und stampft.«

»Ganz meiner Meinung, Kumpel.«

»Morgen früh ziehen wir Erkundigungen ein. Darin bist du gut, Mudge. Du hast ja auch diesen Orang ausfindig gemacht, der uns den Weg nach Crancularn beschrieben hat.«

»Du liebe Güte, war der vielleicht 'ne 'ilfe!« Der Otter zeigte heftig nach hinten. »Da entlang! Wie 'ilfreich! Viel mehr werde ich über das Mädchen auch nicht rauskriegen. Ich weiß nicht, warum du dir überhaupt die Mü'e machst, Kumpel. Ich dachte immer, die 'auptsache wäre, daß wir diesen Stoff zum alten Klotzaklump bringen.«

»Erkundige dich zunächst nach dem Mädchen. Vielleicht steckt sie in Schwierigkeiten. Ich werde sie schon ihrer Wege ziehen lassen, aber ich will sicher sein, daß sie das auch wirklich will. Ich will, daß sie es mir selbst sagt.«

Mudge sah angewidert aus. »Na ja, ist ja deine Beerdigung, Kumpel. Sorg nur bitte dafür, daß es nicht auch noch meine wird.«

Sie schliefen tief und fest. Am nächsten Morgen begannen sie ihre Suche, indem sie sich in den Bekleidungsgeschäften in ihrem Stadtteil nach Wahnwitz erkundigten. Ja, ein Mädchen, auf den ihre Beschreibung zutraf, war in mehreren der Geschäfte gewesen und danach weitergegangen. Im achten Laden endete die Spur plötzlich. Danach hatte niemand Wahnwitz mehr gesehen.

»Find dich damit ab, Kumpel, sie ist allein auf Achse gegangen.«

»Nur noch ein letzter Versuch.« Jon-Tom zeigte mit einem Nicken zur Straßenecke, wo ein paar uniformierte Skunks herumstanden. Eine Bürgerpatrouille, genau wie in Lynchbany, wo ihre besondere anatomische Beschaffenheit sie zu logischen Kandidaten für einen gewaltfreien Einsatz gegen einen Mob oder aufsässige Gefangene machte. Jon-Tom hätte sich lieber zusammenschlagen lassen.

Als er auf sie zukam, drehten sich die Polypen um und bemerkten die schwerbewaffnete Roseroar.

»Ärger, Fremde?« fragte einer der Polizisten.

»Nein, kein Ärger. »Die beiden gestreiften Schwänze entspannten sich, wofür Jon-Tom sehr dankbar war. »Wir suchen jemanden. Eine Freundin von uns, ein Menschenmädchen im mittleren bis späten Teenageralter. Attraktiv, mit blondem Fell. Sie hat gestern hier in der Gegend eingekauft.«

Die Polypen blickten einander an. Dann hob der linke eine Hand über den Kopf, mit der Handfläche nach unten, und fragte: »Ungefähr so groß?«

»Ja!« rief Jon-Tom aufgeregt.

»Mit komischer Kleidung, dunkelblauer Hose?«

»Das ist sie!« Plötzlich fiel ihm wieder ein, mit wem er da gerade sprach. »Was ist mit ihr passiert?«

»Nicht viel, soweit ich weiß. Unsere Schicht hatte gerade angefangen.« Er wandte sich um, um eine steile Straße hinaufzuzeigen. »Es war ungefähr vier Häuserblocks geradeaus und zwei nach links. Als wir über sie stolperten, war sie völlig weg. Eine Freundin, sagst du?«

Jon-Tom nickte.

»Na, wir haben versucht, sie wieder wachzubekommen, aber wir hatten nicht viel Glück. War ziemlich eindeutig, was mit ihr geschehen war. Die Taschen ihrer Hose und ihrer Bluse waren aufgerissen, und sie hatte eine ziemliche Beule, hier«, er berührte seinen Kopf über dem linken Ohr, »ungefähr so groß wie eine Zitrone.«

»Dann hat ihr einer eins übergebraten«, meinte Mudge mit Kennermiene.

»Das ist meine Schuld«, sagte Jon-Tom. »Ich dachte, sie würde schon zurechtkommen.« Er starrte Mudge an.

»'ee, Kumpel, auf mich brauchste nicht sauer zu sein. Ich 'ab ihr schließlich keine verpaßt!«

»Sie hat ja ständig betont, daß sie auf sich selbst aufpassen könnte.«

»Ich war schon immer der Meinung, daß ihre Klappe größer war als ihr Ge'irn«, kommentierte der Otter säuerlich. »Auf sich selbst aufpassen, wa? Nicht die Bohne.« Er wandte sich dem Polizisten zu. »Was ist danach mit ihr passiert?«

»Wir haben die Sache weitergeleitet.« Er blickte seinen Kollegen an. »Hast du eine Ahnung, was die auf der Hauptwache dann mit ihr gemacht haben?« Der andere Skunk zuckte die Achseln, und der erste blickte nachdenklich. »Laßt mich mal nachdenken.«

»Vielleicht ein Hospital«, schlug Jon-Tom vor. »Hat man sie in ein Hospital gebracht?«

»So schlimm war die Beule auch wieder nicht, Fremder. Als wir sie endlich zur Wache gebracht hatten, war sie schon wieder halb bei Bewußtsein. Hat ständig was gestöhnt von ihrer Mutter oder so. Sie hatte nicht einmal die Spur eines Ausweises dabei, daran erinnere ich mich noch. Und sie hat auch immer nach irgend jemandem gerufen, es hörte sich an wie ...« Er strengte sich an, um sich daran zu erinnern. »Pom-pom?«

»Jon-Tom. Das bin ich.«

»Sie konnte uns nicht sagen, wo du bist ... dieser Schlag auf den Schädel hat sie ziemlich erwischt, schätze ich ... Und der Name hat uns auch nichts gesagt. So verrückt, wie die ganze Sache war, haben wir gedacht, sie wäre immer noch tütü. Mittleres Teenageralter, sagst du?« Er nickte. »Für einen Menschen schien sie mir minderjährig auszusehen. Jetzt fällt mir auch ein, wie es mit ihr weiterging: Das Sozialamt hat sich ihrer angenommen. Da war eine Reihe von Gruppen, die Anspruch auf sie erhoben, und die Freunde der Straße haben gewonnen.«

»Wer sind denn die Freunde der Straße?« fragte Jon-Tom.

»Eine Art Waisenheim, Fremder.« Der Polizist zeigte in eine Richtung. »Sind da oben auf dem Huhngekrösehügel. Bin selbst noch nicht dagewesen, gab es auch keinen Grund zu. Aber da hat man sie jedenfalls hingebracht. Wird ihr schon gutgehen da. Was man so hört, ist es eine fachmännisch geleitete, vernünftige und saubere Anstalt.«

Mudge legte Jon-Tom eine tröstende Pranke auf den Arm. »Siehste, Kumpel? Ist also alles 'übsch ordentlich in Ordnung.«

»Ja«, knurrte Roseroar. »Machen wir weita mit deina Suche, Jon-Tom. Das Mädchen ist an einem Oat, wo man ihr am besten weitahelfen kann.«

Jon-Tom hörte sich das an und überraschte Jalwar damit, daß er ihn nach seiner Meinung fragte.

»Da du die Gedanken eines demütigen Dieners erfahren

willst, muß ich sagen, daß ich ebenso denke wie deine Freunde. Zweifellos ist die junge Frau jetzt unter Gleichaltrigen und in der Obhut jener, denen es obliegt, für derlei arme Geschöpfe zu sorgen. Wir sollten uns wieder auf den Weg machen.«

Jon-Tom nickte. »Du hast wahrscheinlich recht, Jalwar.« Er blickte Mudge und Roseroar an. »Ihr habt wahrscheinlich alle recht.« Dann musterte er den älteren der beiden Polizisten. »Bist du sicher, daß das ein anständiges Haus ist?«

»Die Straßen von Snarken wimmeln von heimatlosen Jugendlichen. Wir lesen ständig welche auf. Deshalb gibt es auch viele Waisenheime. Manche werden von Steuergeldern finanziert, andere von privaten Spenden. Wenn ich mich richtig erinnere, gehören die Freunde der Straße zu den privaten Organisationen.«

»Okay, okay«, grollte Jon-Tom, gegen den nun nicht nur die Vernunft, sondern auch die Stimmenmehrheit sprach.

»Wann 'auen wir nun ab, Kumpel?«

»Morgen früh, schlage ich vor, wenn du meinst, daß du heute noch genügend Vorräte auftreiben kannst.«

»'immel, kann 'n Fisch etwa nich grillen? Das laß mal meine Sorge sein, Kumpel. Du und die Bergkatze und der alte Knacker, ihr könnt ja zurück in die 'erberge. Ruht euch aus und saugt zum letzten Mal die Seeluft ein. Überlaßt ru'ig alles dem alten Mudge.«

Das tat Jon-Tom auch und wurde am Abend damit belohnt, daß Mudge ihm nicht nur einen, sondern gleich zwei große bequeme Wagen zeigte, die draußen vor der Herberge angebunden waren. Sie waren hoch mit Vorräten beladen, und an jedes der Fahrzeuge waren zwei gehörnte Echsen angeschirrt, die Art von Zugtier, die sowohl ebene Straßen als auch holperige Geländepfade ohne Schwierigkeiten bewältigen konnte.

»Da hast du gute Arbeit geleistet«, lobte Jon-Tom den Otter.

Mudge schien wahre Höllenqualen auszustehen, als er in

seine Tasche griff und Jon-Tom drei Goldmünzen reichte. »Und 'ier ist das Wechselgeld, Kumpel.«

Jon-Tom war sprachlos. »Ich hätte nicht gedacht, daß es so viel sein würde. Du scheinst dich zu ändern, Mudge.«

»Nu red nicht auch noch darüber«, sagte der gepeinigte Otter. »Es tut mir auch so schon weh genug.«

»Hast du jemals daran gedacht, dich als ehrlicher Händler niederzulassen, Mudge?«

»Wer? Ich?« Der Otter wäre vor Schreck beinahe umgefallen. »Da würd ich ja völlig meine Selbstachtung verlieren, ganz zu schweigen von meiner Mitgliedskarte in der Diebesgilde! Das würd meinem armen Mütterchen glatt das 'erz brechen!«

»Entschuldigung«, murmelte Jon-Tom. »Ich werd's nicht wieder erwähnen.«

Roseroar unterzog die Warenladung einer fachmännischen Untersuchung. »Nehm alles zurück, was ich üba dich gesagt hab, Otta. Is'n sauberes Stück Logistik.« Sie wandte sich an Jon-Tom. »Das is mea als genug für 'ne mehrmonatige Reise. Er hat das Geld gut angelegt.«

Mudge vollführte eine tiefe Verbeugung. »Besten Dank, Große, Köstliche und Unnahbare. Wie wär's 'n jetzt mit 'ner letzten vernünftigen Mahlzeit, bevor wir wieder im Freien abkochen müssen?« Er steuerte zielstrebig den Eingang der Herberge an.

Jon-Tom blieb stehen und sagte verlegen: »Hört mal, ich weiß ja, wie ihr das seht, und ich achte eure Meinung auch, und wahrscheinlich habt ihr völlig recht, und ich liege ganz daneben. Ich kann es auch verstehen, wenn ihr alle jetzt reingehen und was essen und schlafen wollt, aber ich bin noch nicht müde. Ich weiß, daß es Blödsinn ist, aber ich gehe jetzt zu diesen Freunden der Straße, um ein letztes Mal nach Wahnwitz zu sehen.«

Mudge schlug die Hände über dem Kopf zusammen. »Mensch! Wozu willste 'n nun losgehen und deine Zeit vergeuden, Kumpel? Das Mädchen ist doch jetzt'n abgeschlossenes Kapitel, oder?«

»Ein abgeschlossenes Kapitel«, pflichtete Jalwar ihm bei. »Mit einem glücklichen Ende. Laß es doch dabei. Warum willst du dich denn selbst quälen?«

»Ich werde mich nicht selbst quälen. Werd' nur 'ne Minute brauchen.« Er zupfte an einer Duarsaite. »Ich schulde ihr noch ein Abschiedsständchen, und ich will sie wissen lassen, daß wir auf dem Rückweg wahrscheinlich wieder hier vorbeikommen werden, falls sie uns noch mal wiedersehen will oder so.«

»Bedauernswert«, murmelte Mudge. »Einfach bedauernswert. Na schön, Kumpel, komm schon. Bringen wir's 'inter uns.«

»Du brauchst nicht mitzukommen«, erinnerte Jon-Tom ihn. »Was wird denn dann aus deinem großen Abendessen?«

»Das wird schon nicht schlecht.« Er nahm seinen Freund am Arm und drängte ihn die Straße hinauf. So erklommen sie den ersten Hügel.

»Guck dir das an, Kumpel. Die Nacht ist so schwarz wie das 'erz eines Gerichtsvollzie'ers.« Er starrte die enge, gewundene Allee empor. »Biste sicher, daß wir diesen Schuppen auch finden?«

Jon-Tom nickte. »Er steht auf einem Hügel. Außerdem können wir auch nach dem Weg fragen, hilflos sind wir also nicht.«

»Nein«, sagte eine neue Stimme und erschreckte sie. »Jetzt nicht mea.«

»Roseroar ... hast du etwa auch keinen Hunger?«

»In meinem Bauch tobt'n Gewitter«, erwiderte sie, »aber ich dachte, ich komm mal lieba mit, um dafür zu sorgen, daß ihr zwei nicht in irgendeiner Seitengasse endet. Könnte sein, daß diese Straßenräuba noch immer hia herumhängen.«

»Wir können schon auf uns aufpassen, Liebchen«, sagte Mudge.

»Das will ich gern glauben, aber ia könnt bessa auf euch aufpassen, wenn ich dabei bin.«

Jon-Tom spähte an ihr vorbei, und sie bemerkte es. »Jalwar wollte auch mitkommen, die treue Seele, aber es gibt ja wohl 'ne Kletterpartie, und er ist ziemlich kaputt und müde. Er wird auf uns warten und auf die Vorräte aufpassen.«

»Prächtig«, sagte Jon-Tom, drehte sich um und machte sich wieder an den Aufstieg. »Wir werden ja bald zurück sein.«

»Ja, mächtig bald«, stimmte Mudge ihm zu.

Doch sie irrten beide.

X

Die Freunde der Straße nannten einen Komplex von Stein-und-Mörtel-Gebäuden ihr eigen, die auf dem seeseitigen Abhang eines hohen Hügels standen. Der Komplex befand sich nicht, wie Jon-Tom eigentlich erwartet hatte, in einem Slum, sondern in einem Wohngebiet voller komfortabler Eigenheime und Gartengrundstücke.

»Wer immer dieses Institut gestiftet hat«, sagte er zu seinen Gefährten, »besaß jedenfalls Geld.«

»Und zwar 'ne ganze Menge«, fügte Mudge hinzu.

Mehrere lange, schmale, zweistöckige Gebäude waren durch schützende Mauern miteinander verbunden. Blaue Kacheldächer glitzerten im Mondlicht. Hinter wenigen Fenstern flackerte matte Beleuchtung, doch der Gebäudekomplex war zum überwiegenden Teil dunkel. Das war nicht weiter verwunderlich, denn immerhin war es schon spät, und man konnte erwarten, daß die Bewohner bereits zu Bett gegangen waren. Ein schmiedeeisernes Gitter versperrte den Vordereingang, doch gab es eine Klingelstrippe. Jon-Tom zog daran und hörte irgendwo im Inneren des Gebäudes das schwache Echo eines Glockenläutens. In den nahegelegenen Bäumen raschelte Blattwerk. Die tausend hellen Sterne Snarkens illuminierten die weit unter ihnen liegende Küstenlinie.

Die Tür wurde geöffnet, und eine neugierige Eichhorndame spähte sie an. Sie war ältlich und völlig in Schwarz gekleidet. Schwarze Rüschen zierten die Bordüren ihrer Ärmel, und an ihrem Hals hing ein einzelnes goldenes Medaillon an einer Goldkette. Darin waren verschiedene Buchstaben eingraviert, doch waren sie zu klein, als daß Jon-Tom sie hätte lesen können.

»Ja, was gibt es?«

»Bist du die Direktorin dieses Waisenhauses?« fragte Jon-Tom.

»Ich?« Sie lächelte nicht. »Nein. Was wollt ihr von dem Direktor?« Wachsam musterte sie Roseroar.

»Nur ein paar Fragen stellen.« Jon-Tom versuchte, sein gewinnendstes Lächeln aufzusetzen.

»Das Büro ist vom späten Nachmittag bis zum Nachteinbruch geöffnet.« Sie schickte sich an, die Tür wieder zu schließen.

Jon-Tom trat rasch vor, noch immer lächelnd. »Wir haben Grund zu der Annahme, daß eine Bekannte von uns vor kurzem in diesem Waisenhaus ...« Er suchte nach dem richtigen Ausdruck, »... eingeschrieben wurde.«

»Soll das heißen, daß ihr das nicht genau wißt?«

»Nein. Es muß im Laufe des gestrigen Tages gewesen sein.«

»Ich verstehe. Besuchszeiten sind nur bis Nachtanbruch.« Wieder ein Versuch, die Tür zu schließen – und wieder drängte Jon-Tom sich vor, um ihn zu vereiteln.

»Bitte, wir müssen morgen eine lange, beschwerliche Reise antreten. Ich möchte mich nur persönlich davon überzeugen, daß dieses Institut von innen ebenso bewundernswert ist wie von außen.«

»Nun«, murmelte sie verunsichert, »wartet hier. Der Direktor ist bei seiner Spätandacht. Ich werde fragen, ob er euch empfangen kann.«

»Danke.«

Sie mußten ziemlich lange warten, und nach einer Weile begann Jon-Tom zu fürchten, daß man sie nur auf höfliche Weise abgewimmelt hatte. Gerade wollte er zum zweiten Mal die Türglocke betätigen, als die Eichhorndame in Begleitung eines älteren Mannes zurückkehrte.

Wie immer war Jon-Tom auch diesmal erstaunt, einen Menschen in übergeordneter Fosition zu erblicken, da seine Gattung hier nicht eben tonangebend war. In Clodsahamps Welt waren die Menschen einfach nur eine von Dutzenden intelligenter Arten.

Der Mann war nur wenige Zentimeter kleiner als Jon-Tom, was für einen Eingeborenen äußerst groß war. Abgesehen von einem völlig anderen Schnitt trug er im Prinzip die gleiche Kleidung wie die Eichhorndame: schwarz mit Spitzenrüschen und dem gleichen goldenen Medaillon. Die Hände hatte er vor der Brust verschränkt. Sein graues Haar war ordentlich zu beiden Seiten und an der Stirn zurückgekämmt, er trug einen grauen Spitzbart und eine Brille mit dünnem Drahtgestell und schmalen Gläsern. Jon-Tom erschien er wie eine Kreuzung aus Colonel Sanders von Kentucky Fried Chicken und einem Kontrafagott.

Doch sein Lächeln und seine Worte zeugten von gütiger Bekümmertheit. »Seien Sie gegrüßt. Willkommen, Fremde, bei den Freunden der Straße.« Er zeigte auf seine Begleiterin. »Ishula hat mir berichtet, daß Sie eine Freundin unter unseren Schäfchen haben?«

»Das glauben wir, ja. Sie heißt Wahnwitz.«

Der Direktor runzelte die Stirn. »Wahnwitz. Ich wüßte nicht, daß jemand dieses Namens bei uns ... ach, doch, ja! Die junge Dame, die uns gestern abend gebracht wurde. Sie hat uns die schreckliche Geschichte von ihrer Gefangennahme durch Piraten auf hoher See erzählt. Ihr seid doch sicher jene, die sie als ihre Retter geschildert hat, nicht wahr?«

»Das stimmt.«

»Was es doch für grausige Dinge auf der Welt gibt.« Der Direktor schüttelte traurig den Kopf. »Das arme Mädchen hat mehr durchmachen müssen, als irgendein intelligentes Wesen ertragen kann.«

Jon-Tom mußte zugeben, daß all seine Befürchtungen und Sorgen sich bis jetzt als unbegründet erwiesen hatten. Doch wollte er sich erst zufrieden geben, wenn er die Örtlichkeiten besichtigt hatte.

»Ich weiß, daß es schon spät ist, und hier draußen ist es kalt. Wir müssen morgen eine lange Reise antreten, wie ich bereits Ihrer Assistentin mitgeteilt habe. Dürfen wir einen Augenblick eintreten und uns umsehen? Wir möchten uns nur davon überzeugen, daß Wahnwitz hier gut behandelt wird. Wir erheben keine Ansprüche auf sie, und ich bin sicher, daß sie bei Ihnen viel besser aufgehoben sein wird als in unserer Gesellschaft.«

»Aber gewiß doch, treten Sie ein«, erwiderte der Direktor. »Ich heiße übrigens Chokas. Ishula, das Tor.«

Die Eichhorndame sperrte das Gitter auf, während Jon-Tom sich und seine Gefährten vorstellte.

»Sehr angenehm, will ich meinen«, sagte Roseroar, als sie sich duckte, um durch die Toröffnung zu treten.

Sie kamen in eine langgezogenen weiße Empfangshalle. Chokas führte sie den gekachelten Gang entlang, plauderte verbindlich und schien nicht im mindesten von ihrer Anwesenheit oder die späte Stunde verärgert zu sein. Die Eichhorndame trottete hinter ihm her und blieb gelegentlich stehen, um mit ihrem Schwanz den Staub von einer Bank oder einer Vase zu wedeln.

Jon-Tom gab dem Direktor höfliche Antwort, war aber nur mit halbem Ohr bei der Sache. Das Hauptaugenmerk richtete er darauf, etwaige Hinweise auf Betrug oder heimliche Verbrechen aufzuspüren, doch ohne Erfolg.

Der Korridor und die angrenzenden Zimmer waren makellos. Traufen und Nischen waren mit Zimmerpflanzen dekoriert, die auch an Ketten von der Balkendecke hingen. Dachfenster dienten dazu, die Tageswärme einzulassen. Ohne daß sie ihn darum gebeten hatten, erbot sich Chokas, sie in weitere Trakte des Instituts der Freunde der Straße zu führen. Beruhigt nahm Jon-Tom das Angebot an.

Im Speisesaal befanden sich gepolsterte Sitzbänke vor sauberen Tischen, und die Küche war ebenso blank geputzt wie die Empfangshalle.

»Wir sind stolz auf unsere hygienischen Verhältnisse«, informierte ihn der Direktor.

Die Vorratskammer war bis zum Bersten mit Nahrungsmitteln aller Art gefüllt, geeignet, den energiehungrigen Nachwuchs zahlreicher Rassen zu ernähren. Dahinter wurde ihnen auch der Sinn der in sich verschränkten Gebäude klar: Sie umgaben einen geräumigen Hof. Um mehrere perlende Springbrunnen waren Spielplätze angelegt, und hohe Bäume warfen ihre Schatten auf das Gelände.

Roseroar beugte sich vor und flüsterte Jon-Tom zu: »Komm schon, haste nicht genug gesehen? Hia wird das Mädchen gut versorgt.«

»Ich muß zugeben, daß ich nicht mit so was gerechnet hab«, gestand er. »Mann, ich hätte nicht übel Lust, selbst hier einzuziehen.« Mit lauterer Stimme sprach er den Direktor an. »Ist wirklich ein prächtiges Institut, das Sie hier leiten, Chokas.«

Der Mann nickte dankend. »Wir genießen das Privileg, den Heimatlosen und jenen Entwurzelten dienen zu dürfen, die schon in jungen Jahren gestrauchelt sind. Wir nehmen unsere Verpflichtungen sehr ernst.«

»Was für 'ne Schulausbildung kriegen die denn hia?« wollte Roseroar wissen.

»Geschichte, Geographie, Mathematik, Grundlagen des sozialen Verhaltens, Haushaltsfächer wie Kochen und Nähen. Sport. Unterricht in Disziplin und Benehmen. Ein wohlabgerundeter Lehrplan, wie wir meinen.«

»Ich habe genug gesehen.« Jon-Tom blickte zu den Schlafsälen im ersten Stock empor. »Mach's gut, Wahnwitz. War interessant, dich kennenzulernen. Ich wünsche dir ein erfülltes und glückliches Leben. Vielleicht begegnen wir uns irgendwann mal wieder.« Er machte kehrt, um wieder in die Empfangshalle zurückzukehren. »Nochmals besten Dank für die Führung, Chokas.«

»Es war mir ein Vergnügen. Bitte besuchen Sie uns, wann immer Sie möchten, mein Herr. Die Freunde der Straße legen Wert auf Besucher.«

Das Haupttor schloß sich hinter ihnen, und das Trio blieb auf der Kopfsteinpflasterallee vor dem Institut stehen. Roseroar schickte sich an, wieder den Abhang hinabzusteigen.

»Das wär ja wohl erledigt. Jetzt können wia uns wichtigeren Dingen widmen.«

»Ich muß zugeben, daß sie es hier besser hat als bei uns«,

meinte Jon-Tom. »Jedenfalls sind das hier weitaus stabilere Verhältnisse, als wir sie ihr jemals hätten bieten können.«

»Wartet mal 'n Momentchen, ihr beiden.« Jon-Tom und Roseroar drehten sich um und sahen, wie Mudge gerade den Eingang inspizierte.

»Was ist denn los, Mudge?« Jetzt, wo er darüber nachdachte, fiel ihm ein, daß der Otter während der ganzen Führung nicht eine einzige Bemerkung hatte fallenlassen. »Ich denke doch, daß du von uns dreien wohl derjenige sein müßtest, der am meisten darauf erpicht ist, in unsere Herberge zurückzukehren.«

»Bin ich auch, Kumpel.«

»Dann komm endlich, Otta«, sagte Roseroar ungeduldig. »Erzähl mia bloß nicht, daß du die Kleine vermißt. Du hast se genausowenig gemocht wie ich.«

»Das ist wohl wahr, 'errin des massigen 'interteils. Ich fand sie stur, dumm und nur lästig, trotz allem, was sie durchgemacht 'at. Das Leben ist 'art, und ich bin nicht meiner Schwester 'üter. Aber in so 'nem Schuppen würd ich nicht mal 'n gelackten, schleimigen Salamander, der mich von oben bis unten bekleckert 'at, zurücklassen.«

»Dir ist also irgend etwas aufgefallen, Mudge?« Jon-Tom schritt auf ihn zu und stellte sich neben ihn. »Ich fand doch, daß es hier ordentlich und sauber aussieht, und gut bestückt sind sie auch.«

»'nen Dreck sind se!« fauchte der Otter. »Wir 'aben nur zu se'en bekommen, was wir se'en sollten, sonst nichts. Dieser Chokasbursche ist doch so schleimig wie gefettete Eulenscheiße, und ich trau ihm nicht weiter, als ich pissen kann.« Er drehte sich zu seinen beiden Gefährten um. »Wahrscheinlich 'at keiner von euch scharfäugigen Blödianen bemerkt, daß es im Parterre nicht ein Fenster gibt, das zur Straßenseite rausgeht, wa?«

Jon-Tom blickte zunächst nach links, dann nach rechts, und mußte erkennen, daß der Otter recht hatte. »Na und? Bestimmt haben sie dafür gute Gründe.«

»Darauf kannste dich verlassen! 'ast du auch bemerkt, daß die Fenster im zweiten Stock alle vergittert sind?«

»Noch mehr Ziergitter«, murmelte Jon-Tom und ließ seinen Blick über das obere Stockwerk schweifen.

»Ziergitter, wa, Kumpel?« höhnte Mudge.

»Das ist 'ne rauhe Stadt hia«, meinte Roseroar. »Waisenkinda sind begehrt. Vielleicht sollen die Gitter Einbrecher daran hindern, die Jugendlichen zu entführen und als Sklaven zu verkaufen.«

»Dann sind die Freunde der Straße aber mächtig fachmännisch und gründlich vorgegangen, um ihre Schützlinge gegen die Außenwelt abzuschirmen. Seht doch mal, nich einer der Bäume ragt auch nur teilweise über die Gebäude.«

Das stimmte: Zwischen den nächstgelegenen Obstbäumen und den vorgezogenen Gebäudeteilen lag ein Abschnitt aus Straße und gerodetem Gelände.

»Aber was beweist das alles?« fragte Jon-Tom.

»Nicht das geringste, Kumpel. Aber ich bin 'n bißchen rumgekommen im Leben, und ich sag dir, daß mir meine Eingeweide sagen, daß 'ier irgendwas nich stimmt. Ich würd mich gern mal mit 'n paar der Insassen unter'alten, ohne daß dieses Eich'örnchen mit dem Piranhagesicht oder unser liebenswürdiger Führer Chokas dabei rumlungern. Ich 'ab von Waisen'äusern ge'ört, und das 'ier läßt selbst die besten davon wie dieses Verlies ausse'en, aus dem wir in Malderpöttchen ausgebüchst sind. Und genau das gefällt mir nich, Kumpel.« Er blickte an den stummen Mauern empor. »Es is einfach *zu* lieblich.«

»Ich bin nicht sicher, daß ich dir folgen kann.«

»Dann paß auf, Chef. Kinder sind schmutzig. Die machen genauso Dreck wie ich schwitze. Is ganz natürlich. Dieser Puff 'ier soll voll von Kindern sein, is aber so sauber wie die Intimpartien von Mylady.«

Roseroar sagte leise, wärend sie die vergitterten Fenster im Obergeschoß betrachtete: »Ich fand auch, daß es hia für so'n Haus merkwürdig ordentlich war. Fast wie 'ne Arztpraxis.«

»Du auch, Roseroar?« fragte Jon-Tom überrascht.

»Was haßt: ich auch? Was der Otta da sagt, ist einleuchtend. Ist ja kein Geheimnis, daß ich die Kleine nicht gerade ins Herz geschlossen hab, aba ich würde ruhiger schlafen, wenn ich wüßte, daß sie in guten Händen ist.«

»Wenn ihr beiden das so seht, müssen wir erst mit ihr sprechen, bevor wir gehen.« Jon-Tom schritt wieder auf das Tor zu, doch Mudge hielt ihn am Arm fest.

»Immer mit der Ru'e, Bannsänger. Der olle Chokas war bloß so freundlich, weil wir ihm keine unangenehmen Fragen gestellt 'aben und auch nirgendwo rumgeschnüffelt 'aben, wo er uns nich 'inlassen wollte. Wenn er gewollt 'ätte, daß wir welche von seinen Kindern se'en, 'ätte er sie runterge'olt. Ich glaube nicht, daß er unserer kleinen Bitte Folge leisten würde.«

»Dafür gibt es einen guten Grund: Sie schlafen wahrscheinlich alle bereits. Es ist ja auch schon spät.«

»Alle?« fragte Mudge. »Das will ich bezweifeln. Was ist denn dann mit den Sprößlingen der Nachtlebewesen? Ziesel und Maulwürfe zum Beispiel?«

»Vielleicht sind die irgendwo getrennt untergebracht, damit die anderen durch ihr Nachtleben nicht gestört werden«, meinte Jon-Tom. »Wenn es Nachtlebewesen sind, brauchen die wohl kaum Zimmerbeleuchtung.«

»Dann würd man aber immer noch was von ihrer Aktivität bemerken. Vergiß nich, daß wir von 'nem Haufen junger Kinder reden, Kumpel.«

Jon-Tom kaute an der Unterlippe. »Hm. War wirklich fürchterlich leise da drin, nicht?«

»Wie 'n Grab, Kumpel. Will dir was sagen. Warum singst du sie nicht alle in 'n Schlaf wie den 'aufen auf dem Piratenschiff?«

»Das würde nicht funktionieren. Auf dem Schiff war alles in Hörweite der Duar und meiner Stimme. Hier gibt es viel zuviele Mauern dafür.«

Mudge nickte. »Na gut. Dann bin ich wohl mit 'nem bißchen Magie dran.«

»Du?«

Der Otter grinste, und seine Barthaare zuckten. »Bist nich der einzige Meister der seltsamen Künste 'ier, Kumpel.«

Sie folgten ihm um das Gebäude, bis sie den Eingang weit hinter sich gelassen hatten. Jon-Tom bemerkte, daß der Komplex kein weiteres Außentor zu besitzen schien. Es gab also nur den einen Eingang. Möglicherweise lagen aber auf der Gebäuderückseite noch Eingänge. Schließlich mußten die Freunde der Straße sich nicht den Auflagen beugen, die ihnen beispielweise die Brandschutzbestimmungen der Stadt Los Angeles auferlegt hätten.

Mudge blieb neben einem Baum stehen, der näher an dem Gebäudekomplex wuchs als alle anderen.

»So, meine süße Schnurrkiste, jetzt 'ab ich 'ne Aufgabe für dich.« Er zeigte ins Blattwerk des Baums. »Siehste den Ast da? Den zweiten von oben?« Roseroar nickte. »Kannste auf den draufklettern und dann 'n Stück vorwärtskriechen?«

Sie runzelte die Stirn. »Wofüa? Der hält doch mein Gewicht nicht aus.«

»Darum geht's ja gerade, Liebchen.«

Sofort begriff Jon-Tom, was der Otter vorhatte. »Das bringt nichts, Mudge. Der Ast da schleudert dich höchstens kopfüber gegen die Mauer. Dann habe ich nur noch einen pelzigen Frisbeeteller, anstatt eines wertvollen Gefährten.«

»Mach dir meinetwegen keine Sorgen, Chef. Weiß schon, was ich tue. Wir Otter sind die geborenen Akrobaten. Meistens ist es ja nur Spiel, aber wenn's sein muß, können wir auch ernstmachen. Laß es mich doch versuchen.«

»Mehr als einen Versuch wirst du kaum überleben.« Jon-Tom schob sich die Duar vor die Brust. »Warum soll ich dich nicht mit einem Zaubersong aufs Dach hexen?«

Mudge sah unwillig aus. »Wär'n hübsch ordentliches Stückchen Arbeit, wa, Kumpel? Und du stehst 'ier unter den vergitterten Fenstern und läßt 'n Katzengejammer los, daß es 'ner Fledermaus die Ohren weg'auen würde, wa?«

»Diesen Vergleich find ich ziemlich unpassend, Wassaratte.« Roseroar kletterte an dem Baumstamm hoch.

Mudge zuckte mit den Schultern. »Ist doch egal, wie man's ausdrückt. Jedenfalls würdeste den ganzen Schuppen damit aufwecken.«

»Ich könnte ja versuchen, leise zu singen.«

»Klar, und mich dann wahrscheinlich ... tut mir noch mal leid, Roseroar ... mitten in irgendeinen fernen Ozean katapultieren. Ist ja nicht böse gemeint, Kumpel, aber du weißt genausogut wie ich, daß dein Zaubergesinge manchmal 'n bißchen daneben'aut. Also, wenn de nichts dagegen 'ast, will ich's lieber mit dem Baum versuchen.«

»Danke für den Vertrauensbeweis«, murrte Jon-Tom. Er blickte in die Höhe und sah, daß Roseroar gerade vorsichtig den ausgewählten Ast entlangkroch. »Geh nur, aber ich meine, du hast nicht mehr alle Tassen im Schrank.«

»Aber Chef, ich dachte immer, mein Geisteszustand wär kein Diskusionsthema mehr. Und der Beweis dafür ist doch, daß ich 'ier rumste'e und dich bitte, mich gegen 'ne Steinmauer schleudern zu lassen, anstatt irgendwo in den Glokkenwäldern in 'nem weichen Bett zu liegen.«

Er trat zur Seite, als sich der dicke Ast unter Roseroars Gewicht dem Boden entgegenzuneigen begann. Sie kroch immer weiter vor, bis es nicht mehr ging, dann ließ sie sich von dem Ast nach unten hängen und hangelte sich bis ans Ende vor. Sekunden später berührten die Blätter des Asts die Straßenoberfläche.

Mudge plazierte sich in eine Gabelung zwischen zwei kleineren Zweigen beinahe am Ende des Asts. »Was 'ältst du davon, Liebchen?«

Roseroar mußte ihr ganzes Gewicht aufbieten, um den gespannten Ast in Stellung zu halten. Sie musterte das ferne Dach. »'ne Menge Platz zum Danebenspringen und nur wenig zum Landen. Wo sollen wia 'n die Überreste hinschicken?«

»Da bin ich wirklich mit 'nem Paar Optimisten gesegnet«, brummte der Otter. »Jedenfalls dank ich euch beiden für den ermutigenden Zuspruch.« Er klopfte auf das Holz hinter sich. »Bug'olz. Wußte ich's doch, daß das sich biegt, ohne zu brechen. Aus diesem Zeug macht man Schiffsspanten.« Er warf Roseroar einen Blick zu. »Von mir aus kann's losge'en, Mädchen.«

»Biste auch ganz sicha?«

»Nee, bin ich nicht, aber 's nützt auch nichts, 'ier auf meinem Hintern zu sitzen und darüber zu palavern.«

»Das ist ja auch nicht der Teil von dir, der zerdeppert werden wird«, meinte sie und ließ den Ast fahren, wobei sie einen Schritt zurückwich.

Der Bugholzast peitschte so schnell durch die Luft, daß es sirrte. Mudge wurde mit gewaltiger Kraft in den Nachthimmel geschleudert. Der Otter überschlug sich einmal und sauste dann in einem eleganten Bogen in die Tiefe.

Wie sich herausstellte, hatte er sich nur knapp verschätzt. Er erreichte zwar das Dach nicht, krachte aber auch nicht gegen die Gebäudewand. Er fiel nur ein kleines Stück daneben.

Zuerst sah es so aus, als würde er mit voller Wucht auf das Kopfsteinpflaster prallen, doch im letzten Augenblick streckte er die Rechte vor. Seine kurzen, kräftigen Muskeln bremsten seinen Sturz, als sich seine Finger um eines der eisernen Fenstergitter schlossen. Dort blieb er einen langen Augenblick keuchend hängen, bis sich sein Atem wieder beruhigt hatte. Dann griff er mit der anderen Hand nach oben und zog sich zu dem Gitter empor.

Seine Gefährten standen unter dem Fenster und spähten zu ihm hinauf. »Kommst du rein?« fragte Jon-Tom leise.

Mudge antwortete mit einem verächtlichen Schnauben und machte sich an dem Gitter zu schaffen. Sekunden später vernahmen Jon-Tom und Roseroar ein metallisches Klikken.

»Ist wirklich schlau, dein Freund.«

»Er hat 'ne Menge Erfahrung mit Schlössern«, informierte Jon-Tom sie trocken. Ein zweites Klicken wies darauf hin, daß das Fenster geöffnet wurde.

Sie warteten unten und kamen sich auf der leeren, vom Mond beleuchteten Straße ziemlich exponiert vor. Minuten verstrichen. Plötzlich schlängelte sich ein rosa Seil aus dem Fenster in die Tiefe. Jon-Tom griff nach oben und packte die miteinander verknoteten Bettlaken.

»Mein Gewicht werden sie aushalten«, sagte er zu Roseroar »Deins wahrscheinlich nicht.«

»Macht nichts. Ihr bleibt ja sowieso nur kurz, um mit dem Mädchen zu sprechen.« Sie wies mit einem Nicken auf die nahe Baumgruppe. »Werd in dem Baum auf euch warten. Da oben wird mich niemand entdecken. Wenn jemand vorbeikommen und die Sache gefährlich aussehen sollte, werd ich euch mit 'nem Pfiff warnen.«

Wie sie da im fahlen Licht vor ihm stand, war sich Jon-Tom ihrer Kraft und Macht bewußt, doch etwas an ihren Worten kam ihm merkwürdig vor. »Ich wußte gar nicht, daß Tiger pfeifen können.«

»Na ja, jedenfalls laß ich es euch schon irgendwie wissen.« Sie machte kehrt und sprang auf den Baum zu.

Jon-Tom stemmte die Beine gegen die Mauer und zog sich empor. Mudge wartete im Gebäude, um ihm beim Einsteigen behilflich zu sein.

Jon-Tom fand sich in beinahe völliger Finsternis wieder. »Wo sind wir?« fragte er flüsternd.

»In 'ner Art Abstellkammer, Kumpel.« Mudges Nachtsicht war um einige Klassen besser als die seines Freundes.

Doch als sie vorsichtig durch die Dunkelheit schlichen, gewöhnten sich auch Jon-Toms Augen einigermaßen an die Sichtverhältnisse, und er konnte Eimer, Kübel, Berge von Staubtüchern, Bürsten und andere Putzutensilien ausmachen. Mudge blieb an der Tür stehen und drückte die Klinke.

»Von außen abgeschlossen.« Der Otter suchte den Raum ab und kehrte mit einem Gegenstand zurück, der wie eine Ahle aussah. Er steckte sie ins Schloß und drehte sie behutsam um. Obwohl Jon-Tom selbst nichts hörte, schien der Otter befriedigt ein Geräusch wahrzunehmen. Er steckte die Ahle ein und drückte gegen die Tür.

Sie öffnete sich lautlos, und Mudge spähte in einen dunklen Schlafsaal hinaus. An der gegenüberliegenden Wand befanden sich Betten, Pritschen, Matten und verschiedene Schlafstätten für Kinder verschiedenster Arten. In einer weiter entfernten Wand blickten Fenster in den Hof mit seinen Bäumen und Springbrunnen hinaus. Im Gegensatz zu den Außenfenstern waren sie nicht vergittert.

Auf Zehenspitzen schlichen sie aus der Abstellkammer und bewegten sich zwischen Reihen schlafender Kinder und Jugendlicher. Alle wirkten ordentlich gepflegt und blitzsauber. Nicht ein einziges Haar oder Pelzstück lag am falschen Platz. Der Schlafsaal selbst war ebenso angenehm kühl und makellos wie es der Speisesaal und die Empfangshalle gewesen waren.

»Ich sehe keinerlei Hinweise auf Mißbrauch«, flüsterte Jon-Tom, als sie von Bett zu Bett schlichen.

Mudge schüttelte zweifelnd den Kopf. »Zu ordentlich, Kumpel. Zu perfekt.« Sie gelangten ans Ende des langen Saals, ohne Wahnwitz zu entdecken. Die Tür war ebenfalls von außen verschlossen. »Und noch was, Kumpel. Zu viele Schlösser hier.« Mit seinem mitgebrachten Werkzeug knackte er auch dieses Schloß.

Dahinter lag ein kurzer Gang. Eine Treppe führte links ins Parterre. Mudge öffnete das Schloß der gegenüberliegenden Tür, und sie kamen in einen zweiten Schlafsaal.

Grunzen, Pfeifen und Schnarchen übertönte ihre Schritte, als sie sich daranmachten, auch die zweite Gruppe von Schläfern zu inspizieren. Etwa in der Mitte der Reihe entdeckten sie Wahnwitz. Jon-Tom schüttelte sie sanft wach. Sie wälzte sich herum und öffnete die Augen.

Ihr Gesichtsausdruck und ihre Verspanntheit ließen keinen Zweifel zu: Sie war völlig verstört vor Angst. Jon-Tom fühlte sich an ihren Ausdruck an Bord des Schiffs erinnert, wenn Corroboc zu erscheinen pflegte.

Als sie ihn erkannte, schlang sie ihm die Arme um den Hals und begann zu schluchzen.

»Jon-Tom, Jon-Tom. Und auch du, Mudge! Ich dachte, ihr

hättet mich schon vergessen. Ich dachte, ihr wärt abgereist und hättet mich zurückgelassen!«

»Ich habe dich nicht vergessen, Wahnwitz.« Er war sich nur zu sehr ihrer Formen unter dem dünnen Nachthemd bewußt und stieß sie sanft von sich. »Was ist denn los?«

Sie blickte wirr um sich. »Ihr müßt mich hier rausholen! Schnell, bevor die Nachtpatrouille aufkreuzt!«

»Die Nachtpatrouille? Du meinst wahrscheinlich jemanden, der nach euch gucken kommt, nicht wahr?«

»Nein, ich meine eine *Patrouille.* Niemand darf nach Nachteinbruch das Bett verlassen. Wenn sie einen erwischen, wird man geschlagen. Nicht so schlimm wie bei Corroboc, aber schlimm genug.«

»Aber wir waren vorhin schon mal hier und haben überhaupt keine Spuren von ...«

»Jetzt sei kein Blödian, Kumpel«, sagte Mudge gepreßt. »Glaubst du etwa, diese Diener der Gestrauchelten sind so dämlich, ihre Schützlinge da zu schlagen, wo man's se'en kann?«

»Nein, wahrscheinlich nicht. Ihr werdet also geschlagen, wie?«

Wahnwitz spuckte auf den Boden. »Natürlich nur aus Liebe, versteht sich. Jedesmal, wenn sie einen prügeln, ist es nur aus Liebe. Sie schlagen einen, wenn man seine Lektionen nicht gelernt hat, sie schlagen einen, wenn man bei Tisch das Messer nicht richtig hält, sie schlagen einen, wenn man nicht ›Ja, mein Herr‹ oder ›Nein, meine Dame‹ sagt, und manchmal, glaube ich, nur so zum Spaß, um einen daran zu erinnern, wie böse die Welt draußen ist.« Sie grub ihre Nägel in seinen Arm.

»Du mußt mich hier rausholen, Jon-Tom!« Wieviel von ihren Behauptungen stimmte, konnte er nicht sagen, aber die Verzweiflung in ihrer Stimme war wirklich echt.

Mudge behielt eine Pranke auf dem Griff seines Kurzschwerts. »Entscheiden wir uns endlich, Kumpel. Einige von diesen Rangen werden schon unru'ig.«

»Ich bin schon wach.« Jon-Tom blickte zu dem Bett neben

Wahnwitz' hinüber. Darin lag eine junge Zwergtigerkatze, die sich nun aufsetzte und sich die Augen rieb. Sie trug das gleiche schwarze Nachthemd wie Wahnwitz.

»Stimmt das, was Wahnwitz sagte?« fragte er die junge Katze.

»Wer ... wer seid ihr?« fragte das nun endgültig wachgewordene Junge. Wahnwitz beruhigte die Katze hastig.

»Ist schon in Ordnung, es sind Freunde von mir.«

»Wer bist du denn?« konterte Jon-Tom.

»Ich heiße Mylean.« Zu seiner Überraschung begann sie zu schniefen. Er hatte noch nie eine Katze weinen sehen. »B-bitte, mein Herr, können Sie mich vielleicht auch hier rausholen?«

Und plötzlich wurde er von einer ganzen Salve ängstlich flüsternder Stimmen bedrängt.

»Mich auch bitte ... und mich ... ich auch ...!«

Der ganze Schlafsaal war wach und scharte sich nun um Wahnwitz' Bett, griff nach den Erwachsenen, flehte in Dutzenden von Dialekten um Hilfe. Nervös zuckten Schwänze aus den Hinterteilen Dutzender von schwarzer Nachthemden.

»Ich begreife das nicht«, murmelte Jon-Tom. »Sieht doch alles so hübsch aus hier. Aber wenn sie euch die ganze Zeit schlagen, ist das natürlich nicht in Ordnung.«

»Das ist noch nicht alles«, meinte Wahnwitz. »Hast du nicht bemerkt, wie perfekt hier alles ist?«

»Sauber, meinst du?«

Sie schüttelte den Kopf. »Es ist nicht nur sauber. Es ist steril. Wehe, wenn wir mit einem Schmutzfleck oder einem schmutzigen Stück Wäsche erwischt werden! Wir sollen perfekt geschniegelt zu den Mahlzeiten erscheinen, perfekt geschniegelt beim Lernen sein und perfekt geschniegelt bei den Andachten, damit wir mal zu perfekten Staatsbürgern werden, wenn wir alt genug geworden sind, um wieder auf die Straße hinausgeworfen zu werden.

Ein ganzer Haufen von den Aufsehern hier sind selbst hier groß geworden, und das ist das einzige Zuhause, das sie kennen. Das sind die allerschlimmsten. Wir tragen immer nur Schwarz, weil eine perfekte Person keine Ablenkungen duldet, und Farben lenken nun mal ab. Es gibt hier überhaupt keine Ablenkungen: kein Tanzen, kein Singen, überhaupt keinerlei Feiern. Diese Witze, die die Piraten sich erzählten, waren ja vielleicht ziemlich derb und primitiv, aber die hatten wenigstens Sinn für Humor. Hier gibt es überhaupt keinen Humor.«

Mylean war aus dem Bett geschlüpft und schmiegte sich nun eng an Wahnwitz. »Das andere«, flüsterte sie drängend, »erzähl ihnen von der anderen Sache!«

»Darauf wollte ich gerade kommen.« Wahnwitz spähte nervös durch den Saal. »Weil eine perfekte Person keine albernen Sachen wie Vergnügungen und Spaß braucht, sorgen sie mit als erstes dafür, daß man in dieser Hinsicht auch ja perfekt gemacht wird.«

Mudge runzelte die Stirn. »Kannst du das mal erklären, Liebchen?«

»Ich meine, sie sorgen dafür, daß man von keinerlei angenehmen Ablenkungen mehr befallen wird.« Der Otter gaffte sie fassungslos an, dann zeigte er mit ausladender Gebärde auf die schlurfende und scharrende Menge verängstigter, schwarzgekleideter Kinder und Jugendlicher.

»Was is'n das für verdammtes 'öllen'aus, in das wir 'ier 'ineingestolpert sind? Soll das etwa 'eißen, daß jeder von denen da ...?«

Wahnwitz nickte heftig. »Die meisten, ja. Die männlichen Insassen werden kastriert und die weiblichen amputiert. Um ihre Vollkommenheit nicht durch sinnliche Ablenkungen zu gefährden. Morgen soll ich operiert werden.«

»Gegen deinen Willen?« Jon-Tom hatte Schwierigkeiten, mit diesem neuen, eiskalten Schrecken zurechtzukommen.

»Was könnten wir schon dagegen tun?« Mylean schluchzte leise. »Wer hätte denn für uns Einspruch erheben können? Wir sind alles Waisen, keiner von uns hat auch nur einen Vormund. Und bei den Leuten, die die Stadtregierung stellen, haben die Freunde der Straße einen wunderbaren Ruf, weil es hier nie irgendwelchen Ärger gibt.«

»Und weil die Freunde der Straße der Stadt vollkommene Bürger bescheren«, fügte Wahnwitz hinzu. »Leute, die der Stadt niemals Schwierigkeiten machen.«

Jon Tom war so wütend, daß er am ganzen Leib zitterte. »Wenn ihr hier rauskämt«, fragte er die bebenden operierten Jugendlichen, »wo würdet ihr dann hingehen?«

Erneut ein Tohuwabohu ängstlicher Bitten und Flehrufe. »Irgendwohin ... ans Meer, ich will Seemann werden ... ich kann nähen, ich kann als Näherin arbeiten ... ich kann gut mit Farben umgehen ... ich will ...!«

Er hieß sie alle schweigen. »Wir werden euch hier rausholen. Irgendwie. Mudge, was meinst du? Können wir es riskieren, alle diese Kinder durch den ersten Schlafsaal zu schleusen?«

»Scheiß aufs Risiko, Kumpel.« Jon-Tom hatte den Otter noch nie so zornig erlebt. »Wir werden nicht nur durch den anderen Schlafsaal schleichen, wir werden jedes Kind 'ier aus dieser Mördergrube befreien. Kommt schon, Leute«, sagte er zu ihnen. »Aber hübsch ordentlich leise, wenn ich bitten darf.« Jon-Tom bildete den Schluß und achtete darauf, daß niemand zurückgelassen wurde, und so trieb er sie wie eine Giraffe in einer Schafherde vor sich her.

Draußen auf dem Korridor und der Treppe herrschte Stille. Als sie im anderen Schlafsaal angekommen waren, weckten die wachen Kinder die schlafenden und erklärten ihnen, was vorgefallen war. Als sie damit fertig waren, füllte sich der Mittelgang mit eng zusammengedrängten, besorgten jungen Gesichtern.

Mudge öffnete die Tür zum Abstellraum. Im selben Augenblick sprang die Tür am anderen Ende des Schlafsaals auf. In der Öffnung erschien die mächtige Gestalt eines eineinhalb Meter großen Luchses. Seine grünen Augen blitzten.

»Was ist hier los?« Er trat ein. »Bei den Acht Stufen der Reinheit, wer dafür verantwortlich ist, den werde ich ordentlich versohlen!« Da erblickte er Jon-Tom, der wie ein fahler Turm inmitten der Kinder stand. »Wie bist du hier reingekommen?«

Jon-Tom blickte ihn mit breitem, unschuldigem Lächeln an. »Bin nur zu Besuch. Ist ein bißchen spät, ich weiß. Sondererlaubnis von Chokas.«

»Nur zu Besuch? Daß ich nicht lache! Wo ist dein Passierschein? Jetzt ist keine Besuchszeit!«

Jon-Tom lächelte weiterhin, während sich die Kinder eng an ihn drängten. »Wie ich schon sagte, ein besonderes Ereignis.«

Der Aufseher trug eine kurze, häßliche schwarze Peitsche mit sich, die er nun drohend hob. »Du kommst mit zum Direktor, wer immer du sein magst. Ich weiß zwar nicht, wie du hier reingekommen bist, und du auch«, fügte er hinzu, als er Mudge erspähte, »aber auf jeden Fall kommt ihr hier nicht wieder raus, bevor ihr eine überzeugende Erklärung abgegeben habt. Der Rest«, brüllte er die Kleinen an, »verschwindet sofort wieder in den Betten!«

Unsicher drängten sich die Kleinen zusammen. Viele von ihnen begannen zu schreien.

»'ee, Chef, ist doch kein Grund, sich so aufzuregen.« Breit lächelnd watschelte Mudge auf den Luchs zu.

Die Peitsche knallte unmittelbar vor der Nase des Otters. Laut wimmernd stoben die Kinder auseinander, um ihre Betten aufzusuchen.

»Also jetzt hör mal zu, Freundchen«, sagte Jon-Tom und hielt seinen Rammholzstab vor seine Brust. »Wir wollen doch ein bißchen vorsichtiger mit dieser Peitsche umgehen, nicht wahr?«

»Kleiner Schlaumeier von 'nem Schlangenbeschwörer«, sagte Mudge, immer noch grinsend, und schritt weiter auf den Aufseher zu. Der Luchs musterte ihn argwöhnisch.

»Das reicht, Eindringling. Noch einen Schritt, und ich schlag dir ein Auge aus.«

Mudge blieb stehen, warf die Hände über den Kopf und gaffte den Aufseher mit gespieltem Entsetzen an. »Wa? Und meine Vollkommen'eit beflecken? Warum willst du denn mich Ausbund an Vollkommen'eit verstümmeln?« Er setzte sich in Bewegung und sprang den Aufseher unvermittelt an.

Der Luchs war nicht gerade langsam, aber Mudge war nur noch ein rasender brauner Fleck in dem matten Licht. Die Peitsche knallte herab und zog sich über den Nacken des Otters. Mudges Schwert war noch schneller und trennte die Peitsche direkt oberhalb der Finger der großen Katze vom Griff.

Der Aufseher jagte auf die Tür zu. »Mudge, nicht!« schrie Jon-Tom, doch Mudge hörte ihn nicht mehr rechtzeitig. Vielleicht tat er es aber doch. Jedenfalls wirbelte das Schwert herum, und mit einem zufriedenstellenden dumpfen Knall schlug der Griff gegen den Hinterkopf des Luchses. Der Aufseher stürzte wie von einer Axt getroffen zu Boden.

Jon-Tom atmete erleichtert auf. »Klug von dir, Mudge. Wir können es nicht gebrauchen, unsere Flucht noch durch einen Mord zu verkomplizieren.«

Mudge nahm sein Schwert wieder auf. »Das stimmt wohl, Kumpel, aber das Lob muß ich abschlagen. Ich 'ab nämlich wirklich versucht, ihm den Kopf vom Rumpf zu trennen.«

»Schnell jetzt!« mahnte Jon-Tom die Kleinen, als er auf die Abstellkammer zulief. »Alles raus, bevor noch jemand hier auftaucht, um nach euch zu sehen.« Er führte sie durch den Raum. »Nicht drängeln, es kommt schon jeder raus ... nicht drängeln, da hinten ...«

Roseroar strengte sich an, um die Schatten genauer auszumachen, die am geöffneten Fenster zu erkennen waren. Bisher hatte anscheinend niemand das herabbaumelnde Seil aus rosa Bettüchern bemerkt, doch brauchte nur ein Spaziergänger hier vorbeikommen, und schon würde Alarm geschlagen werden.

Sie erwartete Jon-Tom oder Mudge oder sogar das Mädchen zu sehen. Was sie jedoch nicht erwartete, das war die schweigende Säule der Kinder, die nun die Tücher hinab in die Tiefe kletterten. Manche der Arten waren für das Klettern geschaffen und gelangten mit schnellen, anmutigen Bewegungen hinunter, andere wiederum hatten es schwerer, doch alle kamen sie heil unten an. Roseroar sprang vom Baum und lief auf das Gebäude zu. Die Kinder ignorierten sie zum größten Teil, als sie in alle möglichen Richtungen davonstoben, kleine dunkle Gestalten, die von den Schatten verschlungen wurden.

Der Exodus der Jugend hielt eine Weile an. Schließlich erschienen Jon-Tom, Mudge und Wahnwitz in der Öffnung des oberen Fensters.

Im selben Augenblick gingen im gesamten Komplex des Waisenhauses die Lichter an.

XI

Der Verdacht des Otters war also gerechtfertigt gewesen, dachte Roseroar. Das war die einzige mögliche Erklärung für diese Massenflucht. Sie wartete besorgt, als Mudge das Seil hinunterglitt, dicht gefolgt von Wahnwitz.

Jon-Tom war gerade durch das Fenster gestiegen und kletterte soeben über das Eisengitter, als etwas an seinem Kopf vorbeisauste. Unten auf der Straße fiel es zu Boden. Roseroar hob es auf und stellte fest, daß es eine kleine Keule war. Das knotige Ende war mit Nägeln gespickt. Nicht die Art von Waffe, die man bei einem Schlafsaalaufseher oder einem Lehrer erwartet hätte.

Das letzte Kind war gerade in einer schmalen Seitengasse verschwunden. Im Waisenhaus schrillten die Glocken. Mudge kam unten an und sprang auf die Straße, Wahnwitz rutschte aus, stürzte die letzten eineinhalb Meter in die Tiefe und hätte sich beinahe einen Knöchel gebrochen. Die Ursache für ihren Sturz war deutlich zu erkennen: Ein Haufen aus rosa Tuch fiel spiralförmig auf sie hinab.

»Verdammter Mist!« Der Otter spähte nach oben und fluchte. »Ich 'ab das obere Ende an 'nem Bettpfosten befestigt. Irgend jemand muß es abgeschnitten 'aben.« Er sah, wie Jon-Tom sich mit einer Hand an dem Metallrost festhielt, während er gleichzeitig versuchte, sich mit seinem Rammholzstab zu wehren. Aus dem Inneren des Abstellraums drangen deutlich zu vernehmende Schreie heraus. Der Rost ächzte bedenklich und begann, sich in seinen Scharnieren zu verbiegen.

»In einer Minute 'aben sie ihn«, murmelte der Otter hilflos. »Wenn das blöde Gitter nicht schon vor'er nachgibt.«

Doch es geschah weder das eine noch das andere. Irgend jemand in dem Raum stach mit einem Speer nach außen. Jon-Tom beugte sich zurück, um der tödlichen Spitze auszuweichen, verlor den Halt und stürzte ab. Der Stab fiel ihm aus der Hand, als er sich im Fall überschlug und sein Echsenhautumhang sich um ihn verhedderte. Wahnwitz stieß einen Schrei aus. Aus den Schatten ringsherum ertönten leise Jammerschreie, als die wenigen Kinder, die innegehalten hatten, um Luft zu schöpfen, mitansahen, wie ihr Wohltäter in die Tiefe stürzte.

Doch es kam nicht zu dem grauenvollen Aufprall von Fleisch auf Stein. Roseroar grunzte leise. Es war ihr nur eine kaum merkliche Anstrengung, Jon-Tom mit beiden Armen aufzufangen. Er schob seinen Umhang beiseite, der sich um seinen Kopf gewickelt hatte, und starrte zu ihr hoch.

»Danke, Roseroar.« Sie grinste und setzte ihn sanft ab. Er ordnete seine Kleider und nahm seinen Stab wieder an sich. Die Duar, die er noch immer auf dem Rücken trug, hatte den Sturz unbeschadet überstanden.

»Mächtig gutes Fangmanöver!« Mudge verpaßte der Tigerin einen lobenden Klaps aufs Hinterteil und huschte hastig davon, bevor ihre Pranke ihn bewußtlos schlagen konnte. Aus dem offenen Fenster blickten zahlreiche schreiende, schreckliche Vergeltungsmaßnahmen verheißende Gesichter zu ihnen hinunter. Jon-Tom ignorierte sie.

»Biste in Oadnung?« fragte Roseroar fürsorglich.

»Prima.« Er warf seinen Umhang wieder über die Schulter und fuhr sich mit der Hand über das Gesicht. »Wenn du mich nicht aufgefangen hättest, würde Clodsahamp noch ein hübsch langes Weilchen auf seine Medizin warten müssen.«

»Und das Mädchen habt ia auch rausgeholt, wie ich seh.«

Wahnwitz trat auf sie zu. »Ich bin kein Mädchen mehr! Ich bin genauso erwachsen wie du!«

Roseroar hob eine Augenbraue, als sie das kleine Häuflein Mensch musterte. »Meine Liebe, so erwachsen wie ich is' keina.«

»Kommt drauf an, ob man mehr Wert auf Quantität oder auf Qualität legt.«

»'ee, was soll'n das?« Mudge stellte sich zwischen die beiden Damen. »Nicht daß ich was dagegen 'ätte, wenn ihr aufeinander losgeht. Aber laßt mir wenigstens zehn Minuten Vorsprung, bevor das Feuerwerk losgeht, ja?« Er zeigte nach rechts. »Glaub aber nicht, daß jetzt die richtige Zeit für private Zankereien ist.«

Am Haupteingang waren inzwischen mindestens ein Dutzend schwarzgekleideter Gestalten erschienen. Jon-Tom konnte nicht erkennen, ob Chokas darunter war, doch er hegte nicht die Absicht, so lange hier herumzuhängen, bis er es erfuhr.

Sie machten sich in die entgegengesetzte Richtung auf den Weg, und Jon-Tom sah, daß sie sich wegen etwaiger Verfolger keine Sorgen zu machen brauchten. Der schwarzgekleidete Strafvollzug der Freunde der Straße war nicht hinter ihnen her. Sie schwärmten alle aus, um die Straßen und Gassen nach ihrer entflohenen Herde zu durchkämmen.

Jon-Tom überlegte, ob sie sie aufhalten sollten. Es fiel ihm schwer, es nicht zu versuchen, aber er mußte einsehen, daß sie alles für die Kinder getan hatten, was ihnen möglich gewesen war. Die meisten der Kleinen, wenn nicht sogar alle, müßten es eigentlich schaffen, die Sicherheit der überfüllten Stadt unten am Fuß des Hügels zu erreichen, und er vermutete, daß sie wahrscheinlich klug genug sein würden, um ihre auffälligen schwarzen, mit Spitzen besetzten Kleider bei der nächstbesten Gelegenheit abzulegen.

Ein Mitglied ihrer Gruppe stand vor demselben Problem. »Du mußt dieses Nachthemd ausziehen, Wahnwitz«, sagte er zu ihr. Gehorsam begann sie, es über den Kopf zu streifen, und er beeilte sich, sie daran zu hindern. »Nein, nein, jetzt noch nicht!«

Sie rannten eine steil abfallende Straße hinunter, die in die Hafengegend führte. Es begann zu nieseln. Jon-Tom war dankbar für den Regen, denn er würde den Kindern wohl bei der Flucht helfen.

»Warum jetzt noch nicht?« Wahnwitz musterte ihn neugierig. Aus Neugier wurde rasch ein schüchternes Lächeln. »Als du mich auf Corrobocs Schiff zum ersten Mal gesehen hast, hatte ich nichts an als einen Eisenkragen. Warum macht dir meine Nacktheit denn jetzt was aus?«

»Die macht mir nichts aus«, log er. »Aber es regnet, und ich will nicht, daß du dir eine Lungenentzündung holst.« Einige Spaziergänger, Bürger von Snarken, beobachteten interessiert die Flucht.

»Ich hab nichts dagegen, daß du mich nackt siehst«, sagte sie unschuldig. »Du magst mich doch ein bißchen, Jon-Tom, nicht wahr?«

»Natürlich mag ich dich.«

»Nein, ich meine *mögen*.«

»Werd nicht albern, du bist doch noch ein Kind, Wahnwitz.«

»Du siehst mich aber nicht an wie ein Kind.«

»Wie 'n Kind ist sie wirklich nich gebaut, Kumpel.«

Jon-Tom blickte den Otter wütend an. »Halt dich da raus, Mudge.«

»'tschuldigung, Chef. Geht mich ja auch nichts an, wa?« Er huschte zu Roseroar hinüber, rannte mit fließenden Bewegungen auf seinen Stummelbeinen dahin und versuchte ein Grinsen zu verbergen.

»Ich mach mir Sorgen um dein Wohlergehen, Wahnwitz.« Jon-Tom bemühte sich, es zu erklären. »Ich möchte nicht, daß irgend jemand einen anderen ausnutzt. Du hast doch selbst gesehen, daß wir alle aus dem Waisenhaus befreit haben, nicht nur dich.«

»Das weiß ich. Aber du bist nicht gekommen, um alle zu befreien. Du bist gekommen, weil ich da war.«

»Natürlich. Du bist 'ne Freundin, Wahnwitz, 'ne gute Freundin.«

»Ist das alles?« Im Laufen geriet einiges unter ihrem Nachthemd in Bewegung. Jon-Tom hatte Mühe, sich auf die vor ihnen liegende Straße zu konzentrieren. »Nur eine gute Freundin?«

Roseroar lauschte mit einem Ohr dem kindischen Dialog, und bemühte sich gleichzeitig, ihn nicht zu beachten. Idiotisch, diese Menschen! Sie achtete sorgfältig darauf, jede

Seitenstraße, an der sie vorbeikamen, zu inspizieren. Denn sobald die Freunde der Straße so viele Flüchtlinge wie möglich eingefangen hatten, würden sie bestimmt die Polizei wegen des Einbruchs alarmieren.

Abgesehen von den Sorgen, die dieses neue Problem aufwarf, mußte sie auch noch die Albernheiten dieses heranwachsenden Menschenweibchens ertragen, das so schamlos mit Jon-Tom flirtete.

Na und? Sorgfältig analysierte sie ihr Unbehagen. Wieso, fragte sie sich, konnte ein solch harmloses Geplauder sie derart aufregen? Der Bannsänger mochte zwar bewundernswert sein, aber er gehörte nicht einmal zu einer verwandten Art. Es war doch wohl klar, daß jede Beziehung, die über gegenseitigen Respekt und eine starke Freundschaft hinausging, völlig außer Frage stand. Schon der bloße Gedanke daran war doch absurd! Der Mann war ein dürres, pelzloses Ding, nur halb so groß wie sie selbst. Es war völlig sinnlos, daß sie sich um seine persönlichen Angelegenheiten sorgte.

Sie versicherte sich, daß ihr Interesse nur natürlich sei. Jon-Tom war inzwischen zum Freund, zum Gefährten geworden. Es war genauso, wie er es dem Mädchen erklärt hatte: Es tat weh, mitansehen zu müssen, wie jemand ausgenutzt wurde. Roseroar würde es nicht zulassen, daß diese raffinierte, hinterhältige Heranwachsende ihn ausnutzte. Und das würde Wahnwitz schon tun, sobald sie Gelegenheit dazu erhielt. Sie schüttelte den Kopf, als Jon-Tom sich von verführerischem Geplänkel beeindrucken ließ, erstaunt über die Naivität, die Menschen beim Werben zeigten. Sie hatte ihn für klüger gehalten.

Sie ignorierte es, so lange es ging, bis sie die verschleierten Andeutungen und die scheinbar naiven Fragen nicht mehr ertragen konnte.

»Ich glaub, wia können jetzt etwas das Tempo drosseln.«

Jon-Tom und Mudge stimmten ihr zu. So fielen sie alle in ein schnelles Gehen, und Roseroar hielt sich an das Mädchen.

»Und ich glaub, es wär auch eine gute Idee, wenn wia alle für 'ne Weile den Mund halten würden, um nicht mehr Aufmerksamkeit zu erregen als nötig. Und ganz abgesehen davon, wenn ich mir dein Geschwätz noch länger anhöan muß, Mädchen, fang ich gleich an zu kotzen.«

Wahnwitz blickte die Tigerin an. »Hast du Probleme?«

»Eigentlich nicht, kleines Weibchen. Ist nur so, daß ich'n mächtigen Respekt vor der Sprache hab. Und wenn ich höan muß, wie sie derart blöde mißbraucht wird, schlägt mia das auf die Verdauung.«

Wahnwitz wandte sich Jon-Tom zu. Ihre blauen Augen und ihr blondes Haar blitzten im widergespiegelten Licht der Ladenfronten und Straßenlampen. Ihre vom Nieselregen nasse Haut glitzerte.

»Meinst du auch, daß ich blödes Zeug rede, Jon-Tom?«

»Vielleicht ein bißchen, ja.«

Sie reagierte mit einer vielgeübten und bis zur Perfektion vollendeten Schnute. Roseroar seufzte und wandte sich wieder ab. Sie fragte sich, warum sie sich diese Mühe machte. Der Bannsänger hatte sich als Mann von Intelligenz und Scharfsinn erwiesen. Es schmerzte sie mitanzusehen, wie er sich derart offenkundig manipulieren ließ. Sie erhöhte wieder ihr Tempo, um sich das nicht länger anhören zu müssen.

»Du magst mich nicht«, murmelte Wahnwitz Jon-Tom zu.

»Natürlich mag ich dich.«

»Ich hab's gewußt!« Sie drehte sich um und schlang ihm die Arme um den Hals, daß er ins Taumeln geriet. »Ich wußte doch, daß du mich magst!«

»Wahnwitz, bitte!« Jon-Tom mühte sich zögernd damit ab, sich aus ihrer Umarmung zu lösen. Roseroar hätte ihm freudig dabei geholfen, wenngleich sie dabei dem Mädchen wahrscheinlich beide Arme gebrochen hätte. »Wahnwitz, ich habe bereits eine Frau.« Ihre Miene verdüsterte sich augenblicklich. Sie wandte sich von ihm ab und konzentrierte sich wieder auf die Straße vor ihnen.

»Das hast du mir nie erzählt.«

»Das war auch nie nötig. Sie heißt Talea. Sie lebt in der Nähe einer Stadt namens Lynchbany, ganz weit von hier, am anderen Ufer des Glittergeistmeeres.«

Otterohren waren sehr hellhörig, und Mudge gesellte sich wieder zu ihnen. »Natürlich ist sie nicht wirklich seine Frau«, sagte er im Plauderton, Jon-Toms Unbehagen gründlich genießend. »Sie sind nur befreundet, daß ist alles.«

Wahnwitz war hocherfreut über diese Enthüllung. »Ach so, ja das ist natürlich ganz in Ordnung.«

»Außerdem bist du für das, woran du denkst, viel zu jung«, sagte Jon-Tom zu ihr und bedrohte Mudge mit einem Blick, der ihm einen langsamen und qualvollen Tod ankündigte.

»Zu jung wofür?«

»Zu jung eben.« Merkwürdig. Gerade hatte er noch die richtigen Worte gehabt, sie hatten ihm auf der Zunge gelegen. Seltsam, wie sie ausgerechnet in dem Augenblick verschwanden, da man sie brauchte.

»Ich wette, ich könnte dich eines anderen überzeugen«, erwiderte sie kokett.

»Hier ist die Kreuzung, zu der wir müssen«, sagte er hastig und machte größere Schritte. »In ein paar Minuten sind wir wieder in unserer Herberge.«

Plötzlich sprang unmittelbar vor ihm eine kleine, pelzige Gestalt aus einer Nische auf sie zu. Roseroar griff nach ihren Schwertern, und Wahnwitz ging hinter Jon-Tom in Deckung, als Mudge Hand an seinen Bogen legte.

Als sie erkannten, wen sie vor sich hatten, wich ihre Anspannung wieder.

»Jalwar!« Jon-Tom konnte seine Überraschung nicht verbergen. »Was machst du denn hier draußen?« Er versuchte, an dem Frettchen vorbeizuspähen.

Der Alte legte einen Finger auf die Lippen und bedeutete ihnen, ihm zu folgen. Sie schlichen hinter ihm her, eine lange, schmale Gasse entlang, in der faulende Abfälle herumlagen. Jalwar zeigte auf die Hauptstraße, in die die Gasse mündete.

Ihre beiden schwerbeladenen Wagen standen noch immer vor der Herberge, an das davor befindliche Geländer gebunden. Um die Fahrzeuge standen mindestens zwei Dutzend uniformierte Skunks und Zibetkatzen aus Snarkens duftender Polizeitruppe untätig herum. Neben dem vordersten Wagen hatten sich einige wohlgekleidete Bürger versammelt und plauderten freundlich mit dem befehlshabenden Offizier der Truppe.

Jalwar wich wieder in den Schutz der Schatten zurück. »Ich habe sie kommen sehen«, flüsterte er. »Viele von ihnen sind draußen bei unseren Wagen geblieben, andere haben oben nach uns gesucht. Ich war gerade dabei, eine Kleinigkeit zu trinken, und habe alles gerade noch rechtzeitig mitangehört, um mich davonstehlen zu können. Ich habe sie belauscht, als sie von oben zurückkamen und mit den anderen und dem Wirt sprachen.« Der Alte richtete seinen Blick von Jon-Tom auf Mudge. »Sie haben über dich gesprochen.«

»Über mich?« quiekte Mudge abwehrend. »Warum, um alles in der Welt, sollten die über mich reden?«

»Weil«, erklärte Jalwar in anklagendem Ton, »es so aussieht, als hättest du mit einigen von ihnen eine gewisse Zeit mit dem Würfelspiel verbracht.«

»Na und, was is'n schon dabei, wenn man ganz freundschaftlich mal 'n paar Spielchen wagt? 'immel, man könnte meinen, einer von denen 'ätte mich mit seiner verdammten Tochter in der Koje erwischt!«

Jäh begriff Jon-Tom alles: die hervorragend gearbeiteten Wagen, die prächtigen Zugtiere, das nagelneue Zaumzeug, die Berge von Vorräten.

»Mudge ...«, sagte er drohend.

Der Otter wich vor ihm zurück. In der Gasse gab es nicht viel Platz für Ausweichmanöver, was ihm jetzt sehr schmerzlich bewußt wurde.

»Immer mit der Ru'e, Kumpel. Wir 'aben doch Vorräte gebraucht, wa? War doch für 'ne gute Sache, wa? Denk doch auch mal an seine arme, kränkelnde 'exerschaft, der zu 'ause in Lynchbany im Bett liegt und auf uns wartet, genau wie alle anderen Leute, die ihn gesund und kräftig 'aben müssen, weil sie ihn brauchen.«

»Wie hast du es getan, Mudge? Wie hast du so viele von ihnen auf einmal betrügen können?«

»Na ja, wir Otter sind ja bekannt für unsere Schnelligkeit, und ich 'ab schon immer zu den Schnellen ge'ört.«

»Diesmal biste wohl 'n bißchen zu schnell gewesen.« Roseroar spähte zu dem Gasthof hinüber. »Wenn man von der Zahl der Polizisten ausgeht, haste mehr als nur'n paar nichtsnutzige Seeleute übers Ohr gehauen.«

»Wär ja wohl auch nicht so sinnvoll, arme Leute auszunehmen, oder, Liebchen? Was wir durch den Verkauf des Schiffs bekommen 'aben, 'at nicht für 'ne vernünftige Expeditionsausrüstung gereicht, aber es war genug, um mich in ein 'übsch ordentliches Spielchen mit 'n paar betuchten Bürgern dieser Stadt einzukaufen.«

»Jetzt nützt uns diese Ausrüstung wirklich viel!« knurrte Jon-Tom.

Jalwar stöberte in einem Haufen zerborstener Kisten. »Hier.« Er holte ihre Rucksäcke hervor. »Die konnte ich gerade noch aus dem Zimmerfenster werfen, als sie eintrafen. Mehr konnte ich nicht mehr retten, dazu reichte die Zeit nicht.«

Jon-Tom wischte etwas Schmutz von seinem Gepäck. »Jalwar, du bist ein Wunder! Danke.«

»Nur ein kleiner Dienst, Herr!« Jon-Tom machte sich nicht mehr die Mühe, das Frettchen zu berichtigen. Sollte Jalwar doch so oft ›Herr‹ sagen, wie er wollte. »Ich wünschte nur, ich hätte euch früher benachrichtigen können, aber ich konnte euch nicht schnell genug nachfolgen.« Er lächelte bedauernd. »Meine alten Beine ...«

»Es hätte ohnehin nicht viel genützt. Wir waren damit beschäftigt, Wahnwitz zu retten.«

»Was nun?« fragte Roseroar, während sie sich ihre schwere Last aufbürdete.

Jon-Tom überlegte. »Wir können hier nicht herumhängen. Jetzt haben die Polypen gleich zwei Gründe, um uns festzunehmen. Was die Sache mit den Freunden der Straße angeht, würden sie vielleicht noch ein Auge zudrücken, aber in dieser Angelegenheit hier bestimmt nicht. Dafür scheint mir der befehlshabende Offizier sich ein bißchen zu gut mit den Bürgern zu stehen, die Mudge betrogen hat. Ich bin nicht wild darauf, die Gefängnisse von Snarken von innen kennenzulernen.«

»Gib mir noch 'ne Chance, Kumpel«, winselte der Otter. »Wenn du nicht so wild darauf gewesen wärst, nach ihr zu suchen«, er zeigte auf Wahnwitz, »dann wären wir schon vor Stunden von 'ier abge'auen.« Er blickte das Mädchen finster und angewidert an. »Ich mach mir allerdings selbst Vorwürfe deswegen. 'ätte meine Bedenken für mich be'alten sollen.« Hoffnungsvoll fügte er hinzu: »Wir könnten sie immer noch verkaufen.«

»Nein!« Jon-Tom legte einen Arm um ihre Schulter. »Wahnwitz bleibt bei uns, bis wir einen sicheren Ort für sie gefunden haben.«

»Da wüßte ich was«, murmelte sie leise. Hastig zog er den Arm wieder zurück.

»Also dann«, sagte er forsch, »hat keinen Sinn, hier zu warten, bis die Hüter des Gesetzes uns aufgespürt haben.« Er machte sich daran, den Weg zurückzugehen, den sie gekommen waren. Mudge folgte, wobei er mit den Füßen nach Abfällen trat.

»Soll mir recht sein, Kumpel. Sieht so aus, als müßten wir jetzt bis zu diesem verdammten Crancularn zu Fuß latschen. Da sollten wir uns lieber gleich auf den Weg machen. Aber mach nun bloß nicht ständig den armen alten Mudge dafür verantwortlich, daß wir nicht mit allem Komfort reisen können.«

»Ist nur fair. Und du machst mich nicht hierfür verantwortlich.« Mit diesen Worten verpaßte er dem Otter einen derartig gewaltigen Tritt in den Hintern, daß Roseroar ihre gesamte Kraft aufbieten mußte, um ihn unter dem Stapel von Fässern hervorzuzerren, in dem er landete.

Zu Fuß schlichen sie sich aus Snarken – müde, voller Sorgen und pleite. Mudge nörgelte bei jedem Schritt, gab aber immerhin seine Schuld in gewissem Maße dadurch zu, daß er die Führung übernahm. Das war gleichzeitig auch eine Selbstschutzmaßnahme, weil er auf diese Weise außer Reichweite von Jon-Toms Fuß blieb.

Mudge macht seine Schlappe auch dadurch teilweise wieder wett, daß er eine kurze Weile verschwand, um mit einem Stapel Frauenkleidung wiederzukehren, das Ergebnis einer wahrscheinlich dubiosen Beschaffungsaktion, wie Jon-Tom sich zu begreifen zwang.

»'ab ich 'ner betrunkenen Servaldame abgenommen«, erklärte der Otter, als Wahnwitz entzückt ihr schwarzes Nachthemd gegen die rüschigen, wenngleich eine Spur zu kleinen Kleider eintauschte. »Das Flittchen, dem ich es abgeknüpft 'abe, wird das Zeugs nicht vermissen, und wir können es gebrauchen.«

Sie bewegten sich unentwegt durch die äußeren Bezirke der Stadt. Als die Sonne am Horizont aufging und den nun weitab liegenden Hafen beschien, überquerten sie gerade den höchsten der westlichen Hügel. Dort tauschten sie einige der Waren aus Jon-Toms Gepäck in einem kleinen Gasthof gegen ein Frühstück ein, weil er die drei verbliebenen Goldstücke als Reserve für Notfälle behalten wollte. Gegen Mittag hatten sie die Stadt schon weit hinter sich gelassen und schritten durch Reihen wohlgepflegter Obstbäume dahin.

Mudge rieb sich den Bauch. »Nicht schlecht für ausländische Küche, Kumpel.«

»Nein, aber wir können nur leichte Speisen zu uns nehmen, um das bißchen Geld zu sparen, das wir noch haben.«

»Wir könnten die Gunst des Mädchens verkaufen.«

»Keine schlechte Idee«, sagte Jon-Tom nachdenklich.

Mudge blickte ihn überrascht an. »Wa? Plötzlich bist du dafür?«

»Klar, wenn sie nichts dagegen hat.« Er rief nach vorne:

»He, Roseroar! Mudge hat einen Vorschlag, wie du uns helfen könntest, ein bißchen Geld aufzutreiben.«

»Nein, nein, nein, Kumpel!« sagte der Otter und geriet plötzlich in Panik. »Ich meine doch das Mädchen, das *Mädchen.*«

Jon-Tom zuckte die Schultern. »Großes Mädchen, kleines Mädchen, was ist der Unterschied?« Er wollte die Tigerin gerade zum zweiten Mal anrufen, als Mudge ihm eine Pfote auf den Mund legte, wozu er sich auf Zehenspitzen stellen mußte.

»Schon gut, Chef, ich verste'e schon, was du meinst. Ich be'alte meine Ideen jetzt lieber für mich.«

»Ja, tu das, sonst werde ich Roseroar über deinen Vorschlag informieren.«

»Dann streit ich aber ab, was damit zu tun zu 'aben.«

»Na klar wirst du das abstreiten, aber wem wird sie wohl glauben, dir oder mir?«

»Das wär aber 'ne 'interhältige, miese Tour, Kumpel.«

»Worin ich ja einen ausgezeichneten Lehrer habe.«

Mudge fühlte sich von dem zweischneidigen Kompliment nicht sonderlich geschmeichelt.

Unbeirrt zogen sie nach Westen weiter. Im Laufe des Tages wurde die Gegend immer ländlicher, und es waren immer weniger Häuser zu sehen. Halbtropische Flora wich Nadelbaumbewuchs, der Mudge an seine geliebten Glokkenwälder erinnerte. Sie ließen die Palmen und dünnrindigen Bäume der Küste hinter sich zurück.

Sie fragten die wenigen vereinzelten Reisenden, denen sie unterwegs begegneten, nach dem Weg. Doch jedesmal reagierten die Befragten mit Unglauben oder Unwissen. Jeder schien zu wissen, daß Crancularn im Westen lag, doch wo genau, das wußte keiner mit Gewißweit zu sagen.

Außerdem gab es in Crancularn nichts zu ernten als Ärger, und von dem hatten die Landbewohner auch so schon mehr, als ihnen lieb war. Sie waren vollauf damit beschäftigt, den Aufmerksamkeiten der habgierigen Steuereintreiber von Snarken auszuweichen.

Kurzum, Crancularn war wohlbekannt, wenngleich nicht aus persönlicher Erfahrung, sondern nur vom Hörensagen; und dieses Hörensagen war nicht dazu angetan, potentielle Besucher zu ermutigen.

Nach zwei Tagen, als aus der Straße ein bloßer Trampelpfad geworden war, machten sie Halt, um die Sonne zu genießen. Ein klarer Fluß folgte dem Pfad, und das Wasser rauschte glashell dem nunmehr weit zurückliegenden Glittergeistmeer entgegen. Eine Gruppe acht kleiner Spinnen war damit beschäftigt, ein knapp zwei Quadratmeter großes Netz zwischen zwei Bäumen zu spinnen. Die Beute schienen sie brüderlich teilen zu wollen.

Jon-Tom musterte den Kiefernzapfen, der dicht neben seinen Füßen heruntergefallen war. Er war lang und schmal, und die Schuppen schimmerten wie Bronze. Mudge war aus seinen Stiefeln geschlüpft und watete im Fluß umher, wobei er sich wünschte, er sei tief genug, um darin schwimmen zu können. Jalwar war in den Wald geschlendert, um dort nach Beeren und eßbaren Wurzeln zu suchen, mit denen er ihre karge Diät aufbessern wollte. Roseroar döste nach Katzenart unter einem Immergrün, dessen Stamm beinahe parallel zum Boden wuchs, während Wahnwitz sich wie immer so eng an Jon-Tom hielt, wie er es zuließ.

»Guck nicht so mutlos«, sagte sie. »Wir werden schon hinkommen.«

Jon-Tom zupfte an dem Zapfen, warf kleine Stücke davon in den Fluß und beobachtete die kleinen dreieckigen braunen Schiffchen, bis sie hinter glitschigen Steinen verschwanden.

»Wie sollen wir hinkommen, wenn uns niemand eine richtige Wegbeschreibung geben kann? ›Richtung Westen‹ genügt nicht. Ich dachte, es wäre einfacher, sobald wir erst mal aus Snarken heraus wären. Ich habe geglaubt, daß wenigstens ein paar dieser Landbewohner wüßten, wie man nach Crancularn kommt. Nach allem, was Clodsahamp erzählt hat, muß dieser Laden ›Irgends und Nirgends‹ ziemlich berühmt sein.«

»Berühmt genug, daß man ihn meidet«, murmelte Wahnwitz.

»Einige von denen müssen lügen. Sie *müssen* einfach lügen! Ich kann nicht glauben, daß keine Seele den Weg kennen soll. Aber warum verraten sie ihn uns nicht?«

Wahnwitz blickte nachdenklich drein. »Vielleicht sorgen sie sich um uns und wollen uns vor uns selber schützen. Vielleicht weiß aber auch keiner von ihnen den Weg wirklich.«

»Vielleicht kennen se den Weech nicht, weil se sich beweecht, Junge.«

»Was?« Jon-tom drehte sich um und erblickte ein altes männliches Backenhörnchen, das neben einem Lärmrindenstrauch stand. Der Alte hatte die linke Pfote ins Kreuz gedrückt und stützte sich mit der rechten auf einen krummen Stock. Auf seiner Nase ruhte eine schmale Brille, und ein uralter Schlapphut bedeckte seinen Kopf fast bis zu den Augen. Sein graues Hemd war bis zur Hüfte geöffnet, und darunter trug er eine braune Kattunhose, die an Hosenträgern hing. Er besaß nur noch wenige Zähne.

»Was soll das heißen, sie bewegt sich?« Roseroar blickte interessiert auf und gesellte sich zu ihnen. Die Augen des Alten weiteten sich, als er sie erblickte, und Jon-Tom beruhigte ihn hastig.

»Das ist Roseroar. Sie ist unsere Freundin.«

»Das ist gut«, meinte der Alte trocken. Mudge drehte sich um, um zuzuhören, wollte aber das kühle Wasser noch nicht verlassen.

Der Alte stützte sich gegen den Baum und wedelte mit seinem Stock. »Ich meine, daß se sich beweecht, Jungchen. Se bleibt nicht lange an derselben Stelle.«

»Das ist doch verrückt«, sagte Wahnwitz. »Das ist doch auch bloß 'ne Stadt wie jede andere.«

»Och, 'ne Stadt isses schon, aber nicht wie jede andere, Mädchen. Crancularn nicht.« Er spähte unter der Kante seines Huts hervor und Jon-Tom an. »Warum willste überhaupt da hin, großer Mann?«

»Wir brauchen was von dort. Aus einem Laden.«

Der Alte nickte. »Jaja, der Laden ›Irgends und Nirgends‹.«

»Dann hast du also schon mal von ihm gehört?« fragte Jon-Tom aufgeregt. »Wir brauchen etwas Bestimmtes, eine besondere Medizin, die man nur in diesem Laden bekommt.«

Der Alte grunzte, obwohl es sich eher wie ein rostiges Quieken anhörte. »Na ja, das ist deine Sache.«

»Bitte, wir sind von weit her gekommen. Über das Glittergeistmeer. Wir brauchen eine Wegauskunft. Eine *präzise* Wegauskunft.«

Noch ein Grunz-Quieken. »Da seid ihr aber von weit hergekommen, um euch zum Narren halten zu lassen.«

»Es ist nicht für uns. Ein Freund von mir, ein Lehrer und großer Hexer, ist sehr krank und braucht dringend diese Medizin. Wenn du uns sagen kannst, wie wir nach Crancularn kommen, weden wir dich auch irgendwie dafür bezahlen.«

Der Alte schüttelte traurig den Kopf. »Ich würd's dir ja sagen, wenn ich könnte, Junge, aber ich kann euch nicht helfen. Ich weiß nicht, wo Crancularn liegt.« Jon-Tom sackte entmutigt ein Stück zusammen. »Aber es gibt Leute, die es können. Nur daß ich nicht zu denen gehen würde, um sie zu fragen.«

»Das soll nicht deine Sorge sein«, sagte Jon-Tom eifrig. »Wert ist es denn?«

»Na, die Verzauberten natürlich, wer denn sonst?«

»Die Verzauberten?«

»Ja, das kleine Volk der Magie. Das Feenvolk. Du weißt schon.«

Wahnwitz' Augen weiteten sich voller kindlich wirkender Verwunderung. »Als ich klein war, hat mir meine Mutter Geschichten von dem Feenvolk erzählt.« Sie wurde plötzlich sehr still, und Jon-Tom beeilte sich, das Gespräch weiterzuführen und ihre Gedanken von schlimmen Erinnerungen abzulenken.

»Wo finden wir dieses Feenvolk denn?« Der Gedanke

daran, echten Feen zu begegnen, reichte schon, ihn anzustacheln. Nach Crancularn zu kommen, das war nur noch eine willkommene Draufgabe.

»Ich würde ja keinem zu 'ner Begegnung raten, Junge, aber ich sah auch, daß du entschlossen bist, es zu wagen.« Er zeigte zu dem steilen Abhang hinter ihnen. »Die verstekken sich in den Schluchten und Steilhängen im Westen und bleiben unter sich. Haben nicht viel für normales Volk wie uns übrich. Aber du bist ja 'n Mensch, und es heißt, daß se menschliche Gestalt annehmen. Vielleicht haste mehr Glück als die meisten anderen. Such nach den Stellen, wo das Wasser tief und klar ist und wo die Steine und Felsen so dunkel sind, daß sie schon fast schwarz sind, wo das Moos dick über den Bächen wächst und ...«

»'ör mal, Opapa.« Mudge sprach ihn von seinem Felsensitz mitten im Strom an. »Dieses Moos, das 'at doch 'offentlich keine seelischen Probleme, oder?«

Der Alte blickte ihn mit gerunzelter Stirn fragend an. »Wie soll 'n einfaches Moos seelische Probleme haben?«

Mudge entspannte sich wieder. Er erinnerte sich nur zu gut an die Katastrophe, der sie in den Wirrwarr-Mooren nur mit knapper Not entkommen waren. »Schon gut.«

Der Alte warf ihm einen merkwürdigen Blick zu und drehte sich wieder zu Jon-Tom um. »Das sind die Stellen, wo du vielleicht auf das Feenvolk triffst. Wenn du sie wirklich unbedingt aufsuchen mußt.«

»Anscheinend haben wir keine andere Wahl.« Jon-Tom stand auf und musterte den baumbewachsenen Abhang.

Der Alte machte sich wieder auf den Weg. »Dann will ich dir Glück wünschen. Ich wünsch dir Glück. Das wirste brauchen, um die Verzauberten zu finden, und noch mehr, wenn du sie gefunden hast.«

Der Vorsprung über ihnen wich auf der gegenüberliegenden Seite einem dichtbewaldeten Abhang, der mit der Zeit immer steiler wurde. Schon bald mußten sie darum kämpfen, ihr Gleichgewicht zu behalten, als sie den gefährlichen Grat entlangglitten und -rutschten.

Das galt jedenfalls für Jon-Tom und Roseroar. Mit ihrer angeborenen Kletterbegabung und ihrem tiefergelegenen Schwerpunkt hatten Jalwar und Mudge keinerlei Schwierigkeiten mit dem beschwerlichen Abstieg, und Wahnwitz erwies sich als gelenkig wie ein Gibbonäffchen.

Unten in der schmalen Felsspalte rauschte ein Bach. Er war breiter als der Fluß, den sie hinter sich gelassen hatten, doch noch nicht tief genug, um als richtiger Fluß zu gelten. Moos und vielerlei verschiedenartige Farngewächse klammerten sich an Baumstämme und Felsbrocken, Insekten summten in der kühlen, feuchten Luft, während dunkler Granit und Schiefer die Sonnenstrahlen aufsogen.

Sie verbrachten den größten Teil des Tages damit, den Bach abzusuchen, bevor sie beschlossen weiterzuziehen. Ein unüberwindbarer Wasserfall zwang sie dazu, an der gegenüberliegenden Seite der Spalte den Abhang emporzuklettern. Sie erklommen den nächsten Vorsprung und kletterten einen weiteren Abhang empor, wo sie schließlich ihr Nachtlager aufschlugen.

Am Nachmittag des nächsten Tages erkundeten sie bereits die vierte derartige Schlucht. In Jon-Tom keimte der Verdacht auf, daß das Feenvolk nur ein Mythos war, den sich ein besonders geschwätziger alter Nager ausgedacht hatte, um sich auf Kosten leichtgläubiger Reisender zu amüsieren.

Sie waren gerade im Begriff, eine späte Mahlzeit zu beenden, als Mudge plötzlich von seinem Sitzplatz auf einem Fleckchen aufsprang, das mit buttergelben Blumen bewachsen war. Sein Schreckensruf hallte von den Felswänden entlang des Baches wider.

Alles zuckte zusammen. Roseroar grff instinktiv nach ihren Schwertern, Wahnwitz kauerte sich fluchtbereit zusammen, und Jalwars Nackenhaare sträubten sich. Jon-Tom, der mit den Überreaktionen des Otters vertrauter war als seine anderen Gefährten, ließ seinen Stab liegen, wo er war.

»Was, zum Teufel, hat dich denn gebissen?«

Mudge versuchte gerade, sein Hinterteil zu inspizieren. »Irgendwas 'at mich, zum Teufel, wirklich gebissen! 'e, Wahnwitz, sei 'n gutes Mädchen und schau mal nach, ob ich blute, wa?« Er drehte ihr den Rücken zu und beugte sich leicht vor.

Sie untersuchte die von dem kurzen Stummelschwanz beherrschte, von der Lederhose geschützte Stelle und sagte: »Ich kann nichts erkennen.«

»Dann guck mal genauer 'in.«

»Du struppiger Perverser!« Sie warf ihm einen angeekelten Blick zu, während sie vor ihm zurückwich.

»Nein, wirklich! Ich will die Anschuldigung ja nicht bestreiten Liebchen, aber irgendwas 'at mir mit Sicher'eit 'n Stück aus meinem 'interteil rausgebissen.«

»Lügner! Was sollte ich wohl mit einem Stück aus deinem Hinterteil anfangen?«

Die Stimme war hoch, aber bestimmt, und kam aus der Nähe des Blumenstücks. Jon-Tom kroch zu der Stelle hinüber, um genauer nachzusehen und nach der Quelle dieser Ableugnung zu suchen.

Winzige Hände bogen die Stengel auseinander, die ebenso gelb waren wie die dichtblättrigen Blumen, und plötzlich starrte er auf etwas Kleines, Geflügeltes, Weibliches und drastisch Übergewichtiges.

»Das darf doch wohl nicht wahr sein«, murmelte er, »eine fette Fee!«

»Paß bloß auf und riskier nicht so 'ne kesse Lippe, Bürschchen«, erwiderte sie, während sie sich gewissermaßen leichtfüßig hervorwälzte und auf einen zerborstenen Holzblock stellte. »Ich weiß selbst, daß ich da ein kleines persönliches Problem habe. Da brauche ich nicht auch noch irgendeinen großmäuligen Menschen, der es mir aufs Brot schmiert.«

»Entschuldigung.« Jon-Tom versuchte, reuig zu klingen. »du bist doch eine Fee, oder? Eine vom verzauberten Volk?«

»Nee«, schnappte sie, »ich bin 'n Schauermann aus Snarken!«

Jon-Tom musterte sie eindringlich. Ihre Kleidung ließ an hauchdünne Schleier aus glänzender, gesponnener Lavendelzuckerwatte denken. Auf ihrem Kopf glitzerte ein Miniaturdiadem. Ihr langes Haar hing bis zur Taille herab. Das Diadem war etwas verrutscht und bedeckte eines der Augen. Sie grunzte, als sie mühsam versuchte, es wieder zurechtzurücken. Mit der Rechten umklammerte sie einen winzigen goldenen Stab. Ihre Flügel waren Zellophansplitter, die mit dünnen roten Streifen gespickt waren.

»Man hat uns gesagt«, sagte Wahnwitz atemlos, »daß ihr uns helfen könntet.«

»Warum sollte ich das wohl tun? Wir haben schon genug eigene Probleme.« Sie starrte Jon-Tom an. »Das ist eine hübsche Duar. Bist du Musiker, du aufgewecktes Jungchen?«

»Bannsänger ist er, und zwar 'n richtig mächtiger«, klärte Mudge sie auf. »Er ist weit übers Glittergeistmeer gereist, um Medizin für einen kranken 'exer zu besorgen.«

»Ein richtig mächtiger Tölpel ist er«, fauchte sie. Sie ließ sich schwerfällig auf den Holzblock nieder, wobei sie die Beine in höchst lässiger und undamenhafter Weise spreizte. Jon-Tom schätzte sie auf etwa zehn Zentimeter groß und beinahe ebenso breit.

»Ich heiße Jon-Tom.« Er stellte seine Gefährten vor. Ein unbehagliches Schweigen setzte ein, und schließlich fragte er: »Und wie heißt du?«

»Geht dich nichts an.«

»Ach, komm schon«, sagte er schmeichelnd. »Ob du uns helfen willst oder nicht, bleibt natürlich dir überlassen, aber können wir nicht wenigstens höflich miteinander umgehen?«

»Was ist das denn? Ein höflicher Mensch? Das ist doch ein Widerspruch, Kahlleib.« Sie zuckte mit den Schultern. »Ach, zum Teufel! Ich heiße Grelgen. Hilft dir das etwa weiter?«

»Äh, nein.« Jon-Tom entschied, daß er bei diesem halbliterkruggroßen Ausbund verzauberter Streitlust wohl äußerst vorsichtig taktieren mußte.

»Kluge Antwort. Habt ihr irgendwas zu essen?«

Jalwar begann in seinem Gepäck zu stöbern. »Ich glaube, wir haben etwas Schlangendörrfleisch und ein paar harte Brötchen dabei.«

»Pfui Teufel!« Sie spuckte nach rechts aus. »Ich meine was *Richtiges* zu essen. Obsttörtchen, Rahmtäßchen, Nektarpudding, geschlagene Honigrollen.«

Jon-Tom sagte vorsichtig: »Ich glaube, ich fange an zu verstehen, was dein Problem ist.«

»Ach ja, tust du das, Pilzfuß? Du meinst wohl, alles wär jetzt klar und wahr und säuberlich etikettiert, was? Bist wohl ein Durchblicker.« Sie schritt auf dem Holzblock auf und ab und wedelte mit den winzigen Händen, um das Gesagte zu unterstreichen.

»Sag mal, du kannst doch bestimmt fliegen, oder?«

Sie drehte sich zu ihm um. »Natürlich kann ich fliegen, du Dumpfdepp.« Sie flatterte mit ihren durchsichtigen Flügeln. »Was glaubst du wohl, wofür die sind? Zur Klimaregulierung vielleicht?«

»Na schön, dann zeig uns doch mal, wie du fliegen kannst. Los, flieg schon.«

»Pah! Du glaubst wohl, ich hätte nichts Besseres zu tun, als vor so ein paar schleimenden Mißgeburten wie euch eine Schau abzuziehen, wie?«

»Ha, du kannst ja gar nicht fliegen!« sagte Jon-Tom triumphierend. »*Das* ist nämlich dein größtes Problem. Du bist so ...«

»Paß bloß auf, Kamerad«, warnte sie.

»... gesund, daß du nicht mehr abheben kannst. Hätte nicht gedacht, daß das was ausmacht. Eine Hummel ist schließlich auch zu schwer zum Fliegen und schafft es trotzdem irgendwie, auch ohne Verzauberung.«

»Ich bin eine Fee, eine vom verzauberten Volk«, belehrte Grelgen ihn in einem Ton, in dem man mit einem idiotischen Kind zu sprechen pflegt. »Keine Hummel. Zwischen denen und uns gibt es strukturelle, aerodynamische und stoffwechselbedingte Unterschiede, die du sowieso nicht begreifen würdest. Und was die Probleme betrifft, so seid ja wohl ihr es, die in diesem Punkt den absoluten Vogel abschießt.« Sie stach mit ihrem Stab nach Mudge. »Dieser Truthahn hat versucht, mich umzubringen!«

Mudge japste vor Verblüffung. »Was, ich? Ich 'abe nichts dergleichen getan, Euer Kurz'eit.«

»Du hast dich auf mich gesetzt, Rattenpuste.«

»'nen Teufel 'ab ich getan! Du bist unter mich gekrochen. Und über'aupt – wie 'ätt ich dich wohl unter diesen ganzen Blumen denn erkennen sollen?«

Grelgen verschränkte die Arme vor der Brust. »Ich habe einfach nur dagesessen, mich um meine Angelegenheiten gekümmert und einen kleinen Nachmittagsimbiß aus Nektar und Pollen zu mir genommen, als du mit voller Absicht dein Rattenhinterteil auf mich gedrückt hast.«

»Erwartest du etwa von mir, daß ich jedes bißchen Boden, auf das ich mich setze, genauestens untersuche?«

»In unseren Landen ja.«

»Wir wußten ja gar nicht, daß das eure Lande sind.« Mudge begann offensichtlich schnell die Geduld mit dieser Winzxanthippe zu verlieren.

»*Aha!* Ein Mörder aus Nachlässigkeit, also! Das sind die schlimmsten.« Sie legte zwei Finger an die Lippen und stieß einen scharfen, stechenden Pfiff aus. Jon-Tom sah voller Bewunderung zu. Das Geräusch war so laut, daß man damit in den Straßen von Manhattan auf zwei Häuserblocks Entfernung ein leeres Taxi hätte herbeirufen können.

Tatsächlich rief es aus den Pilzen und Blumen, hinter Moosbetten und Baumwurzeln einen Schwarm der Verzauberten hervor, einige hundert an der Zahl. Einige von ihnen trugen Stäbe, die dem von Gelgren glichen, doch die meisten waren mit Miniaturpfeilen und -bögen ausgerüstet, mit Armbrustwaffen und Speeren. Jon-Tom streckte eine Hand aus, um Roseroar daran zu hindern, ihre Schwerter aufzunehmen, obwohl die Tigerin allein schon mehr wog als das gesamte verzauberte Volk zusammen.

»Magie«, flüsterte er warnend.

Roseroar gab nach, aber nur wegen seiner Mahnung. »Magie oder nicht, die Spitzen der Waffen sind befeuchtet. Ich vermute Gift. Eine unfaire Weise des Kampfes.«

»Ich schätze, wenn man nur zehn Zentimeter groß ist, muß man wohl jeden Vorteil nutzen, der sich bietet.«

Jalwar kam näher und flüsterte ihm zu: »Sei vorsichtig, Bannsänger, sonst verschwinden wir plötzlich durch irgendeinen hochmütigen Zauber. Diese Leute sind dafür bekannt, daß sie über eine mächtige Magie verfügen.«

»So sehe ich das auch«, erwiderte er. »Vielleicht sind ja nicht alle von ihnen so widerlich und kampflustig wie unsere Freundin hier.«

»Was war das? Was hast du gesagt?«

»Ich sagte gerade«, erklärte er Grelgen, »daß es nett von dir ist, uns deine Freunde und Verwandten vorzustellen.«

»Wenn einer von uns in Gefahr ist, Kamerad, dann kommen ihm alle anderen zu Hilfe.«

Jon-Tom bemerkte, daß keiner von dem Feen- und Elfenvolk flugfähig zu sein schien. Alle watschelten mit ganz offensichtlichen Schwierigkeiten umher, und selbst das schlankeste dieser Wesen schien noch ein geeigneter Kandidat für die verzauberte Abteilung der Weight Watchers zu sein.

»Ihr seid unsere Gefangenen«, schloß sie.

»Verste'e«, meinte Mudge. »Und was, wenn wir uns entschließen, nicht eure Gefangenen zu sein?«

»Dann seid ihr tote Leute«, versicherte sie ihm ungemütlich.

Mudge musterte das Arsenal glitzernder kleiner Waffen. »'n gastfreundliches Völkchen, wa?«

»Paßt auf sie auf«, sagte Grelgen zu ihren Stammesverwandten. Sie drehte sich um, wälzte sich ans Ende des Zweigs, sprang hinunter und landete mit einem Keuchen in dem Gras darunter. Dort begann sie, sich murmelnd mit einer Reihe anderer Stabträger zu beraten. Die meisten von ihnen waren nur in Lumpen und Fetzen gekleidet.

Natürlich hatte sich Mudge ausgerechnet auf jemanden

setzen müssen, der etwas zu sagen hatte, dachte Jon-Tom wütend. Wenige Augenblicke später war die Konferenz beendet.

»Hier lang«, sagte eines der bewaffneten Wesen und zeigte in die entgegengesetzte Richtung des Bachlaufs. Von winzigen Wächtern umringt, ließ man sie bachaufwärts marschieren.

»Bist du sicher, daß du sie nicht gesehen hast, Mudge?« fragte Jon-Tom.

»Meinst du, ich wär so blöd gewesen, mich auf sie zu setzen, wenn ich sie gese'en 'ätte, Kumpel? Denk doch mal nach! Das war die Schuld dieser verdammten Blumen.«

»Du hast also gar nicht erst hingeschaut«, sagte Jon-Tom anklagend.

»Na schön, 'ab ich eben nicht 'ingeschaut. 'ätte ich das etwa tun sollen?«

»Nein, das wohl nicht. Keiner ist schuld.«

»Schade, daß ich sie nicht plattgedrückt 'abe«, murmelte der Otter und achtete darauf, sehr leise zu sein.

»Das hätte wohl nicht viel ausgemacht, Herr«, murmelte Jalwar. »Das Feenvolk ist für seine Widerstandskraft bekannt.«

»Das sieht man«, meinte Mudge und musterte ihre dicke Eskorte. »Die mit der Klappe sieht so aus, als würde sie gleich platzen.«

»Sei still«, mahnte Jon-Tom. »Wir haben schon genug Ärger. Sie wird dich noch hören.«

»Interessiert mich 'n Dreck, ob sie mich 'ört, Chef.« Der Otter hatte die Hände in die Taschen geschoben und trat angewidert nach den Kieseln, während sie den Bach entlangmarschierten. »Wenn die nicht klug genug ist, einzuse'en, daß ...«

Da legte sich ihm eine Pranke von der Größe seines Kopfs auf den Mund und den größten Teil des Gesichts. »Halt die Klappe, Otta«, sagte Roseroar. »Hast gehört, was Jon-Tom gesagt hat. Wia wollen dieses verzauberte Volk nicht noch mehr ärgern als wia es sowieso schon getan haben.«

»Ich würde sie aber gerne ärgern«, sagte der Otter, nachdem sie die Pranke wieder zurückgenommen hatte. Doch inzwischen flüsterte er nur noch.

Der Bach verengte sich. Um die Marschierenden drängten sich die Wände der Schluchten und sperrten den größten Teil des Sonnenlichts aus. Hier verwuchsen Bäume und Sträucher miteinander und bildeten ein dichtes, kaum zu durchdringendes Gewirr. Die Gefangenen mußten sich mühsam ihren Weg durch das immer dichter werdende Unterholz bahnen.

Bei Einbruch der Abenddämmerung gelangten sie an den Rand des Dorfs der Verzauberten. Es sah alles andere als verzaubert aus: Winzige Hütten scharrten sich ungeordnet um ein natürliches Amphitheater. Überall waren Anzeichen von Verzweiflung und Verwahrlosung zu bemerken. Einige der Gebäude standen kurz vor dem Zusammenbruch, und selbst jene, die in die massiven Baumwurzeln hineingehauen waren, wiesen Müllhaufen auf, die bis zu ihren Türschwellen reichten. Für Jon-Tom war dies ein eindeutiger Beweis dafür, daß die Bewohner ihre Selbstachtung verloren hatten.

Hinter vielen der winzigen Fenster flackerten winzige Lichter auf, und Rauch begann aus den kleinen Kaminen emporzusteigen. Auf einer Seite des dörflichen Anwesens war ein kreisförmiges Stück Boden von einer Steinmauer umgeben, die von etwa dreißig Zentimeter hohen Bögen unterbrochen wurde. Die fünfzehn Zentimeter hohe Mauer mündete zu beiden Seiten an einer steilen Granitklippe.

Diese Arena füllten die vier Gefangenen voll aus. Nachdem man sie ins Innere dieser lächerlichen Mauern getrieben hatte, bauten sich Grelgen und zwei andere Feen in den Bögen auf und murmelten wichtigtuerisch vor sich hin. Als sie die Beschwörung beendet hatte, wandte Grelgen sich ab und kehrte mit ihren Gefährten ins Dorf zurück.

Wahnwitz trat mit einem Schritt auf die winzige Barriere zu und versuchte hinüberzuschreiten. Plötzlich keuchte sie auch, als hätte sie etwas gebissen, und hielt sich die rechte Hand.

»Was ist los?« fragte Jon-Tom besorgt.

»Es ist *heiß*. Die Luft ist heiß.«

Probehalber wedelte Jon-Tom mit der Hand durch die Leere oberhalb der winzigen Steinmauern. Eine unsichtbare Flammenwand umschloß sie nun. Er schüttelte die Hand und blies auf seine Finger, bis er zu dem Schluß kam, daß sie keine Brandblasen davontragen würden. Eine Flucht würde nicht einfach werden.

Roseroar seufzte und ließ sich auf dem harten Boden nieder. »Ein ziemlich unwürdiges Ende deiner Expedition, Jon-Tom. Von 'nem Haufen mürrischer, um nicht zu sagen flegelhafter Verzauberter gefangengenommen.«

»Nun gib doch nicht gleich so schnell auf. Vielleicht lassen sie uns ja doch noch frei. Außerdem«, er schob die Duar herum, »haben wir auch noch unsere eigene Magie.«

Mudge blickte flehend zum Himmel empor. »O Gott, warum ausgerechnet ich?«

»Ich glaube kaum, daß Zaubersingen gegen das Feenvolk etwas ausrichten kann, Herr«, sagte Jalwar. »Auf meinen Reisen habe ich gehört, daß sie gegen alle Formen der Magie immun seien außer ihrer eigenen. Es könnte geschehen, daß deine Magie gegen sie keine Wirkung hat und sich im Gegenteil sogar gegen dich selbst kehrt.«

»Ach nein.« Jon-Tom ließ die Finger von den Duarsaiten sinken und zeigte so den Verlust seines letzten bißchen Zuversicht. »Das wußte ich nicht.«

»Vielleicht stimmt es ja nicht, aber ich habe sehr oft davon erzählen hören.«

»Na gut, dann behalten wir es uns als allerletzte Möglichkeit vor.«

»Was macht'n das schon für'n Unterschied, Kumpel? Geht doch sowieso jedes zweite Mal schief. Wenn die Chose uns plötzlich auf den Kopf kommt, wär's mir lieber, wenn's nicht gerade 'ier wäre, wo ich in dieser Lichtung eingesperrt bin.«

»Mir auch, Mudge.« Jon-Tom blickte zu den blinkenden Lichter des Dorfs hinaus. »Möglicherweise haben wir gar keine andere Wahl. Die machen mir nicht den Eindruck, als könnte man ihnen mit Vernunftgründen kommen.«

»Ich glaube, die sind alle verrückt«, meinte Wahnwitz.

Im verblassenden Tageslicht sah sie gesund und schön aus. Die Schrammen und Narben, die Corroboc ihr zugefügt hatte, heilten schnell. Sie war widerstandsfähig, zäh, und wurde von Tag zu Tag weiblicher. Außerdem ließ sie Jon-Tom immer unruhiger werden.

Er wandte sich an Mudge, als er sah, daß der Otter so dicht an der unsichtbaren Barriere stand, wie es eben noch möglich war.

»Was ist los, Mudge?«

Der Otter zog eine Grimasse, und seine Barthaare zuckten. »Riechste das nicht auch, Kumpel? Abfälle.« Er wies mit einem Kopfnicken zu dem winzigen Dorf hinüber. »Überall. Mag ja sein, daß sie verzaubert sind, aber ihr Abwassersystem würde ich nicht gerade so bezeichnen.«

»Hab ihre Gärten gesehen, als wir reinkamen«, meinte Roseroar nachdenklich. »Schienen mir ziemlich ungepflegt zu sein.«

»Also ist Feenstadt vor die Hunde gegangen«, murmelte Jon-Tom. »Irgendwas ist hier äußerst faul.«

»Na und, was schert uns das schon, Kumpel? Wir 'aben selbst unsere eigenen Probleme, 'aben wir. Zum Beispiel Ihre Fettleibigkeit, um nur eins zu nennen.«

»Wenn wir rauskriegen könnten, was hier schiefgelaufen ist«, meinte Jon-Tom, »könnten wir uns vielleicht bei unseren Wächtern lieb Kind machen.«

»Mach du dich mal schön selbst lieb Kind, Kumpel. Was mich betrifft, ich bin erst mal für 'ne Mütze Schlaf.«

Jon-Tom zweifelte nicht daran, daß der Otter sogar noch auf nacktem Fels schlafen konnte. Wenn man Mudge in zwanzigtausend Fuß Höhe aus einem Flugzeug werfen sollte, würde der Otter wohl erst noch zwanzig Augenblicke lang vor sich hin dösen, bevor er den Fallschirm öffnete. Es war ein Talent, um das ihn Jon-Tom schon oft beneidet hatte.

»Schlafen löst unser Problem auch nicht.«

»Mein drängendstes Problem schon, Kumpel. Ich bin nämlich fix und fertig.«

»Vielleicht hilft deine Magie ja doch gegen die Verzauberten«, meinte Roseroar.

»Ich weiß es nicht.« Jon-Tom klopfte gegen das Holz der Duar und wurde mit einem melodischen Pochen belohnt. Der Mond schimmerte durch das dichte Blattwerk des Waldes auf ihre schmale Lichtung hinab. »Ich hebe sie mir bis zum allerletzten Augenblick auf, bevor ich das am eigenen Leib feststellen will.«

Die Tigerin schlüpfte aus ihrem Schutzkleid und machte sich daraus eine primitive Kopfunterlage. »Ich weiß ja nicht.« Sie legte den schweren Kopf auf ihre schwarzweißen Tatzen. »Hab den Eindruck, als wär'n wia bereits am allerletzten Augenblick angekommen.«

Am nächsten Morgen wurden sie von Grelgen und dem Rest des Feenrats aufgesucht. Ihre Hauptgegnerin hatte sich inzwischen in ein fließendes Gewand aus orangefarbener Chiffonseide gehüllt. Doch änderte die helle Pastellkleidung nichts an ihrer Laune.

»Wir haben den größten Teil der Nacht damit zugebracht, uns zu überlegen, was wir mit euch Pennern anfangen sollen«, berichtete sie barsch.

Jon-Tom streckte sich, preßte die Handflächen ins Kreuz und wünschte sich, daß er so vernünftig gewesen wäre, Roseroar als Kissen in Anspruch zu nehmen. Seine Glieder waren steif und schmerzten nach der auf dem harten Boden verbrachten Nacht.

»Ich kann dazu nur sagen, daß wir unschuldig sind, was die Anschuldigungen betrifft, die ihr da diskutiert habt. Und was wollt ihr jetzt tun?«

»Essen«, sagte sie zu ihm. »Und danach werden wir weiterreden.«

»Hm, 'n 'übsch ordentliches Frühstück könnte ich jetzt auch gebrauchen!« Mudge versuchte, etwas Begeisterung aufzubieten. Vielleicht hatte Jon-Tom ja doch recht, und diese süßen kleinen verzauberten Bastarde würden sich endlich etwas zivilisierter verhalten. »Wo essen wir denn?«

»Gebrauch des falschen Personalpronomens«, meinte Grelgen. Sie drehte sich um und deutete mit ihrem Stab.

Jon-Tom folgte mit seinem Blick der angezeigten Richtung. Was vom schwachen Abendlicht verborgen gehalten worden war, wurde nun bei hellichtem Tag offenbar: Bachaufwärts oberhalb des Dorfs war eine flache Aushöhlung im Boden zu erkennen, die von geschälten Ästen umrandet wurde. Die Feuerstelle schien erst vor kurzem benutzt worden zu sein.

Mudge erblickte sie ebenfalls, und seine anfängliche Begeisterung verflüchtigte sich merklich. »Äh, was steht'n auf der Speisekarte, Liebchen?«

»Wasserrattenfrikassee«, antwortete sie mit offensichtlicher Schadenfreude.

»Was? *Ich?*« quiekte Mudge.

»Und zum Hauptgericht eine Flasche Elfenstaub. Was für ein besseres Ende könnte es für einen überführten schuldigen Mörder geben?«

Bis jetzt hatte Jon-Tom ihre mißliche Lage lediglich als eine Art bedauerliches Mißverständnis aufgefaßt. Doch diese neue Vision von einem Haufen fleischfressender Feen, die sich an Mudges gut durchgebratenem Kadaver gütlich taten, verschob das Ganze über die Grenze zum Reich des Surrealen.

»Hört mal, ihr könnt uns doch nicht einfach auffressen.«

Grelgen stemmte ihre teigigen Hände in die rundlichen Hüften. »So, und warum nicht?«

Jon-Tom mühte sich um eine vernünftig klingende Antwort. »Na ja, zum Beispiel paßt das einfach nicht zu eurem Image.«

Sie schielte ihn schräg von unten an. »Du«, sagte sie entschieden, »bist total bekloppt. Ich werde mich noch mit den

Ältesten beraten müssen, ob es wirklich in Ordnung ist, Verrückte zu verspeisen.«

»Ich meine, es ist einfach nicht richtig. Was ist denn mit euren Honigrollen und Puddingspeisen und so?«

Grelgen zögerte. Als sie antwortete, klang sie etwas verlegen.

»Im Prinzip hast du tatsächlich recht. Es ist nur so, daß wir hin und wieder einfach dieses unwiderstehliche Verlangen bekommen, verstehst du? Und wer dann das Pech hat, sich in der Nähe aufzuhalten, endet eben auf der Dorfspeisekarte.« Sie blickte zu Wahnwitz hinüber und versuchte, einen Teil ihrer früheren Arroganz zurückzugewinnen. »Außerdem ist es oft recht hilfreich, gelegentlich im Blut einer Jungfrau zu baden.«

Wahnwitz verdaute zunächst das Gesagte, dann brach sie zusammen und wälzte sich mit hysterischem Lachen auf dem Boden. Grelgen sah, wie dem hilflosen Mädchen die Tränen über die Wangen kullerten, grunzte und blickte über ihre Schulter. Jon-Tom folgte ihrem Blick.

Auf der gegenüberliegenden Seite der Feenstadt war ein Haufen muskulöser, übergewichtiger Verzauberter damit beschäftigt, eine überdimensionale Holzschüssel einen Abhang hinunterzuschieben. Grelgens Stimme ließ sie innehalten.

»Aufhören! Die Badezeremonie wird gestrichen.«

Leise und keuchend fluchten die enttäuschten Schüsselbeweger und machten sich daran, ihre Last wieder ins Gestrüpp zurückzuzerren.

»Du findest das wohl komisch, wie? Na schön, dann wirst du eben als erste auf dem Feuer enden anstelle der Wasserratte.«

Das dämpfte Wahnwitz' Gelächter plötzlich.

»Warum sie?« wollte Jon-Tom wissen.

»Warum nicht sie? Schließlich ist sie bereits entfellt und gehäutet.«

»O nein, das werdet ihr nicht tun.« Wahnwitz preßte sich mit dem Rücken gegen die kahle Granitwand, so weit von

Grelgen entfernt, wie es ging. »Versuch bloß nicht, mich auch nur anzurühren! Ich zerquetsch dich wie eine Wanze!«

Grelgen reagierte mit einem angewiderten Blick, schwenkte ihren Stab beinahe nachlässig durch die Luft und flüsterte etwas Unverständliches. Wahnwitz sprang von der Wand fort und griff sich ans Gesäß. Das Gestein war plötzlich glühendheiß geworden.

»Solltest dich lieber damit abfinden, Mädchen«, sagte Grelgen. »Du stehst heute morgen auf der Speisekarte, und damit basta. Wenn mir irgend etwas gegen den Strich geht, dann ist es ein widerspenstiges Frühstück.«

»Bitte«, bat Jon-Tom und ging auf die Knie, um ihrer Peinigerin besser ins Auge blicken zu können, »wir wollen euch doch gar nichts Böses. Wir sind nur in euer Land gekommen, um euch etwas zu fragen.«

»Tut mir leid. Wie ich schon sagte: Wenn die Gier uns erst einmal überfällt, dann müssen wir einfach Fleisch haben.«

»Aber warum ausgerechnet wir?« fragte Mudge. »In diesen Wäldern muß es doch jede Menge Echsen und Schlangen geben, genug, um euer ganzes Dorf damit durchzufüttern, nicht?«

»Das Essen spaziert nicht einfach in unsere Gefangenschaft«, fauchte sie ihn an. »Und die Jagd lieben wir nicht. Außerdem veranstalten die Waldtiere keine widerrechtlichen Überfälle auf uns.«

»Achje«, murmelte Mudge, »wie können so kleine Schädel nur so verdammt begriffsstutzig sein? Ich 'ab doch schon gesagt, daß das 'n Unfall war.«

Grelgen starrte ihn schweigend an, während sie mit ihrem Stab gegen einen ihrer winzigen Glaspantoffeln schlug. Zerstreut bemerkte Jon-Tom, daß der Pantoffel für ihren nicht ganz so winzigen Fuß etwa drei Nummern zu klein war.

»Jetzt macht mir keinen Ärger, ich habe auch so schon genug schlechte Laune.« Sie pfiff eine Gruppe von Helfern herbei, und diese schritten sofort durch den Torbogen auf Wahnwitz zu. Da der anfängliche Trotz des Mädchens verbraucht war, versteckte es sich hinter Roseroars Rükken. Jon-Tom wußte jedoch, daß sie das nicht retten würde.

»Hört doch mal her«, sagte er verzweifelt und versuchte, Zeit zu gewinnen, während er sich seine Duar vor den Bauch schob und krampfhaft überlegte, was er singen sollte. »Ihr habt doch gesagt, daß ihr normalerweise gar kein Fleisch eßt, daß ihr dieses Verlangen nur gelegentlich habt, nicht wahr?«

»Na und?« bellte Grelgen ihn unwirsch an.

»Was eßt ihr denn normalerweise? Ich meine, bis auf das, was du mir schon erzählt hast?«

»Milch und Honig, Nektar und Ambrosia, Pollen und Zuckersirup. Was sollten Feen denn wohl sonst essen?«

»Aha, *das* ist es also! Hab ich's mir doch gedacht.« Plötzlich durchflutete ihn neue Hoffnung.

»Was ist was?« fragte sie stirnrunzelnd.

Er setzte sich mit gekreuzten Beinen auf den Boden und legte die Duar beiseite. »Ich vermute, daß ihr hier im Dorf wohl keine professionellen Diätberater habt, was?«

»Keine was?«

»Nein, natürlich nicht. Seht mal, all eure Probleme haben mit eurer Diät zu tun. Damit erklärt sich nicht nur euer unnatürliches Verlangen nach Proteinen, sondern auch eure, äh, unnatürlich rundliche Figur. Milch ist ja in Ordnung, aber der Rest von dem Zeug ist doch der reine Zucker. Ich meine, ich kann mir nicht mal *vorstellen,* wieviel Kalorien eine Tagesration Ambrosia enthält! Solange ihr fliegt, verbraucht ihr wahrscheinlich eine ganze Menge Dextrose, aber wenn ihr mit dem Fliegen aufhört, na ja, dann verstärkt sich das Problem nur noch.«

Einer der Ältesten hatte die ganze Zeit ungeduldig wartend hinter Grelgen gestanden und trat nun vor. »Wovon faselt dieser Mensch da?«

Grelgen schob ihn beiseite. »Ist egal.« Dann wandte sie sich wieder an Jon-Tom. »Was du da sagst, ergibt keinen Sinn, und selbst wenn es das täte, würde es keinen Unterschied machen, weil wir unser Verlangen nun einmal haben.« Sie schickte sich an, ihren Stab auf die zitternde Wahnwitz zu richten. »Hat keinen Zweck, sich zu verstekken, Mädchen. Komm raus, damit ich dich sehen kann.«

Jon-Tom beugte sich zur Seite in die Ziellinie. »Warte! Ihr müßt mich erst anhören. Versteht ihr das denn nicht? Ihr braucht nur eure Ernährungsgewohnheiten zu ändern, und schon verliert ihr euer Bedürfnis nach Proteinen.«

»Wir sind gar nicht daran interessiert, unsere Ernährungsgewohnheiten zu ändern«, sagte ein anderer Ältester. »Wir *mögen* nämlich Nektar und Honig und Ambrosia.«

»Na schön, na schön«, sagte Jon-Tom aufgeregt, »dann gibt es nur eine einzige Lösung. Die einzige Möglichkeit euer Verlangen nach Protein zu reduzieren, besteht darin, all die Zusatzkalorien, die ihr angesammelt habt, zu verbrennen. Ihr müßt den Teufelskreis durchbrechen.« Er nahm die Duar wieder auf.

»Gebt mir wenigstens die Chance, euch zu helfen. Vielleicht schaffe ich es nicht durch Zaubersingen, aber es gibt ja noch andere Formen der Magie.«

»Nun denk mal gut nach, Mensch«, warnte Grelgen. »Meinst du etwa, wir wüßten nicht, daß wir da ein kleines Problem haben? Glaubst du vielleicht, wir hätten nicht bereits mit unserer eigenen Magie versucht, es zu lösen?«

»Aber keiner von euch ist Bannsänger.«

»Nein, das ist nicht unsere Art von Magie. Aber wir haben absolut *alles* probiert. Wir stecken in der Klemme. Dein Bannsingen kann uns auch nicht helfen. Uns kann nichts helfen. Wir haben mit allen Arten von Magie experimentiert, die uns Verzauberten bekannt sind, und auch mit denen der Zauberkundigen der Welt der Großen. Wir sind Gefangene unseres eigenen Stoffwechsels.« Sie krempelte sich die Ärmel hoch. »Und jetzt wollen wir uns nicht länger mit solchem Blödsinn aufhalten und zur Sache kommen, ja?« Wieder hob sie ihren Stab.

»Nur eine Chance, gabt mir doch wenigstens eine einzige Chance!« flehte Jon-Tom.

Sie drehte den Stab herum, um ihn gegen ihn zu richten, und er zuckte zusammen. »Ich warne dich, Freundchen! Wenn das irgendein Trick sein soll, dann wirst du noch vor ihr schmoren.«

»Es gibt eine Art von Magie, die ihr wahrscheinlich noch nicht versucht habt.«

Sie gab ein unanständiges Geräusch von sich. »Wurmschiß! Wir haben alles ausprobiert.«

»Sogar Aerobic?«

Grelgen öffnete den Mund und schloß ihn wieder. Sie drehte sich um und beriet sich mit den Ältesten. Nervös wartete Jon-Tom ab.

Schließlich steckte sie wieder den Kopf aus dem Feenhaufen hervor und fragte beinahe zögernd: »Was soll denn das für eine merkwürdige Magie sein?«

Jon-Tom atmete einmal tief durch und erhob sich. Er legte die Duar beiseite und entkleidete sich bis zur Hüfte.

Roseroar kam zu ihm herüber und flüsterte ihm ins Ohr: »Sag mal, bereiteste gerade wieder so'n Trick vor, von dem ich besser vorher was wissen sollte? Soll ich meine Schwerta bereithalten?«

»Nein, Roseroar. Keine Tricks.«

Achselzuckend und kopfschüttelnd entfernte sie sich wieder.

Jon-Tom begann damit, seine Arme wie Windmühlenflügel durch die Luft wirbeln zu lassen, um sich aufzuwärmen. Grelgen wich sofort einige Schritte zurück und hob drohend ihren Zauberstab. »Ihr braucht nur diese Magie zu lernen«, sagte er fröhlich. »Ein regelmäßiges Aerobicprogramm. Das wird euch nicht nur euer unnatürliches Verlangen nach Proteinen nehmen, sondern es dürfte euch auch eure alte aerodynamische Figur zurückgeben.«

»Was soll das denn bedeuten?« wollte eine der jüngeren Feen wissen.

»Das bedeutet, daß wir dann wieder fliegen können, du dumme Pute«, sagte einer der Ältesten und rammte der Fragenden einen Ellbogen zwischen die Rippen.

»Wieder fliegen!« Der Rest der Menge nahm diesen Refrain eifrig auf.

»Das ist ein Trick!« fauchte Grelgen, aber das Gewicht der öffentlichen Meinung, so könnte man sagen, war gegen sie.

»Na schön.« Sie steckte sich ihren Stab unter den Arm und blickte Jon-Tom wütend an. »Du bekommst deine Chance, Menschenmann. Wenn das nur ein Trick sein sollte, um Zeit zu gewinnen, dann sollte er ziemlich gut sein, denn es wird gleichzeitig dein letzter sein.«

»Es ist kein Trick«, versicherte Jon-Tom ihr. Er spürte, wie ihm der Schweiß bereits aus den Achselhöhlen tropfte, und dabei hatte er noch gar nicht angefangen.

»Hört mal, ich bin zwar kein Richard Simmons, aber ich sehe schon, daß wir wohl ganz von vorne bei den Grundlagen anfangen müssen.« Er war sich bewußt, daß ihn Hunderte von Augenpaaren wie gebannt anstarrten. Jon-Tom atmete tief durch, dankbar für die morgendlichen Dauerläufe, die ihn in Kondition gehalten hatten. »Wir fangen mit ein paar Kniebeugen an. Hände in die Hüften ... aufgepaßt mit den Flügeln ... ja, genauso. Alles fertig?« Er zögerte. »Es wäre besser, wenn wir etwas Musik dazu hätten.«

Grelgen grunzte, drehte sich um und bellte einen Befehl. Nach kurzer Pause bahnten sich einige kleine Gestalten ihren Weg durch die Menge und gingen oben auf der Steinmauer in Stellung. Jede von ihnen trug ein zerbrechlich wirkendes Insttrument: eine Reihe von Flöten, ein Satz Pauken und etwas, das wie ein Xylophon aussah, das in einen fürchterlichen Verkehrsunfall verwickelt gewesen war.

»Was sollen wir spielen?« flötete einer der winzigen Musiker.

»Etwas Lebhaftes.«

»Einen Tanz oder einen Reigen?« Sie diskutierten untereinander darüber, dann machten sie sich an ein lebhaftes Stück mit leicht orientalischem Einschlag. Jon-Tom wartete eine Weile, bis er den Rhythmus aufgenommen hatte, dann lächelte er sein aufmerksames, wenngleich verunsichertes Publikum an.

»Alles fertig? Fangen wir an. Macht es mir nach.« Er beugte sich vor. »Na, kommt schon, ist gar nicht schwer. Eins, zwei, drei – und vorbeugen; eins, zwei, drei und *vorbeugen* ... so ist es richtig.«

Während Jon-Toms Gefährten zusahen, mühten sich Hunderte von Feen darum, die Bewegungen des Menschen zu imitieren. Schon nach kurzer Zeit hallten Gestöhne und Gejammer durch die Luft, das viel lauter war, als es die winzigen Kehlen hätten erwarten lassen. Grelgen keuchte und schwitzte. Ihr orangefarbenes Gewand war völlig durchnäßt. »Bist du sicher, daß du nicht einfach nur versuchst, uns umzubringen?«

»O nein.« Selbst Jon-Tom hatte etwas Mühe beim Atmen. »Ihr müßt wissen, daß das keine Magie ist, die sofort wirkt. Sie braucht eben ihre Zeit.« Er setzte sich auf den Boden und verschränkte die Hände im Nacken, wobei er sich fragte, wieweit er wohl gehen konnte, bevor Grelgen aufgab. »Also diese Magie jetzt nennt man Sitzbeugen. Hoch, runter, hoch, runter ... he, ihr da hinten, nicht so schlaff, ja, so ... hoch, runter ...«

Er sorgte sich ständig, daß Grelgen und ihre Kollegen die Geduld verlieren könnten, bevor das neue Übungsprogramm die gewünschte Wirkung zeitigen konnte. Doch das war überflüssig. Die Verzauberten nahmen ebenso schnell wieder ab, wie sie zugenommen hatten. Am zweiten Tag konnten sich die meisten der schweinchenähnlichen Dorfbewohner bereits deutlich geschrumpfter Bäuche erfreuen. Am dritten Tag zeigten die Übungen bei ausnahmslos allen ihre Wirkung, und am vierten konnte selbst Grelgen für kurze Zeit in der Luft bleiben.

»Das versteh ich nicht, Kumpel«, sagte Mudge. »Du 'ast doch gesagt, das sei keine Magie, aber guck doch mal, wie schnell die schrumpfen!«

»Das liegt an ihrem Stoffwechsel. Sie verbrennen viel schneller Kalorien, als wir das tun, und sobald sie wieder fliegen können, beschleunigt sich dieser Vorgang noch weiter.«

Die Ergebnisse spiegelten sich in Grelgens veränderter Einstellung wider. Je mehr die Übungen wirkten, desto schwächer wurde ihre Streitsucht. Nicht daß sie sich nun in einen Ausbund an Liebenswürdigkeit und Leichtigkeit verwandelt hätte, aber es war nicht zu verkennen, daß sie Dankbarkeit empfand.

»Du hast uns ein höchst wundervolles Geschenk gemacht, Menschenmann. Eine neue Art der Magie.« Es war am Morgen des fünften Tages, und es war lange her, seit einer der Verzauberten zum letzten Mal den Vorschlag gemacht hatte, einen ihrer Gäste zum Abendessen zu vertilgen.

»Ich muß euch etwas gestehen – das ist gar keine Magie, sondern Gymnastik.«

»Nenn es, wie du willst«, erwiderte sie, »für uns ist es jedenfalls Magie. Wir sehen endlich wieder wie Verzauberte aus. Selbst ich«, fügte sie stolz hinzu. Sie machte eine tiefe Kniebeuge, um es unter Beweis zu stellen, etwas, woran sie noch fünf Tage zuvor nicht einmal im Traum hätte denken können. Natürlich tat sie es, während sie mitten in der Luft schwebte, was die Sache etwas leichter machte, doch war die Leistung nicht zu leugnen.

»Ihr seid frei und könnt gehen«, teilte sie ihnen mit.

Roseroar trat vor und schob vorsichtig eine Pranke vor. Die unsichtbare Feuermauer, die sie gefangengehalten hatte, war verschwunden und hatte nur noch ein kleines bißchen nachwirkender Hitze zurückgelassen. Mühelos trat die Tigerin über die winzige Steinmauer.

»Unsere Dankbarkeit kennt keine Grenzen«, fuhr Grelgen fort. »Ihr habt gesagt, daß ihr zu uns gekommen seid, um Hilfe zu erbitten.« Sie vollführte eine niedliche kleine Pirouette in der Luft, entzückt von ihrer neugewonnenen Beweglichkeit. »Was war es, das ihr erfahren wolltet?«

»Wir brauchen eine Wegbeschreibung, die uns zu einer bestimmten Stadt bringt«, erklärte Jon-Tom ihr. »Ein Ort namens Crancularn.«

»Ach ja, ein sehr problematisches Ziel. Warum, das zu wissen obliegt mir nicht. Wartet hier.« Sie flog wie eine

Wespe summend zum Dorf hinüber und kehrte einige Minuten später mit vier frisch abgespeckten Ältesten zurück. Sie nahmen auf der Mauer Platz und breiteten ein quadratisches Stück Pergament von etwa fünfzehn Zentimeter Kantenlänge aus. Es war das größte Stück beschriebene Unterlage, das das Dorf herstellen konnte.

»Crancularn, hast du gesagt?«

Jon-Tom nickte Grelgen zu.

Sie rollte die Ärmel ihres burgunder- und limonenfarbenen Kleides hoch und wedelte beim Sprechen mit ihrem Stab über das Pergament. Das Blatt bog sich wie Laub im Wind und bebte noch weiter, als eine goldene Linie auf seiner Oberfläche sichtbar wurde und die Umrisse von Bergen und Flüssen, Pfaden und Wegen nachzog. Nicht einer davon führte auf direkter Strecke zu dem goldenen Karo, das hoch oben in der linken Ecke des Pergaments schimmerte.

Grelgen beendete ihre Beschwörung. Das Pergament hörte auf zu beben, was den Ältesten gestattete, ihren Griff zu lockern. Jon-Tom nahm die frisch beschriftete Karte vom Gras auf. Sie fühlte sich warm an. Unweit eines kleinen Pfads leuchtete ein winziger Punkt.

»Dieser Punkt zeigt immer an, wo ihr euch gerade befindet«, belehrte ihn Grelgen. »Er bewegt sich genauso wie ihr. Haltet euch stets an die Karte, dann könnt ihr euch nicht verirren.« Sie erhob sich auf durchsichtigen Flügeln, um neben seine Schulter zu schweben und mit dem Stab über die Karte zu fahren. »Siehst du? Von hier aus führt kein leichter, direkter Weg an euer Ziel.«

»Wir haben gehört, daß Crancularn sich bewegt.«

»Das stimmt. Das ist seine Eigenart. Aber die Karte wird euch schon dorthin führen, macht euch keine Sorgen. Dies ist die Kartographie dessen, was ist, und dessen, was sein wird. Es ist eine nützliche Fähigkeit, die wir allerdings nur selten anwenden. Uns gefällt es hier nämlich.«

Jon-Tom dankte ihr, während er die Karte zusammenfaltete und sie sorgfältig in einer Tasche seines indigofarbenen Hemds verstaute.

Grelgen schwebte näher heran. »Sag mir eins, Menschenmann. Warum willst du nach Crancularn?«

»Um in dem Laden ›Irgends und Nirgends‹ etwas zu kaufen.« Sie nickte ernst. »Wir haben schon viele Gerüchte gehört«, fügte er hinzu. »Ist dieses Geschäft irgendwie gefährlich?«

»Ja, das ist es. Zu seinem ungewöhnlichen Warenlager gehört auch ein großer Vorrat der Wahrheit. Das ist etwas, was die meisten Reisenden nicht suchen, sondern zu meiden trachten. Seid vorsichtig mit dem, was ihr dort kauft. Es gibt dort Zugaben und Ermäßigungen, die euch möglicherweise nicht sonderlich gefallen werden.«

»Wir werden schon aufpassen«, versicherte er.

Sie nickte feierlich. »Und hütet auch eure Herzen und Seelen. Viel Glück. Mensch, dir und deinen Gefährten. Wenn ihr auf dem gleichen Weg zurückkommen solltet, können wir euch vielleicht den Wolkentanz vorführen.« Sie blickte leicht wehmütig. »Vielleicht kann ich ja selbst auch daran teilnehmen.«

»In der Luft läßt es sich leichter tanzen als auf dem Boden«, meinte Wahnwitz.

Grelgen grinste sie an. »Das hängt ganz davon ab, was man in der Luft macht, Kind.« Mit großer Würde drehte sie sich um sich selbst und führte die vier Ältesten ins Dorf zurück.

Jon-Tom begriff: Sie waren wieder frei, und die Feen ebenfalls.

XII

Mit Hilfe der Karte fanden sie aus der schmalen Schlucht der Verzauberten hinaus. Musik und rhythmisches Gegrunze folgten ihnen, als sie ein Dorf voller Feen hinter sich ließen, die wie die Wahnsinnigen Aerobik praktizierten. Grelgen würde noch eine ganze Weile an sich arbeiten müssen, bevor sie wie Jane Fonda aussähe, doch war sie wild entschlossen, ihre Untertanen zu übertrumpfen, und Jon-Tom zweifelte nicht daran, daß sie die dafür erforderliche Willenskraft besaß.

Ein mehrtägiger Marsch durch wildreiches Gebiet führte sie über den höchsten Bergpaß und die westlichen Abhänge hinab. Trotz Grelgens eindringlicher Mahnung, daß die Strecke bis Crancularn alles andere als leicht zu bewältigen sein würde, begannen sie sich etwas zu entspannen. Seit sie das verzauberte Dorf hinter sich gelassen hatten, waren ihnen keine gefährlichen Tiere oder vernunftbegabten Wesen begegnet, und das Land bot reichlich Nahrung.

Vor ihnen lag die Wüste. Jon-Tom war davon überzeugt, daß sie sie binnen weniger Tage würden durchqueren können. Alles verlief genau nach Plan.

Er wurde nicht mehr von bösen Träumen heimgesucht und erwachte frisch und gelassen. Das Laub war ihm ein bequemes, federndes Bett gewesen. Sie befanden sich wieder in einem Laubwald, nachdem sie den größten Teil der Immergrüngebiete hinter sich gelassen hatten.

Er schob seinen Umhang zurück. An der Feuerstelle des Vorabends stiegen noch immer einige vereinzelte Rauchschwaden empor. Roseroar schnarchte leise auf der gegenüberliegenden Seite der Glut, während Mudge in seiner Nähe schlummerte. Das war an sich schon ungewöhnlich, denn normalerweise erwachte der Otter stets als erster.

Jon-Tom ließ seinen Blick über den Rest des Lagers schweifen und fuhr in die Höhe.

»Jalwar? Wahnwitz?«

Der Wald gab keine Antwort – und auch sonst niemand.

Er sprang auf und wiederholte seinen Ruf. Damit weckte er Mudge und Roseroar.

»Was'n los, Kumpel?«

Jon-Tom zeigte auf die Lagerstelle. »Sieh doch selbst.«

Mudge inspizierte die Schlafplätze der beiden. »Frühstücksbeeren sind die jedenfalls nicht jagen gegangen. Ihre Ausrüstung ist auch weg.«

»Ob jemand sie verschleppt hat?« fragte Jon-Tom murmelnd.

»Warum sollte'n jemand sich hia anschleichen und die beiden klauen, während er uns gemütlich im Schlummerland schlafen läßt?« wandte Roseroar ein. »Das ergibt doch keinen Sinn.«

»Da hast du recht, das leuchtet wirklich nicht ein. Also sind sie aus freien Stücken gegangen und mit einer Heimlichkeit, die den Verdacht der Vorsätzlichkeit nahelegt.«

»Was?« knurrte sie verwirrt.

»Entschuldigung. Da spricht wieder der Jurist in mir. Ich will damit sagen, daß sie ihre Flucht geplant haben. Frag mich aber nicht, warum.«

»Wohin sollten sie denn gehen?«

»Vielleicht gibt es in der Nähe eine Stadt. Ich schau mal auf der Karte nach.« Er griff in seine Tasche und erwischte nur – Luft. Nach kurzer, hektischer Suche gab es keinen Zweifel mehr: Die Karte war fort.

»Mudge, hast du ...?«

Der Otter schüttelte den Kopf, und seine Barthaare sträubten sich vor Zorn. »Du 'ast sie mir nie gegeben, Chef. Ich 'ab es selbst gesehen, wie du sie eingesteckt 'ast.« Er seufzte, setzte sich auf einen Stein und rückte seine Mütze zurecht, wobei er die Feder nach gewohnter Art keck schräg nach vorne stellte. »Kann allerdings nicht be'aupten, daß mich das wundert. Dieser Corroboc war ja vielleicht 'n Bastard erster Klasse, aber als er diesem Mädchen seinen Namen gab, da 'at er wirklich gewußt, was er tat.«

»Ich hab ihren Motiven von Anfang an mißtraut«, ergänzte Roseroar. »Wia hätten das kleine Biest in Snarken verkaufen sollen, als wia Gelegenheit dazu hatten.«

Jon-Tom ertappte sich dabei, wie er gen Nordwesten starrte, durch lichter werdenden Wald hinaus in Richtung Wüste. »Das ergibt doch keinen Sinn! Und Jalwar? Der ist auch fort, und dafür gibt es noch weniger einleuchtende Gründe. Wie will er denn ohne unseren Schutz irgendwo zurechtkommen?«

Mudge stellte sich neben seinen Freund und legte ihm die Pranke freundschaftlich auf die Schulter. »Ach, Junge! 'aste wirklich so wenig übers Leben gelernt, seitdem du in unsere Welt gekommen bist? Wer weiß, was Jalwar dem Mädchen alles versprochen 'at. Er ist Kaufmann, 'ändler. Anscheinend 'at er ihr was Besseres geboten als wir. Vielleicht waren das ja in Wirklichkeit ehrliche Leute, damals am Strand, Leute, die er nur beschissen 'atte. Das 'ier ist keine Welt, in der man die Leute beim Wort nehmen darf, mein Freund. Vielleicht ist Jalwar ja in seiner 'eimatstadt in Wirklichkeit 'n ganz reicher alter Knacker.«

»Wenn er gewollt hat, daß Wahnwitz ihm hilft, warum haben sie dann die Karte mitgenommen? Die brauchen sie doch wohl kaum, um den Weg nach Snarken zurückzufinden.«

»Dann ist es ja wohl mächtig klar, daß die gar nicht nach Snarken wollen.« Der Otter drehte sich um und blickte auf den kaum sichtbaren Pfad. »Und das sollten wir eigentlich auch beweisen können.«

Tatsächlich waren auf dem taufeuchten Boden hinter dem Lager die Fußabdrücke Jalwars eng neben Wahnwitz' Sandalenfährte. Sie zeigten hügelabwärts, der Wüste entgegen.

»Ist doch wohl klar, was die vor'aben, Kumpel. Die wollen nach Crancularn. Des'alb 'aben sie auch die Karte geklaut.«

»Aber warum? Warum nicht mit uns hingehen?« Roseroar schüttelte verwundert den Kopf.

»Du bist genauso schwer von Begriff wie der Junge da,

Liebchen. Ja begreift ihr denn nicht, was los is? Jalwar ist *'ändler!* Die beiden werden versuchen, den ganzen Vorrat der Medizin, die seine 'exerschaft so dringend braucht, aufzukaufen, um damit 'ne kleine Erpressung zu starten.« Er sah Jon-Tom mit starrem Blick an. »Wir 'aben dem alten Kerl einfach zuviel verraten, Kumpel, und nun will er uns austricksen.«

»Jalwar vielleicht ...«, murmelte Jon-Tom unglücklich, »aber ich kann nicht glauben, daß Wahnwitz ...«

»Warum denn nicht, Kumpel? Oder 'ast du etwa geglaubt, daß die in dich verliebt war? Nach allem, was sie durchgemacht 'at, sieht die doch nur noch zu, daß sie auf ihre Kosten kommt. Kann man ihr ja auch nicht verdenken, wa?«

»Aber wir haben doch für sie gesorgt, und zwar gut.«

Achselzuckend entgegnete Mudge: »Anscheinend nicht gut genug. Wie ich schon gesagt 'ab, man weiß nie, was der alte Jalwar ihr dafür versprochen 'at, daß sie ihm 'ilft.«

»Was nun, Jon-Tom?« fragte Roseroar sanft.

»Umkehren können wir nicht, ob wir die Karte nun haben oder nicht. Wir könnten zwar wahrscheinlich wieder zum Dorf der Verzauberten wandern, um uns eine neue geben zu lassen, aber dann würden sie einen Vorsprung von mehreren Wochen bekommen. Wenn Mudges Verdacht stimmt, dürfen wir nicht soviel Zeit verlieren. Sonst kriegen sie die Medizin nämlich mühelos als erste in die Finger. Ich habe die Karte ziemlich intensiv studiert, als Grelgen sie uns gegeben hat. Ich kann mich teilweise noch an die Eintragungen erinnern.«

»Das ist nicht alles, Kumpel.« Mudge beugte sich vor und legte die Nase dicht an den Boden. Als er sich wieder aufrichtete, bebten seine Barthaare. »'n Otter kann 'ne Fährte über Land auch im Wasser verfolgen, solange genug persönliches Parfüm übrig ist, um seine Nase zu kitzeln. Diese Spur ist so frisch wie 'ne junge 'ure. Bis es regnet, 'aben wir 'ne Fährte, die wir verfolgen können, und vor uns liegt Wüste. Wenn wir im Laufen pinkeln, könnten wir diese verdammten Verräter vielleicht noch ein'olen.«

»Da bin ich auch füa. Nicht aufgeben, Jon-Tom.«

»Ich dachte nicht ans Aufgeben, Roseroar. Ich dachte daran, was wir tun sollen, wenn wir sie tatsächlich eingeholt haben.«

»So isses richtig.« Sie beugte sich weit zu ihm herüber. »Überlaß die Einzelheiten mal mia.« Und ihre Zähne schimmerten sehr weiß.

»Ich bin nicht sicher, daß das eine sehr zivilisierte Lösung wäre, Roseroar.« Trotz des Verrats war die Vorstellung, wie sich Wahnwitz in der Gewalt von Roseroars Tatzen wand, alles andere als erbaulich.

»Alles, was ich tue, richtet sich nach dem Ehrenkodex meina Gesellschaft, Jon-Tom«, sagte sie steif. Plötzlich runzelte sie die Stirn, als ihr noch etwas einfiel. »Nun erzähl mia bloß nicht, daß du füa das kleine Luda immer noch Gefühle hegst?«

Jon-Tom nahm gerade seinen Rucksack wieder auf. »Wir wissen noch nicht, ob sie wirklich freiwillig mit Jalwar gegangen ist. Vielleicht hat er sie ja auch dazu gezwungen.«

Mudge wartete bereits am Rande des Lagers. »Ach, komm schon, Kumpel. Selbst wenn du mal den Altersunterschied außer acht läßt, war das Mädchen immer noch größer und stärker als das olle Frettchen. Und außerdem 'ätte es immer noch schreien können.«

»Nicht unbedingt. Nicht, wenn Jalwar ihr eine Messerklinge an die Gurgel gehalten hat. Hör mal, ich geb ja zu, daß alles danach aussieht, als sei sie freiwillig mit ihm gegangen, aber bevor wir das nicht mit Sicherheit wissen, will ich sie auch nicht verurteilen. Sie muß so lange als unschuldig gelten, wie ihre Schuld nicht bewiesen wurde.«

Mudge spuckte aus. »Noch so eins von deinen anderweltlichen Fehlkonzepten.«

»Das ist nicht anderweltlich. Das ist eine universelle Wahrheit.«

»Aber nicht in *diesem* Universum, o nein!«

Roseroar ließ die beiden diskutieren, während sie selbst die Führung übernahm. Sie blickte gelegentlich zu Boden, um sicherzugehen, daß sie noch immer der richtigen Fährte folgten, und musterte eindringlich den Wald, um etwaige Anzeichen eines Hinterhalts aufzuspüren. Im Augenblick zog sie es vor, die beiden Streitenden zu ignorieren.

Von Zeit zu Zeit gesellte sich Mudge zu ihr, um die Nase in den Boden zu versenken. Manchmal verschwand die Fährte der beiden in stehendem Gewässer oder vermischte sich mit den Spuren anderer Lebewesen. Doch Mudge fand sie immer wieder.

»Müssen sofort abge'auen sein, als der letzte von uns eingeschlafen ist«, meinte der Otter am Nachmittag. »Schätze, die 'aben mindestens sechs Stunden Vorsprung, wahrscheinlich sogar noch mehr.«

»Wir werden sie schon noch einholen.« Jon-Tom bewegte sich mühelos mit langen, geübten Schritten.

»Vielleicht war dieses Frettchen gar nicht so alt. Vielleicht 'at der Knacker nur so getan«, warf Mudge ein.

»Trotzdem werden wir sie einholen.«

Doch der Tag verging, ohne daß sie das Mädchen oder den alten Händler zu Gesicht bekamen. Sie ließen Roseroar die Führung bei Nacht übernehmen, bis die sich daraus ergebenden zahllosen Beulen und Schrammen Jon-Tom dazu zwangen, eine Rast zu befehlen. Sie schliefen sehr unruhig und waren schon vor dem Morgengrauen wieder auf den Beinen.

Bis zum Nachmittag hatten die Bäume kahlem Felsgestein und Strauchwerk das Land überlassen. Vor ihnen erstreckte sich von Horizont zu Horizont eine breite, hügelige Ebene aus gelben und braunen Tönen, die sich mit dem reinen Weiß des Gipsgesteins mischten. Es war eine hochgelegene Wüste, so daß die Hitze nicht ganz so erdrückend war, wie sie es hätte sein können. Es war einfach nur beängstigend heiß. Die Luft war still und windlos, und der seichte Sand zeigte deutlich Jalwars und Wahnwitz' Spuren.

Das war auch gut so, denn der Sand konservierte die Witterung ihrer Jagdopfer nicht so gründlich wie feuchtes Erdreich, und Mudge hatte bald immer größere Schwierigkeiten, sie von den Fährten der Wüstenbewohner zu unterscheiden, als sie sich daranmachten, die Ebene zu durchqueren.

»Ich 'offe, du erinnerst dich noch gut genug an die Karte, Kumpel.«

»Wenn ich nicht irre, ist das die Zeitvolle Wüste.«

Mudge legte die Stirn in Falten. »Ich dachte immer, Wüsten wären zeitlos und nicht zeitvoll.«

»Sieh nicht mich an. Ich habe sie nicht getauft.« Jon-Tom deutete auf eine niedrige Düne. »Die einzige Wasserquelle ist eine kleine Stadt mitten in der Wüste, sie heißt Rotfels. Die Wüste dehnt sich nicht sonderlich weit aus, aber sie ist groß genug, um uns umzubringen, wenn wir uns verirren sollten.«

»Das ist wirklich 'n sehr beru'igender Gedanke, gleich am Anfang.« Der Otter blickte zu Roseroar empor. »Irgend'n Anzeichen von unseren Freunden, Hochschwanz?«

Roseroar ließ ihren außerordentlich scharfen Blick über den Horizont schweifen. »Nichts als Sand. Hier rührt sich nichts.«

»Kann ich auch keinem übelnehmen.« Er schüttelte den Sand von seinen Stiefeln.

Am Morgen des nächsten Tages hatten sie die Berge schon weit hinter sich gelassen. Jon-Tom beschäftigte sich damit, nach einer Spur von Grün, einem Anzeichen von Feuchtigkeit Ausschau zu halten. Es erschien ihm unglaublich, daß das Land gänzlich unfruchtbar und kahl sein sollte. Selbst ein knolliger, matter Kaktus wäre eine willkommene Abwechslung für das Auge gewesen.

Sie konnten nichts erkennen, was allerdings nicht bedeutete, daß in der Zeitvollen Wüste tatsächlich nichts existierte. Doch wenn es hier Leben gab, so gab es sich dem reisenden Dreiergespann zumindest nicht zu erkennen.

Wieder war sich Jon-Tom sicher, daß sie Jalwar und Wahnwitz noch am selben Tag einholen würden, doch das geschah nicht – weder an diesem noch am darauffolgenden Tag.

Am dritten Tag hieß Mudge sie schließlich haltmachen, während er im Sand auf die Knie ging.

»'ee, ihr beiden, 'abt ihr das 'ier schon bemerkt?«

»Was sollen wir bemerkt haben?« Der Schweiß tropfte Jon-Tom von der Stirn – nicht nur der Schweiß, der von der Hitze herrührte, sondern auch von der Enttäuschung darüber, daß sie die Fliehenden immer noch nicht zu Gesicht bekommen hatten.

Mudge legte eine Pfote flach auf den Boden. »Das 'ier ist Sand. Guck ihn dir mal genauer an.«

Jon-Tom kniete nieder und tat es. Zuerst bemerkte er überhaupt nichts. Doch da kroch plötzlich ein Sandkorn zwischen Mudges Fingern empor. Dann ein zweites und ein drittes, von Westen nach Osten. Es war windstill.

Zu selben Zeit, da die lockeren Körner zwischen den Fingern des Otters hervorsickerten, bildete sich auf der gegenüberliegenden Seite an seinem Daumen ein kleiner Hügel. Der Sand bewegte sich ohne Hilfe des Windes von Osten nach Westen.

Jon-Tom legte selbst die Hand auf den heißen Sand und sah mit an, wie sich das Phänomen wiederholte. Um sie herum wanderte der Sand überall von Osten gen Westen. Er spürte, wie sich seine Nackenhaare zu sträuben begannen.

»Ist verdammt gespenstisch«, murmelte der Otter, als er wieder aufstand und sich den Sand von den Pfoten wischte.

»Vielleicht eine Bodenerschütterung«, schlug Jon-Tom als Erklärung vor. »Oder irgendwas Lebendiges unter der Bodenoberfläche.« Doch dieser Gedanke war alles andere als angenehm, und so schob er ihn hastig wieder von sich. Sie hatten sowieso keinerlei Beweis dafür, daß es in diesem Gebiet überhaupt irgendwelches Leben gab.

»Das ist noch nicht alles.« Mudge zeigte den Weg zurück, den sie gekommen waren. »Da 'inten ist auch irgendwas mächtig faul. Siehste den 'ügel da, an dem wir gestern vorbeigekommen sind?« Jon-Tom und Mudge strengten sich an, um den fernen Verwandten einer Serengeti-Erhebung zu erkennen. »Der ist jetzt niedriger als vorher.«

»Das ist ganz natürlich, Mudge. Je weiter wir uns von ihm entfernen, um so kleiner erscheint er uns.«

Doch der Otter schüttelte unbeirrt den Kopf. Er nahm sein Gepäck wieder auf und setzte sich in Bewegung. »Und noch was. Habt ihr beide nicht auch den Eindruck, daß wir bergab gehen?«

Jon-Tom versuchte gar nicht erst, seine Verwirrtheit zu verbergen. Er zeigte an den westlichen Horizont. »Wir sind hier doch auf flachem Boden, wovon redest du denn?«

»Ich weiß nicht.« Der Otter hatte Mühe, seine Gefühle in Worten auszudrücken. »Ist nur so, daß ich irgendwie 'n Gefühl 'ab, daß 'ier was nicht stimmt. Es fühlt sich einfach nicht richtig an.«

An diesem Abend erwies sich die Nase des Otter als nützlicher als sein Gleichgewichtssinn. Sie gruben ein Loch in einen dunklen Sandfleck und stießen zur Belohnung auf ein Rinnsal aus erstaunlich klarem Wasser. Mit etwas Geduld schafften sie es, ihre Wasserschläuche wieder zu füllen und dadurch ihre Hauptsorge aus der Welt zu schaffen. Einhellig wurde beschlossen, an der Sickerstelle zu lagern.

Jon-Tom spürte, wie ihn jemand wachrüttelte, und blinzelte in die Nacht hinaus. Mudge starrte ihn besorgt an.

»Du mußt dir was angucken, Kumpel.«

»Um diese Uhrzeit? Bist du verrückt geworden?«

»Ich will's schwer 'offen, Kumpel«, flüsterte der Otter. »Ich will's wirklich 'offen.«

Jon-Tom seufzte und wälzte sich herum. Da bemerkte er, daß er plötzlich Sand ausspuckte. Der Vollmond schien hell auf ihr Lager herab und beleuchtete das Gepäck und die Waffen – die, ebenso wie Roseroars Füße, zum Teil unter Sand begraben waren.

»Ach, dann ist in der Nacht eben der Wind wieder aufgekommen.« Er stellte fest, daß er ebenfalls flüsterte, obwohl es dafür keinen erkennbaren Grund zu geben schien.

»Spürste im Augenblick etwa Wind, Kumpel?«

Jon-Tom befeuchtete einen Finger und reckte ihn empor. »Nein. Nicht mal die leiseste Brise.«

»Dann guck dir mal deine eigenen Füße an, Kumpel.«

Jon-Tom gehorchte – und sah, wie der Sand über seine Füße rieselte. Es war völlig windstill, und der Sand bewegte sich inzwischen viel schneller als am Tag zuvor. Er zog die Füße mit einem Ruck an, als befürchtete er, daß die pulverisierten Silikate ihn beißen könnten.

»Schau dich doch mal um, Junge.«

Der Sand kroch mit stetig steigendem Tempo nach Westen. Schon beim bloßen Zusehen schien er immer schneller zu werden. Dazu kamen die ersten murmelnden, gleitenden, schabenden Geräusche der übereinanderrieselnden Sandkörner.

Endlich wurde auch Roseroar von dem Gespräch wach. »Was is'n hia los?«

»Ich weiß es nicht«, murmelte Jon-Tom und beäugte den dahinkriechenden Boden. »Der Sand bewegt sich, und zwar viel schneller als gestern. Ich weiß nicht so recht, ob ich überhaupt wissen will, weshalb er das tut ...«

»Sollen wir umkehren?« fragte die Tigerin, während sie sich die Sandkörner aus den Sandalen klopfte und sie anlegte.

»Das können wir nicht.« Jon-Tom schlüpfte ebenfalls in seine Stiefel. »Wenn wir jetzt zurückgehen, dann verlieren wir Jalwar und Wahnwitz und höchstwahrscheinlich auch Clodsahamps Medizin. Aber ich will keinen von euch dazu zwingen, bei mir zu bleiben. Roseroar, hörst du überhaupt zu?«

Das tat sie nicht. Statt dessen zeigte sie in Richtung Süden. »Schätze, wia können uns 'n Alternativgutachten geben lassen. Wia kriegen nämlich Gesellschaft, Kameraden.«

Die Kamelreihe, welche die Tigerin erspäht hatte, lag zwar noch ein gutes Stück hinter ihnen, kam aber geschwind auf sie zu. Hastig nahmen die drei Gefährten ihre Ausrüstung auf und liefen den Rennkamelen entgegen. Die

Sonne ging auf und brachte willkommenes Licht und unwillkommene Hitze. Und um sie herum kroch der Sand unaufhörlich westwärts.

Auf den Rücken der Kamelen befand sich eine höchst ungewöhnliche Versammlung in Umhängen gekleideter Nager – Packratten, Känguruhratten, Feldmäuse und andere verwandte Wüstenbewohner. Sie erschienen Jon-Tom wie ein Haufen katzenbärtiger Zwergbeduinen. Er sprang neben das Kamel an der Spitze, versuchte eine kleine Verbeugung und wäre beinahe über seine eigenen Füße gestolpert.

»Wohin wollt ihr denn so eilig?« Die Packratte gab keine Antwort, dafür aber das Kamel, ohne dabei innezuhalten.

»Wir gehen nach Rotfels. Alles geht nach Rotfels, Menschenmann. Alles, was in der Wüste lebt.« Das Gebahren des Kamels war gebieterisch und arrogant, ganz wie es seiner Rasse entsprach. Es spie einen Klumpen übelriechenden Speichels nach links, und Jon-Tom, der ständig neben dem Reittier herrannte, mußte mit einem Sprung ausweichen, um nicht getroffen zu werden.

»Wer seid ihr denn?« fragte die vorderste Packratte. Der Rücken des Kamels bot mehreren von ihnen Platz.

»Wir sind fremd in diesem Land.«

»Das ist ja nun wirklich nicht zu übersehen«, bemerkte das Kamel.

»Warum will denn alles nach Rotfels?« fragte Jon-Tom. Das Kamel blickte zu seinem vordersten Reiter empor und schüttelte traurig den Kopf. Die Ratte sagte: »Wißt ihr das wirklich nicht?«

»Warum sollten wir euch denn sonst wohl fragen, Kumpel?« sagte Mudge.

Die Ratte gestikulierte mit beiden Pfoten und breitete die Arme dabei aus. »Es ist die Konjunktion. Die Zeit, da die Fäden der Magie, die dieses Land zusammenhalten, ihr Apogäum erreichen. Die Zeit der Zeitinversion.«

»Was soll das denn heißen?«

Achselzuckend entgegnete die Ratte: »Bittet mich nicht, es euch zu erklären. Ich bin kein Magier. Das weiß ich selbst nicht. Wenn ihr nicht bis zum nächsten Mondaufgang in Rotfels in Sicherheit seid, werdet ihr es niemals mehr sein.« Der Reiter klatschte dem Kamel mit der Pfote gegen den Hals. Das Tier wandte ihm den Blick zu.

»Damit wollen wir gar nicht erst anfangen, Bartim, sonst gehst du nämlich zu Fuß. Ich bestimme mein Tempo selbst, genau wie meine Brüder.«

»Die Zeit naht!«

»Für mich nicht weniger als für dich«, sagte das Kamel mit gequältem Gesichtsausdruck. Es wandte sich Jon-Tom zu, der langsam an Höhe zu verlieren begann. »Wir sehen euch in Rotfels wieder, Fremde. Und wenn nicht, dann trinken wir einen großen Schluck auf euer Andenken.«

Keuchend im heißer werdenden Sonnenlicht mußte Jon-Tom sein Tempo verlangsamen, weil er mit den Kamelen nicht Schritt halten konnte. Auf festem Boden wäre ihm das vielleicht noch gelungen, doch nicht auf dem weichen, nachgiebigen Sand. Roseroar und Mudge waren nicht weniger außer Puste.

»Was war'n das füa 'n Gerede, Jon-Tom?« fragte Roseroar.

»Das weiß ich auch nicht so genau. Sehr vernünftig geklungen hat es nicht.«

»Du bist doch 'n Bannsänga.«

»Ich kenne zwar meine Lieder, aber keine andere Magie. Wenn Clodsahamp jetzt hier wäre ...«

»Wenn Seine 'exerschaft jetzt 'ier wäre, wären wir nicht 'ier, Kumpel.«

»Was hältst du denn von ihrer Warnung?«

Der Sand begann sich bereits um die Füße des Otters aufzutürmen, und er trat wütend danach. »Die 'atten beide Angst. Ich weiß zwar nicht warum, aber sie 'atten Angst. Ich finde, wir sollten besser auf sie 'ören und den 'intern bewegen. Bis zum Nachtanbruch sollten wir in Rotfels sein, 'aben sie gesagt. Wenn die das schaffen, schaffen wir das auch. Also los, an die Arbeit.«

Sie setzten sich in Trab, hielten ein regelmäßiges Tempo

und übernahmen abwechselnd die Führung. Sie gönnten sich nur kurze Essenspausen und gingen sehr großzügig mit ihren Wasservorräten um. Je mehr sie tranken, um so leichter wurde ihre Last, und wenn die Warnung so ernst gemeint war, wie es den Anschein gehabt hatte, so würden sie an diesem Abend entweder in Rotfels etwas zu trinken bekommen – oder niemals wieder.

Was das Wesen der Gefahr anging, vor der sie flohen, so offenbarte es sich ihnen beim Laufen.

Es war inzwischen Nacht geworden, und noch immer war die gesuchte Stadt nicht auszumachen; ebensowenig die Karawane, welche die drei Gefährten schon lange zuvor abgehängt hatte. Der Sand war inzwischen äußerst schnell geworden und jedesmal, wenn sie eine Verschnaufpause einlegten, drohte er ihre Füße zu umschlingen.

Zuerst glaubte Jon er würde versinken, doch ein schneller Blick belehrte ihn eines Besseren: Der Boden hinter ihnen wuchs in die Höhe. Es war, als würden sie vor einem Strand landeinwärts fliehen, der hinter ihnen herjagte, eine immer weiter in die Höhe steigende Flutwelle aus Sand. Er überlegte, ob sie kehrtmachen sollten, um den Gipfel der körnigen Woge zu erklimmen. Doch dann hielt ihn der Gedanke davon ab, daß sie auf der anderen Seite möglicherweise nur eine weitere, noch riesigerer Brandungswelle vorfinden würden.

So liefen sie mit pochenden Lungen und schmerzenden Beinmuskeln weiter. Einmal geriet Mudge ins Stolpern, und sie mußten ihn wieder emporreißen, während der Sand gierig nach seinen Beinen griff.

Als er ein zweites Mal stürzte, versuchte er ihre Hilfe nicht anzunehmen. Es schien, als sei seine so unerschöpflich wirkende Energie endgültig verbraucht.

»'at keinen Zweck mehr, Junge. Ich kann nicht mehr. Rettet ihr euch wenigstens.« Er zuckte matt mit einer Pfote.

Jon-Tom nutzte die Pause, um Luft zu schöpfen. »Du hast recht, Mudge«, meinte er schließlich. »Das ist wirklich das Praktischste. Ich werde nie vergessen, auf welch edle Weise du den Tod gefunden hast.« Er wandte sich zum Gehen. Roseroar blickte ihn fragend an, enthielt sich aber jedes Komentars.

Plötzlich prasselte eine Handvoll Sand gegen Jon-Toms Nacken. »Ich pfeif aufs Edle! Würdest mich wohl wirklich glatt 'ier liegenlassen, wa? Den armen alten Mudge zurücklassen, damit er in der Wüste verrecken kann!«

Jon-Tom grinste, achtete aber sorgfältig darauf, es den Otter, der außer sich vor Wut war, nicht anmerken zu lassen. »Hör zu, *Kumpel,* ich bin auch müde. Und verdammt will ich sein, wenn ich dich auch noch trage!«

Taumelnd folgte der Otter seinen Gefährten. »Das 'ältst du wohl für komisch, wa? Du 'euchlerischer schräger Bastard!«

Jon-Tom mußte an sich halten, um nicht laut loszulachen. Er hatte aber auch gar nicht die nötige Puste dafür. »Hör schon auf damit, Mudge. Du weißt doch genau, daß wir dich nicht zurückgelassen hätten.«

»Ach nee, 'ättet ihr nicht, wa? Und wenn ich nicht aufgestanden wäre, um euch zu folgen, eh? Was wär'n dann gewesen? Woher soll ich'n wissen, ob ihr wirklich zurückgekommen wärt?«

»Darüber läßt sich trefflich streiten, Mudge. Du wolltest doch bloß eine Huckepacktour schnorren, gib's zu.«

»Gar nichts geb ich zu.« Der Otter drängte sich an ihm vorbei und übernahm die Führung. Seine kurzen Stummelbeine stapften auf und ab wie Zylinderkolben.

»Ist schon 'n komischer Kerl, dein zottiger kleiner Freund«, flüsterte Roseroar Jon-Tom zu. Sie paßte sich seinem Gehtempo an.

»Ach, Mudge ist schon in Ordnung. Er ist zwar ein stinkfauler kleiner Lügner und Betrüger, aber davon abgesehen ist er wirklich ein Prachtkerl.«

Roseroar dachte über das Gesagte nach. »Schätze, in deiner Welt müssen wohl 'n bißchen andere Maßstäbe gelten als in meiner.«

»Das hängt auch bei uns davon ab, aus welchem kulturellen Umfeld man stammt. Mudge würde sich beispielsweise in einem Ort meiner Welt namens Hollywood wie zu Hause fühlen. Oder auch in Washington, D.C. Dort gäbe es eine Menge Bedarf für seine Talente.«

Roseroar schüttelte den Kopf. »Diese Namen sagen mir nichts.«

»Das macht nichts. Einer Menge meiner Zeitgenossen sagen sie genausowenig.«

Der Sand hinter ihnen wuchs ständig in die Höhe, dem sich verdunkelnden Himmel entgegen. Jeden Augenblick konnte die Woge ihren Gipfelpunkt erreichen und sie unter Tonnen von Sand begraben. Jon-Tom versuchte, nicht daran zu denken, versuchte, an überhaupt nichts anderes zu denken als daran, den einen Fuß vor den anderen zu setzen. Sobald die Steigung der sich hinter ihnen auftürmenden Düne fünfundvierzig Grad überschreiten sollte, würde der Sand so schnell auf sie heruntergleiten, daß es sehr schwer werden würde, noch festen Tritt zu finden.

Um sie herum wuchs die Wüste zu allen Seiten in den Himmel. Jon-Tom war unfähig, dafür eine Erklärung zu finden. Die Konjunktion sollte die Ursache sein, das hatte jedenfalls die Packratte behauptet. Inzwischen war der Mond aufgegangen und griff mit silbrigen Tentakeln nach den keuchenden, verzweifelten Fliehenden. Doch wann würde der kritische Augenblick kommen? Jetzt? In ein paar Minuten? Oder um Mitternacht? Wieviel Zeit blieb ihnen noch?

Dann stieß Roseroar einen Schrei aus, und sie erblickten vor sich eine Hügelgruppe. Im Laufen wurden die Umrisse der Hügel schärfer, wurden regelmäßig und erkennbar: Rotfels, das nach dem roten Sandstein benannt worden war, aus dem seine vielstöckigen Türme und Gebäude bestanden. In den ersten Mondlichtstrahlen und den letzten Strahlen der Sonne hatte es den Anschein, als würde die Stadt lichterloh brennen.

Nun fanden sie sich in Gesellschaft von Nachzüglern wieder – einige waren zu Fuß, andere hatten sich vorübergehend mit Kamelen und Packeseln zusammengetan. Manche ließen panikerfüllt Peitschen über den Köpfen ihrer Zugechsen knallen.

Mehrere Straußenfamilien rasten an ihnen vorbei, mit schweren Lasten, die sie auf ihre fluguntauglichen Flügel geschnallt hatten. Sie trugen keine Passagiere. Ebensowenig die Pumafamilie, die aus dem Norden heranraste. Mekkernd und bellend, brüllend und klagend schoben sich diese Ströme bunten Lebens in drängenden, drückenden Linien der Stadt entgegen.

»Wir schaffen es!« rief Jon-Tom seinen Gefährten zu, als sie sich der Nachhut anschlossen. Er blickte nicht zurück, aus Furcht, eine Lawine braungelben Staubes könnte ihn auf tödliche Weise Lügen strafen. Sein Rachen fühlte sich an wie der untere Teil der Motorhaube eines neuen Corvette nach einer ganztägigen Rallye, doch er wagte nicht stehenzubleiben, um etwas zu trinken, bevor sie hinter den Stadtmauern in Sicherheit waren.

Da sackte der Boden unter seinen Füßen weg.

Sie befanden sich auf einer Brücke, und als er den Blick senkte, konnte er durch die Ritzen im Holz spähen. Das Holz mußte aus fernen Bergen herbeigeschafft worden sein. Der Graben war bodenlos – ein schwarzer Ring, der die gesamte Stadt umzog.

Jon-Toms erster Gedanke war, daß Rotfels mitten im Krater irgendeines uralten Vulkans auf einem Hügel erbaut worden war. Doch ein Blick auf die Grabenmauern belehrte ihn eines Besseren. Sie waren zu eben, zu glatt und zu senkrecht, um natürlichen Ursprungs zu sein. *Irgend etwas* hatte den furchterregenden Ring gegraben, doch was oder wer es gewesen war, vermochte er sich nicht vorzustellen.

Schwere Düfte und Körperausdünstungen erfüllten die Luft. Die Brücke schien endlos lang zu sein und die Lücken zwischen den schweren Balken gefährlich breit. Wenn er aus Versehen danebentreten und mit einem Bein in eine solche Lücke abrutschen sollte, würde er zwar nicht in die Tiefe stürzen, aber die ihm nachdrängende Masse von Lebewesen würde ihn zu Tode trampeln.

Als sie die Sicherheit der Stadtmauern erreicht hatten, legte sich die Panik. Reihen großer Wächter in gelber Kleidung trieben den Strom erschöpfter Flüchtlinge auf den riesigen Hof hinter dem Stadttor. Hinter der Mauer und dem unmittelbar davor liegenden Graben befand sich ein mehrere hundert Meter breiter unbekannter Streifen. Man hatte einen großen offenen Platz für die vor dem sich auftürmenden Sand Fliehenden bereitgestellt. Wie oft trat dieses Phänom eigentlich auf? Kamel und Packratte hatten sich zwar nicht dazu geäußert, doch offensichtlich handelte es sich um ein regelmäßig wiederkehrendes, vorhersehbares Ereignis.

»Ich muß mal nachsehen, was draußen vor sich geht«, sagte Jon zu Roseroar. Die Tigerin, die den größten Teil der Menge überragte, nickte.

In Erwartung der Flüchtlingsscharen waren Zelte aufgebaut worden. Jon-Tom und seine Gefährten gehörten zwar zu den letzten Ankömmlingen, hatten aber anderes im Sinn, als sich einen Unterschlupf zu suchen.

»Hier entlang«, sagte die Tigerin. Sie nahm ihn bei der Hand und zerrte ihn durch die drängende, ausschwärmende Menge – ein gestreifter Eisberg, der einem Meer aus Pelz trotzte. Irgendwie schaffte Mudge es, mit ihnen Schritt zu halten.

Dann standen sie auch schon an der Stadtmauer und schritten daran entlang, bis sie zu einer nach oben führenden Steintreppe kamen. Jon-Tom löste sich aus Roseroars Tatze und übernahm die Führung.

Ob der Sand den Graben zuschütten würde? Und wenn ja, was geschah danach?

Oben auf der Mauer standen einige weitere Wesen und blickten in die Wüste hinaus. Sie wirkten ruhig und gelassen, woraus Jon-Tom folgerte, daß wohl keine Gefahr bestand. Dafür lief in der ganzen Stadt alles viel zu sehr wie am Schnürchen.

Ein blasierter Wächter, ein hochgewachsener Serval, der zum Schutz seiner empfindlichen Ohren einen hohen Turban trug, trat ein Stück beiseite, um sie vorbeizulassen. »Paßt auf die Schwingungen auf, Besucher«, warnte er sie.

Oben angekommen, blickten sie in die Wüste hinaus. Draußen hinter dem Graben geriet die Welt völlig aus den Fugen.

Von den Bergen, die sie vor vielen Tagen verlassen hatten, war keine Spur mehr zu sehen. Keinerlei Geländemerkmale mehr, kein einziger Fels, der noch aus dem Boden herausragte. Nur das Meer aus Sand, das in einer einzigen Woge von mehr als siebzig Metern Höhe der Stadt entgegengischtete und dabei einen Lärm machte wie eine Milliarde Pfannen voller Bratspeck. Jon-Tom wollte sich zurückbeugen und den Wächter am Arm berühren, um ihn zu fragen, was wohl als nächstes geschehen würde. Doch da auch keiner der anderen Schaulustigen das gleiche tat, verzichtete er lieber darauf und blieb, wie sie auch, stehen, um zuzusehen.

Die gewaltige Woge brach sich nicht, um gegen die armseligen Stadtmauern zu prallen, sondern sie glitt in den dunklen Graben hinein und verströmte einen schier endlosen Katarakt in die unglaubliche Grabenöffnung. Die Woge selbst war ebenfalls endlos, und während sie zusahen, schien sie immer weiter emporzuwachsen, den Wolken entgegen, während ihre Wurzeln im Graben verschwanden.

Das Donnern umgab ihn auf allen Seiten, und Jon-Tom spürte, wie die Sandsteinblöcke unter seinen Füßen bebten. Er drehte sich um. Rund um die Stadt konnte er über die Dächer hinweg die Woge erkennen. Die Stadt wurde von voranpreschendem Sand von über hundert Metern Höhe und nicht abzuschätzender Masse umschlossen, der in seiner Gesamtheit in die Tiefen strömte, die Rotfels umgaben.

So vergingen dreißig Minuten. Schließlich begann die Woge an Höhe zu verlieren. Zahllose Tonnen Sand ergossen sich unentwegt in den Graben, der jedoch noch immer keine Anzeichen zeigte, daß er sich zu füllen begann. Nach weiteren dreißig Minuten war der Katarakt zu einem Rinnsal geworden. Schließlich rieselten die letzten Sandkörner in den Abgrund.

Dahinter beschien der Mond das Skelett der Wüste. Nacktes Gestein ragte dort aus dem Boden, so kahl wie die Mondoberfläche. Zwischen der Stadt und den Bergen gab es kein Leben mehr, bewegte sich nichts. Einige Aushöhlungen zeichneten sich dunkel im Fels ab, uralte Vertiefungen, die nun von Sand und Geröll befreit worden waren.

Ein leises Murmeln erklang unter den Zuschauern, als sie sich von dem Graben und der nackten Wüste abwandten, um auf die Stadt zurückzublicken. Jon-Tom und seine Gefährten schlossen sich ihnen an.

Genau im Mittelpunkt von Rotfels stand ein merkwürdiger, glasig wirkender Turm etwas abseits von den anderen Sandsteingebäuden. Alle Augen richteten sich darauf, und ein seltsames Gefühl der Spannung und Erwartung breitete sich aus.

Jon-Tom wollte schon seiner Neugier nachgeben und den Wächter doch noch fragen, was nun geschehen würde, als er plötzlich ein Rumpeln hörte. Der Stein unter seinen Füßen begann zu zittern. Diesmal war es eine andere Art von Beben – so als sei der Planet selbst in Bewegung geraten. Das Rumpeln wurde stärker, wurde zu einem Brüllen und schließlich zu einem konstanten Donnern. Tief im Inneren der Erde ereignete sich irgend etwas.

»Was ist das, was is'n los?« schrie Roseroar ihm zu. Er antwortete nicht und hätte sich sowieso nicht verständlich machen können, selbst wenn er es versucht hätte.

Plötzliche heftige Winde wehten Hüte von Köpfen und rissen Schleier von Gesichtern. Jon-Toms Umhang flatterte hinter ihm wie eine schillernde Flagge. Er geriet ins Taumeln und stemmte sich gegen den unerwarteten Wirbelsturm, während er versuchte, den Turm zu erkennen.

Die Sandmassen der Zeitvollen Wüste schossen aus dem offenen Schlund des Glasturms Hunderte von Metern dem Mond entgegen. Als sie eine augenscheinlich vorherbestimmte Höhe erreicht hatte, breitete sich die Sandfontäne unterhalb der Wolkendecke aus. Jon-Tom wollte sich instinktiv in Sicherheit bringen, doch hielt er inne, als er bemerkte, daß keiner der anderen Pilger sich bewegte.

Wie an einer unsichtbaren Schräge abgleitend, stürzte nichts von dem Sand auf die Stadt hinab. Statt dessen breitete er sich wie eine Wolke aus, um als gelber Regen auf die Wüste niederzugehen. So prasselte er stundenlang herab, während der Turm ihn ans Firmament spie. Erst nachdem der Mond seinen Zenith längst überschritten hatte und sich anschickte, wieder unterzugehen, verlor der Vorgang an Intensität und kam schließlich zum Erliegen.

Die Fontäne versiegte, und das Geplapper der Flüchtlinge und der Städter erfüllte die Luft und nahm die Stelle des Turmgetöses ein. Ein Blick überzeugte Jon-Tom davon, daß der bodenlose Graben wieder leer war.

Jenseits der Mauer und des Grabens sah die Zeitvolle Wüste wieder so aus wie vorher. Alles war still. Nun wußten sie auch, weshalb es dort draußen trotz des Wasservorkommens kein Leben gab.

»Große Magie«, sagte Roseroar feierlich.

»Tödlich Magie.« Mudge rümpfte die Nase. »Wenn wir noch 'n paar Minuten länger da draußen gewesen wären, wären unsere Ohren und Eingeweide jetzt mit Sand vollgestopft.«

Jon-Tom hielt eine vorbeikommende Füchsin an. »Ist es vorbei? Was geschieht denn jetzt?«

»Was jetzt geschieht, Menschenmann?« fragte die Füchsin. »Wir werden uns schlafen legen und danach das Ende einer weiteren Konjunktion feiern. Morgen kehren wir dann nach Hause zurück.« Sie drängte sich an ihm vorbei und begann die Treppen hinabzusteigen.

Jon-Tom beschloß, sich an einen der Wächter zu wenden. Die Moschusratte war knapp ein Meter zwanzig groß und trug ihren Pelz auf modische Weise kurz gestutzt.

»Verzeihung, wir sind fremd hier.« Mit einem Kopfnicken wies Jon-Tom auf die Wüste hinaus. »Passiert das jedes Jahr?«

»Zweimal im Jahr«, teilte ihm der Wächter gelangweilt mit. »Beim ersten Mal ist der Anblick wahrscheinlich ziemlich beeindruckend.«

»Wozu dient das alles? Warum geschieht es?«

Der Rattenwächter kratzte sich am Kinn. »Es heißt, dies seien die Sande der Zeit. Aller Zeit. Wenn sie ihrer Bahn bis zum Ende gefolgt sind, müssen sie umgelenkt werden, um wieder strömen zu können. Wer sie umlenkt und warum, das weiß niemand, Götter vielleicht, Geister oder irgendein großes Wesen irgendwo, das sich dabei langweilt, wer weiß das schon? Ich bin kein Zauberer oder Gelehrter, Besucher.« Er wandte sich zum Gehen ab.

»Laß ihn ge'en, Kumpel«, meinte Mudge. »Mir ist es völlig egal, wozu das dient. Wenn ich um mein Leben rennen muß, erschöpft mich das immer fürchterlich. Ich will nur 'ne Mütze voll Schlaf 'aben und was zu trinken.« Er stieg die Treppe hinab. Jon-Tom und Roseroar folgten ihm.

»Was meinst'n, was hia los ist?« fragte ihn die Tigerin.

»Ich schätze, es wird so sein, wie der Wächter es beschrieben hat. Diese Wüste ist eine Art Sanduhr, die die gesamte Zeit enthält.« Jon-Tom blickte nachdenklich zum Himmel empor. »Ich frage mich nur, ob die Zeit wohl stehenbleiben würde, wenn man den Mechanismus irgendwie aufhält?« Er drehte sich zu dem glasigen Turm um. »Den würde ich mir wirklich gern mal von innen anschauen.«

»Besser nicht«, entgegnete sie. »Vielleicht findest du da drinnen was. Vielleicht deine eigene Zeit – deinen Tod nämlich.«

Er nickte. »Na ja, wir haben ja auch andere Hühnchen zu rupfen.«

»Wie bitte?«

»Jalwar und Wahnwitz. Wenn alle dazu gezwungen waren, sich vor der Konjunktion hier in Sicherheit zu bringen, dann haben sie es wahrscheinlich auch getan. Wenn sie nicht vom Sand erwischt wurden, müßten sie sich eigentlich irgendwo hier in der Stadt aufhalten.«

»Oh, ich muß schon sagen, Jon-Tom, daran hab ich ja

noch gar nicht gedacht!« Sie musterte den unter ihnen liegenden Platz.

»Es sei denn«, fuhr er fort, »sie haben bereits so viel Vorsprung, daß sie die Wüste bereits durchquert hatten.«

»Oh.« Sie sah zunächst niedergeschlagen aus, dann richtete sie sich wieder auf. »Macht nichts. Wia finden sie schon.« Sie suchte nach einem leeren Fleckchen in der Menge. Die wenigen Gasthäuser und Herbergen waren wahrscheinlich schon völlig von den Reichen unter den Schutzsuchenden überfüllt. Die Stadttore waren geöffnet, und die ersten Flüchtlinge strömten bereits wieder in die Wüste hinaus.

»Weißt du was, Jon-Tom, mia ist da grad was eingefallen. Ich glaub, wia haben diesen alten Jalwar die ganze Zeit unterschätzt. Meinste, der hat uns vielleicht absichtlich in diese Wüste geführt, in der Hoffnung, daß wir nichts üba diese Konjunktion wissen und hia den Tod finden?«

Jon-Tom überlegte nur kurz. »Roseroar, ich glaube, daß das durchaus möglich ist. Und ich meine auch, daß wir das nächste Mal, wenn wir unserem Frettchenfreund begegnen sollten, höllisch aufpassen müssen.«

XIII

Als sie auf dem Marktplatz Erkundigungen einzogen, erfuhren sie schließlich von Jalwar und Wahnwitz, die durch die Stadt gekommen waren. Tatsächlich besaßen sie bereits einige Tage Vorsprung, obwohl sie keine Reittiere gemietet hatten. Anscheinend war Jalwar nicht nur schlauer gewesen, als sie geglaubt hatten, sondern auch erheblich kräftiger und zäher. Der Händler, der ihnen diese Auskunft gab, wußte nicht, welchen Weg Jalwar und das Mädchen eingeschlagen hatten, aber Jon-Tom erinnerte sich gut genug an die Landkarte, um es zu erraten.

Nach Süden und Norden war das Wüstengebiet weit ausgedehnter als dort, wo sie es durchquert hatten. Es gab keinen anderen Weg nach Snarken außer jenen, der über Rotfels führte. Folglich mußte ihre ursprüngliche Vermutung immer noch zutreffen: Jalwar versuchte, so schnell wie möglich Crancularn zu erreichen.

So wurde Roseroars Suche nach einem Schlafquartier überflüssig. Sie hatten keine Zeit zu verlieren. Zögernd ließ Jon-Tom es zu, daß Mudge sich um die Beschaffung von Vorräten kümmerte, dann machten sie schleunigst, daß sie Rotfels verließen, bevor ihre unfreiwilligen Lieferanten aufwachten und das Fehlen ihres Inventars bemerkten.

»Natürlich werden wir die Sachen auf dem Rückweg bezahlen«, meinte Jon-Tom.

»Und wie sollen wir das tun?« Mudge trug schwer an seinem wiederaufgefüllten Tragsack. Der Boden der Wüste war ungewöhnlich kalt, und der Sand war stabil und reglos, als seien die Körner niemals von der Stelle bewegt worden.

»Ich weiß nicht, aber irgendwie müssen wir was unternehmen gegen diese ständigen Stehler ...«

»Paß bloß auf, Kumpel!«

»Wegen deiner ständigen Verproviantierungsaktionen.

Warum bestehst du eigentlich immer darauf, die Sache zu beschönigen, Mudge?«

Der Otter grinste ihn an. »Um den Schein zu wahren, Kumpel.«

»Mia macht das auch Sorgen«, murmelte Roseroar, »wir müssen eben alles ausnutzen, was wir können, um diese Angelegenheit endlich zu bereinigen.«

»Ich weiß, aber es wäre mir lieber, wenn wir das, was wir uns ›ausgeliehen‹ haben, auf dem Rückweg auch bezahlen könnten.«

Mudge seufzte kopfschüttelnd. »Menschen«, murmelte er.

Entgegen Jon-Toms Erwartungen holten sie die Gejagten nicht ein. Zwar begegneten sie gelegentlich Gruppen von Nomaden, die zu ihren Lagerstellen zurückkehrten, und manchmal teilten sie mit ihnen auch das Nachtlager. Doch niemand hatte Reisende bemerkt, auf die Jalwars oder Wahnwitz' Beschreibung zutraf.

Am dritten Tag erblickten sie zum ersten Mal die Gebirgsausläufer am westlichen Rand der Zeitvollen Wüste. Am vierten schritten sie bereits durch grünes Gras, kühles Waldland und dichtes Buschwerk. Mudge genoß den Duft und die Gegenwart laufender Gewässer, und Roseroar konnte sich endlich mal wieder an frischem Fleisch erfreuen.

Am ersten Tag im Wald erlegte sie mit einem einzigen Schwertstreich einen Waran von der Größe einer Kuh. Mudge half ihr dabei, den Kadaver zu zerlegen und die Steaks zum Garen auf ein Feuer aus dünnen, weißrindigen Holzstämmen zu legen.

»Riecht unheimlich lecker«, meinte plötzlich eine fremde Stimme.

Roseroar setzte sich auf. Mudge spähte um das Feuer, und Jon-Tom legte die Duar beiseite, auf der er etwas geklimpert hatte.

Am Rande der kleinen Waldlichtung stand ein eineinhalb Meter großer Tüpfelkuskus mit einem milden Ausdruck auf dem fahlen Gesicht. Er trug einander überlappende Lederstreifen, blaugetönte Schlangenhautstiefel und kurze braune Hosen. An jeder Hüfte hing ein Wurfmesser, und mit seinem pelzlosen Greifschwanz kratzte er sich am Kinn. Dabei stützte er sich auf seinen kurzen Stab. Jon-Tom überlegte, ob dieser Stock vielleicht ebenso wie sein eigener am spitzen Ende eine kurze, tödliche Stahlklinge verbergen mochte. Das Fell ihres Besuchers war fahlbeige mit braunen Tupfern.

Außerdem war er ausnehmend häßlich, ein Charakteristikum seiner Rasse, wenngleich eine Tüpfelkuskusdame das möglicherweise anders gesehen hätte. Er machte keinerlei drohende Gebärden und wartete geduldig auf eine Antwort.

»Komm und nimm Platz.« Jon-Tom sprach die Einladung erst aus, nachdem Roseroar aufgestanden war und Mudge sich eng hinter ihn gestellt hatte.

»Das ist sehr freundlich. Ich bin Hathcar.« Jon-Tom stellte die Gruppe vor.

Roseroar hob witternd die Nase in die Luft und sagte mit vorwurfsvollem Blick zu dem Neuankömmling: »Du bist nicht allein.«

»Nein, große Dame, das bin ich nicht. Habe ich vergessen, es zu erwähnen? Das tut mir leid, und ich will meine Vergeßlichkeit auch sofort wiedergutmachen.« Er schürzte die Lippen und stieß einen scharfen, schrillen Pfiff aus.

Mit großem Strauchgeraschel trat eine beträchtliche Anzahl von Wesen hervor und stellte sich hinter dem Tüpfelkuskus in einer Reihe auf. Es war eine seltsame Versammlung, von den bekannteren Ratten- und Mäusearten bis zu Bandikuten und Kletterbeutlern. Es war sogar ein Fingertier darunter, ein Nachtwesen mit großer schwarzer Sonnenbrille, das eine kurze, sichelförmige Waffe trug.

Ihre Kleidung wirkte etwas zerlumpt, und ihr Schuhwerk machte einen abgewetzten Eindruck. Alles in allem kein Haufen, der gerade vor Wohlstand zu strotzen schien, dachte Jon-Tom. Eine solche Anzahl von Waffen wirkte auch nicht eben beruhigend. Es waren keine harmlosen Dörfler, die sich auf ihrem täglichen Spaziergang befanden.

Aber wenn sie nichts weiter wollten als etwas zu essen …

»Ihr könnt uns gerne Gesellschaft leisten«, sagte er zu Hathcar. »Es ist genug da.«

Hathcar blickte an ihm vorbei zu Mudge, der sich am Feuer zu schaffen machte. Er fuhr sich mit der Zunge über die schwarzen Lippen.

»Ihr seid sehr gütig. Diejenigen unter uns, die Fleisch bevorzugen, haben schon lange nicht mehr einen solch guten Fang gemacht.« Er lächelte, so gut er konnte.

Jon-Tom zeigte auf Roseroar. »Ja, sie ist wirklich eine hervorragende Jägerin.«

»Groß genug ist sie dafür auch. Dennoch – sie ist allein, während wir viele sind. Wie kommt es, daß sie soviel Erfolg hatte und wir nicht?«

»Geschicklichkeit ist eben wichtiger als die Macht der Menge.« Eine riesige Tatze streichelte den Knauf eines langen Schwerts.

Hathcar wirkte unbeeindruckt. »Manchmal mag das so sein, es sei denn, man ist zu hundert gegen eine Echse.«

»Manchmal«, stimmte sie ihm kühl zu. »Aba nicht imma.«

Der Kuskus wechselte das Thema. »Was sucht ihr Fremden in diesem abgelegenen Land?«

»Wir sind im Dienste eines großen und mächtigen Zauberers unterwegs«, erzählte Jon-Tom. »Wir wollen das Dorf Crancularn aufsuchen.«

»Crancularn.« Hathcar warf seinen Begleitern einen Blick zu, denen es anscheinend schwerfiel, ihre Belustigung zu verbergen. »Das ist aber ein Metzgersgang.«

Wie beiläufig legte Jon-Tom die Hand auf seinen Stab. Er war dieser fragenden, rätselhaften Besucher bereits leicht überdrüssig. Entweder wollten sie etwas zu essen haben oder nicht, und hintergründige Reden liebte er nicht als Tischgespräche.

»Vielleicht glaubt ihr ja, daß wir wie die Narren aussehen«, sagte Hathcar. Die Bande hinter ihm ließ nicht einmal mehr den leisesten Anschein eines Lächelns sehen. Jon-Tom erwiderte nichts, sondern harrte der Dinge, die da kommen mochten.

Der Kuskus lächelte plötzlich wieder und schritt auf das Feuer zu. »Nun schön, ihr habt uns eine Mahlzeit angeboten. Das ist eine kluge Entscheidung. Mit Sicherheit jedenfalls keine, die von Narren gefällt wurde.« Er zog eines seiner Wurfmesser. »Darf ich? Es sieht wirklich sehr gut durchgebraten aus. Mein Kompliment an den Koch.« Mudge erwiderte nichts.

Jon-Tom musterte den Besucher eindringlich. Würde er damit das Fleisch schneiden ... oder es werfen? Er wußte es nicht.

Plötzlich sauste ihm etwas durch die Luft entgegen. Er duckte sich und rollte seitwärts ab, um mit schützend vorgestrecktem Rammholzstab auf die Beine zu springen. Mudge riß seinen Bogen hoch und legte einen Pfeil ein. Roseroars gezückte Schwerter blitzten. Und all dies binnen weniger Sekunden.

Hathcar war so vorsichtig, das Messer, das er nun in der Hand hielt, nicht zu heben. Hinter ihm umklammerten seine Gefährten drohend ihre eigenen Waffen. Doch der Tüpfelkuskus starrte nicht Jon-Tom so wütend an, sondern das Wesen, das durch die Luft geflogen war, um mit schwerem Aufprall neben dem hochgewachsenen Menschen zu Boden zu gehen.

Der Mungo war völlig in Schwarz gekleidet. Er lag auf dem Bauch und stöhnte. Auf seinem schmalen Hinterteil waren merkwürdige Markierungen zu sehen.

»Faset«, zischte Hathcar. »Was ist passiert?« Der Mungo wälzte sich herum, um ihn anzusehen, und schrie auf, als sein wundes Becken den Boden berührte.

»Ich bin passiert.« Alles wandte sich nach der Stimme um.

Das Einhorn schlenderte gelassen auf die Lichtung hinaus. Es war golden. Nicht vom fahlen Gold eines Palominopferds, sondern von reinem metallischen Gold wie eine

Goldmünze oder ein Ring, wenn man einmal von den weißen Flecken an Stirn und Flanken absah. Es hätte fast aus einem Schmelztiegel mit flüssigem Gold gestiegen sein können, doch Jon-Tom bemerkte, daß die goldene Farbe bis auf das kleinste Härchen echt war.

Im Maul trug es eine kleine Armbrust, die es Jon-Tom vor die Füße fallen ließ. Dann nickte es vielsagend in die Richtung des immer noch stöhnenden Mungos. Jetzt erkannte Jon-Tom auch die Abdrücke auf dem Hosenboden des Mungos: Sie stammten von Hufen.

Hathcar war außer sich vor Wut, als er das Einhorn anstarrte. »Wer zum Teufel bist du, Vierfüßler? Und wer hat dich gebeten, dich einzumischen? Das hier geht dich überhaupt nichts an.«

Das Einhorn blickte ihn aus azurblauen Augen an und meinte kühl: »Ich sorge aber gerade dafür, daß es mich etwas angeht.« Dann lächelte es Jon-Tom an. »Ich heiße Drom. Ich war gerade hinten im Wald am Grasen, als ich das Gespräch mithörte. Normalerweise hätte ich es ja ignoriert, wie ich dich auch ignoriert habe.« Mit einem Kopfnikken zeigte es auf den Mungo, der gerade versuchte, zu seinen Kameraden zurückzukriechen und dabei Hathcar aus dem Weg zu gehen.

»Doch dann begegnete ich diesem ebenholzfarbenen Wurm, als er gerade sein kleines Spielzeug auf deinen Rükken richtete.« Drom hob einen Fuß und senkte ihn auf die Armbrust, die mit splitterndem Geräusch zerbrach. »Dieser Unangenehme dort«, und er zeigte mit dem Kopf auf Hathcar, »hat recht. Es ging mich wirklich nichts an. Ich mache mir nicht die Mühe, mich mit euch geselligen Typen abzugeben. Aber ich kann es nicht mitansehen, wenn jemand hinterrücks erschossen wird.« Er drehte seinen prächtigen Schädel mit dem dünnen, golden schimmernden Gamsbärtchen und funkelte Hathcar böse an.

»Du bist wirklich 'n echter Gentleman«, lobte Roseroar.

»Du hättest dich da raushalten sollen.« Hathcar wich hastig zu seiner Bande zurück. »Außerdem lügt er. Kein Zweifel, daß dieses Insekt hier«, und er verpaßte dem unglücklichen Faset einen Tritt, »dir einen Bolzen verpassen wollte, aber das hat nichts mit mir zu tun.«

»Immerhin hast du ihn beim Namen genannt«, sagte Jon-Tom vorwurfsvoll.

»Eine flüchtige Bekanntschaft.« Hathcar setzte seinen Rückzug fort. Die Gesellen hinter ihm murrten unruhig.

»Bin ja so froh, daß du ihn nicht nä'er kennst, Freundchen.« Mudges Pfeil zielte auf den sich zurückziehenden Kuskus. »Würd mir gar nicht gefallen, der Gedanke, daß du irgendwas mit diesem Überfall zu tun 'aben könntest.«

»Was ist denn nun mit eurer Einladung?« wollte Hathcar wissen.

»Ach, ich glaube, wir essen lieber allein.« Jon-Tom lächelte dünn. »Jedenfalls bis wir mit der Sache fertiggeworden sind.«

»Das ist aber nicht sehr freundlich von euch. Es ist sehr unhöflich, eine einmal ausgesprochene Einladung zu widerrufen.«

»Mein Rücken!« blubberte der Mungo. »Ich glaube, mein Rücken ist gebrochen.«

»Halt's Maul, Idiot!« Hathcar trat ihm in den Mund, und das Blut spritzte. Der Kuskus versuchte, den großen Menschen anzugrinsen. »Wirklich, mit diesem Ding hier habe ich nichts zu tun.« Seine Bande wich hinter ihm in den Wald zurück. »Hängt hier immer rum und wartet auf Mitleid. Tut mir leid, daß euch unser Besuch aus der Fassung gebracht hat. Dafür habe ich Verständnis.« Dann war er auch verschwunden, von der Vegetation verschluckt.

Roseroar hatte die Ohren vorgestellt. »Die huschen imma noch herum«, meinte sie warnend.

»Wo?« fragte Jon-Tom.

»Hinten zwischen den Bäumen.«

»Sie verteilen sich, um euch zu umzingeln«, sagte der einhörnige Hengst.

»Sei so gut und erlaube mir, dir für deine rechtzeitige Ankunft zu gratulieren, Kumpel.« Mudges Augen suchten beim Sprechen den Wald ab. »'ab sein Auftauchen über'aupt nicht gespürt.«

»Ich auch nicht«, sagte Roseroar und warf einen kurzen Blick auf die Armbrust.

»Ich verstehe das nicht«, murmelte Jon-Tom. »Wir haben ihnen so viel zu essen angeboten, wie sie nur vertilgen konnten.«

»Die waren nicht nur hinter Nahrung her.« Drom schleuderte die Reste der Armbrust mit einem Tritt beiseite. »Ich kenne diesen Haufen vom Hörensagen. Die waren auf eure Waffen und Rüstungen scharf, auf eure schöne Kleidung und euer Geld.«

Mudge stieß ein bellendes Lachen aus. »Auf unser Geld! Das ist aber wirklich lustig! Wo wir nicht mal 'n winziges Kupferstückchen unser eigen nennen«, log er.

»Na ja, aber sie dachten eben, ihr hättet welches.« Das Einhorn zeigte mit einem Nicken in den Wald. »Es wäre euch wenig Trost gewesen, wenn sie es erst nachher herausgefunden hätten.«

»Da 'ast du recht.«

Roseroar ging langsam im Kreis herum, wobei sie den röstenden Kadaver möglichst im Rücken hielt. »Die sind imma noch da draußen. Wahrscheinlich denkense, wir könnten se nicht höan, aber ich kann es trotzdem.« Sie knurrte tiefkehlig – ein furchteinflößendes Geräusch. »Unser Freund hier hat recht. Die bereiten einen Hinterhalt vor.«

»Und zwar einen überraschenden. Hathcar hat seine volle Stärke nicht offenbart. Ein Großteil seiner Bande hat sich weiterhin im Wald versteckt, während er mit euch sprach.«

Beunruhigt musterte Jon-Tom die stummen Bäume. »Wie viele sind es denn noch?«

»Ziemlich viele. Allerdings kann ich nur von dem ausgehen, was ich unterwegs gesehen habe.«

»Wir wissen deine Hilfe zu schätzen. Du solltest dich jetzt lieber wieder verziehen. Schließlich sind unsere Probleme nicht auch die deinen.«

»Jetzt schon«, erwiderte das Einhorn. »Das sind kaltblütige Mörder, voll falschem Stolz. Ich habe ihren Anführer vor versammelter Mannschaft lächerlich gemacht. Jetzt muß er mich entweder umbringen, oder er verliert sein Gesicht und möglicherweise auch seinen Anführerstatus.«

Roseroar schritt an den Rand der Lichtung. »Kommt hiaher, wo's 'n bißchen Deckung gibt.«

Das Einhorn schüttelte den Kopf, und seine goldene Mähne waberte in dem durch das Blattwerk gefilterten Sonnenlicht. »Das wird nicht genügen, Tigerin. Ich merke zwar, daß du kräftig bist und kampferprobt, aber es sind zu viele, und du mußt auf sehr geringe Entfernung kämpfen. Wenn sie dich von allen Seiten gleichzeitig anfallen, hast du keine Chance. Ihr braucht eine Stellung, die leichter zu verteidigen ist.«

»Kennst du eine?« fragte Jon-Tom.

»Ja, sie ist nicht sehr weit von hier. Wenn wir es bis dort schaffen sollten, könnten wir sie möglicherweise abwehren.«

»Dann sollten wir möglichst schnell von hier verschwinden«, murmelte er, als er sein Gepäck wieder aufnahm.

Mudge zögerte, hin und her gerissen zwischen Vernunft und der Mühe, die er in das Abendessen investiert hatte. Roseroar bemerkte es.

»'n voller Bauch is'n schwacher Trost, wenn einem die Eingeweide aufgeschlitzt werden. Würde sagen, Kurzbart, manchmal frag ich mich schon, was du nua füa Prioritäten setzt.«

»Das frage ich mich manchmal auch, Mädchen.« Sehnsüchtig warf der Otter dem verlorenen Braten einen Blick zu, als sie dem Hengst hastig durch den Wald folgten.

Drom hielt ein gleichmäßiges, aber geringes Tempo aufrecht, damit seine neugewonnenen Freunde mit ihm Schritt halten konnten. Alle beobachteten sie wachsam den sie umgebenden Wald. Doch vor allem verließen sie sich auf Roseroars Gehör.

»Sie bleiben imma ganz vorsichtig auf der Luvseite, aba ich kannse trotzdem hören, wie se schneller werden. Sind aba immer noch hinter uns. Denken wahrscheinlich, wia wären noch im Lager.«

»Einen Augenblick mal!« Jon-Tom befahl zu halten. »Wo ist Mudge?«

Roseroar fluchte leise. »Verdammta Otta! Hätt ich doch ahnen müssen, daß ich fürchterlich auf den aufpassen muß. Ist wahrscheinlich zurückgegangen, um sich was von dem Fleisch zu holen. Dein Freund is'n reines Triebwesen, volla niedriger Instinkte.«

»Ja, aber dumm ist er trotzdem nicht. Da kommt er schon.«

Mudge erschien, an einem Bratenstück tragend, das beinahe so groß war wie er selbst. »Tut mir leid, Kumpels. 'ab den ganzen Tag für dieses verdammte Essen geschuftet, und verdammt will ich sein, wenn ich das alles diesen Bastarden zurücklasse.«

»Verdammt bist du trotzdem«, bellte Jon-Tom. »Wie willst du denn mit uns schritthalten, wenn du so beladen bist?«

Der Otter lud die schwere, stechend duftende Last von seinen Schultern. »Roseroar?«

»Nee, ich nicht, Otta. Kannst deine Suppe gefälligst selbst auslöffeln.«

»Wir vergeuden Zeit«, meinte Drom. »Paßt auf.« Er senkteden Kopf. »Festhalten.«

Mit einem schnellen Stoß spießte er den Braten auf seinem spiralförmigen Horn auf. »Und jetzt müssen wir weg von hier, bevor sie unsere Flucht bemerken.« Er drehte sich um und setzte den Marsch fort. »Ekelhaft.«

»Was ist ekelhaft?« fragte Jon-Tom, der neben ihm her trottete.

»Der Geruch von gebratenem Fleisch, der widerliche Gedanke, den Kadaver eines anderen Lebewesens essen zu sollen, der Gestank verkohlten Proteins, was sonst?«

Plötzlich hatte Jon-Tom merklich weniger Hunger als vorher.

Lianen und Schlingpflanzen schnürten sich um den Eingang zu dem alten Gebäude. Roseroar trat nur zögernd ein. Die merkwürdigen Fensterschlitze und dreieckigen Türöffnungen kündeten von einer Zeit und einem Volk, das lange vor den Warmblütern über die Welt geherrscht hatte.

»Sulolk hat diesen Ort benutzt«, murmelte Drom, als er hineintrabte.

Hinter ihnen erschollen wütende Schreie, was der Tigerin die Entscheidung erleichterte. Sie beugte sich tief unter das Portal und quetschte sich ins Innere.

Der hinter dem Eingang befindliche Raum besaß eine gewölbte Decke, die es ihr ermöglichte, sich unbeschwert aufzurichten. Es war mehr als genug Raum für alle vorhanden. Mudge bewunderte gerade die schmalen Fenster, die von einem vergessenen Volk aufgrund einer unbekannten Ästhetik erschaffen worden waren, den gegenwärtigen Anforderungen der Flüchtlinge jedoch sehr entgegenkamen. Er legte einen Pfeil ein und richtete sich mit seiner Waffe hinter einem der schmalen Schlitze ein.

Jon-Tom bezog links vom Eingang Stellung, bereit, seinen Stab mit der Stahlspitze gegen jeden einzusetzen, der versuchen sollte einzudringen. Kurz darauf konnte er sich ebenfalls an ein Fenster stellen, als Roseroar einen massiven Stein von mindestens eineinhalb Zentnern vor die Eingangsöffnung rollte und diese völlig blockierte.

»Das ist ein guter Verteidigungsort.« Mit einem Huf schob sich Drom den auskühlenden Braten vom Horn und legte ihn auf sauberen Stein. »In einem der Hinterzimmer entspringt dem Boden ein kleiner Bach. Die Risse in der Decke sorgen für Frischluftzufuhr. Ich habe hier oft in völliger Sicherheit übernachtet.« Er zeigte auf das feuchte Gras, das aus dem Fußboden wuchs. »Nahrung gibt es auch.«

»Für dich, ja«, meinte Jon-Tom und hielt dabei den Blick auf den Wald gerichtet, um nach ihren Verfolgern Ausschau zu halten. »Na ja, wir haben auch unseren Proviant im Rucksack und den Braten, den wir gerettet haben.« Er blickte nach rechts zu dem anderen bewachten Fenster hinüber. »Das hättest du nicht tun sollen, Mudge.«

»'immel, es ist kein besonderes Vergnügen, mit leerem Bauch kämpfen zu müssen.« Er lehnte sich vor, und seine schwarze Nase beschnupperte zuckend die Luft. »Wenn sie 'n Angriff versuchen sollten, kann ich sie leicht abschießen. Unser ge'örnter Freund 'at recht. Ist wirklich 'n verdammt guter Platz.«

Beunruhigt musterte Roseroar die Wandschnitzereien. »Das is'n ziemlich alter Oat. Ich witt're uralte Ängste.« Sie hatte beide Langschwerter gezückt.

Mit einem dumpfen Plumpsen ließ sich Drom nieder. »Ich rieche nur sauberes Gras und Wasser.«

Aus den Bäumen erschollen drohende Rufe. Mudge reagierte mit der Bemerkung, daß Hathcar seiner Mutter persönlich zwar nie begegnet sei, daß aber dafür Tausende andere ihr zweifellos sehr nahe gekommen seien. Das regte die Gegner zu einem Pfeilhagel an, der jedoch wirkungslos an den dicken Steinmauern zersplitterte. Einer der Pfeile flog durch Jon-Toms Fenster und bohrte sich in den hinter ihm liegenden Boden.

»Sie kommen!« warnte er seine Gefährten.

Die Taktik der Banditen war nicht sonderlich raffiniert. Während die Bogenschützen versuchten, die Kräfte der Verteidiger zu binden, rannte ein bunter Haufen aus Waschbären, Füchsen und Katzen mit einem Rammbock herbei und machte sich daran, den Eingang zu bearbeiten. Doch Roseroar stemmte sich mit ihren mächtigen Schultern gegen den Felsbrocken und stützte ihn ab, während Mudges Pfeile die Rammtruppe ebenso schnell dezimierte, wie sie wieder ersetzt wurde.

»Noch'n Idioten erledigt!« jubelte der Otter bei jedem Treffer.

So ging das mehrere Minuten, während Mudge Hathcars Reihen lichtete und Roseroar dafür sorgte, daß der Stein keinen Millimeter von der Stelle gerückt wurde. Da sie keine große Lust verspürten, für ein sinnloses Manöver auf dem Felde der Ehre zu fallen, ließen die Mitglieder der Rammtruppe endlich von ihrem Vorhaben ab und flohen in die Sicherheit des Waldes zurück, wobei Mudges tödliche Pfeile ihnen noch zusätzlich Beine machten.

Während des Kampfes hatte sich niemand Jon-Toms Fenster genähert. Mudge und Roseroar hatten die ganze Arbeit geleistet, und er kam sich ziemlich nutzlos vor.

»Was jetzt? Ich glaube kaum, daß sie das noch mal versuchen.«

»Nein, aber dafür werden sie irgendwas anderes versuchen«, murmelte der Otter. »Sag mal, Kumpel, warum versuchst du nicht mal, sie mit deiner Duar zu erledigen?«

Jon-Tom zuckte zusammen. »Daran habe ich noch gar nicht gedacht! Na ja, eigentlich schon, aber es ist ziemlich schwer, im Laufen auch noch zu singen.«

»Wozu Musik? Um sie wütend zu machen?« fragte Drom interessiert.

»Nee, er ist 'n Bannsänger, ist er«, erklärte Mudge. »Und 'n verdammt guter dazu. Sofern er die Sache beherrscht«, fügte er hinzu.

»Ein Bannsänger. Ich bin beeindruckt«, sagte Drom. Jetzt fühlte sich Jon-Tom schon etwas besser, obwohl er sich wünschte, daß der goldene Hengst doch damit aufhören würde, ihn so intensiv anzustarren.

»Was werden sie denn deiner Meinung nach als nächstes versuchen?« fragte Jon-Tom den Otter.

Mudge musterte die Bäume. »Da dieser 'aufen ungefähr so einfallsreich ist wie'n Stück Kuhmist, nehme ich an, daß sie versuchen werden, uns auszuräuchern. Aber wenn unser Vierbeiner recht hat mit den Ritzen in der Decke und der Frischluftzufuhr, würden sie damit nur ihre Zeit vergeuden.«

»Biste sicher, daß es hia keinen Hintereingang gibt?«

»Jedenfalls habe ich nie einen entdeckt«, antwortete Drom der Tigerin.

»Ist ja nicht gerade so, als würdeste überall durchpassen, wo wir durchkämen«, bemerkte Mudge nachdenklich. Er reichte Jon-Tom seinen Bogen und den Köcher. »Ich glaub, ich se'e mir lieber mal die ganzen Winkel und Eckchen 'ier an, Kumpel. Wir wollen schließlich keine bösen Überraschungen von hinten erleben, wenn wir gerade nicht 'ingucken.« Er schritt zu der zerbröckelnden Hinterwand.

Jon-Tom musterte verunsichert den Bogen. »Mudge, mit so was kann ich nicht besonders gut umgehen.«

»Wenn sie wieder angreifen, brauchst du bloß 'n Schrei auszustoßen. Ist gar nicht schwer, Kumpel. Schieb einfach 'n Pfeil aus dem Fenster da. *Die* wissen ja nicht, daß du nicht schießen kannst.« Geduckt krabbelte er unter einen schief vornübergängenden Stein und war auch schon verschwunden.

Jon-Tom legte ungeschickt einen Pfeil ein und stützte ihn auf einem Fenstersims ab, während Roseroar Mudges Stellung einnahm.

»Das versteh ich nicht«, murmelte sie, während sie in den Wald hinausspähte. »Wia sind es doch gar nicht wert, daß dieser Hathcar sich die ganze Mühe macht. Dieser Otta hat mindestens fünf oder sechs von denen umgelegt. Wenn ich an seiner Stelle wär, würde ich mir 'ne weniger tödliche Beute suchen.«

»Das wäre wirklich vernünftiger.« Drom nickte. »Nur daß der Anführer vor seiner Bande bereits das Gesicht verloren hat. Er wird nicht aufgeben. Wenn er allerdings noch mehr Leute verlieren sollte, werden ihn seine eigenen Kämpfer möglicherweise dazu zwingen.« Das Einhorn erhob sich und schlenderte zu Roseroars Fenster hinüber, die ihm Platz machte.

»Hathcar!« rief Drom.

Schließlich erhielt er zögernde Antwort. »Wer ruft da? Bist du es, du Naseweis mit dem Horn im Gehirn?«

»Ich bin es.« Drom ließ sich von dem Ton des Banditenführers nicht aus der Fassung bringen. »Hör zu! Diese Reisenden sind arm. Sie haben kein Geld.«

Kuskusgelächter hallte durch den Wald. »Denkst du etwa, das würd ich glauben?«

»Es stimmt aber. Und außerdem kannst du sie sowieso nicht erledigen.«

»Darauf solltest du mal lieber nicht wetten.«

»Hier kommt ihr nicht rein.«

»Vielleicht nicht, aber wir werden euch zwingen rauszukommen. Es mag zwar eine Weile dauern, aber wir schaffen es schon.«

»Dann werde ich sie höchstens an einen anderen sicheren Ort führen, der noch schwerer zu stürzen ist als dieser. Ich kenne diese Wälder, und du weißt, daß ich die Wahrheit sage. Warum zieht ihr euch da nicht lieber sofort zurück, bevor es noch mehr sinnlose Opfer gibt? Nur ein dummer Führer opfert seine Leute ohne Gewinn.«

An verschiedenen Stellen im Wald erhob sich Gemurmel. Beweis dafür, daß Droms letzte Worte ihre Wirkung nicht verfehlt hatten. Hathcar beeilte sich, zu antworten.

»Das macht nichts, wenn du sie woanders hinführst. Wir werden euch schon aufspüren, egal wo ihr hingeht.«

»Vielleicht. Vielleicht werdet ihr aber auch feststellen, daß man euch in eine Falle gelockt hat. Wir Wesen des Waldes haben da so unsere Verteidigungsmethoden gegen euch Liebhaber der Zivilisation. In meinem Revier gibt es überall verborgene Fallgruben und an Bäumen befestigte Waffen. Folgt mir, und ihr werdet es am eigenen Leibe erleben.«

Diesmal schwiegen die Wälder. Drom nickte vor sich hin. »Gut. Sie denken darüber nach, wahrscheinlich streiten sie sich auch darüber. Wenn sie Vernunft annehmen, kommen wir vielleicht noch ohne weitere Gewaltanwendung davon.«

Jon-Tom spähte durch den schmalen Schlitz im Stein. »Meinst du wirklich, daß sie so vernünftig reagieren werden?«

»Ich weiß es nicht, aber er weiß, daß ich die Wahrheit sage«, erwiderte Drom sanft. »Ich kenne diesen Teil des Waldes besser als er, und er weiß auch, daß ich das weiß.«

»Aber wie sollen wir denn hier herausschlüpfen und an ihnen vorbeischleichen?«

Drom lachte leise. »In diesem Punkt habe ich wirklich ein bißchen geflunkert. Aber er wird glauben, daß es hier möglicherweise Dutzende von Geheimgängen geben könnte, die alle hinausführen.«

»Wenn es die wirklich geben sollte, sind sie aber immer noch verdammt ge'eim.« Mudge kehrte aus dem Loch zurück, in das er gekrochen war, und wischte sich Kalksteinstaub von Händen und Schnurrhaaren. »Eng wie 'n Küchenabfluß. 'ier 'inten kommt 'öchstens 'ne Schlange raus. Wir sind 'ier wirklich in Sicher'eit.« Jon-Tom gab dem Otter freudig seinen Bogen zurück und suchte sich einen weichen Sitzplatz auf dem Boden.

»Dann können wir wohl nur abwarten, ob sie uns wieder angreifen oder aufgeben und uns in Ruhe lassen. Ich schätze, wir sollten für heute nacht besser Wachen einteilen.«

»Das überlaß mal mia«, meinte Roseroar. »Ich fühle mich in der Nacht genauso wohl wie bei Tag.«

»Während wir auf ihre Reaktion warten«, warf Drom ein, »könntet ihr mir vielleicht mal erzählen, was ihr in diesem Land so fernab von der Zivilisation tut.«

Jon-Tom seufzte. »Das ist eine lange Geschichte.« Und einmal mehr erzählte er sie, während draußen die Sonne unterging und die Bäume zu einem schattigen Schleier verschmolzen. Gelegentlich prallte ein Pfeil gegen die Steinmauern – offenbar weniger in der Absicht abgeschossen, wirklichen Schaden anzurichten, als vielmehr, um die Verteidiger zu irritieren.

Hathcar hatte tatsächlich zu viele Leute bei dem vereitelten Angriff verloren, um es noch einmal zu versuchen. Er wußte, daß seine Banditen ihm irgendwann den Gehorsam verweigern würden, wenn er damit fortfuhr, sie sinnlos gegen eine uneinnehmbare Festung zu werfen. So verließ er in dieser Nacht das Hauptlagerfeuer, um sich mit einer ältlichen Ratte und einem Wolf zu beraten, den beiden klügsten aus seiner Bande:

»Wie treiben wir diese stinkenden Bastarde jetzt da raus?«

Die Haare der Ratte waren teilweise ergraut, und Gesicht

und Arme waren von Narben übersät. Der Bandit stocherte mit einer Hand im Erdreich. »Wozu die Mühe? Warum sollen wir sie nicht da drin verrotten lassen, wenn sie das wollen? Woanders gibt es leichtere Beute.«

Hathcar beugte sich im Mondlicht zornig über ihn. »Ist dir eigentlich klar, was heute passiert ist? Nein? Die haben mich lächerlich gemacht! Mich, Hathcar! Niemand macht Hathcar lächerlich und spaziert ungeschoren davon, um damit zu prahlen, niemand! Jedenfalls nicht auf eigenen Beinen!«

»War ja nur ein Gedanke«, murmelte der Rattenbandit. »Mußte mal gesagt werden.«

»Schön. Es ist gesagt worden. Und auch gleich wieder vergessen.« Der Bandit erwiderte nichts.

»Wie wär's mit Ausräuchern?« schlug der Wolf vor.

Der Kuskus stieß ein verächtliches Schnauben aus. »Meinst du etwa, daran hätten die nicht schon gedacht? Wenn sie bisher noch nicht versucht haben auszubrechen, bedeutet das, daß sie sich wegen Rauch keine Sorgen machen. Und wenn die sich darüber keine Sorgen machen, bedeutet das, daß es wahrscheinlich nicht funktioniert, wenn wir es versuchen sollten.«

»Könnten wir«, fragte der Rattenbandit, »vielleicht durchs Dach eindringen?«

Hathcar seufzte. »Ihr seht immer nur das Offensichtliche, alle beide. Ich bin der einzige hier, der über das Offensichtliche hinausblicken kann. Dieser verdammte Vierbeiner hat sie hierhergeführt, also wird es wohl stimmen, wenn er sagt, daß er sich gut auskennt. Der würde sich doch nicht in eine Lage manövrieren, die ihm Nachteile bringt! Er behauptet, daß er jederzeit abhauen und sich woanders verstecken kann, wo es doppelt so sicher ist wie hier. Vielleicht lügt er ja, aber dieses Risiko dürfen wir nicht eingehen. Wir müssen sie hier erledigen, wo wir wenigstens wissen, womit wir es zu tun haben. Und das bedeutet, daß wir als erstes diesen gehörnten Naseweis loswerden müssen.«

»Wie wär's, wenn wir zwei von unseren Bogenschützen näher heranführten? Welche, die bei Nacht gut sehen können? Wenn die sich an die Mauern heranschleichen, können sie vielleicht drinnen jemanden erwischen.«

Hathcar überlegte. »Nicht schlecht, aber wenn sie das Einhorn nicht sofort umlegen, wird dieser Mistkerl von Otter sie beide umblasen. Ich habe noch nie einen solchen Schützen erlebt.« Er schüttelte den Kopf. »Nein, Parsh, der Plan ist nicht gut genug. Ich bin sicher, daß einer von ihnen Wache steht, und ich will keinen von den Jungs noch einmal in das Bogenfeuer dieses Otters schicken. Nein, wir müssen das Einhorn irgendwie herauslocken, weit genug, daß wir es unschädlich machen können. Und zwar möglichst allein.«

Die Ratte spuckte aus. »Das klappt vielleicht, was?«

»Hm, das könnte funktionieren.«

Hathcar blickte den Wolf stirnrunzelnd an. »Ich habe den Vorschlag eigentlich nur halb im Ernst gemacht, Brungunt.«

»Ich meine es aber völlig ernst. Wir brauchen nur den richtigen Köder.«

»Dieser Schlag auf den Kopf, den du in Ollory abbekommen hast, hat dir wohl das Hirn aufgeweicht«, meinte Parsh. »Dieses Einhorn wird nichts und niemand so weit herausbringen, wie wir ihn haben wollen.«

»Red weiter!« bat Hathcar nachdenklich.

Der Wolf neigte sich zu ihm hin. »Es sollte stattfinden, wenn die meisten von ihnen schlafen. Wir müssen aufpassen und wittern, wenn der Hengst mit der Wache an die Reihe kommt. Wenn sie nur eine einzige Wache einteilen, haben wir vielleicht eine Chance. Wir müssen allerdings sehr sorgfältig vorgehen, denn es wird sehr knapp werden, eine ziemlich heikle Sache. Ob wir einen Köder haben oder nicht – wenn der Naseweis uns wittern sollte, werden wir ihn wahrscheinlich nicht herauslocken können. Wir müssen uns also außer Reichweite begeben, nachdem wir den Köder ausgelegt haben. Es wird schon klappen, ihr werdet sehen. Der Köder ist so mächtig, daß er unsere Beute weit hinauslocken wird, wo wir ihm dann den Rückweg abschneiden können. Dann spielt es auch keine Rolle mehr, wenn er im Wald verschwinden sollte. Wichtig ist ja nur, daß wir ihn loswerden, dann können sie, die wir eigentlich haben wollen, nicht mehr auf seinen Rat und seine Hilfe hoffen.«

»Nein«, sagte Hathcar mit funkelnden Augen, »nein, den Vierbeiner will ich auch. Ich will ihn tot haben. Oder noch besser: wir schneiden ihm die Sehnen durch.« Er grinste bösartig im Dunkeln. »Ja, die Sehnen werden wir ihm durchschneiden, das ist noch besser.« Er zwang sich aus seiner genußvollen Betrachtung zukünftiger Vergnügungen in die Gegenwart zurück. »Und dieser Köder? Wo kriegen wir den her?«

Brungunt kratzte sich am Ohr, und selbst der skeptische Parsh wirkte plötzlich interessiert. »Zunächst einmal müssen wir ein Dorf ausfindig machen, in dem auch Menschen wohnen.« Er nickte beim Sprechen vor sich hin. »Das ist eine sehr alte Magie, die wir heute nacht durchführen wollen, aber man muß kein Hexer sein, um das zu können. Sie funktioniert von allein. Es heißt unter den Wissenden, daß man ein Einhorn niemals mit Gewalt, sondern stets nur mit List und Tücke einfangen kann.«

»Komm endlich zur Sache«, sagte Hathcar ungeduldig.

Der Wolf beeilte sich mit seiner Erklärung. »Wir brauchen uns nicht an ihn heranzuschleichen, es wird zu uns kommen. Er wird einer reinen unberührten Maid folgen. So heißt es.«

Hathcar blickte zweifelnd drein. »Was für eine Maid? Ein Stutenfohlen?«

»Nein, nein. Es muß ein Menschenmädchen sein.«

Parsh, die Ratte, war durch und durch schockiert. »Glaubst du etwa, du würdest hier irgendwo noch eine einzige Jungfrau finden? Egal welcher Art und Rasse?«

»Nicht weit von hier gibt es eine Stadt.«

»Crestleware.« Hathcar nickte.

»Wir können es immerhin versuchen«, sagte der Wolf und spreizte die Pfoten.

»Eine Jungfrau. Bist du deiner Sache auch wirklich sicher, Brungunt?«

»Die Anziehung soll sehr mächtig sein. Das Mädchen

braucht ihn nur weit genug fortzulocken, bis wir ihm von hinten auflauern können, ohne daß er uns vorher wittert. Fragt mich nicht, warum das so funktioniert. Ich erzähle bloß, was ich selbst mal gehört habe.«

»Läßt uns kalt. Ich hoffe, daß du recht hast, Brungunt, sonst werde ich meinen Speer mit deinen Ohren schmükken.«

»Das ist unfair!« protestierte der Wolf. »Ich habe nur eine Legende berichtet.«

»Paß auf deine Ohren auf, Wolf.« Hathcar erhob sich. »Und sag den anderen, daß sie auf ihre ebenfalls achten sollen. Parsh, du kommst mit.« Er funkelte Brungunt an. »Wir kommen so bald wie möglich zurück. Diese Magie hört sich an, als würde sie besser funktionieren, wenn es dunkel ist, und ich habe keine Lust, diesem Vierbeiner noch einen Tag zu lassen, an dem er sich einen besseren Fluchtort ausdenken kann.« Er spähte durch die Bäume auf die mondbeschienene Ruine. »Die Sehnen durchschneiden, jawohl. Ich werde dafür sorgen, daß dieser verdammte Naseweis auf den Knien angekrochen kommt, und dann werden wir ihm die auch noch brechen.«

XIV

Hathcar kauerte sich tief nieder, als er auf die Lichtung vor der stummen Befestigung deutete. Das schlanke Mädchen, das neben ihm stand, blickte mit geweiteten Augen aufmerksam in die gezeigte Richtung. Sie war mitten in der Nacht von ihrer Mutter geweckt worden, die ihr aufgetragen hatte, diesen häßlichen Fremden zu begleiten. Sie hatte zwar nicht gehen wollen, doch ihre Mutter hatte darauf bestanden und ihr versichert, daß es nur bis zum Sonnenaufgang dauern würde, daß alles in Ordnung und bereits geplant sei. Danach würde sie wieder nach Hause gebracht werden, wo sie den ganzen Tag schlafen dürfe. Und man hatte ihr Süßigkeiten versprochen.

»Das ist der Ort, Kleine.«

»Nenn mich nicht Kleine!« fauchte sie. »Ich bin genauso erwachsen wie du! Und außerdem heiße ich Seidi.«

»Entschuldigung«, knurrte Hathcar leise und beherrschte sich. Er war zwar kein Freund von Küken, aber er brauchte ihre Kooperationsbereitschaft.

»Du wirst meinem Vater zwei Goldstücke dafür bezahlen, daß ich dieses Einhorn für euch herauslocke. Wieso sollte es eigentlich rauskommen und mir folgen?«

»Das wird es schon tun«, versicherte Hathcar ihr. »Du mußt nur nett zu ihm sein und ihm sagen, wie schön und stark es ist.«

Mißtrauisch musterte sie den Kuskus und seine beiden Gefährten aus Augen, die keineswegs so unschuldig aussahen, wie es ihre Eltern beharrlich zu behaupten pflegten. »Seid ihr sicher, daß ihr mich wirklich auf ein Einhorn ansetzen wollt?«

»Bist du sicher, daß du noch Jungfrau bist?«

»Ja, da bin ich sicher«, erwiderte sie müde. Sie hatte mitangehört, wie dieser Fremde die Sache mit ihrer Mutter noch mal durchdiskutiert hatte.

Hathcar drehte sich um und zeigte in den Wald zurück. »Da hinten gibt es einen Teich in einer kleinen Senke. Dort bringst du ihn hin. Wir werden da auf euch warten.«

»Was passiert denn, wenn wir kommen?« fragte sie neugierig.

»Das geht dich gar nichts an, Klei- ... äh, Seidi. Dein Vater wird für deine Dienste bezahlt. Du tust, was ich von dir verlange, und stellst keine Fragen.«

»Na gut.« Sie zögerte. »Ihr werdet ihm doch nichts tun, oder? Ich habe zwar noch nie ein Einhorn gesehen, aber sie sollen sehr schön sein.«

»Nein, nein, wir tun ihm nicht weh«, antwortete Hathcar aalglatt. »Wir wollen ihn nur überraschen. Wir sind Freunde von ihm und wollen ihn überraschen, und du wirst ihm nichts von uns erzählen, weil das die Überraschung verderben würde, nicht wahr?«

»Wird wohl so sein.« Sie lächelte froh. »Ich mag auch Überraschungen. Kann ich dabei zusehen, wie ihr ihn überrascht?«

»Na klar doch«, versicherte Hathcar unschuldig. »Ich glaube, du wirst selbst überrascht sein.« Er wandte sich von ihr ab. Brungunt und Parsh folgten ihm.

»Es ist dunkel«, sagte sie verunsichert.

»Dir wird schon nichts passieren«, meinte Brungunt. »Hast du nicht gesagt, daß du ein großes Mädchen bist?«

»Ja, das stimmt, das bin ich.«

»Prima. Dann brauchst du jetzt also nur den Vierbeiner zu dem Teich zu bringen.«

»Warum haben wir das kleine Biest nicht einfach entführt?« wollte Parsh wissen, als sie sich ihren Weg durch den Wald bahnten, um sich mit dem Rest ihrer Bande wieder zu vereinigen.

»Ist ein großes Dorf«, sagte Hathcar. »Kann man gut Vorräte einkaufen. Der Preis tut zwar weh, aber es ist die Sache wert. Außerdem meinte Brungunt, daß das Mädchen aus freien Stücken handeln muß, weil die Magie sonst nicht wirkt.«

»So ist es«, stimmte der Wolf ihm zu und nickte. »So wird berichtet.«

»Deshalb ist es rundum besser so«, beendete Hathcar das Gespräch.

Seidi stand wartend da und zählte die Minuten, um den Freunden des Einhorns Zeit zu lassen, ihre Überraschung vorzubereiten. Dann schlenderte sie auf die kleine Lichtung vor dem verfallenen Gebäude hinaus. Sie hatte ihr bestes Kleid an. Es schmiegte sich eng an ihre knospende Gestalt, als sie sich bewegte. Ihre Mutter hatte fünfzehn Minuten damit verbracht, das lange kastanienbraune Haar auszukämmen, damit ihre Tochter auch bestimmt so gut wie möglich aussah. Der alte Wolf hatte darauf bestanden.

Zwei Goldstücke. Damit würde sich die Familie eine Menge Dinge kaufen können. Süßigkeiten eingeschlossen. Sie beschloß, sich genau an die Weisungen des Kuskus zu halten, selbst wenn er gelogen haben sollte, was die angeblich geplante Überraschung anging. Schließlich bedeutete ihr der Gehörnte nichts.

Dennoch zitterte sie leicht bei dem Gedanken, einem leibhaftigen Einhorn gegenüberzutreten, als sie in das silbrige Mondlicht hinaustrat. Es gab viele Geschichten, die man sich über die scheuen, einsamen Vierbeiner erzählte. Sie blieben tief im Wald unter sich, mieden die Zivilisation und auch intelligente Gesellschaft.

Die uralten Steine vor ihr schwiegen. Sollte sie rufen? Aber was? »He, Einhorn«? Es war niemand mehr da, um sie zu beraten, denn Hathcar war zusammen mit seinen anderen Freunden zwischen den Bäumen verschwunden, außer Sicht und außer Witterung. Der alte Wolf hatte ihr versichert, daß sie sich der Ruine nur zu nähern brauchte, und das Einhorn würde von alleine zu ihr herauskommen. Würde herauskommen und ihr zum Teich folgen. Wo die Überraschung wartete.

Sie blieb vor der Ruine stehen und wartete.

Im Inneren des Gebäudes gab es eine Bewegung, die sie jedoch nicht erkennen konnte. Drom hob mit zuckenden

Nüstern den Kopf. Er blinzelte die schlafenden Leiber an, die ihn umgaben. Er hatte Wache.

Leise, um seine neugewonnenen Freunde nicht zu stören, trabte er zu einem Fensterschlitz und spähte hinaus. Im Licht des Mondes stand eine kleine, schlanke Gestalt. Eine menschliche Gestalt, jung und rein. Uralte Gefühle begannen an ihm zu zerren.

Er begann lautlos damit, gegen den Felsbrocken zu drükken, der den Eingang versperrte. Er arbeitete mit großer Sorgfalt, denn er war erpicht darauf, die lockende Gestalt draußen genauestens auszumachen, ohne seine Gefährten zu wecken.

Nachdem er den Stein beiseite geschafft hatte, schritt er durch die Öffnung ins Gras hinaus und prüfte witternd die Luft, die von dem sauberen, lieblichen Duft des Mädchens geschwängert war. Sie war allein. Die Nacht war still, und es wehte kein Lüftchen, das irgendwelche verborgenen Düfte hätte vertreiben können.

Drom schritt zu dem Mädchen hinüber, das ihn nervös musterte und ein Stück zurückwich.

»Hallo! Du bist ... aber schön!« Sie fuhr sich mit der Zunge über die Lippen, warf einen kurzen Blick über die Schulter und sagte schließlich mit sicherer Stimme: »Willst du nicht mitkommen und mich ein Stück begleiten? Die Nacht im Wald ist sehr schön.«

»Gleich, Kleines, gleich. Erst muß ich noch etwas erledigen.« Er wandte sich um, kehrte zur Ruine zurück und steckte den Kopf in die Öffnung, um ein leises Wiehern auszustoßen. »Wacht auf!«

Auf dem Boden regten sich die Gestalten, Roseroar, die stets nur einen ganz leichten Schlaf hatte, fuhr als erstes in die Höhe, als sie sah, daß der schützende Fels beiseite gerückt worden war.

»Was'n das?« Sie starrte das Einhorn an. »Ich darf doch wohl um 'ne Erklärung bitten!« Sie stand bereits aufrecht und schritt auf den Stein zu, doch Drom hielt sie auf. »Wenn die jetzt kommen sollten ...« warnte sie.

»Immer mit der Ruhe, Bergkatze. Sie kommen nicht. Sie beobachten uns nicht einmal.« Hinter Roseroar wachten nun auch Jon-Tom und Mudge auf.

»Woher willst'n das wissen?« Roseroar spähte vorsichtig hinaus. Das Mädchen sah und witterte sie sofort, doch sonst niemanden.

»Weil sie es mit etwas anderem versucht haben.« Er stieß ein leises, wieherndes Lachen aus. »Bis sie merken, daß ihr neuester Plan gescheitert ist, wird es schon zu spät sein. Dann sind wir schon weit fort, außerhalb ihrer Reichweite. Wer von euch ist am schnellsten zu Fuß?«

»Roseroar auf längeren Strecken, und ich eher auf kürzeren, würde ich sagen«, erwiderte Jon-Tom schläfrig. Er wußte immer noch nicht so recht, was los war.

»Gut. Dann steigst du mit dem Otter auf meinen Rücken, und ihr reitet.«

Draußen erklang eine liebliche, aber besorgte Stimme. »Mit wem sprichst du denn da? Warum kommst du nicht raus und unterhältst dich mit mir?«

»Wer, zum Teufel, is'n *das?*« Mudge rannte zu einem der Fenster hinüber. »Nicht zu fassen! Ein Mädchen.«

»Was?« Jon-Tom gesellte sich zu ihm und starrte ebenfalls die Gestalt draußen auf der Lichtung an. »Was macht die denn da?«

»Mich in Versuchung bringen.« Drom kicherte erneut. »Hathcar und seine Halsabschneider haben sich außer Witterungsweite begeben, zweifellos um mir aufzulauern, wenn ich völlig hilflos von diesem unwiderstehlichen unberührten weiblichen Wesen zu ihnen gelockt werde.«

»Ich weiß nicht so recht, ob ich verstehe, was du da sagst.«

»Es ist Teil einer alten Legende, eine sehr alte Magie.«

»Eine lausige Magie«, meinte Jon-Tom.

»O nein, es ist eine sehr gute Magie, und sehr wirkungsvoll. Nur in meinem Fall nicht. Wir vergeuden unsere Zeit.« Er kehrte Jon-Tom die Flanke zu und neigte den Kopf. »Könnt ihr allein aufsteigen? Ihr könnt euch an meiner Mähne festhalten, wenn es nötig sein sollte.«

Jon-Tom stieg mühelos auf den breiten, kräftigen Rücken und zog Mudge hinter sich hoch.

»Laßt noch etwas Platz frei«, wies Drom ihn an. »Wir lassen Hathcar nicht das Mädchen zurück.« Er trabte hinaus, während Roseroar mühelos mit ihm schritthielt und unermüdlich den Wald nach ihren Feinden absuchte.

Seidi sah, wie sie näherkamen. Hathcar und der alte Wolf hatten nichts davon erzählt, daß das Einhorn Begleiter hatte. Besorgt musterte sie die große Katze, die neben dem Vierbeiner einhersprang. Die Tigerin könnte sie mit einem einzigen Biß verschlingen.

Dann stand das Einhorn auch schon dicht vor ihr und lächelte sie über sein Ziegenbärtchen hinweg an. »Hab keine Angst, Kleines. Es ist alles in Ordnung. Wie bist du dazu gekommen, das zu tun?«

Sie zögerte, bevor sie Antwort gab. »Sie haben meinen Eltern Geld gegeben, zwei Goldstücke, damit ich über Nacht mit ihnen komme und ihnen dabei helfe, dich zu überraschen.«

»Mich zu überraschen. Ich verstehe«, murmelte Drom und nickte wissend.

»Eigentlich solltest du mir folgen.« Sie drehte sich um und zeigte in den Wald. »Da entlang bis zu einer Senke voller Wasser, damit deine Freunde dich dort überraschen können.«

»Wär' ne hübsche Überraschung geworden, wa!« knurrte Mudge leise.

»Der Plan ist geändert worden«, belehrte Drom sie. »Steig auf meinen Rücken, vor diesen gutaussehenden Herrn hier. Wir bringen dich zurück nach Hause. Du hast getan, was von dir verlangt wurde und mich aus meiner Zufluchtsstätte gelockt. Wir machen lediglich einen kleinen Umweg, mehr nicht. Also hast du deinen Teil der Vereinbarung erfüllt, wenigstens teilweise, so daß deine Eltern das Recht haben, zu behalten, was immer sie bereits für deine Dienste an Bezahlung erhalten haben sollten.«

»Ich weiß nicht so recht.« Sie scharrte mit einem Fuß auf

dem Boden. »Ich hab dich doch auch nicht zum Teich gebracht.«

»Ist das deine Schuld?« Drom neigte sich dichter zu ihr hinab. »Du magst diese Leute da draußen doch nicht, oder?«

»Nein«, sagte sie plötzlich, »nein, das tue ich nicht. Aber ich mußte es tun. Ich mußte.«

»Du bist wirklich unschuldig, so wie du es sein mußt. Du hast getan, was du konntest.«

»Und was ist mit meinen Süßigkeiten?« fragte das Mädchen störrisch.

Jon-Tom reichte ihr die Hand. Sie nahm sie zögernd an, und er hob sie mit Schwung vor sich auf den Rücken des Einhorns. Ihre Nähe erinnerte ihn auf ungemütliche Weise an Wahnwitz.

Drom machte kehrt und verfiel unvermittelt in einen wilden Galopp, wobei er sich gerade noch so weit zügelte, daß Roseroar mit ihm Schritt halten konnte. Jon-Tom kam zu der Überzeugung, daß das Einhorn mühelos drei ausgewachsene Männer hätte tragen können. Er, das Mädchen und Mudge bedeuteten für ihn so gut wie gar keine Last.

Nach einigen Kilometern mäßigte der Hengst sein Tempo. Roseroar keuchte schwer, aber sie waren unbeschadet aus der Ruine entkommen.

»Wünschte, ich könnte die Gesichter von diesen Bastarden se'en, wenn die uns suchen kommen«, bemerkte Mudge.

»Nach der hier werden sie auch suchen.« Jon-Tom lächelte die andere Passagierin an. »Wo liegt denn dein Dorf, kleines Mädchen?«

»Ich *bin* kein kleines Mädchen!«

»Verzeihung, junge Dame. Wo wohnst du?«

Sie blickte in den Wald hinaus. Ihr Orientierungssinn war ausgezeichnet. Sie zeigte mit einer Hand nach Norden. »Da.«

Drom nickte und machte sich in die angezeigte Richtung auf den Weg, einen sanften Abhang hinab. Er fragte Jon-

Tom: »Wollt ihr immer noch nach Crancularn, um deine Medizin zu suchen, jetzt, da ihr Hathcars Bande entkommen seid?«

»Wir müssen«, erwiderte Jon-Tom. »Du kannst uns gerne begleiten, wenn du magst.«

»Ja, Kumpel«, meinte auch Mudge, »deine 'ilfe wär uns sehr willkommen.«

»Ich bin noch nie in Crancularn gewesen, obwohl ich davon gehört habe. Ich wäre entzückt, euch begleiten zu dürfen.«

»Dann ist es also abgemacht«, sagte Jon-Tom erfreut. Nicht nur, daß das Einhorn eine willkommene Ergänzung des Trios darstellte, er mußte auch zugeben, daß Reiten mehr Spaß machte als Laufen.

Gegen Morgen hatten sie das Heimatdorf des Mädchens erreicht, das von bestellten Feldern umgeben war. Sanft setzte Jon-Tom sie ab.

»Ich hab aber nicht alles gemacht, was ich tun sollte«, murmelte sie beunruhigt.

»Du hast getan, was du konntest. Es ist nicht deine Schuld, daß der Plan nicht geklappt hat.«

Das Dorf war von kräftigen hölzernen Palisaden umgeben und sah so aus, als würde es mühelos jedem Ansturm eines erzürnten Banditenhaufens widerstehen können. Jon-Tom glaubte nicht, daß Hathcar versuchen würde, sich an dem Mädchen oder ihren Eltern für seine Niederlage zu rächen.

»Ich finde dich immer noch schön«, sagte das Mädchen zu Drom. »Darf ich dir einen Abschiedskuß geben? Das soll Glück bringen.«

Drom schnalzte mit offenkundiger Abscheu die Lippen. »Es wäre mir zwar lieber, wenn du es nicht tätest, aber wenn du mußt ...« Er senkte den Kopf und hielt still, als sie ihm einen Kuß unter das rechte Auge pflanzte. »So, und jetzt mach dich mal wieder auf den Weg, Menschenmädchen, und sei froh über heute nacht.«

»Leb wohl, Einhorn. Lebt wohl, Fremde.« Sie winkte ihnen immer noch hinterher, als sie wieder im Wald verschwanden.

Kein Haufen zorniger, hereingelegter Banditen stellte sich ihnen in den Weg, als sie Richtung Westen weiterschritten. Mit etwas Glück würde Hathcar erst gegen Mittag erkennen, daß sein Plan endgültig gescheitert war, und es wagen, in der Ruine nachzusehen.

»Ich glaube, ich begreife jetzt, was hier gespielt wurde«, murmelte Jon-Tom. »Das Mädchen war eine Jungfrau.«

»'ör mal, Kumpel«, protestierte Mudge, »ich bin ja schon ziemlich viel rumgekommen, aber so was kann selbst ich nicht vom bloßen Anse'en sagen.«

»Sie muß es gewesen sein, damit die Dinge einen Sinn ergeben.« Er blickte ihr Reittier an. »Sie war doch Jungfrau, nicht wahr, Drom?«

»Dem Aussehen und der Witterung zufolge ja«, bestätigte der Hengst.

»Ich hab mal irgendwo was davon gelesen, daß ein Einhorn den Interessebekundungen eines jungfräulichen Mädchens nicht widerstehen kann.«

»Das ist eine uralte und mehr oder weniger zutreffende Vorstellung, auf die Hathcar auch gesetzt hat, um mich aus der Ruine zu locken. Das hätte normalerweise auch funktioniert, aber eins haben die nicht gewußt.«

»Was denn, Kumpel?« fragte Mudge.

Drom drehte sich um, um den Otter anzublicken. »Ich mag Knaben.« Er beschleunigte sein Tempo.

»Oh ... äh, vielleicht sollten wir doch lieber alle zu Fuß ge'en, Kumpel.«

»Unsinn. Wir sind noch lange nicht weit genug von Hathcars Truppe entfernt, um unser Tempo zu verlangsamen.«

»Darüber läßt sich streiten. Außerdem ist es ja nicht nötig, daß du uns die ganze Zeit rumträgst. Wir wollen ja nicht, daß du dich irgendwie unwohl fühlst oder so.«

»Ich finde, es klingt eher so, als würdest *du* dich unwohl fühlen, Otter.«

»Ich, wa? Nee, nee, Chef. Ist nur, daß ich ...«

»Was ist denn los mit dir, Mudge?« fragte Jon-Tom. »Ich dachte, du würdest dich freuen, wenn du deine kostbaren Füße mal ein bißchen schonen kannst.«

»Reg dich ab, Otter«, meinte der Hengst. »Du bist nicht mein Typ. Ja, wenn du ein Percheron wärst oder ein Ardenner oder vielleicht auch ein Haflinger ...« Er spulte die Bilder nur so herunter.

»Wenn du dir schon Sorgen machen mußt, dann besser wegen Hathcar, Mudge«, riet Jon-Tom dem Otter.

Das tat Mudge denn auch, obwohl er weiterhin ein argwöhnisches Auge auf ihren Untersatz gerichtet hielt. Später wurde seine Verwirrtheit durch das Geräusch fernen Donnergrollens unterbrochen. Vielleicht war es auch nur ein Zornesbrüllen.

Seidis Eltern behielten das Geld, das Hathcar ihnen bereits gezahlt hatte, und genau wie Jon-Tom vermutet hatte, machte der Tüpfelkuskus keine Anstalten, das schwerbewaffnete und gesicherte Dorf anzugreifen, um es zurückzufordern. So hatte er keinerlei Möglichkeit, seinen Zorn und seine Frustration auszulassen, bis er schließlich auf den Gedanken kam, daß das Mädchen ja eigentlich ihr Bestes gegeben hatte und deshalb sogar noch einen Bonus verdient hatte.

Und so kam es, daß Seidi zwar nicht ihre vielbegehrten Süßigkeiten bekam, dafür aber das einzige Mädchen im Dorf war, das dem kommenden Winter beruhigt entgegenblicken konnte – da sie ja einen funkelnagelneuen Wolfspelzmantel trug.

Spät am Nachmittag machten die vier Reisenden Rast. Der Braten, den Mudge unter Einsatz seines Lebens gerettet hatte, war zwar schon fast aufgebraucht, aber Roseroar beschaffte schon sehr bald frische Nahrung für alle. Drom nibbelte zufrieden in einem nahegelegenen Feld an Orgelkraut. Jede der blaurosa Blüten gab beim Zerkautwerden einen anderen musikalischen Ton von sich.

Mudge saß beim Essen dicht neben Jon-Tom. »Macht dir das nichts aus, Kumpel?«

»Was ... was soll mir was ausmachen?«

Mit einem Nicken zeigte der Otter zu dem Einhorn hinüber. »Er.«

Jon-Tom biß in sein Steak. Das Fleisch war saftig und sehr würzig im Geschmack. »Er hat uns schon einmal das Leben gerettet, und das wird er möglicherweise noch öfter tun. Was seine sexuellen Vorlieben angeht, so sind mir die wirklich völlig egal. Auf dem Hollywood Boulevard würde er überhaupt nicht auffallen.«

»Na ja, vielleicht 'aste recht. Also ich 'ab's ja von Anfang an gewußt. Wie der schon aus dem Wald auf uns zugetrippelt ist ...«

Drom hörte es, hob die Schnauze und sagte würdevoll: »Ich trippele nicht, Otter, ich tänzele.« Er blickte Jon-Tom an. »Glaubst du wirklich, daß deine früheren Bekannten schneller als ihr in Crancularn sein und die Medizin bekommen werden, die ihr braucht?«

»Ich hoffe zwar, daß sie es nicht schaffen, aber ich befürchte es. Sie haben unsere einzige Landkarte gestohlen.«

»Das ist kein allzu großer Verlust, du solltest ihn dir nicht zu Herzen nehmen.« Das Einhorn zerbiß einen Klumpen purpurner Blumen, deren Blätter die Schattierung von emailliertem Amethyst besaßen. Sie summten, als sie vertilgt wurden. »Ich kann euch dort hinführen.«

»Man hat uns erzählt, daß sich die Stadt bewegt.«

»Nur in der Einbildung. Es gibt Leute, die durch sie hindurchstolpern, ohne sie zu erkennen, oder die immer im Kreis um sie herumgehen, als seien sie blind. Deshalb sagen sie dann, daß sie sich angeblich bewege. Aber sie bewegt sich nicht; wenn man sie finden will, muß man das fest wollen. Ich weiß das. Das haben mir jene gesagt, die es wissen müßten. Ich werde euch nach Crancularn führen.«

»Das ist wirklich verdammt wunderbar«, gestand Mudge laut. Er war wütend auf sich selbst. Es gab überhaupt keinen Grund, weshalb er in Gegenwart des Einhorns nervös oder übervorsichtig sein sollte. Drom war schließlich ein ganz netter Kerl, und Mudge hatte auch nicht die geringste Ähnlichkeit mit einem Haflinger, nicht wahr? Und hatte man ihm nicht immer eingeschärft, einem geschenkten Einhorn nicht ins Maul zu schauen? Er war außer sich vor Wut auf sich selbst.

Hatte der Vierbeiner ihn und Jon-Tom nicht die ganze Strecke aus Hathcars Gebiet bis hierher getragen, ohne zu murren? Ja, wenn er die vor ihnen liegende Strecke im Galopp zurücklegen sollte, während sie abwechselnd auf ihm ritten, würden sie dieses Mistvieh von Jalwar und seine niederträchtige Helferin, Wahnwitz, vielleicht doch noch einholen ...

Sie kamen sehr schnell in Richtung Westen voran, doch von ihren früheren Freunden war nach wie vor keine Spur zu sehen.

Als sie sich endlich am Stadtrand von Crancularn befanden, konnte Jon-Tom es kaum glauben. Er hatte schon geglaubt, daß es diese Stadt nur in Clodsahamps Einbildung gab – und jetzt lag sie vor ihnen.

Ja, da lag sie, und nachdem er dem Tode nur zu oft mit knapper Mühe entronnen war, nachdem er die Wirrwarr-Moore und das Glittergeistmeer sowie zahllose Hügel und Täler überquert hatte, war er reichlich enttäuscht von dem, was er da sah.

Die Lage der Stadt war durchaus beeindruckend: ein dichtbewaldeter Berghang, der bis zu einem träge rauchenden Vulkan reichte. Die Stadt selbst jedoch war ungefähr so beeindruckend wie das schmutzige, provinzielle Lynchbany. Primitive Schuppen und baufällige zwei- und dreistökkige Holz-und-Lehm-Bauten drängten sich dicht aneinander, als fürchteten sie die Begegnung mit dem Sonnenlicht. In den Straßen und über den schrägen, mit Schindeldächern gedeckten Gebäuden hing schmutziger Nebel. Als sie sich der Stadt näherten, zog ihm ein vertrauter Gestank die Nase zusammen: der zum Schneiden dicke Geruch zahlloser ungewaschener Vertreter unterschiedlichster Gattungen und Arten, der sich mit den Düften einer nichtüberdachten Kanalisation vermischte. Seine ursprüngliche Begeisterung legte sich merklich.

Im Stadtinneren wuchsen gewaltige Eichen und Platanen, die noch mehr Schatten warfen, wo keiner benötigt wurde, und manchmal selbst die Gebäude beiseitedrängten. Jon-Tom wollte Drom schon fragen, ob er sich vielleicht im Ort geirrt hatte, als dieser sich plötzlich auf beide Hinterbeine aufbäumte und ihn und Mudge beinahe abwarf. Roseroar ging mit einem Knurren in Verteidigungsstellung.

Rauch spuckend und abgehackt hustend, kam ein eineinhalb Meter großer Dämon auf sie zu. Auf seinem Rücken ritt ein Kaninchen mit einem breitkrempigen Filzhut, einem langärmeligen Musselinhemd, das zur Hälfte offenstand. Außerdem trug er einen kurzen malvenfarbenen Rock, der den Kilts ähnelte, die von den Flugwesen dieser Welt bevorzugt wurden. Seine riesigen Füße waren unbekleidet.

Der Dämon verlangsamte sein Tempo, als er näher kam. Jon-Tom atmete erleichtert auf, als er direkt vor ihm stehenblieb, und er beeilte sich, seine Gefährten zu beruhigen: »Ist schon in Ordnung. Er kann euch nichts tun.«

»Woher willst'n das wissen, Jon-Tom?« Roseroar ließ die Hände an ihren Schwertgriffen.

»Weil ich weiß, was es ist. Das ist eine Honda ATC Offroad Three-Wheeler, ein Geländedreirad.« Bewundernd musterte er den rotlackierten Dämon. »Auch noch mit Automatik. Ich wußte gar nicht, daß Honda auch eine ATC mit Automatik baut.«

»Komischer Name für 'nen Dämon«, brummte Mudge.

»Hallöchen!« rief das Kaninchen und ließ die Maschine aufjaulen. »Kann ich euch helfen, Leute?«

»Allerdings.« Jon-Tom zeigte auf die ATC. »Wo hast du die her?«

Der Fahrer drehte den Motor auf, Drom wich zurück. »Aus dem Laden ›Irgends und Nirgends‹, woher sonst?«

Jon-Tom spürte, wie die Aufregung in ihm wuchs. Vielleicht hatte Clodsahamp ja doch recht. Die unerklärliche Gegenwart der ATC in dieser Welt war Beweis genug dafür, daß hier mächtige Magie am Werk war.

»Da wollen wir auch hin.«

»Prima«, meinte das Kaninchen. »Nett, daß ihr mal reinschaut. Hier in Crancularn kriegen wir nicht viele Besucher. Aus irgendeinem Grund meiden uns die Reisenden.«

»Liegt vielleicht an eurem wundervollen Ruf«, bemerkte Mudge.

Das Kaninchen musterte sie abschätzend. »Fremde. Weiß nicht, ob Snooth euch bedienen wird. Besondere Geschäfte macht sie nicht mit Außenstehenden.« Er zuckte die Schultern. »Geht mich nichts an, was ihr vorhabt.«

»Wer ist Snooth?« fragte Jon-Tom.

»Die Besitzerin. Vom ›Irgends und Nirgends‹.« Er blickte über die Schultern und streckte einen Arm aus. »Durch die Stadt durch und auf dem Nordweg bleiben, der sich um den Fuß des Bergs windet. Snooths Laden liegt ein Stück seitlich von hier.« Er drehte sich wieder um und begutachtete sie ein letztes Mal.

»Seid ein verdammt komisch aussehender Haufen. Ich weiß zwar nicht, was ihr hier kaufen wollt, aber ihr werdet eine Menge Glück brauchen, um aus Snooths Warenlager was zu ergattern. Ach, und noch was: Nein, von meinen Pfoten kriegt ihr keine, damit sie euch dabei hilft.« Er legte den Gang ein und jagte mit dem Geländefahrzeug in den Wald davon. Die ATC knatterte und knurrte.

»Ich meine immer noch, daß das 'n Dämon ist«, brummte Mudge.

»Kein Dämon, nur eine Maschine. Aus meiner Welt.«

»Dann möcht ich nicht unbedingt 'ne Bewohnerin deiner Welt sein, Jon-Tom.« Roseroar verzog das Gesicht. »Was füa'n Lärm! Und dieser Gestank!«

Das Gefährt mußte herbeigezaubert worden sein, soviel wußte Jon-Tom. Von einer Magie, die möglicherweise noch mächtiger war als die Clodsahamps. Wenn diese Snooth es fertigbrachte, etwas so Handfestes wie die ATC in diese

Welt zu schaffen, etwas, das aus irgendeinem Laden in Kyoto oder L.A. oder Toronto stammte, dann konnte sie vielleicht auch Gegenstände an diese Orte befördern.

Gegenstände wie ihn.

Er wagte nicht, allzulange darüber nachzudenken, nachdem sie sich auf den Weg durch die Stadt gemacht hatten. Zum überwiegenden Teil wurden sie von den beschäftigten, gelangweilten Bewohnern ignoriert. Viele von ihnen benutzten anderweltliche Geräte oder spielten mit ihnen. Jon-Tom begann leise Zweifel an seinen Chancen zu hegen, wieder nach Hause geschickt zu werden. Vielleicht war diese Snooth gar keine Zauberin, sondern nur eine Ladenbesitzerin, die zufällig auf irgendeine Art von transdimensionalem Einwegtor gestoßen war oder so ähnlich.

Mudge zeigte auf einen Wanderbarden. Der winzige musikalische Mäuserich spielte eine recht respektable Polka, allerdings weder auf einer Duar, einer Drehleier oder einer Bellflöte, sondern auf einem Casiotone 8500, einem elektronischen Tasteninstrument. Jon-Tom fragte sich, was der Mäuserich wohl als Energiequelle verwenden mochte.

Nicht alle der hier gebräuchlichen Geräte kannte er aus seiner eigenen Welt. Über dem Stand eines Fischverkäufers befand sich eine sich drehende Kugel aus rotem und weißem schimmernden Licht, die abwechselnd den Namen des Geschäfts und den des Besitzers ausbuchstabierte. Anscheinend hing sie freischwebend in der Luft. Während sie hinsahen, nahm die Kugel die Gestalt eines Fischs an und schließlich die Umrisse weiblicher Vertreter verschiedenster Gattungen, alle in lasziv-provokativen Haltungen. Mit Sex verkauft man alles, erinnerte sich Jon-Tom. Selbst Fisch. Er schritt an den Stand unter die Kugel. Sie besaß weder eine Aufhängung noch irgendeine erkennbare Energiequelle, und schon gar nichts, was einen Hinweis darauf gegeben hätte, woher ihre photonische Formbarkeit stammen mochte. Einer Sache war er sich freilich sicher: Sie stammte nicht aus seiner Welt.

Das gleiche galt auch für das Gerät, das ein alter Mandrill

zum Holzsägen verwendete: Es besaß einen Griff ähnlich dem einer normalen Metallsäge, doch war daran kein gewelltes Sägeblatt aus Stahl befestigt, sondern eine schimmernde Stange von kaum mehr als einem halben Zentimeter Durchmesser. Der Affe streifte seine Handschuhe zurecht, wählte ein Stück Holz aus, legte beide Hände auf den Griff des Geräts und berührte das Holz mit der dünnen Stange, worauf diese durch den Block schnitt wie durch Butter.

Es gab also auch andere Welten, und diese Snooth hatte anscheinend Zugang zu Waren aus einer ganzen Reihe von ihnen. Unterwegs durch die Stadt dachte er an die Reaktion seiner Gefährten auf die ATC nach. Für jemanden, der in einer von Magie beherrschten Welt nicht mit integrierten Verbrennungsmaschinen vertraut war, mußte das Fahrzeug tatsächlich wie ein Dämon ausgesehen und sich ebenso angehört haben. Crancularn war voll solcher anderweltlicher Maschinen. Kein Wunder, daß die Stadt in einen unangenehmen Ruf geraten war.

Doch die Bewohner selbst waren durchaus offen und freundlich. In dieser Hinsicht unterschieden sie sich nicht von den Bewohnern der anderen Städte und Dörfer, die Jon-Tom besucht hatte. Was ihre blasierte Akzeptanz fremdweltlicher Geräte anging, so war daran nichts sonderlich Ungewöhnliches. Völlig unabhängig von ihrer Gestalt oder Größe oder Gattung waren die Leute eben unendlich anpassungsfähig. Erst vor knapp hundert Jahren wären ein tragbarer Fernseher oder eine Uhr mit eingebautem Rechner selbst hochgebildeten Bewohnern seiner eigenen Welt wie Magie erschienen – und dennoch hätten diese sie begeistert verwendet.

Und wenn man es einmal genauer betrachtete – wie viele seiner Zeitgenossen wußten schon wirklich, wie ein Computer oder ein Cassettenrecorder funktionierten? Die Leute hatten eben einfach eine gewisse Art, Alltagsmaschinen zu akzeptieren, die sie nicht verstanden, ob sie nun von Alkalibatterien gespeist wurden oder von geheimen Zauberformeln.

Dann hatten sie das andere Ende der Stadt erreicht. Um sie herum schwebte träge der Nebel. Die Bewohner hatten sie allenfalls einmal eines flüchtigen Blicks gewürdigt. Riesige Bäume schmiegten sich an die fruchtbaren Hänge des Vulkans, der ruhig und unbedrohlich über ihnen sanft brodelte.

Erkundigungen in der Stadt hatten keine Nachricht über Besucher, auf die Jalwars und Wahnwitz' Beschreibung zugetroffen hätte, zutage gefördert. Entweder hatten die beiden sich verirrt, oder sie waren durch Droms Hilfe im Wald bereits von ihnen überholt worden. Jon-Tom spürte einen Anflug von Bedauern. Er war immer noch nicht ganz davon überzeugt, daß Wahnwitz an dem Kartendiebstahl beteiligt gewesen war.

Doch dafür war jetzt keine Zeit. Das Kaninchen auf der ATC hatte angedeutet, daß es möglicherweise Schwierigkeiten geben könnte, wenn sie das Gesuchte bei Snooth kaufen wollten. Jon-Tom plagte sich damit ab, eine halbwegs wirkungsvolle Rede zusammenzuzimmern. Sie brauchten nichts als ein bißchen Medizin. Nichts so Kompliziertes wie eine formbare Kugel oder eine blattlose Säge. Er betastete das winzige Fläschchen, das an der Kette um seinen Hals hing. Darin befand sich die Formel für die verzweifelt benötigte Medizin. Er hatte sie nicht so weit hergebracht, um nun mit leeren Händen zurückzukehren.

Keine Werbung, keine Plakate kündeten von dem Geschäft. Sie kamen um eine Gruppe von Eichen, und da stand es plötzlich vor ihnen: ein schlichtes Holzgebäude, nur einen Stock hoch. Es war gegen den Fels gebaut. In der Mitte der von einer sehr breiten, bedachten Veranda beschatteten Ladenfront befand sich eine einzige Holztür.

Auf der Veranda standen zwei leere Schaukelstühle mit hoher Rückenlehne. Das im Fels mündende Schrägdach war mit brüchigen, erneuerungsbedürftigen Holzschindeln bedeckt. Jon-Tom schätzte, daß das ganze Gebäude kaum mehr als etwa dreihundert Quadratmeter Grundfläche haben mochte. Das genügte eigentlich kaum für ein Geschäft, in dem auch der Wohntrakt integriert war.

Als sie näher kamen, trat eine Gestalt aus dem Haus und setzte sich in den entfernteren der beiden Schaukelstühle. Der Stuhl knarrte beim Schaukeln. Die große Känguruhdame trug eine rote Seidenweste, die zu ihrer natürlichen Rostfarbe paßte, und darunter einen Kilt von ähnlichem Schnitt wie der des Kaninchens. Daran befanden sich Taschen und eine besonders weite Öffnung unmittelbar an der Vorderseite, die der Besitzerin gestattete, an ihren Beutel zu gelangen. Jon-Tom starrte auf den Unterleib, konnte aber nicht genau feststellen, ob sie ein Junges darin trug, obwohl er einmal meinte, eine Bewegung bemerkt zu haben. Doch sicher war er sich nicht, und da er sich in makropodischer Etikette nicht auskannte, hielt er es für das Beste, lieber nicht danach zu fragen.

Sie trug außerdem eine dicke Großmutterbrille mit sechseckigen Gläsern und ein schweres Halsband aus Türkisen, schwarzem Onyx und Malachit. Ein dazu passendes Armband schmückte ihr rechtes Handgelenk, und sie rauchte mit langsamen Zügen an einer Maiskolbenpfeife, die sie in regelmäßigen Abständen mal in den einen, mal in den anderen Mundwinkel schob.

Er blieb vor der Verandatreppe stehen. »Bist du jene, die man Snooth nennt?«

»Muß ich wohl sein«, erwiderte die Känguruhdame. »Schließlich gibt es hier nur eine, die so heißt.« Sie nahm die Pfeife aus dem Mund und musterte die Gruppe nachdenklich. »Ihr stammt nicht von hier. Was kann ich für euch tun?«

»Wir haben eine verdammt harte Einkaufsreise hinter uns«, berichtete Jon-Tom.

Sie seufzte. »Das habe ich befürchtet. Gerade habe ich mich gemütlich ein bißchen hingesetzt. Na ja, eins zu null gegen mich.«

Jon-Toms Augen weiteten sich. »Dieser Ausdruck stammt aus meiner Welt.«

»Ach ja? Kann sein, ich habe mit so vielen zu tun, daß ich manchmal ganz wirr werde. Gewiß wie die Gliebs auf dem Fondaik.«

Jon-Tom beschloß, so vorsichtig wie möglich zu taktieren, da er an das dachte, was das Kaninchen ihnen geraten hatte. »Wir wollen dich nicht stören. Wir könnten auch morgen wiederkommen.« Er versuchte an ihr vorbei einen Blick in den Laden zu werfen. »Hier sind nicht zufällig vor kurzem zwei andere Kunden von außerhalb dagewesen? Ein altes Frettchen, möglicherweise in Begleitung eines Menschenmädchens?« Gespannt hielt er die Luft an.

Snooth kratzte sich mit der freien Hand am Kinn. »Nö. Niemand, auf den diese Beschreibung zutreffen würde. Genaugenommen sind schon ziemlich lange keine einheimischen Kunden von außerhalb mehr vorbeigekommen.«

Ohne zu fragen, was wohl ein einheimischer Kunde von außerhalb sein mochte, was Jon-Tom als ein Widerspruch in sich erschien, gestattete er sich einen Augenblick des stummen Jubels. Sie hatten es geschafft! Mit Droms Hilfe hatten sie Crancularn noch vor Jalwar erreicht. Jetzt durfte er sich entspannen. Das Ziel, der Gegenstand ihrer langen, anstrengenden Reise war endlich zum Greifen nahe.

Er wandte sich zum Gehen. »Wir wollen deinen Mittagsschlaf nicht stören. Wir kommen morgen noch mal vorbei.«

Eine kleine braune Gestalt drängte sich an ihm vorbei. Mudge baute sich in aggressiver Haltung am Fuß der Treppe auf. »'alt mal 'n Augenblick die Luft an, Chef.« Der Otter musterte die Besitzerin mit einem gelbsüchtigen Auge. »Von diesem Schuppen 'ier 'at man mir jetzt schon wochenlang erzählt? Diese zusammengeschusterte, wurmstichige Bude soll der wunderbare, der prächtige, der phantastische Laden ›Irgends und Nirgends‹ sein? Und du bist die Besitzerin?«

Die Känguruhdame nickte.

»Na«, verkündete Mudge angewidert, »kann nicht be'aupten, daß der nach viel aussieht!«

»Mudge!« Wütend packte Jon-Tom den Otter an der Schulter.

Doch die Besitzerin wirkte keineswegs erzürnt. »Der äußere Schein kann oft trügen, mein zottiger kleiner Vetter.« Sie wandte sich Jon-Tom zu, während sie sich erhob und auf ihre gewaltigen Füße stellte. Sie war ebenso groß wie er, und die brüchigen Verandabretter knarzten unter ihrem Gewicht.

»Ich sehe euch an, daß ihr von weit hergekommen seid, um eure Einkäufe zu tätigen. Bis auf die Crancularnier kommen meine meisten Kunden von weit her, um bei mir einzukaufen, und manche auf sehr komplizierte Weise. Manchen verkaufe ich etwas, anderen nicht.« Sie drehte sich und zeigte auf eine dünne gekrakelte Inschrift auf einem Stück Holz, das über der Tür an die Wand genagelt worden war. Auf dem Schild standen die Worte:

WIR BEHALTEN UNS DAS RECHT VOR,
NICHT ZU BEDIENEN.

»Wir kommen nicht, um in eigener Sache deine Hilfe zu erbitten«, sagte Jon-Tom. »Wir sind hier auf Bitte eines großen Hexers, der in den Glockenwäldern weit hinter dem Glittergeistmeer lebt. Sein Name ist Clodsahamp.«

»Clodsahamp.« Nachdenklich glitzerten Augen hinter der Großmutterbrille. Sie streckte eine Hand aus, mit der Fläche nach unten, und hielt sie in etwa ein Meter zwanzig Höhe über die Verandafläche. »Schildkröte, alter Herr, etwa so groß?«

Jon-Tom nickte eifrig. »Genau, das ist er. Bist du ihm schon mal begegnet?«

»Nö. Aber ich kenne ihn vom Hörensagen. Als Hexer ist er ziemlich weit oben an der Spitze.« Diese Enthüllung beeindruckte selbst den zweifelnden Mudge, der Clodsahamp immer eher für einen talentierten Fakir am Rande der Senilität gehalten hatte, der nur ab und zu ein bißchen Glück zu haben pflegte. »Was ist denn los mit ihm?«

Jon-Tom fummelte an dem Fläschchen, das an seinem Hals hing, und holte ein kleines Papier daraus hervor. »Er sagt, er läge im Sterben, und er leidet unter schrecklichen Schmerzen. Er meint, das hier könnte ihn heilen.«

Snooth nahm den Fetzen entgegen, rückte ihre Brille zurecht und las. Ihre Lippen bewegten sich, während sie das Gelesene aufnahm. »Ja ... ja, ich glaube, das haben wir auf Lager.« Sie blickte Jon-Tom wieder an. »Deine Hingabe an deinen Mentor spricht für dich.«

Was in ihm mehr als nur ein oberflächliches Schuldgefühl auslöste, denn der Hauptgrund, weshalb er die Reise unternommen hatte, bestand darin, daß er seine Chance, einmal nach Hause zurückkehren zu können, dadurch erhöhen wollte, daß er für den Erhalt von Clodsahamps Gesundheit sorgte.

»Du überschätzt meine Selbstlosigkeit.«

»Ich glaube nicht.« Sie musterte ihn auf höchst merkwürdige Weise. »Du bist besser, als du dir selbst eingestehst. Deshalb würdest du auch einen guten Richter abgeben. Deine gesunden Instinkte sind stärker als deine bloße Vernunft.«

Jon-Toms Augen weiteten sich schon zum zweiten Mal seit ihrer Begegnung. »Woher weißt du, daß ich damit beschäftigt war, Rechtswissenschaften zu studieren?«

»Glück beim Raten«, meinte Snooth zerstreut und schob das Thema beiseite, obwohl Jon-Tom es zu gerne weiter verfolgt hätte. Sie streckte das Papier mit der Formel vor. »Darf ich das behalten?«

Jon-Tom zuckte mit den Schultern. »Warum nicht? Wir brauchen nur die Medizin.«

Snooth steckte das Papier säuberlich in ihren Beutel. Wieder meinte Jon-Tom, eine Bewegung darin auszumachen. Wenn Snooth ein Känguruhjunges mit sich trug, dann war es offenbar noch zu jung oder zu scheu, um sich zu zeigen.

»Kommt rein.« Sie drehte sich um und öffnete die Tür.

Ihre Besucher stiegen die Treppe empor und schritten

über die Veranda. Das vorderste Zimmer des Baus war in schlichtem, kaleidoskopischem Stil eingerichtet. Auf einer Seite stand ein weiterer Schaukelstuhl, der allerdings nicht aus Holz gefertigt war, sondern aus durchsichtigen Seifenblasen bestand, die an einem dünnen Metallrahmen hafteten. Die Blasen bewegten sich träge wie im Zeitlupentempo und wirkten so zerbrechlich, als würden sie jeden Augenblick platzen.

»Darauf kann man doch wohl nicht sitzen?« fragte Roseroar.

»Für etwas anderes taugt er kaum. Willst du es mal probieren?«

»Geht nicht!« protestierte die Tigerin. »Da würd ich nicht nur den Stuhl, sondern auch meinen Hintern zerdeppern!«

»Vielleicht aber auch nicht«, meinte die Känguruhdame mit gelassener Zuversicht.

Zögernd nahm Roseroar das Angebot an und drehte sich, um sich sanft in den Stuhl gleiten zu lassen. Die Seifenblasen gaben unter ihrem Gewicht zwar nach, platzten aber nicht – ebensowenig der dünne Metallrahmen. Und die Blasen bewegten sich weiterhin und massierten dadurch die neue Besitzerin des Stuhls mit einem sanften, gleitenden Schaukeln. Ein volles, pulsierendes Schnurren erfüllte den Raum.

»Wieviel?« fragte Roseroar.

»Tut mir leid, das ist nur ein Ausstellungsstück. Es ist unverkäuflich.«

»Komm schon, Roseroar«, sagte Jon-Tom. »Dafür sind wir nicht hergekommen.« Niedergeschlagen stieg sie aus dem Streichelstuhl.

Während sie durch den Raum schritten, fand Jon-Tom Zeit, ein rundes Aufnahmegerät, einen hitzefreien Ofen und eine ganze Reihe anderer, völlig fremdartiger Maschinen zu bemerken, die zwischen wohlvertrauten Geräten herumstanden. Snooth führte sie durch eine weitere Türöffnung, die von undurchsichtigen Keramikstreifen versperrt war, welche mitten in der Luft schwebten. So gelangten sie in einen hinteren Lagerraum, der mit zerbrochenen, durcheinandergeworfenen Waren angefüllt war. Zur Linken war ein Badezimmer zu erkennen.

Durch einen zweiten Schwebevorhang kamen sie in den eigentlichen Laden.

In Jon-Toms Gehirn entstand vorübergehend ein Vakuum. Er hörte, wie Roseroar neben ihm ein erstauntes Zischen ausstieß, und selbst der sonst so wortgewaltige Mudge schien sprachlos zu sein, während Drom die Luft wegblieb.

Soweit sich das absehen ließ, nahm der Laden das gesamte Berginnere ein.

XV

Vor ihnen befand sich ein Gang, dessen Wände von langen Metallregalen eingenommen wurden. Diese mehrreihigen Regale ragten fast bis zur Hälfte des gut zwölf Meter hohen Raums empor und waren vollgestopft mit Waren, die in Kisten, Schachteln und in Klarsichtpackungen lagen. Jon-Tom erblickte nur wenige leere Fächer. Die Regalreihen und der Gang verloren sich weit in der Ferne.

Er drehte sich um und blickte nach links. So weit das Auge reichte, führten von dieser Stelle Gänge und Regale ab. Zur Rechten erblickte er ein Spiegelbild der linken Seite.

»Ich hätte mir niemals träumen lassen ...«, fing er an, doch die Besitzerin unterbrach ihn sofort.

»Aber natürlich hast du dir träumen lassen, Käufer. Jeder träumt.« Sie machte eine nachlässig abwinkende Geste. »Im Plenum gibt es eine Menge Welten. Manche von ihnen produzieren sehr viele käufliche Waren, andere nur sehr wenige. Ich versuche, auf dem laufenden zu bleiben, was in den wichtigsten Dimensionen los ist. Ist kein leichter Beruf, Ladenbesitzerin. Es gibt eine Stelle, wo die Zeit rückwärts läuft und mir mein ganzes Inventar durcheinander bringt.«

Jon-Tom fuhr fort, die schier endlosen Reihen fassungslos anzustarren. »Woher weißt du, was du hier alles auf Lager hast, und vor allem, wo es liegt?«

»Och, wir sind hier sehr modern ausgerüstet.« Sie holte ein leuchtend blaues Metallstück von knapp fünfzehn Zentimetern Länge und sechs Zentimetern Dicke aus einer Seitentasche. Es trug eine Art durchsichtigen Deckel auf der Längsseite. Er schien keine sichtbaren Knöpfe oder Schalter zu besitzen.

»Ein Taschencomputer.« Sie zeigte ihn Jon-Tom. Während er zusah, spulten Wörter mit großer Geschwindigkeit auf der Oberseite ab. Sprachen und Schriften verwandelten sich, und Snooth drehte den Rechner zweimal senkrecht um, so daß die Wörter von oben nach unten abrollten. Einige Male veränderten sie ihre Laufrichtung und fuhren von rechts nach links über die Anzeige. Und einmal waren überhaupt keine Buchstaben zu erkennen, nur Farben, deren Reihenfolge wechselte. Ein anderes Mal erklang ausschließlich Musik.

»Wird gedankenaktiviert. Ein ganz handliches kleines Gerät. Hab es von einem Ort, dessen Position nicht bestimmt, sondern nur abgeleitet werden kann. Sehr talentierte Leute dort. Siehst du?«

Auf dem Sichtfenster erschien plötzlich eine chemische Formel und erstarrte. Darunter war eine lange Nummer zu sehen.

»Hier entlang.« Snooth hüpfte nach links und bog schließlich in einen weiteren Gang ein.

Roseroar starrte die endlosen Warenreihen an. »Wie viele Regale hast'n hia bloß?«

»Läßt sich nicht genau sagen«, erwiderte Snooth. »Das ändert sich ständig.«

»Führst du dieses Geschäft ganz allein?« wollte Jon-Tom wissen.

Sie nickte. »Man gewöhnt sich dran. Ich mag Lagerverwaltung, und die Nebeneinnahmen sind ganz gut.«

»Wie weit von hier ist die Medizin denn untergebracht?«

»Nicht weit. Nur einen halben Sprungtag. Sonst hätte ich uns auch erst eine Mahlzeit eingepackt oder einen Scooter ausgegraben.«

»Ist das so etwas wie die Honda ATC, auf der wir einen deiner Kunden durch die Stadt haben fahren sehen?«

»Das wird Foharfas Spielzeug sein. Eines Tages wird er sich mit dem Ding noch das Genick brechen. Nein, ein Scooter ist nur eine trägheitslose Scheibe. Man lenkt ihn, indem man sich auf das örtliche planetare Magnetfeld einstimmt.«

Jon-Tom schluckte schwer. »Ich fürchte, für so was habe ich keinen Führerschein.«

»Macht nichts. Ich genieße den Spaziergang.«

»Können wir vielleicht einen davon kaufen, um nach 'ause zu kommen?« fragte Mudge voller Hoffnung.

»Tut mir leid. Davon habe ich keinen im Generallager. Und außerdem achte ich darauf, daß manche Waren nicht über Crancularn hinausgelangen. Die Welt ist auch so schon kompliziert genug. Man kann die Magie leicht übertechnisieren, wenn man nicht aufpaßt.«

»Sieht aus, als liefen deine Geschäfte nicht besonders gut«, bemerkte Drom.

Snooth zuckte mitten in einem Hopser mit den Schultern. »Ich hab es nicht darauf abgesehen, reich zu werden, Einhorn. Mir gefällt der Laden einfach, das ist alles. Außerdem bleibt man auf diese Weise gut auf dem laufenden, was im großen Kosmos so alles passiert. Waren sind besser als Klatsch, und sie sind auch ehrlichere Spiegelungen dessen, was los ist, als offizielle Nachrichtenbulletins.«

»Muß die Gewinne aber ziemlich beeinträchtigen«, meinte Mudge.

»Das hängt davon ab, welche Art von Gewinn man machen will, Otter.«

Jon-Tom musterte das Känguruh beunruhigt. »Aus dem Mund einer Ladenbesitzerin hört sich das aber ziemlich seltsam an. Bist du sicher, daß du nicht selbst eine Art Zauberin bist?«

»Wer, ich?« Snooth wirkte ehrlich schockiert. »Nein, das bin ich ganz bestimmt nicht! Viel zuviel Verantwortung, viel zuviele Auflagen, die meinen Beruf bestimmen. Meine jetzige Anstellung genügt mir vollauf, danke. Und die Lebenshaltungskosten in Crancularn sind recht niedrig.« Sie machte eine Pause und fuhr schließlich fort: »Was ist eigentlich mit diesem Frettchen und dem Mädchen, von dem du mir vorhin erzählt hast?«

»Es waren Reisegefährten von uns«, erklärte Jon-Tom. »Wir wurden auf unglückliche Weise unterwegs voneinander getrennt.«

»Unglücklich? Das will ich meinen«, polterte Mudge. »Das dreckige Gesindel 'at uns unsere Karte geklaut, 'at es, und nur weil wir etwas Glück 'atten und dieser Bannsänger so entschlossen war und dieses Einzig'orn die Gegend so gut kannte, 'aben wir es ...!«

Snooth unterbrach ihn und lächelte Jon-Tom an. »Dann bist du also ein Bannsänger? Ich habe zwar sofort deine Duar bemerkt, aber ich dachte, du wärst höchstens ein Wandermusikant.«

»Ich bin immer noch Amateur«, gestand Jon-Tom. »Ich lerne noch, meine Fähigkeiten zu beherrschen.«

»Ich glaube, eines Tages wirst du das auch, obwohl ich das Gefühl habe, daß du noch viel tun und lernen mußt.«

»Es ist mir einfach nur noch so neu. Die Magie, nicht die Musik. Alles ist mir neu. Ich bin nicht von dieser Welt.«

»Ich weiß, du riechst nach anderswo. Laß dich von deiner Versetzung nicht unterkriegen. Das Neue ist die größte Freude und der größte Spaß im Leben.« Sie deutete auf die sie umgebenden Regale. »Jedes neue Produkt, das ich kennenlerne, versetzt mich in Staunen und Bewunderung.«

»Ich wünschte, ich könnte deine Begeisterung teilen. Aber ich komme nicht gegen mein Heimweh an. Du kannst mich nicht zufällig auf dieselbe Weise nach Hause befördern, wie du deine Waren herbekommst?« fragte er hoffnungsvoll.

»Nein, und das tut mir aufrichtig leid«, sagte Snooth leise, und er hatte das Gefühl, daß es ernst gemeint war. »Das hier ist nur ein Empfangs- und Verteilungsunternehmen. Ich kann nur Güter befördern, keine Leute.«

Jon-Tom sackte wieder etwas zusammen. »Na ja, mehr hatte ich auch nicht erwartet. Clodsahamp hat es ja schon gesagt.«

»Du mußt mir von deinen Reisen erzählen. Merkwürdigerweise weiß ich über viele andere Welten mehr als über diese. Das liegt an der Bindung ans Geschäft.«

Und so unterhielt Jon-Tom sie mit einer Schilderung der Abenteuer, die sie während ihrer langen Reise erlebt hatten, teils um ihr einen Gefallen zu tun, teils um seine eigene Enttäuschung wieder loszuwerden. Es dauerte fast einen halben Tag, wie Snooth es auch angekündigt hatte, bis sie schließlich Halt gebot. Jon-Tom blickte den Gang entlang. Noch immer war kein Ende in Sicht.

Seltsame Rezepturen füllten Flaschen, Krüge und Behälter aus ihm unbekannten Materialien. Die zwölf Meter hohen Regalreihen, vor denen sie standen, repräsentierten eine kosmologische Arzneimittelliste. Jon-Tom erkannte Pillen und Tropfen, Salben und Balsame, Bandagen und Binden, die unter weniger vertrauten Gegenständen verstreut waren.

Snooth musterte das Regal einen Augenblick, befragte ihren Blaumetallriegel und hüpfte einige Meter weiter den Gang entlang. Dann stieg sie auf eine der motorisierten Leitern, die von der obersten Regalzeile bis zu den in den Bodenstein gemeißelten Schienen führten, und fuhr das Regal auf halbe Höhe empor.

»So«, sagte sie zufrieden. Sie öffnete einen normalen Pappkarton und holte einen kleinen Kunststoffbehälter hervor. »Eine einzige. Ich muß diesen Posten nachbestellen. Ich habe nicht genug Platz, um mehr als ein Exemplar von allen Waren auf Lager zu halten. Hier auf der Seite stehen Gebrauchsanweisungen, die dein Hexer wahrscheinlich zu deuten verstehen dürfte.«

»Davon bin ich überzeugt«, sagte Jon-Tom und griff erleichtert nach dem Behältnis.

»Sofort aufhören, wenn ich bitten darf.«

Jon-Tom wirbelte herum. Roseroar knurrte und griff nach ihren Schwertern, während Mudge seinen Langbogen anlegen wollte.

»Nicht!«

Eine Gestalt trat hinter einer durchsichtigen Kiste voller tiefgekühlter Blumen hervor und kam auf sie zu. In den Händen hielt Jalwar etwas, das einer Mehrfacharmbrust glich, auf deren Spitze an die drei Dutzend kleiner Pfeile in konzentrischen Ringen angeordnet waren.

»Gift. Genug, um euch alle umzubringen. Selbst dich, du Herrin der langen Zähne.« Roseroar blickte Jalwar zwar weiterhin finster an, nahm ihre Tatzen jedoch langsam von den Schwertgriffen.

»Eine kluge Entscheidung«, sagte Jalwar zu ihr.

Jon-Tom starrte an ihm vorbei. »Wahnwitz – wo ist Wahnwitz?« Als das Frettchen nicht sofort antwortete, spürte Jon-Tom eine Woge der Erregung, die ihn trotz der heiklen Situation durchflutete. »Also ist sie *doch nicht* freiwillig mit dir gegangen!«

»Nein.« Jalwar gestand es völlig gleichgültig ein. »Aber immerhin *ist* sie mitgekommen, und mehr brauchte ich nicht. Ich brauchte Hilfe, um ein paar grundlegende Ausrüstungsgegenstände zu befördern, und sie schien mir von euch allen diejenige zu sein, die am leichtesten zu manipulieren war. Als Lasttier war sie durchaus brauchbar.« Er lächelte dünn, die Situation genießend. »Und außerdem hat es mich immer gereizt, Unschuld zunichte zu machen, und sie hatte noch immer etwas davon übrig.«

Jon-Tom mußte sich anstrengen, um nicht die Beherrschung zu verlieren. Doch er zweifelte keinen Augenblick daran, daß die Pfeile wirklich vergiftet waren und daß Jalwar sie durchaus auch einsetzen würde.

»Wo ist sie? Was hast du mit ihr gemacht?«

»Das werde ich dir noch beizeiten mitteilen, mein hitziger, blindwütiger Freund.« Das Frettchen warf einen Blick auf Snooth. »Das ist also die Medizin, die unser kostbarer Clodsahamp so dringend braucht. Wie interessant! Plötzlich verspüre ich selbst ein gewisses Bedürfnis nach Medizin. Du da, Besitzerin! Ich werde den Behälter selbst an mich nehmen, wenn du nichts dagegen hast.«

»Wirst aber verdammt viel mehr als dieses Mittel brauchen, um das Leiden loszuwerden, das du 'ast, Kumpel«, sagte Mudge beleidigend.

»Ach, meinst du? Aber ich bin immer noch nicht so krank, als daß es mir nicht gelungen wäre, euch alle reinzulegen. Ich hätte nicht gedacht, daß ihr es ohne Karte hierher schaffen würdet, deshalb habe ich auch mein Tempo verlangsamt. Ich war mir meiner Sache ja sicher und dachte mir, daß ich mit Unterstützung meines Helfers sowieso stets erfahren würde, wo ihr euch befindet. Ja, ohne diesen Helfer wäre es mir gar nicht gelungen, euch dicht auf den Fersen zu bleiben und euch bis auf zwei Gänge Abweichung präzise zu orten.«

»Was für ein Helfer?« fragte Jon-Tom mißtrauisch.

»He, ist das etwa die feine Art, einen alten Kameraden zu begrüßen?« fragte plötzlich eine Stimme, die Jon-Tom nie im Leben wiederzuhören gehofft hatte. Er wandte sich nach rechts.

»Corroboc!«

Der Papagei machte eine halbe Verbeugung. »Ist wirklich nett von dir, daß du dich an meinen Namen erinnerst. Diese Singmagie, die du da auf meinem Kahn abgezogen hast, das war meine eigene Schuld, weil ich nicht erraten hab, daß du mehr im Sinn hattest, als den alten Corroboc zu unterhalten. Aber ich bin kein Typ, der über vergossene Milch weint. Nein, bin ich nicht, auch wenn meine nichtsnutzige Mannschaft sich einen neuen Kapitän gewählt und mich knapp in Flugweite vom Festland ausgebootet hat.

Dann entdeckte ich euer merkwürdiges Schiff und nahm die Fährte auf. Ich kannte ja euer Ziel und dachte mir, ich werd euch verfolgen, bis ich weiß, wie ich euch all die Nettigkeiten heimzahlen kann, die ihr mir erwiesen habt. Im Wald hab ich dann gesehen, wie zwei von euch sich von der Gruppe lösten.« Er nickte zu Jalwar hinüber.

»Als ich gesehen habe, mit welcher Art von Respekt er unsere alte Freundin Wahnwitz behandelt hat, da hab ich mir gedacht, hab ich mir, daß dies nun ein Kamerad nach meinem Geschmack ist. Also habe ich mich zum Plaudern niedergelassen, und nachdem wir ein paar Nettigkeiten ausgetauscht haben, da sind das gute Frettchen und ich uns eins geworden, ha!«

»Dieser Vogel wird uns die Herzen aus dem Leib reißen und darauf herumtanzen«, flüsterte Roseroar Jon-Tom zu. »Da können wia sie auch genausogut gleich angreifen.«

»Immer mit der Ru'e, du überdimensionales Flauschknäuel«, warnte Mudge sie. »Sind noch nicht alle Karten ausgespielt, wa?«

»Flüstert nur, soviel ihr wollt«, fauchte Jalwar, »das wird euch gar nichts nützen.«

Corroboc zog ein kurzes, schlankes Schwert aus der Scheide, die an seiner Hüfte hing. Die Löcher in der Klinge machten es leicht und kräftig. Liebevoll streichelte er die flache Seite der Schneide.

»Schon seit vielen Tagen träume ich von dem Vergnügen unseres Wiedersehens. Ich bitte euch, meinen neuen Freund nicht zu provozieren, auf daß er eurem Leben nicht zu voreilig ein Ende setzt. Ich möchte, daß unsere Begegnung ein für alle erinnerungswürdiges Ereignis wird. Ja, erinnerungswürdig, ha! Seht ihr, ich habe kein Schiff mehr, keine Mannschaft! Alles, was mir bleibt, ist dieser Augenblick, und den will ich nicht überstürzt beendet wissen.«

Plötzlich ging Jon-Tom ein Licht auf, als er sich an Jalwar wandte. »Du arbeitest für Zancresta, nicht wahr? Schon von Anfang an! Daß wir am Nordufer des Glittergeistmeers auf dich stießen, war kein Zufall! Diese Freibeuter haben dich gar nicht angegriffen. Das war nur eine List, um dich bei uns einzuschleimen.«

»'ne passende Metapher«, meinte Roseroar.

»Sag mir eins!« fuhr Jon-Tom ruhig fort. »Wieviel zahlt dir Zancresta für deine Bemühungen, daß Clodsahamp seine Medizin nicht bekommt?«

Das Frettchen brach in schallendes Gelächter aus, wenngleich das Schußende der seltsamen Waffe dadurch nicht in Bewegung geriet. »Wieviel er mir zahlt? Ihr Idioten! Bannsänger? Pah! *Ich* bin Zancresta! Der Hexer von Malderpot, höchster Meister der mystischen Künste, Erkenner des Unerkannten und Teiler der Schleier! Narren, Bettler von erbärmlichem Wissen, ihr seid blinder als die Troglodyten von Tatrath und dümmer als die Schimmelgewächse, die ihr kümmerliches Dasein in Felsritzen fristen.«

Das Frettchen schien unter ihren Augen anzuschwellen, obwohl sich weder Jalwars Größe noch seine Gestalt wirklich veränderten. Doch sein gebeugter Rücken straffte sich, und ein unheiliges inneres Licht begann aus den plötzlich abgrundtiefen Augen hervorzuschimmern, während um ihn herum eine kaum wahrnehmbare dunkle Aura des Bösartigen entstand.

»Ich hätte nicht gedacht, daß ihr überhaupt soweit kommt, nicht ein einziger von euch! Aber wenn ein Bannsänger mit im Spiel ist, und sei er noch so untauglich, dann kann es niemals Sicherheit geben. Als ihr also aus Malderpot geflohen seid und meine Schergen eure Fährte im Wald verloren, beschloß ich, euch selbst aufzuspüren. Euer kühner und unvorhergesehener Marsch in die Wirrwarr-Moore hat mich anfänglich getäuscht, das gebe ich zu. Doch nur für kurze Zeit, dann gelang es mir gerade noch rechtzeitig, euch an den Ufern des Glittergeistmeers abzufangen und mein kleines Theaterstück aufzuführen.

Ich glaubte nicht, daß ich lange bei euch bleiben würde, doch wo immer ihr hinkamt, schienen euch schieres und falsches Glück zu verfolgen. Über das Meer, auf dem Schiff dieser verwandten Seele, ja sogar bis ins Land der streitlustigen Verzauberten. Und als es euch nicht nur gelang, euch aus ihren Fesseln zu befreien, nein, sie sogar noch dazu zu bewegen, euch mit einer Karte zu helfen, da beschloß ich, auf eigene Faust vor euch diesen Laden ›Irgends und Nirgends‹ aufzusuchen und alle Medizinvorräte aufzukaufen, bevor ihr mir zuvorkommt.

Und wieder habt ihr mich in Erstaunen versetzt, nicht etwa durch Schläue oder Scharfsinn, sondern durch schieres, blindes Glück. Also sind Corroboc und ich euch auf eurem Weg durch dieses aufgeblähte Lager nutzloser Güter gefolgt, wobei er gelegentlich aus der Luft eure Position überprüfte, bis ihr freundlicherweise den Gegenstand eurer Suche für mich geortet hattet. Den ich nunmehr auch an mich nehmen werde.« Er blickte an Snooth empor.

»Ich glaube nicht, daß sie über ein Gerät oder eine Medizin verfügt, die sie vor der Schnellwirkung von Hruthgift retten kann. Sobald dieser Behälter seinen Besitzer gewechselt hat, werde ich euch die Waffen abnehmen und euch der zarten Fürsorge meines geduldigen Freundes überantworten. Vielleicht überkommt ihn die Langeweile ja schon, bevor ihr alle tot seid.« Corroboc schnitt mit dem rasiermesserscharfen Schwert säuberliche dünne Scharten in eine seiner Federn, während Zancresta plötzlich wehmütig aussah.

»Ach, der Tag, an dem ich am Bettrand dieses fetten Scharlatans stehe und die kostbare Medizin in den Händen halte, die er so dringend benötigt, gerade noch außerhalb der Reichweite seiner matten Hände ... wenn ich ihn dazu zwinge, um sie zu betteln und zu flehen – ja, das wird wahrhaftig ein Tag des Triumphs sein!«

»Was habt ihr mit Wahnwitz gemacht?«

Zancresta wurde aus seiner Träumerei gerissen. »Ach, mein Lasttier und meine Versicherung! Ich habe dich zwar nie gefürchtet, Bannsänger, aber dein Talent arbeitet auf verschlungene und unberechenbare Weise. Manchmal ist es umständlich und lästig, sich mit solchen Unwägbarkeiten abzugeben, und ich mache mir tatsächlich Sorgen wegen des aufbrausenden Temperaments deiner Gefährten.

Da ich um dein geschmacklos zartes, mitfühlendes Wesen weiß, habe ich darauf achtgegeben, das Mädchen streng unter Kontrolle zu behalten, damit sie nicht törichterweise den Versuch unternimmt, zu dir zu kommen, um dort völlig fehlgeleitet ihr Heil zu suchen.«

»Hast du sie hypnotisiert?«

»Mit diesem Ausdruck bin ich nicht vertraut, aber wenn du damit meinen solltest, ob ich ihren schlichten Verstand benebelt habe, um sie mir gefügig zu machen, so lautet die Antwort ja. Allerdings bedarf ich nicht mehr ihrer Dienste für harte Arbeiten, und auch nicht mehr als Rückversicherung gegen deine Unternehmungen.« Er zeigte den Gang entlang.

»Diese Regale führen tief ins Innere des Berges, der, wie du vielleicht bemerkt haben dürftest, vulkanischen Ursprungs ist. Ich vermute, daß jeder Gang an einem ziemlich heißen Ort endet. Vielleicht lagert die Besitzerin dort Waren, die nach beständiger Wärme verlangen. Da ich selbst von warmherzigem Wesen bin, entließ ich das Mädchen und wies es an, zum Ende des Gangs zu schlendern. Auf Corrobocs Schiff hat sie eine dunkle Hautfärbung angenommen, die sich, wie ich zu vermuten wage, wohl sehr schnell in Rot verwandeln dürfte, wenn sie in den glühendheißen Kern dieses Bergs stürzt.«

Jon-Tom wich einen Schritt zurück, und Zancresta hob seinen seltsamen Mehrfachpfeilwerfer. »Laß sie ziehen. Sie ist unwichtig und völlig ungefährlich.«

Hinter Roseroar blitzte es golden auf. Zancresta hob erneut seine Waffe, doch eine gefiederte Kralle legte sich auf seinen Arm.

»Nein, laß den Gehörnten ziehen«, fauchte Corroboc. »Ich habe eigentlich nichts gegen ihn. Er wird das Mädchen ohnehin nicht mehr rechtzeitig retten, und ich will diese drei hier lebend und bei vollem Bewußtsein haben.« Er trat auf die Leiter zu, das Schwert in der einen Hand, die andere Snooth entgegengestreckt. »Die Medizin, wenn's genehm ist, Vettel.«

»Wie du willst.«

»Nein!« rief Jon-Tom. »Gib sie ihm nicht!«

Die Känguruhdame erwiderte entschieden: »Ich mische mich nicht in persönliche Streitigkeiten. Das ist eine Angelegenheit zwischen dir und ihm.« Sie hielt Corroboc den kostbaren Behälter hin. »Da, fang!« Im letzten Augenblick schleuderte sie dem Piratenkapitän den begehrten Gegenstand entgegen.

Corroboc grapschte nach dem kleinen Plastikzylinder – und verfehlte ihn. Der Behälter fiel zu Boden, verdampfte auf der Stelle und spie eine dicke Wolke schwarzen Rauchs hervor.

Jon-Tom warf sich seitlich zu Boden. Der Pfeilwerfer surrte, und ein Geschoß traf seinen Stiefel, während sich ein zweites in das Rückenteil seines dicken Schlangenhautumhangs bohrte, ohne irgendwelchen Schaden anzurichten. Er vernahm keinerlei Schmerzensschreie und hoffte inständig, daß es seinen Freunden ebenfalls gelungen sein mochte, Zancrestas Waffe auszuweichen.

Jon-Tom wollte sich schon aufrichten, um sich mit seinem Stab in den Kampf zu stürzen, als ihm aufging, daß Roseroars Schwerter und Mudges Bogen beim Kampf von Mann zu Mann wahrscheinlich effektiver sein würden und daß sie nun ohnehin mit einem Zauberer zu tun hatten. So legte er den Rammholzstab beiseite und nestelte an seiner Duar.

Ein alter Song von den Moody Blues fiel ihm wieder ein, der geeignet schien, das Böse zu bekämpfen, und so spielte und sang er ihn.

Er hatte den gewünschten Erfolg: Als der Rauch sich zu verflüchtigen begann, hörte er das Frettchen stöhnen und sah, wie Zancresta sich den Kopf hielt, während er zurücktaumelte.

Doch Zancresta ließ sich nicht so leicht überwinden. Er sammelte seine Kräfte, funkelte Jon-Tom böse an und rezitierte:

»Nagelschauer, Schlingenmauer,
kommt zu mir und werdet rauher,
seid mit Kraft die Schlangenhauer!«

Die Finger des Hexers streckten sich, wurden länger, wurden zu kraftvollen Boas, die sich Jon-Tom entgegenwanden und -schlängelten.

Ob es aus Angst um Wahnwitz oder um sich selbst war, oder aus schierer Wut, wußte Jon-Tom nicht, doch auf jeden Fall durchströmte die Musik ihn nun mit Leichtigkeit. Ohne auch nur einen einzigen Takt auszulassen, wechselte er in einen gleitenden Song von Jefferson Airplane über. Die Schlangen schrumpften zusammen und wurden wieder zu Frettchenfingern.

Zum zweiten Mal streckte Zancresta Jon-Tom seine Finger entgegen.

»Xyläum, Phylum, Zellulos,
hypoblastisch' Hartholz, grenzenlos!
Clorophylltransformation – springe los!
Lang, stark, scharf und geradevor
wie Stein, so hart, ein tödlich Rohr!«

Der Holzpfahl, der sich nun materialisierte, um gegen Jon-Toms Brust zu prallen, besaß die Größe eines kleinen Baums. Aus seinem Stamm platzten einige Äste hervor, er schlug noch im Flug weitere Triebe und peitschte mit Wurzeln und Blättern die Luft. Jon-Tom hatte gerade noch Zeit, um eine kehlige Interpretation von Def Lepards »Pyromania« von sich zu geben.

Der riesige, immer noch wachsende Speer zerbarst in einem Feuerball. Die Wucht der Explosion warf Zancresta rücklings zu Boden.

Das gab Jon-Tom etwas Zeit, um nach seinen Gefährten zu sehen. Sie waren unverletzt, doch der Boden des Gangs war voller Blut. Es stammte alles aus einer einzigen Quelle und war mit grünen und blauen Federn verklebt. Roseroar war ebenfalls blutverschmiert. Ihre Schwerter staken immer noch unbefleckt in ihre Scheiden. Sie hatte sie nicht eingesetzt, sondern Corroboc ohne sie so säuberlich auseinandergenommen, wie Jon-Tom es mit einem Brathähnchen getan hätte.

Mudge trat vor und schoß einen Pfeil auf Zancresta ab. Der Hexer hob die Hand und stieß abfällig ein Wort aus. Der Pfeil verfaulte und zerknickte an der Hüfte des Frettchens. Derweil überlegte Jon-Tom, wo Wahnwitz wohl stecken mochte. Wenn Drom doch nur genug Zeit hatte, um sie zu erreichen, bevor ...!

Zancresta, der den Konzentrationsabfall seines Gegners bemerkte, wedelte mit der Hand über dem Kopf und stieß mit Stentorstimme einen Ruf aus. Zwischen den beiden erschien eine kleine schwarze Wolke in der Luft, und unheilverkündendes Donnern klang auf.

Jon-Tom war gerade noch geistesgegenwärtig genug, um

die richtige Textpartie aus »In Held I Was« von Procol Harum zu rufen und die Duar schützend vorzustrecken. Das Instrument fing den aus der Wolke schießenden Blitzschlag auf, wenngleich der Aufprall ihn taumeln ließ. Die Wolke löste sich auf.

Nun war zum ersten Mal in Zancrestas Augen eine Spur von Furcht zu erkennen. Furcht, doch nicht Aufgabe. Noch nicht. Er stand da, starrte seinen Gegner an und machte keinerlei Versuch, seine zerfetzten Kleider enger um sich zu raffen.

»Also doch kein Zufall«, murmelte er. »Nicht bloß Glück. Ich hatte mir deswegen Sorgen gemacht aber schließlich nicht so recht daran geglaubt. Jetzt sehe ich ein, daß ich mich geirrt habe. Du glaubst wohl, du hättest gewonnen, wie? Du meinst wohl, du hättest mich erledigt?« Er blickte die Leiter empor. Oben stand Snooth und hielt den richtigen Medizinbehälter in einer Hand. Zancresta war so sehr damit beschäftigt gewesen, Jon-Tom im Auge zu behalten, daß er nicht bemerkt hatte, wie die Besitzerin die Medizin mit der Rauchbombe vertauscht hatte.

»Ihr glaubt alle, ihr hättet mich erledigt. Na, das habt ihr jedenfalls nicht. Nicht Zancresta, nicht mich. Denn seht ihr, ich bin gekommen und habe mit allem gerechnet, so unwahrscheinlich und abwegig es auch erscheinen mochte. Ja, ich bin in dem Bewußtsein gekommen, daß es möglich sein könnte, daß dieser junge Bannsänger vielleicht tatsächlich einen gewissen Hauch von einem Talent besitzen könnte.«

»Los, versuch's doch mal.« Jon-Tom fühlte sich, als sei er plötzlich drei Meter groß. Er spürte, wie die Kraft in ihm aufwallte, spürte, wie die Musik in seinem Inneren nach außen drängte. Seine Finger prickelten, und die Duar war ihm wie ein dritter Arm. Er war high, genauso high wie die Stars, wenn sie in den großen Hallen und Arenen vor Tausenden von Zuhörern sangen. Es hätte nicht viel gefehlt, und er hätte glatt abgehoben.

»Komm schon, Zancresta«, stachelte er den Hexer auf, »zieh ruhig alle Register, laß deine ganze Widerlichkeit raus!

Ich habe gegen alles einen Song, und wenn du erst mal damit fertig bist«, schon summte er den letzten Song, den er an diesem Tag zu singen gedachte, »wenn du erst mal damit fertig bist, Jalwar-Zancresta, dann hab ich noch ein letztes Ständchen für dich parat.«

Das Frettchen schürzte die Lippen und schüttelte traurig den Kopf. »Du armer Simpel von einem unfreiwilligen Einwanderer, glaubst du wirklich, ich wäre so leicht zu schlagen? Ich kenne hundert mächtige Zauber, die ich dir entgegenschleudern könnte, weiß tausend Flüche auswendig. Aber du hast recht. Ich weiß, daß deine Musik sie zunichte machen könnte.« Irgend etwas stimmte hier nicht, dachte Jon-Tom. Zancresta hätte eigentlich um Gnade winseln müssen, doch statt dessen wirkte er selbstsicherer denn je.

»Deine Musik ist mächtig, Bannsänger, aber hier bist du schwach.« Er tippte sich an die Stirn. »Denn wie gesagt, ich habe mich auf alles vorbereitet, als ich gekommen bin.« Er blickte nach rechts.

»Charrok, jetzt brauche ich dich.«

Hinter einem teilweise leeren Regal erschien plötzlich eine neue Gestalt. Jon-Tom bereitete sich innerlich auf alles Erdenkliche vor, die Finger einsatzbereit an die Duar gelegt, den Geist voller Abwehrlieder. Doch die Gestalt flößte ihm keine Furcht ein. Im Gegenteil, sie wirkte sogar außerordentlich unbeeindruckend.

Die Spottdrossel war kaum einen Meter groß, noch kleiner als Corroboc. Der Vogel trug einen ungewöhnlich einfachen Kilt mit Schwarz auf Beige und Gelb, eine schmucklose, dazu passende gelbe Weste und eine gelbe Mütze.

Zancresta zeigte auf Jon-Tom. »Das ist er, von dem ich dir erzählt habe. Tu, wofür ich dich bezahle!«

Der Vogel schüttelte sorgfältig die Flügel aus, dann auch den Rest seines Gefieders, stemmte die biegsamen Flügelspitzen in die Hüften und legten den Kopf schräg, um Jon-Tom anzulinsen.

»Wie Zancresta erzählt, sollst du der beste sein.«

»Der beste was?«

Der Vogel griff über seine Schulter. Roseroar und Mudge verspannten sich, doch er holte weder Pfeil noch Speer hervor, sondern eine dünne Holzkiste, auf der drei Saitensätze befestigt waren.

»Ein Syrohr«, murmelte Roseroar.

Charrok schob das seltsame Instrument unter den einen Flügel und bog und streckte die kräftigen Federn des anderen. »Dann wollen wir doch mal feststellen, wer hier wirklich der beste ist.«

»Da freß ich doch 'nen Besen samt Putzfrau!« japste Mudge. »Der verdammte Bastard ist selbst 'n Bannsänger!«

XVI

»Genau das«, sagte die Spottdrossel mit unverhohlenem Stolz, »bin ich.«

»Hör mal«, sagte Jon-Tom, wobei er jedoch sorgfältig darauf achtete, daß die Duar bequem auf seinem Brustkorb ruhte. »Ich kenne dich nicht und habe keinen Grund, gegen dich zu kämpfen. Wenn du mitgehört hast, was hier gesagt wurde, dann weißt du auch, welche Seite im Recht ist und wer auf der Seite des Bösen kämpft.«

»Bösen schmösen«, machte der Vogel abfällig. »Ich bin bloß ein Bannsänger vom Lande. Ich geh nicht rum und fälle moralische Urteile. Ich mache bloß Musik. Das andere überlasse ich lieber den Anwälten und Richtern.« Seine Federn senkten sich auf die Mehrfachsaiten. »An die Arbeit, Mann.«

Die Stimme, die aus dem gefiederten Hals erschallte, war ebenso zuckersüß und lieblich, wie Jon-Toms eigene rauh und unausgewogen war. Sie beherrschte eine Spannbreite von Oktaven, gegen die kein Mensch jemals anzukommen hoffen durfte.

Also gut, dachte Jon-Tom grimmig, als er das Lächeln sah, das jetzt das Gesicht des Frettchens überzog. Also mußte er mit musikalischem Einfallsreichtum, treffsichereren Texten und besserem Spielvermögen dagegenhalten. Wenn er seinem Gegner in nichts anderem ebenbürtig war, so doch wenigstens in Begeisterung und schierer Lautstärke.

Der Berg erbebte, und die Regale gerieten ins Schwanken. Der Boden begann zu zittern, und von der Decke rieselte Steinstaub herab, als die beiden Bannsänger einander beißende Verse und vernichtende Reime entgegenschleuderten. Charrok sang von ätzenden Zungen und gebrochenen Herzen, von Seelenqual und zerbröckelndem Selbstvertrauen. Jon-Tom konterte mit entsprechenden Strophen von Queen und den Stones, von Pat Benatar und Fleetwood Mac. Charroks schmetternde Akkorde donnerten heftig gegen Jon-Toms Akkorde von den Clash. Die Spottdrossel ging sogar so weit, die geschlagenen Krieger der Gepanzerten heraufzubeschwören, und Jon-Tom mußte sich hurtigst etwas einfallen lassen, um schließlich mit dem hämmernden, sinnlichen Rhythmus der New Wave von Adam Ant dagegen anzukämpfen.

Während die beiden Sänger miteinander fochten, bemühte sich Mudge darum, freie Schußbahn auf Zancresta zu gewinnen. Doch der Hexer hatte die Schießkünste des Otters mehrfach miterlebt und achtete darauf, ihm kein leichtes Ziel zu bieten.

Schließlich mußte Jon-Tom innehalten, um welchen Preis auch immer. Er keuchte heftig, und seine Finger waren taub und blutig vom unentwegten Schlagen der Saiten. Und was noch schlimmer war: Sein Hals fühlte sich an wie rissiges Wildleder, und er spürte, wie sich die Heiserkeit anschlich.

Doch das unerbittliche Duell hatte auch bei seinem Gegner deutliche Spuren hinterlassen. Charrok spreizte zwischen den Liedern nicht mehr stolz sein Gefieder und wirkte auch längst nicht mehr so zuversichtlich wie zu Beginn des Kampfs.

Da entschloß sich Jon-Tom, es mit einer völlig anderen Taktik zu versuchen.

»Dieser letzte Song gerade, der über den besoffenen Elephanten mit dem Messer, war ziemlich heiß. Da hast du ein paar fetzige Rhythmen drin, muß ich schon sagen. Das könnte ich nicht.«

»Manchmal«, krächzte Charrok, »hat man es mit Federn eben doch leichter als mit Fingern.« Er hob den rechten Flügel und wedelte mit der biegsamen Spitze, um das Gesagte zu unterstreichen. »Aber du bist auch nicht schlecht. Was war das über schmutzige Taten für billiges Geld?«

»Von AC/DC«, erwiderte Jon-Tom matt. »Ich dachte, ich könnte mir damit ein paar mordlüsterne Berserker heraufbeschwören, aber Pech gehabt.«

»War aber ein brauchbarer Versuch«, lobte Charrok. »Ich konnte fast die Klinge an meiner Gurgel spüren.«

Zancresta trat vor, wobei er darauf achtete, daß der Leib seines gemieteten Helfers zwischen ihm und Mudges Bogen blieb.

»Was ist denn hier los? Ich bezahle dich nicht dafür, daß du mit diesem Mann ein Schwätzchen hältst, sondern dafür, daß du ihn umbringst!«

Charrok drehte sich zu ihm um, und seine Augen verengten sich, als er den Hexer musterte. »Einen Moment mal, Herr Zancresta! Sie haben meinen Gesang gemietet, aber nicht meine Seele.«

»Jetzt werd mir nicht philosophisch, du trällernder Bauernlümmel! Du wirst tun, was ich dir sage!«

Doch Charrok schien durch den Wutausbruch des Hexers ungerührt. »Genau das habe ich getan.« Er wies mit einem Nicken auf Jon-Tom. »Dieser Typ ist verdammt gut. Er könnte, ich sage, könnte, tatsächlich besser sein als ich.«

»Ich weiß nicht, wer besser ist, und es ist mir auch egal«, warf Jon-Tom hastig ein, »aber du singst wie ein Orkan und spielst wie ein Satan. Ich wäre dir wirklich sehr dankbar, wenn du mir diesen letzten Song mal zeigen könntest.« Er schlug einen leeren Akkord auf der Duar an. »Mag ja sein, daß ich hier nur fünf Finger habe, aber verdammt will ich sein, wenn ich's nicht mal versuche.«

»Ich weiß nicht ... eine Duar hat nur zwei Saitensätze, mein Syrohr hat aber drei. Aber trotzdem, wenn du vielleicht hier und da eine Note auslassen würdest ...« Er kam auf ihn zu. »Laß mich mal sehen.«

»Mit dem Feind wird nicht fraternisiert!« bellte Zancresta und legte dem Vogel eine Pfote auf die Schulter. Charrok schüttelte sie ab.

»Vielleicht ist er ja gar nicht mein Feind.«

»Natürlich bin ich das nicht«, sagte Jon-Tom ermunternd und schritt selbst auf ihn zu. »Ein Auftritt ist ein Auftritt, aber dadurch sollten sich Profis nicht entzweien lassen.« Als Charrok nahe genug herangekommen war, legte Jon-Tom dem Vogel kameradschaftlich einen Arm um die Schulter, wobei er sich vorbeugen mußte. »Das hier ist nicht dein

Krieg, Sänger. Zwei Musiker-Magier unseres Kalibers sollten nicht versuchen, einander zu vernichten. Wir sollten zusammenarbeiten. Stell dir nur mal vor, welche Hexerei wir beide auf die Beine stellen könnten! Das hier sollte kein Duell sein, sondern eine Jamsession, wir sollten zusammen spielen, zusammen Musik und Magie machen.«

»Das würde mir durchaus gefallen«, sagte Charrok.

Da schob sich eine Hand vor und krallte sich krampfhaft in die Weste der Spottdrossel. »Das dulde ich nicht!« Das Frettchen hüpfte auf kurzen Beinen auf und ab. »Ich sage: Das dulde ich nicht! Ich habe dich gut bezahlt, um mir in dieser Sache zu dienen. Wir haben einen Vertrag! Es steht hier viel zuviel auf dem Spiel!«

»Ja, unter anderem mein Ruf«, erwiderte Charrok frostig. »Aber«, er blickte zu Jon-Tom empor, »das läßt sich unter Freunden immer lösen. Und was dein Geld angeht, das kannst du zurückhaben. Ich habe beschlossen, daß ich es gar nicht haben ...«

»Paß auf, Kumpel!« schrie Mudge. Der Otter warf sich vor und trat Zancresta gerade noch rechtzeitig, um das Messer abzulenken, mit dem der Hexer zwischen Charroks Flügeln hatte auf Jon-Tom einstechen wollen. Ineinander verkrallt gingen die beiden zu Boden.

»Halt ihn fest, Freund!« donnerte Roseroar, als sie vorschnellte, bereit, Zancresta ebenso mühelos den Kopf vom Leib zu reißen, wie sie einen Korken aus einer Flasche gezogen hätte.

Doch das Frettchen sprang bereits wieder auf die Beine, einen blutenden Mudge hinter sich auf dem Boden zurücklassend. Mit unglaublicher Gelenkigkeit wich der Hexer der heranstürmenden Roseroar durch einen geschickten Haken aus und kletterte das nächstgelegene Regal empor. Kisten und Kartons prasselten auf die Tigerin herab, die die Geschosse unwirsch beiseite schleuderte, während sie versuchte, ihren Gegner zu orten. Dann kletterte sie auch schon hinter ihm her, langsam, aber unerbittlich.

Jon-Tom beugte sich über Mudge, der die Pfoten über der

Messerwunde verkrampft hatte. Die Augen des Otters waren halb geschlossen, als er seinen Gefährten anblickte.

»Das war's wohl, Chef. Bin am Ende. Ich sterbe. 'ab ja gewußt, daß es eines Tages passieren würde, aber 'ätte nie gedacht, daß es so sein würde, wa? Nicht in irgendso'nem verdammten Krämerladen am Ende der Welt. Ich 'ätte eigentlich im Bett sterben müssen, 'ätte ich.« Die klaren braunen Augen waren voller Trauer und Wehmut. »Aber wir 'aben ganz 'übsche Zeiten miteinander verbracht. 'aben ab und zu ganz nett gelacht, sind aus mancher Klemme wieder rausgekommen. 'immel, davon könnt man manches Lied singen!« Die Augen schlossen sich, öffneten sich aufs neue, wenn auch matt.

»Tut mir leid, daß es so enden mußte, Kumpel. Wenn du noch 'n Liedchen übrig 'aben solltest, dann sing es doch vielleicht für den alten Mudge. Sing mir ein Lied vom Gold, Bannsänger. Wenn ich schon nicht im Bett sterben kann, dann vielleicht wenigstens unter 'nem Gold'aufen. Begrab mich unter dem verdammten Zeug, dann will ich glücklich da'inscheiden.«

Jon-Tom kniete sich neben dem schlaffen Otter nieder und hielt dessen Kopf mit einer Hand hoch. »Mudge«, sagte er ruhig, »diese Klinge ist keinen Zentimeter tief eingedrungen, und so furchtbar schlimm blutest du auch nicht. Wenn du mir schon Gold rauspressen willst, mußt du dich schon mehr anstrengen.«

Der Otter musterte ihn mit flehendem Augenausdruck. »Gold? Kumpel, ich würd doch nie versuchen, dir in einem solchen Augenblick 'n bißchen Gold aus der Nase zu ziehen. Würd ich doch nicht tun, oder?« Jon-Tom erwiderte nichts.

Mudge bewegte die Hände, und seine Augen weiteten sich vor Erstaunen. »'immel, würdest du dir das 'ier mal bitte schön angucken? Es 'eilt schon, tatsächlich! Dank deiner Magie, Kumpel. Das werd ich dir nie vergessen, Chef, niemals!«

»Darauf würde ich glatt wetten«, sagte Jon-Tom angewidert. Er stand abrupt auf, und Mudes Hinterkopf schlug gegen den Boden.

»Aua! Verdammt, du verfluchter Angeber und Alleswisser, du zu groß geratener schwachstimmiger Sohn einer ...!«

Den Rest hörte Jon-Tom nicht mehr. Er hatte sich umgedreht, um den Gang zu mustern. Der war voller Rauch von den herbeibeschworenen Blitzen, und der von der Decke gerieselte Staub schwängerte noch immer die Luft. Weder von Zancresta noch von der rächenden Roseroar war eine Spur zu sehen. Der Kampf hatte sich in einen anderen Gang, eine andere Regalreihe verlagert. Snooth war ebenfalls verschwunden, was auch verständlich war. Die Besitzerin hatte sich an einen sicheren Ort zurückgezogen, um dort den Ausgang der Auseinandersetzung abzuwarten, genau wie Jon-Tom es an ihrer Stelle getan hätte.

»Steh auf, Mudge«, sagte Jon-Tom ungeduldig. »Wir müssen Roseroar helfen.«

Der Otter erhob sich, noch immer eine Pfote auf der leichten Wunde haltend. »Dieses Massiv von einem Weib braucht keine 'ilfe, Kumpel. Ich werd dir zwar 'elfen, sie zu finden, aber ich wette, daß sie diesen Bastard Zancresta vorher schon erwischt.« Er schnitt eine Grimasse und inspizierte seine Messerwunde. »'at mir 'ne gute Weste versaut, 'at er.«

»Warte.« Jon-Tom spähte in den Dunst hinaus, der den Gang erfüllte. »Ich glaube, da kommt sie.«

Doch es war nicht Roseroar. Es bewegte sich auf vier Beinen, und sein goldenes Fell glänzte sogar noch in dem matten Licht. Auf dem breiten Rücken hielt sich die nackte Gestalt einer jungen Frau fest, die so rosa durchgebraten aussah wie ein gekochter Hummer.

Drom trabte auf sie zu und blieb schließlich neben ihnen stehen. Er hatte Schaum vor dem Mund und war schweißnaß.

»Die Hitze«, erklärte er unnötigerweise. »Entsetzliche Hitze.« Wahnwitz glitt von dem Rücken des Einhorns –

direkt in Jon-Toms Arme. Sie war fast ohnmächtig. »Sie ging gerade blindlings und schnurstracks auf eine offene Lavagrube zu. Ich bin gerade noch rechtzeitig gekommen.«

»Jon-Tom.« Er hielt sie vorsichtig fest, wobei er sich der Verbrennungen ersten Grades äußerst drastisch bewußt war, die ihren ganzen Körper in Mitleidenschaft gezogen hatten. »Ich ... ich weiß nicht, was passiert ist ... was ich getan habe. Jalwar ... er hat in mir ein so *seltsames* Gefühl ausgelöst. Ich war zu keinem eigenen Gedanken mehr fähig.« Sie lehnte sich gegen ihn.

»An jenem Morgen, an dem er mich weckte und mich dazu zwang, ihm aus dem Lager zu folgen, wollte ich aufschreien, dich warnen, aber ich konnte nicht. Er hieß mich mitgehen, für ihn kochen und schleppen und Dinge besorgen, aber das war nicht wirklich ich, das war nicht ich! Ich war wie eine Gefangene in meinem eigenen Körper und konnte nicht mehr heraus.« Nun schluchzte sie, und die Tränen benetzten seine Brust. Sie beugte sich zurück und blickte erstaunt zu ihm hinauf.

»Ich weine ja! Ich dachte, ich würde nie wieder weinen können!«

»Du bist hypnotisiert worden«, erklärte Jon-Tom ihr. Als sie nicht aufhörte, ihn verständnislos anzublicken, ergänzte er: »Das ist eine Art Magie. Du konntest dir selbst nicht helfen.« Er drückte sie an sich, und als sie vor Schmerz aufstöhnte, ließ er sie hastig wieder los. »Wir müssen etwas wegen deiner Verbrennungen unternehmen. Vielleicht hat Snooth irgendwas auf Lager. Wir können auch für dich Medizin kaufen. Ich habe immer noch die drei Goldstücke, die Mudge in Snarken nicht verloren hat.«

»Ist schon in Ordnung«, flüsterte sie. »Ich bin schon wieder in Ordnung.« Sie wandte sich an Drom. »Aber nur, weil er erschienen ist. Ich wußte nicht, was ich denken sollte, als er plötzlich den Gang entlang hinter mir hergaloppiert kam. Dann hat er mir erzählt, wer er ist und daß er ein Freund von dir ist und daß ihr alle zusammen hier im Berg seid. Daß ihr gegen Jalwar-Zancresta kämpft.« Sie lief auf das Einhorn zu, legte Drom die Arme um den Hals und drückte ihn dankbar an sich.

Drom duldete diesen Beweis ihrer Zuneigung ein kurzes Weilchen, dann wich er zurück und riß sich los. »Es war mir eine Freude, zu Diensten gewesen zu sein, Madame, aber wir wollen uns doch nicht von unseren Gefühlen überwältigen lassen.«

»Aber ich dachte ...« Wahnwitz sah verletzt aus, und Jon-Tom beeilte sich, sie zu beruhigen.

»Drom will nicht unfreundlich sein, Wahnwitz. Er ist nur er selbst. Das werde ich dir später mal erklären.« Er blickte das Einhorn an. »Das war ein sauberes Stück Rettungsarbeit, Drom.«

»Ich versuche eben mein Bestes.« Das Einhorn suchte den Gang ab. »Wo ist der Böse? Und die große Katze? Habt ihr ihn besiegt, als ich fort war?«

»Nein.« Jon-Tom lächelte den Sängervogel an. »Das ist Charrok. Als Zancresta feststellen mußte, daß er mich mit seiner Magie nicht besiegen konnte, hat er es mit einem zweiten Bannsänger versucht. Charrok und ich haben einen ziemlichen musikalischen Sturm entfacht, bevor wir zu dem Schluß kamen, daß Harmonie besser ist als Dissonanz. Und Roseroar ist hinter Zancresta her.«

»Dann sollte ich das Frettchen wohl bedauern.«

»Da 'ast du recht, Kumpel«, sagte Mudge. »*Das* ist 'ne Mieze! Wenn sie nur viermal kleiner wäre.«

»Du mußt eben lernen, in großen Dimensionen zu denken, Mudge.« Dann wurde Jon-Tom wieder ernst. »Zancresta ist zu Fuß ebenso schnell wie im Kopf. Es könnte sein, daß er ihr entkommen ist.«

»Aber raus kommt er nicht, Kumpel«, bemerkte Mudge. »Es sei denn, es gibt noch einen weiteren Eingang, aber ich verwette mein Lieblingswerkzeug darauf, daß es nur den einen gibt. Ich würde sagen, das Beste, was wir jetzt tun können, ist, diese überdimensionierte Rattendame zu suchen, die den Laden hier schmeißt. Sie 'at die Medizin ge'abt, als der Kampf begann, und ich wette, daß sie sie immer noch dabei 'at.«

Bis zum Eingang war es ein langer Marsch, und Jon-Toms Einschätzung der Fußtauglichkeit des Frettchens erwies sich als richtig, denn als sie aus dem letzten Gang schritten, war Zancresta bereits da.

»Hab ihn in einem Seitengang verloren«, grollte Roseroar, die nur wenige Augenblicke zuvor zu ihnen gestoßen war. »Diesmal entkommt er mia nicht!«

Zancrestas Kleider waren zerfetzt, und er sah höchst unhexerisch aus, wie er schwer keuchend vor dem Ausgang stand. Mit einem schnellen Blick bemerkte er, wie seine Gegner sich ihm durch den Seitengang näherten. Doch es gab nichts, was ihn daran hätte hindern können, aus der Höhle zu fliehen, um draußen weiterhin seine Pläne gegen sie zu schmieden. Nichts außer einer alten Känguruhdame.

»Geh mir aus dem Weg, Vettel! Meine Zeit ist kostbar, und ich habe nicht genug davon, um sie auf Streitgespräche zu vergeuden.«

»Ich bin nicht hier, um mit dir zu streiten.« Snooth sprach gelassen, und die Pfeife hing ihr dabei aus dem Mundwinkel. Sie hatte die rechte Hand mit der Fläche nach oben emporgestreckt. »Du schuldest mir etwas.«

»Ich schulde dir etwas? Wofür denn?« fauchte Zancresta ungeduldig. Seine Feinde beschleunigten ihr Tempo, allen voran die wilde Tigerin. Er hatte wirklich nicht mehr viel Zeit zu verlieren.

»Für Schäden an Waren und Anlagen.«

»Ich habe versucht, vor diesem verrückten Weib zu fliehen, die jetzt immer noch hinter mir her ist. Dafür kannst du mich nicht verantwortlich machen.«

»Ich mache dich für alles verantwortlich«, erwiderte sie düster. »Du hast Streit angefangen. Du hast eine Verkaufstransaktion unterbrochen. Das verzeihe ich dir alles, aber für die Schäden, die du angerichtet hast, mußt du bezahlen. Ich leite hier schließlich keinen Wohltätigkeitsverein, sondern ein Geschäft.« Sie wedelte mit der Hand. »Zahlen!«

»Närrin! Ich habe doch gesagt, daß ich keine Zeit für Streitgespräche habe! Dieser kleine Laden hier ist eine raffinierte Arbeit, das will ich zugeben. Aber ich bin Zancresta von Malderpot, und ich bin nicht beeindruckt. Ich gabe dir eine einzige Chance, mir aus dem Weg zu gehen.«

Snooth rührte sich nicht. Die Hand des Hexers glitt in eine noch unzerfetzte Kleidertasche, und er schleuderte ihr etwas Kleines, Rundes entgegen, während ihre Hand an ihren Bauch fuhr. Mit einem *Brrummp!* explodierte das kleine runde Ding und erfüllte den Ausgang mit giftigrotem Rauch. Jon-Tom hatte noch versucht, eine Warnung auszustoßen, doch er war zu spät gekommen.

»Dann gehe ich eben über deine Leiche, Vettel!«

Doch nun war da noch etwas anderes in der Türöffnung, noch etwas anderes außer der unverletzten und zornig funkelnden Snooth. Es trat aus ihrem Beutel hervor, aus dem Beutel, in dem Jon-Tom zuvor Bewegung wahrgenommen zu haben glaubte. Es erhob sich und wuchs – und es war sofort klar, daß es kein Känguruhjunges war. Es war viel größer, und während Jon-Tom und seine Gefährten langsam stehenblieben, wuchs es immer weiter.

Zancresta wich langsam vor der Erscheinung zurück. Sie wurde immer größer, bis sie gegen die über zwölf Meter hohe Decke stieß, und noch immer wuchs sie, bis sie nur noch tief gebeugt in der Höhle Platz fand.

Die Erscheinung hatte die Gestalt eines roten Känguruhs, doch besaß sie nicht das gleiche Gesicht einer sanften Vegetarierin wie Snooth. Die Ohren waren gewaltig und zugespitzt, mit dicken Goldringen behangen. In der langen Schnauze blitzten krummsäbelartige Zähne, und die schwefeligen Augen mit den winzigen schwarzen Pupillen blickten böse in die Tiefe. Grauer Rauch, der träge aus Snooths Beutel hochstieg, umkreiste die Hüfte des Ungeheuers. Die gorillaähnlichen Arme hingen bis zum Boden hinab, wo sich die Handknöchel gegen den glatten Stein stemmten.

Ein helles rotes Band umgab die gewaltige Stirn. Darauf waren leuchtende Symbole aufgemalt, die von einem uralten Ort und aus einer lange vergangenen Zeit stammten. Eine dünne Seidenweste flatterte vor dem Berg von einem Brustkorb in einem nicht wahrnehmbaren Wind.

Und dann war da noch die Stimme. Keine sanfte, mütterliche Stimme wie Snooths, sondern ehrfurchtgebietend in ihrer Tiefe und Fülle. Die Erscheinung sprach, und der Boden erzitterte.

»ERKENNE, STINKENDER WICHT, DER DU DICH IN DEINEM SCHATTENDASEIN ABPLAGST, DER DU IN VERGEBLICHKEIT HANDELST: ICH BIN HARUN ARROOJINN, MEISTER ALLER GEISTER DER VERGANGENEN ZEIT UND DER ZUKÜNFTIGEN, DA DIE BEUTELTIERE HERRSCHEN WERDEN UND ALLE ANDEREN NUR WINZIGE, UMHERHUSCHENDE WESEN SEIN WERDEN, DIE SICH ZWISCHEN STEINEN VERSTECKEN UND SICH VON WÜRMERN ERNÄHREN! ERKENNE, UND FÜRCHTE DICH!« Eine Hand, so groß, daß sie, das Glittergeistmeer hätte durchschiffen können, wäre sie mit Segeln versehen gewesen, griff nach Zancresta.

Der Hexer drückte sich gegen die Regalreihe. Sein Gesichtsausdruck war verzweifelt, als er nach einem Fluchtweg suchte und keinen fand. Er sank in die Knie und begann zu flehen.

»Vergib mir, vergib mir, das wußte ich nicht!«

»UNWISSENHEIT IST DIE AUSREDE DER ARROGANZ«, brüllte der Dschinn. »WER WISSEN MISSBRAUCHT, DER STREBT NUR SELTEN DANACH, VON ANDEREN ERLEUCHTET ZU WERDEN. WER DIE KONVENTIONEN MIT FÜSSEN TRITT, HAT KEINE GNADE VERDIENT. WER NICHT BEZAHLT, WAS ER SCHULDIG IST, HAT ES VERDIENT, ZUGRUNDEZUGEHEN.«

»Es tut mir leid!« schrie Zancresta, der inzwischen vollends in Panik geraten war. »Ich war vom Zorn geblendet.«

»DU WARST VOM EGO GEBLENDET, WAS NOCH VIEL SCHLIMMER IST.«

»Es ist schrecklich, sich einem anderen unterlegen fühlen zu müssen. Ich kann es nicht ausstehen. Ich war überwältigt von dem Bedürfnis, mich zu rehabilitieren, meinen Ruf als größter Meister der mystischen Künste wiederherzustellen. Alles, was ich getan habe, geschah nur aus Liebe zu meinem Beruf.« Er warf sich mit ausgestreckten Armen zu Boden. »Ich überantworte mich deiner Gnade.«

»DU LIEBST NUR DICH SELBST, WURM. GNADE? DU HÄTTEST MEINE STERBLICHE EXISTENZ GNADENLOS VERNICHTET, UM EINIGER MÜNZEN WILLEN, UM DEINE MACHT ZU BEWEISEN? GNADE? WAHRLICH, DIR WILL ICH GNADE GEWÄHREN.« Das Frettchen hob den Kopf, und ein Hoffnungsschimmer überzog sein gequältes Antlitz.

»DIES IST MEINE GNADE: DASS DU SCHNELL STERBEN SOLLST, UND NICHT LANGSAM!«

Zancresta stieß einen schrillen Schrei aus und huschte nach links davon, doch er war nicht schnell genug, um der riesigen sich senkenden Hand zu entgehen. Die Finger krümmten sich einmal kurz zusammen, und der Schrei wurde nicht wiederholt. Dann war ein kurzes Echo berstender Knochen zu vernehmen. Jon-Tom und seine Gefährten sahen dem Geschehen wie betäubt zu.

Die Hand öffnete sich und ließ den glibbernden Schmierklumpen fallen, der einmal Jalwar-Zancresta, Hexer von Malderpot gewesen war.

»ICH MUSS SCHON SAGEN«, brummte der Dschinn in einer etwas weniger betäubenden Lautstärke, »DA VERSUCHT MAN GANZE ZEITALTER LANG, EIN KLEINES GESCHÄFT ZU FÜHREN, UND EWIG BEKOMMT MAN MIT FAULEN KUNDEN ZU TUN. UND DA WIR GERADE BEIM THEMA SIND ...« Der riesige, zahnbewehrte Schädel und die stechenden gelben Augen richteten sich auf Jon-Tom. »ES GIBT NOCH MEHR ZU TUN.«

»He, einen Augenblick mal!« sagte Jon-Tom und wich zurück. »Wir wollen für das bezahlen, was wir haben wollen. Wir sind nicht hergekommen, um irgend jemanden übers Ohr zu hauen.« Er blickte Snooth an, die nur hilflos die Schultern zuckte. Nun, da der Dschinn erst einmal zu Hilfe gerufen worden war, war sie anscheinend nicht dazu in der Lage, die Herrschaft über ihn zu behalten.

»FÜR EURE WARE DÜRFT IHR WOHL BEZAHLEN, ABER NUN BIN ICH HERBEIGERUFEN WORDEN, UND ICH MUSS EBENFALLS ENTLOHNT WERDEN. WIE WILLST DU DAS TUN, BLEICHER WURM? ICH BRAUCHE DEIN GELD NICHT. VIELLEICHT SINGST DU MIR JA EIN LIED VOR, DAMIT ICH EUCH ZIEHEN LASSE?« Vulkanisches Gelächter erfüllte den Laden ›Irgends und Nirgends‹.

Jon-Tom fühlte, wie eine Hand ihn anstieß. »Na, komm schon, Kumpel«, drängte Mudge ihn flüsternd, »mach dich an die Arbeit. Ich ste'e direkt 'inter dir, falls du 'ilfe brauchen solltest.«

»Du bist mir ja *so* ein Trost!« Doch der Otter hatte recht. Es lag an ihm, diesen Dschinn zu beschwichtigen und sie alle hier herauszuholen. Doch er war erschöpft von seinem Duell mit Charrok und Zancresta und müde davon, sich einen Song nach dem anderen überlegen zu müssen. Außerdem war er über alle Maßen gereizt. Das war vielleicht nicht gerade die vernünftigste Einstellung in dieser Situation, aber er war zu müde, um sich deswegen Sorgen zu machen.

»Dann hör mir mal zu, Ragout ali Rouge!«

Der Dschinn funkelte ihn zornig an. »ICH MAG STERBLICHE NICHT, DIE MEINEN NAMEN MISSVERSTEHEN.«

»Okay, dafür habe ich noch Verständnis«, erwiderte Jon-Tom. »Aber du wirst mich schon entschuldigen müssen. Ich hab ein paar höllische Wochen hinter mir. Wir sind hierher gekommen, um etwas Medizin für einen kranken Freund zu beschaffen. Wenn dieser alte Knacker da sich nicht eingemischt hätte ...« Er deutete auf den Schmierfleck am Boden, »dann wären wir schon längst wieder draußen und würden unserer Wege gehen. Wir hatten nicht das geringste mit seinen Unternehmungen zu tun.«

»GEWISS WÄRT IHR EURER WEGE GEGANGEN, ABER WELCHES IST FÜR DICH DER RICHTIGE UND RECHTE WEG, KLEINER STERBLICHER?«

»Hast du die Medizin noch, Snooth?« Die Känguruhdame nickte und öffnete eine Faust, um den kostbaren Behälter vorzuzeigen. Eine Hand, die so groß wie ein Bus war, senkte sich zwischen sie und Jon-Tom, um ihm die Sicht zu versperren.

»DIE MEDIZIN KÖNNT IHR HABEN, WENN DU MICH ZUFRIEDENSTELLEN KANNST. UND DU HAST SELBST GESEHEN, WAS MIT STERBLICHEN GESCHIEHT, DIE MIR MISSFALLEN.«

Plötzlich begann Jon-Tom zu begreifen, weshalb Crancularn unter den Reisenden in diesem Tal der Welt keinen sonderlich guten Ruf besaß, trotz all der Wunder, die man hier kaufen konnte.

»DU DENKST LANGE NACH, STERBLICHER, VERSUCHE NICHT, MICH REINZULEGEN, INDEM DU MICH BEISPIELSWEISE DARUM BITTEST ZUSAMMENZUSCHRUMPFEN, BIS ICH IN EINE FLASCHE PASSE.« Eine Hand schwebte über ihnen, und Wahnwitz zuckte zusammen. »ICH BRAUCHE MEINE GRÖSSE NICHT ZU VERÄNDERN, UM MEINE MACHT ZU BEWEISEN. DAZU BRAUCHE ICH NUR MEINEN DAUMEN AUF DEINEN SCHÄDEL ZU LEGEN.«

»Egal was dem Kunden passiert, es ist immer in Ordnung, wie?« schoß Jon-Tom zurück.

Der Dschinn zögerte. »WAS IST DENN DAS FÜR EINE ANDERWELTLICHE IDIOTIE?«

»Nichts als gesunde Geschäftsführung.«

»EIN STERBLICHER MIT TALENT FÜRS GESCHÄFT.« Der Dschinn sah interessiert aus. »DANN WILL ICH DICH MIT DEINEM GESCHÄFT BEZAHLEN LASSEN, VIELLEICHT WIRST DU MIT DEINEN FREUNDEN DANN MIT HEILEN KNOCHEN VON HIER FORTZIEHEN DÜRFEN. DU BIST EIN BANNSÄNGER. ICH HABE SCHON VIELE BANNSÄNGER GEHÖRT, ABER KEINEN, DER MIR FREUDE GEMACHT HÄTTE. ICH GLAUBE, VON DEINER WELT KENNE ICH KEINEN. DANN SING MIR ALSO EINEN ZAUBERSANG VON DEINER WELT, WURM. SING MIR EIN LIED, DAS MICH ERHEITERT, DAS MICH FESSELT. SING MIR ETWAS ANDERES. DANN, UND NUR DANN, LASSE ICH EUCH DIE MEDIZIN NEHMEN UND GESTATTE EUCH ZU ZIEHEN!« Der Dschinn verschränkte die Arme mit den baumdicken Muskeln.

»ÜBERLEG DIR SORGFÄLTIG, WAS DU SINGST. ICH VERLIERE SCHNELL DIE GEDULD, UND EINE ZWEITE CHANCE ERHÄLTST DU NICHT.«

Jon-Tom stand schwitzend da und überlegte fieberhaft. Welchen Song konnte er nur singen, der diesen Abkömmling der Magie interessieren würde, der doch immerhin Zugang zu Tausenden von Welten hatte? Was kannte er, das ausgeflippt und stark genug war, um einen Dschinn zu beeindrucken?

Ein Stück zu seiner Linken stand Roseroar und musterte ihn stumm. Mudge murmelte etwas Gebetsähnliches. Wahnwitz schritt verängstigt hinter ihm auf und ab, während Drom mit dem Huf auf dem Boden scharrte und sich wünschte, draußen im Freien zu sein, wo er wenigstens die Möglichkeit gehabt hätte, es mit dem Davonlaufen zu versuchen.

Federn streichelten seinen Nacken. »Du schaffst es schon, Kollege.« Charrok lächelte ihn zuversichtlich an.

Etwas Mystisches. Es mußte offensichtlich mystisch sein, aber doch auch nicht so eindeutig, daß der Dschinn Verdacht schöpfen konnte, Jon-Tom wolle ihn nur reinlegen. Welches von den Stücken, die er kannte, erfüllte diese Anforderung? Er war bloß ein Hardrockmusiker, wenn er nicht gerade Jura studierte. Er kannte nur die Hits, die Platinscheiben.

Es gab nur eine Möglichkeit, nur eine Wahl. Ein Song voller vager Andeutungen anstelle von plumpen Anspielungen, mysteriös und nur schwer zu verstehen. Etwas, was den Dschinn zum Nachdenken bringen würde.

Er ließ die Finger über die Duarseiten streichen. Seine Kehle war zwar ausgetrocknet, doch die Heiserkeit war verschwunden.

»Paß bloß auf, Kumpel«, warnte Mudge.

Zu seiner eigenen Überraschung stellte Jon-Tom fest, daß er den Otter anlächeln konnte. »Kein Problem, Mudge.«

»Was kannst du dem denn schon vorsingen, was er noch nicht kennt, Kumpel?« Der Otter wies mit einer Handbewegung auf die endlosen Regale voller Waren aus unbekannten Dimensionen. »Was kannst du ihm schon mit einem Lied geben, was er 'ier nicht sowieso schon 'at?«

»Einen anderen Bewußtseinszustand«, antwortete Jon-Tom leise und begann zu singen.

Er sorgte sich, daß die Duar vielleicht die erforderlichen esoterischen Akkorde nicht richtig würde wiedergeben können, doch diese Befürchtung erwies sich als grundlos. Das unendlich flexible, wundervoll vielseitige Instrument gab die Klänge, die er aus dem Gedächtnis zitierte, mit absoluter Genauigkeit wieder und verstärkte sie, so daß sie die ganze Kammer um ihn herum erfüllten. Es war ein seltsames, wimmerndes Stöhnen, eine elektrisierende Kreuzung zwischen einer anderweltlichen Baßfiedel, die von einem Wesen mit zwölf Händen gespielt wurde, und dem Schnarchen eines schlafenden Brontosaurus. Es gab nur einen einzigen Menschen, der jemals solche Klänge hervorgebracht hatte, und Jon-Tom strengte Finger und Lippen bis zur äußersten Grenze an, um sie wiederzugeben.

»If you can just get your mind together«,* säuselte er den Dschinn an, »and come over to me, we'll watch the sunrise together, from the bottom of the sea.«

Die Worte und Klänge sagten Roseroar nichts, aber sie spürte, daß es sich dabei um etwas ganz Besonderes handelte. Die Kammer um sie herum wurde plötzlich von Splittern und Speeren gebrochenen Lichts erhellt. Gnietschies, die Boten der Magie, waren erschienen und umschwärmten Jon-Tom in all ihrer unsichtbaren Schönheit.

Es war ein Zeichen dafür, daß das Lied seine Wirkung nicht verfehlte, und es beflügelte Jon-Tom, seine Anstrengungen zu verstärken. Harun Ar-Roojinn beugte sich vor, wie um zu protestieren, wie um in Frage zu stellen – und hielt inne. Hinter den feurigen gelben Augen war das erste

---

* psychodelisch-surrealistischer Song (›Are You Experienced?‹) von Jimi Hendrix mit unübersetzbarem, mehrschichtigem Text. – *Anm. d. Übers.*

Flackern der Verunsicherung auszumachen. Jon-Tom fuhr fort zu singen.

»First, have you ever been experienced? Have you ever been experienced?« Der Dschinn schwebte auf nichtexistierenden Sohlen zurück. Seine großen brennenden Augen wurden leicht glasig, als wäre jemand dabei, sie mit Wachspapier zu überziehen.

»Well, I have«, murmelte Jon-Tom. Die Töne hallten von den Wänden wider, von den Ohren des Dschinn, der eine wohlige Gleichgültigkeit gegenüber seiner Umgebung entwickelt zu haben schien.

Jon-Toms eigener Gesichtsausdruck begann sich beim Singen zu verändern, als er sich der Worte und der Akkorde erinnerte. So verging eine kurze Ewigkeit. Endlich griff Mudge ein, um die Trance zu beenden.

»Das war's, Kumpel«, flüsterte er. Er schüttelte Jon-Tom hart durch. »Komm schon, Chef, komm endlich zu dir!« Jon-Tom spielte weiter, einen verzückten Ausdruck auf dem Gesicht. Der Dschinn schwebte wie ein riesiges, rostiges Luftschiff vor ihm, die Arme vor der Brust verschränkt, die großen Krallen ineinandergebettet, flüsternd.

»SCHÖN ... Schön ... *schön* ...«

»Nun komm endlich, Kumpel!« Der Otter drehte sich zu Roseroar um, die mit ausdruckslosen Augen sanft im Takt der Musik wiegte. Ein dünnes Rinnsal aus Speichel lief ihr aus dem Mundwinkel. Mudge versuchte, ihr einen Tritt ins Hinterteil zu verpassen, doch sein Bein war zu kurz dafür. Also begnügte er sich damit, Wahnwitz eine Ohrfeige zu geben.

»Was ... was ist los?« Sie blinzelte. »Hör auf, mich zu schlagen!« Sie richtete ihre Aufmerksamkeit auf den schwebenden Dschinn. »Was ist denn mit dem los? Er sieht so sonderbar aus.«

»Da ist er nicht der einzige«, bellte Mudge. »'ilf mir gefälligst, die anderen aufzuwecken.«

Es gelang ihnen, Drom, Charrok und Roseroar wieder ins Wachbewußtsein zurückzuholen, doch Jon-Tom weigerte sich standhaft, wieder in die Wirklichkeit zurückzukehren. Er war ebenso gefangen von dem trügerisch trägen Bewußtseinszustand, den er heraufbeschworen hatte, wie das Opfer seines Lieds.

»Wach *auf!*« knurrte Roseroar, während sie ihn rüttelte. Er wandte sich, immer noch spielend, zu ihr um und lächelte breit.

»Aufwachen? Aber wozu denn? Ist doch alles so schön.« Er blickte fast durch sie hindurch. »Habe ich dir eigentlich schon mal gesagt, wie schön du bist?«

Das brachte Roseroar etwas aus dem Konzept, doch nur für eine kurze Zeit. »Das erzähl mia mal späta.« Sie warf ihn auf ihre linke Schulter und schritt auf den Ausgang zu, wobei sie den benommenen Dschinn argwöhnisch im Auge behielt.

»Eine Sekunde.«

Drom blieb am Ausgang stehen und riß Snooth den Medizinbehälter aus der Hand.

»He, was ist mit meiner Bezahlung, Jungchen?«

»Sie sind bereits bezahlt worden, Madame.« Drom zeigte mit seinem Horn auf Harun Ar-Roojinn. »Treibt es bei ihm ein.«

Drom trabte durch den Lagerraum mit den zerborstenen Gegenständen hinaus, durch den Wohnbereich und schließlich durch die Vordertür, wo er sich wieder zu seinen Freunden gesellte.

Snooth blickte ihm mit grimmigem Ausdruck nach, die Arme in die Hüften gestemmt.

»Touristen! Hätte eigentlich wissen müssen, daß die mehr Ärger machen, als sie einbringen.« Sie stampfte auf die Veranda hinaus und blickte ihnen nach, bis sie im Wald verschwunden waren. Dann griff sie ins Innere des Hauses, fand das gesuchte Schild, hängte es an die Tür und schlug sie zu. Die Mitteilung auf dem Schild war eindeutig:

BIN MITTAGESSEN
IN ZEHNTAUSEND JAHREN ZURÜCK

Jon-Tom hüpfte auf Roseroars mächtigen Schultern auf und ab. Mudge hatte keine Schwierigkeiten, das Marschtempo zu halten, Wahnwitz ritt auf dem zögernden, aber weichherzigen Drom, und Charrok erkundete aus der Luft den Verlauf der Strecke.

Als der Laden ›Irgends und Nirgends‹ hinter ihnen verschwand, kehrte Jon-Tom langsam aus der Geistesverwirrung zurück, in die er sich selbst und Harun Ar-Roojinn gestürzt hatte. Seine Finger bewegten sich mit verminderter Beständigkeit über die Saiten, und seine Stimme senkte sich zu einem Flüstern. Er blinzelte.

»Langsam kommt er zu sich«, bemerkte Mudge.

»Ist auch Zeit«, meinte Wahnwitz. »Was hat er denn mit sich gemacht?«

»Irgendeine seltsame Magie«, murmelte Drom. »Irgendeine mächtige Beschwörung aus einer anderen Welt.«

Mudge schnaubte und grinste. »Stimmt genau, Kumpel. Er 'at das Unge'euer ausgelaugt. Leider 'at er sich dabei gleich mit eingepökelt.«

Jon-Tom griff sich an den Kopf. »Oooooh.« Die unscharfen Linien formten sich zur laufenden Gestalt Mudges.

»'ast'n Kater, Kumpel?«

»Nein, nein, ich fühle mich schon ganz gut.« Er blickte plötzlich hoch, zu dem rauchenden Berg zurück. »Ar-Roojinn?«

»Abgepafft, verstunken, eingesackt. Das war 'n Meisterstück an Bannsingerei, Kumpel.«

»Es war der Song«, murmelte Jon-Tom benommen. »Ein guter Song. Ein ganz besonderer Song. Jimis bester. Ich wußte genau – wenn irgendwas selbst einen Dschinn betäuben könnte, dann dieser Song. Du kannst mich jetzt hinunterlassen, Roseroar.« Die Tigerin setzte ihn sanft ab.

»Komm schon, Kumpel. Wir sollten uns schnell aus dem Staub machen, bevor dein Lied seine Wirkung verliert.«

»Es ist schon in Ordnung, glaube ich.« Er spähte durch den Wald zu dem Berg zurück. »Das ist kein Fesselungssong, sondern ein glücklicher Song, ein entspannender

Song. Ar-Roojinn wirkte vorher nicht sonderlich glücklich oder entspannt. Vielleicht ist er ja jetzt glücklich.«

Sie folgten dem gewundenen Weg zurück nach Crancularn und entdeckten eine Geisterstadt voller träger, nebulöser Bewohner, die sie bösartig angrinsten, grinsende Schleier, die in die Wirklichkeit hereinschwebten und wieder hinaus. »Es ist da, aber manche sehen es nicht«, hatte Drom gesagt. Jetzt begriff Jon-Tom, was das Einhorn gemeint hatte. Das wirkliche Crancularn war so unstofflich wie Rauch, so fest wie ein Traum.

Sie zwangen sich, nicht zu rennen, als sie die Stadt hinter sich ließen und auf die vertrauten Wälder zuschritten, um sich auf den langen Weg ins ferne Lynchbany zu machen. Irgendwo zur Rechten war das Schleifen der ATC zu hören, aber diesmal erschien ihnen der hilfsbereite Hase, ob er nun wirklich oder nur eine Erscheinung sein mochte, nicht mehr. Einmal warf Jon-Tom einen Blick zurück, um sich zu vergewissern, daß er tatsächlich in Crancularn gewesen war, doch anstelle einer zerfallenden alten Stadt meinte er lediglich einen riesigen blubbernden Kessel zu erkennen, in dem tanzende, lachende Dämonen herumsprangen. Er erschauerte und blickte nicht mehr über die Schulter.

Gegen Abend waren sie alle viel zu erschöpft, um sich noch Gedanken darüber zu machen, ob Ar-Roojinn ihnen vielleicht mit einem Dutzend seiner rachsüchtigen Vettern auf den Fersen sein mochte oder nicht. Mudge und Roseroar entfachten ein Feuer, während die anderen sich zu Boden sinken ließen.

»Ich glaube, jetzt sind wir in Sicherheit«, meinte Jon-Tom. Er strich sich mit beiden Händen durch das lange Haar. Plötzlich fuhr er auf. »Die Medizin! Was ist mit der ...«

»Immer mit der Ru'e, Kumpel.« Mudge holte den Behälter aus der Tasche. »Da 'aben wir sie ja, 'übsch ordentlich verpackt.«

Jon-Tom untersuchte das Fläschchen. Für einen Gegenstand, auf dessen Beschaffung man solche Mühe hatte verwenden müssen, war sie reichlich klein, kaum drei Zentimeter hoch, und ihr Durchmesser betrug knapp die Hälfte. Sie bestand aus schlichtem weißen Kunststoff und besaß einen Schraubdeckel von unvertrauter Konstruktion.

»Was das wohl sein mag?« Er machte sich daran, das Fläschchen aufzuschrauben.

»Einen Moment mal, Kumpel«, sagte Mudge in scharfem Ton und wies mit einem Nicken auf das Behältnis. »Meinst du wirklich, daß das klug ist? Ich weiß ja, daß du 'n Bannsänger bist und so, aber vielleicht gibt es einen guten Grund dafür, daß diese kleine Flasche so fest verschlossen ist.«

»Jede Medizin wird normalerweise fest verschlossen«, erwiderte Jon-Tom. »Wenn es gefährlich wäre, hätte Clodsahamp mich davor gewarnt, sie zu öffnen.« Eine weitere Drehung, und der Verschluß löste sich, was jede weitere Diskussion überflüssig machte.

Jon-Tom starrte den Inhalt an, dann hielt er sich das Fläschchen unter die Nase und schnüffelte daran.

»Na«, fragte Drom vorsichtig, »weißt du jetzt, was es ist?«

Jon-Tom beachtete das Einhorn nicht. Mit gefurchter Stirn drehte er das Fläschchen um und ließ eine der Tabletten in seine Handfläche rutschen. Er musterte sie unsicher, und bevor ihn die anderen aufhalten konnten, leckte er auch schon daran. Dann setzte er sich wieder und schmatzte nachdenklich mit den Lippen.

Plötzlich verzerrten sich seine Gesichtszüge und nahmen einen entsetzlichen Ausdruck an: Die Augen traten hervor, und eine haßerfüllte Verzerrung umzuckte seinen Mund. Als er sich erhob, zitterten seine Hände, und er umklammerte das Fläschchen so heftig, daß das Weiße an seinen Knöcheln hervortrat.

»Es hat ihn erwischt!« Wahnwitz wich taumelnd in das Gestrüpp zurück. »Irgendwas hat ihn erwischt!«

»Roseroar!« schrie Mudge. »'alt ihn fest! Ich 'ol 'n paar Schlingpflanzen, um ihn zu fesseln!« Er rannte auf die Bäume zu.

»Nein«, knurrte Jon-Tom mit gepreßter Stimme. »Nein.« Sein Gesicht verdüsterte sich, als er das Fläschchen anstarrte. Dann zog er die Hand zurück und wollte den Plastikbehälter schon samt seines unschätzbaren Inhalts tief in den Wald fortschleudern. Im letzten Augenblick beherrschte er sich noch. Nun lächelte er die Tablette in seiner Hand böse an.

»Nein. Wir nehmen es mit zurück. Wir nehmen es zurück, damit Clodsahamp es sehen kann. Damit er sehen kann, wofür wir um die halbe Welt gereist sind und mehrmals beinahe den Tod gefunden hätten.« Er musterte seine beunruhigten Gefährten. »Das ist die Medizin. Sie wird ihn heilen. Davon bin ich überzeugt. Und dann, wenn sein Körper wieder schmerzfrei ist, wenn er wieder gesund und wohlauf ist, dann werde ich ihn mit bloßen Händen erwürgen!«

»Ich versteh dich nicht, Jon-Tom. Was is'n los, wenn das doch die richtige Medizin ist?«

»Was los ist? Ich werde euch sagen, was los ist.« Er hielt Roseroar das Fläschchen unter die Nase und schüttelte es. »Das ist Azetylsalizylsäure, *das* ist los!« Plötzlich wich die Wut von ihm und er setzte sich mit schwerem Plumpsen auf einen umgestürzten Baumstamm. »Warum bin ich nicht von selbst darauf gekommen? Warum nicht?«

Mudge strengte sich an, das seltsame, fremdweltliche Wort auszusprechen, doch mit äußerst kläglichem Erfolg. »Willst du damit sagen, daß du das verdammte Zeug kennst?«

»Ob ich es kenne?« Jon-Tom richtete seine müden Augen auf den Otter. »Erinnerst du dich noch an den Tag, als ich in diese Welt kam, Mudge?«

»Also *den* Tag kann man wohl nicht so leicht vergessen, Kumpel. Schließlich 'ätte ich dir damals fast deine Eingeweide übers Blumenfeld verspritzt.«

»Weißt du noch, was ich damals anhatte?«

Mudge runzelte die Stirn, als er sich erinnerte. »Dieses komische enge 'emd und die merkwürdige 'ose.«

»Jeans, Mudge, Jeans. Ich hatte ein paar Sachen dabei, als Clodsahamp mich aus Versehen herüberholte. Meine Uhr, die nicht mehr funktioniert, weil die Batterien verbraucht sind.«

»Du meinst, der Zauber 'at nachgelassen.«

»Komm, darüber wollen wir uns jetzt wirklich nicht streiten, okay? Meine Uhr, ein Feuerzeug, ein paar Schlüssel in einer kleinen Metallschachtel, und eine andere Schachtel, die etwa so groß war.« Er zog ihre Umrisse mit dem Finger in der Luft nach. »In der zweiten Schachtel waren ein paar Kleinigkeiten, die ich immer für unvorhergesehene Fälle bei mir trug. Ein paar Pepto-Bismol-Tabletten gegen Magenbeschwerde, ein paar Streifen Wandpflaster, ein paar blaue Tabletten, über die wir in weiblicher Gesellschaft lieber nicht reden wollen, und ein paar weiße Tabletten. Erinnerst du dich an die weißen Tabletten, Mudge?«

Der Otter schüttelte den Kopf. »Ich 'ab doch nicht in deinen persönlichen Sachen rumgeschnüffelt, Kumpel.« (Er war unterbrochen worden, bevor er die beiden Schachteln aufbekommen hatte.)

»Diese Tabletten waren die gleichen wie die hier, Mudge. Genau die gleichen.« Wie betäubt musterte er das Fläschchen in seiner Hand. »Azetylsalizylsäure. Aspirin. Hundsordinäres, gewöhnliches Aspirin.«

»Schätze, besonders gewöhnlich ist das hiazulande nicht gerade«, meinte Roseroar.

»Na, na, Kumpel«, meinte Mudge beschwichtigend, »seine 'exerschaft kann doch wohl nicht gewußt 'aben, daß du die ganze Zeit welche davon in der Tasche mit dir rumgetragen 'ast, oder? War vielleicht 'n bedauerlicher Fehler, aber immer'in kein absichtlicher.«

»Glaubst du wirklich? Clodsahamp weiß *alles!*«

»Warum schickt er uns dann um die 'albe Welt, um etwas zu besorgen, was er sowieso schon bereits zu 'ause 'at?«

»Um mich zu prüfen. Um meine Loyalität zu prüfen. Er baut mich auf, damit ich eines Tages seinen Platz einnehme, falls er mich vorher nicht zurück nach Hause zaubern kann. Er will sichergehen, daß ich seinen guten Ruf wahren kann, deshalb prüft er mich ständig.«

»Soll das etwa 'eißen, Kumpel«, murmelte Mudge langsam und sorgfältig, »daß diese ganze verdammte lebensgefährliche Reise von Anfang an unnötig gewesen ist? Daß wir uns diese gloriose Suche genausogut 'ätten schenken können, um bequem im warmen Zu'ause in den Glockenwäldern zu bleiben und zivilisierten Tätigkeiten nachzuge'en wie Liebe machen und saufen?«

Jon-Tom nickte traurig. »Ich fürchte, ja.«

Mudges Reaktion war völlig anders, als Jon-Tom es erwartet hatte. Er hatte wenigstens mit einem ebensolchen Wutausbruch gerechnet, wie er selbst ihn gehabt hatte. Doch statt dessen legte der Otter die Hände auf den Bauch, krümmte sich vor, stürzte zu Boden und wälzte sich mit wildem Gelächter herum. Kurz darauf hallte auch Droms amüsiertes, hohes Wiehern durch den Wald, während es Roseroar auch nicht gelang, ihre etwas würdigere, aber ebenso tiefempfundene Hysterie zu beherrschen.

»Was lacht ihr denn? Ihr Idioten, auf dieser Reise sind wir ein halbes Dutzend Mal fast ums Leben gekommen! Worüber lacht ihr also?« Aus irgendeinem Grund stachelte dies das Gelächter seiner Gefährten nur noch heftiger an.

Mit einer Ausnahme. Sanfte Hände legten sich um seinen Hals, und noch sanfteres Fleisch schmiegte sich in seinen Schoß, als Wahnwitz sich auf seine Oberschenkel setzte.

»Ich verstehe dich, Jon-Tom. Es tut mir leid für dich. Ich werde dich immer verstehen und werde dich niemals auslachen.«

Er versuchte, sich aus ihrem Griff zu lösen. Das erwies sich als sehr schwierig, weil sie nun fest in seinem Schoß saß und die Hände eisern in seinem Nacken verschränkt hielt.

»Wahnwitz«, sagte er, während er mit ihr um seine Freiheit rang, »ich habe dir schon mal gesagt, daß es zwischen uns nichts geben kann! Erstens habe ich bereits ein Mädchen, und zweitens bist du zu jung.«

Sie grinste lieblich. »Aber die ist eine halbe Welt von hier entfernt, und ich werde jeden Tag älter. Wenn du mir nur eine winzige Chance gibst, hole ich dich noch ein.« Inzwischen lag das Einhorn auf dem Rücken und trat mit matten Bewegungen nach der Luft, während Mudge vor Lachen den Tränen nahe war. Jon-Tom versuchte, sich zu befreien, doch jedes Mal ohne Erfolg, weil seine Hände dabei immer wieder auf ziemlich beunruhigende Körperpartien stießen.

Mudge blickte zu seinem Freund hoch. Die Tränen kullerten ihm das Gesicht herunter, und an seinen Schnurrbartenden bildeten sich Tröpfchen. »Wie willst du dich jetzt aus *dieser* Klemme zaubern, Bannträllerer?« Plötzlich stieß ihn etwas von hinten an, und er sah, daß das Einhorn auf ihn zugekrochen war.

»Du magst ja sehr klein sein, Otter, aber du hast so viele bewundernswerte Seiten! Ich freue mich darauf, dich auf deiner Heimreise zu begleiten. Da können wir uns wenigstens näher kennenlernen. Und es heißt ja – wo ein Wille, da ist auch ein Weg.« Er stieß die Schnauze sanft gegen die Schenkel des staunenden Otters.

Nun war Jon-Tom an der Reihe zu lachen …